叶珍

一个平凡而又伟大的母亲

朱文泉 等 著

江苏凤凰文艺出版社

图书在版编目（CIP）数据

叶珍：一个平凡而又伟大的母亲 / 朱文泉等著. —南京：江苏凤凰文艺出版社，2022.8（2023.8 重印）
ISBN 978 - 7 - 5594 - 6706 - 5

Ⅰ.①叶… Ⅱ.①朱… Ⅲ.①散文集-中国-当代 Ⅳ.①I267

中国版本图书馆 CIP 数据核字(2022)第 048488 号

叶珍：一个平凡而又伟大的母亲
朱文泉 等 著

出 版 人	张在健
责任编辑	李 黎 孙建兵
装帧设计	马海云
责任印制	刘 巍
出版发行	江苏凤凰文艺出版社
	南京市中央路 165 号，邮编：210009
网 址	http://www.jswenyi.com
印 刷	苏州市越洋印刷有限公司
开 本	880 毫米×1230 毫米 1/32
印 张	18.25
字 数	325 千字
版 次	2022 年 8 月第 1 版
印 次	2023 年 8 月第 7 次印刷
书 号	ISBN 978 - 7 - 5594 - 6706 - 5
定 价	49.00 元

江苏凤凰文艺版图书凡印刷、装订错误，可向出版社调换，联系电话 025 - 83280257

一个平凡而又伟大的母亲

叶　珍(1919.12.22—2003.01.05)
朱建成(1919.11.02—2018.02.04)

目　录

序一　心与爱，大于一切　阎连科 / 001
序二　歌颂伟大母亲的浩渺清音　何永康 / 005
序三　民族大树之一"叶"　中华美德之奇"珍"
　　　徐　红 / 011
自序　朱文泉 / 015

卷　一

摘瓜花　朱文泉 / 003
砸饼砣　朱文泉 / 006
滚铁环　朱文泉 / 010
三次挨打　朱文泉 / 017
走到最前面　朱文泉 / 024
姐妹情深　朱文泉 / 028
雷　池　朱文俊 / 036
亦刚亦柔　朱文俊 / 042

爸妈的爱　朱文俊 / 046

争红旗　郑余华 / 053

陷　阱　郑余华 / 057

三条忠告　朱文芳 / 063

充满爱的一生　朱文兵 / 068

奶奶的传家宝　肖喻馨 / 071

看　相　林大会 / 078

打皮猴　林大会 / 083

紫雪糕　林大会 / 087

卷　二

温馨的瓦罐水　朱文泉 / 093

拐　磨　朱文泉 / 098

泥　墙　朱文俊 / 100

委　屈　朱文俊 / 103

新棉袄的烦恼　朱文俊 / 106

写给妈妈的信　朱文俊 / 112

刳山芋　朱文芳 / 116

女人也顶半边天　朱文芳 / 121

苦亦甜　朱文芳 / 126

保"胃"战　朱文兵 / 131

偶　像　朱庆庆 / 136

管住舌尖　杨京浴 / 139

回忆我的奶奶　朱黎黎 / 143

浪费遭天谴　林大会 / 147

待　客　林大会 / 150

卷　三

烟袋嘴的灵性　朱文泉 / 155

宽　容　徐　荣 / 159

上　学　朱文俊 / 168

起猪汪　郑余华 / 173

旱改水　郑余华 / 178

眼怕手不怕　朱文芳 / 181

奋斗的自豪　林宝付 / 188

蜀　葵　朱黎黎 / 193

奶奶的微笑　王泳波 / 200

乡　音　朱大治 / 206

勺粉条　成　蓉 / 211

鞋　垫　林　静 / 215

一句箴言闯天下　李永昌 / 219

补　习　林大会 / 224

要有出息唯读书　朱明明 / 230

卷　四

家　风　朱文泉 / 239

给予是一种幸福　朱文俊 / 248

杏　子　朱文俊 / 253

戒　指　朱文俊 / 256

孤　独　朱文俊 / 258

视同己出　朱文俊 / 261

让　郑余华 / 265

睦　邻　朱文芳 / 269

美好时光　林宝付 / 274

梦　境　朱文兵 / 279

最后的嘱托　笪卫芳 / 283

又到枇杷成熟时　朱大治 / 291

珍贵的小把件　肖喻馨 / 298

冬日暖阳　邹凤礼 / 302

流　泪　郑　鹏 / 306

洗　澡　林　静 / 310

邻里情　林　静 / 313

火龙果的记忆　林　静 / 316

牛首山恋　林　静 / 319

牵　挂　林　凤 / 323

护子情深　林大会 / 329

"三不争"　林大会 / 335

守　夜　林大会 / 339

卷　五

药　罪　朱文泉 / 349

红夜校　朱文俊 / 355

劝　慰　朱文俊 / 358

善待生灵　朱文俊 / 365

一生一次的旅行　朱文俊 / 372

最后一次谈话　朱文俊 / 381

送军粮　郑余华 / 384

春荒里的春天　郑余华 / 393

望　郑余华 / 397

评　理　朱文兵 / 401

一粒不能拿　朱文兵 / 404

锅里·碗里　朱文兵 / 407

疼　爱　郑　鹏 / 411

神奇的口袋　林大会 / 419

卷　六

好男儿当自强　朱文泉 / 425

草　屋　朱文俊 / 435

黑色的1963　朱文俊 / 440

一双尼龙袜　朱文俊 / 446

花瓷盆　郑余华 / 450

爱　好　朱文芳 / 453

心　愿　林宝付 / 456

两个名字　朱文兵 / 461

完　美　朱庆庆 / 465

无声的命令　朱大治 / 471

"简"中有乾坤　朱大治 / 475

自己包的饺子吃着香　林　静 / 481

永不言累　李　远 / 484

"四大"谁大　朱恒毅 / 490

太奶打"老虎"　朱箫羽 / 495

附录一　中国平凡母亲之功效研究　翟学伟
　　　　罗　戟 / 499

附录二　祭母亲叶珍太夫人文 / 547

后记 / 549

序一　心与爱，大于一切

阎连科

非常意外地被《叶珍：一个平凡而又伟大的母亲》所吸引，如在沿途有无尽奇绝景光的旅途中，被一片田野、庄稼沉迷。田野是大地上随处可见的黄土地，庄稼是四季中季来季去的稼禾和菜蔬。它没有理由吸引你，可它就是那样不动声色、默默静静地吸引你。稻田并不比别的田野更肥沃，河流也不比别的河流更为清澈或湍急，就是苏北土地上的村落、街巷和人流，孩子们在时间中滚的铁环和踢的铜钱鸡毛毽，也不比任何地方的铁环、毽子更为滑圆和艳美。生活的质朴如劳作一天后身上的尘垢样，父亲严打儿子的掴掌声和母亲护着儿子的疼爱与引导，都如落日前南方、北方乡村必要升起的炊烟般。

在整整一本书的叙述中，没有峰回路转的奇遇、悬念和突然到来的戏剧性矛盾、冲突，然又在每一篇章的说与说的叙述里，透着一种爱与来自内心的思念及敬仰。一位带着泥土踏入军营而成为将军的苏北少年,在耄耋之年对母亲的怀念本身就是一种锥心的爱和锥心的疼,而化为"作者"的这个人——将军朱文泉,除了人间烟火的家庭、家族、伦理间的暖与爱,笔下很少有傲然、荣耀和炫说。

《滚铁环》《摘瓜花》《拐磨》和《温馨的瓦罐水》,一事一篇章,一篇一意蕴,文字简朴至直切,情感切直至明透,无论是述说父母对儿女的爱,还是母亲对生活、世事的坚韧、明理及质朴的长远和透彻的悟白,都写出了作为母亲的一个普通女性为人的尊严,传统和远识。一个偏穷的村落出了一位将军固然是惊天的事,然而将军则认为,母亲对子女们的教育远比出了什么人物更为值得记忆和敬重。缘此,在这本由99篇忆文组成的既非散文又非回忆录,既非纯粹的怀念文章,又非人物传记的"家族非虚构"的作品中,作者共有三代25人,而作为叶珍长子的朱文泉,写有12篇,次女朱文俊,写有21篇,其他子、女、媳、婿6人写有25篇,余为朱家第三代和第四代的亲人的回忆和笔录。娓娓道来,有一为一,言是今日中国之语言,事是中国社会中的人和事,作者是一个家族中的方方面面的"从业者",军人、商者、公务员、大学生、医务工作者和金融业人士,近在南京的区市内,远在海外留洋。我们读到了一个家族的盛旺和发达,也读到了一个社会、国家的历史与发展。

《叶珍》是一个中国女性的日常生活史,也是一个家庭、家族的兴盛记录和书写,更是一个社会从哪来到哪去的表白和记忆。朱文泉和朱文俊,朱文芳和朱文兵,无论谁的文章多,谁的文章少,但其中每一篇的写作叙述里,除了来自他们内心的对母亲的回忆和爱,就是停泊在灵魂里的对母亲的思念和敬重。在这里,爱是所有文章的起始点,也是所有文章的落脚点。因此读者不会去追究文章中的文学性,不会去追究所谓的艺术和抒情,那怕有的叙述有着报孝味,我们也还是能够感受到爱的真挚和疼痛,思念的锥心与刺骨,还有作为一部建立在"家史"基础上的社会变迁的画面和画卷,到处都存闪着情趣、风俗和幽默。如作为儿媳的徐荣的《宽容》和孙女朱黎黎的《蜀葵》,前者中的对话,几言几语便有了生动的画面感,后者三言两句便有了内心的情感与含隐,读来让人会心一笑并印记在心里。《戒指》一篇中的情与爱,《流泪》中的眼泪与怀念,无论是作为女儿和女婿的怀想,还是孙辈们的忆述,在这本书中都以情为基,以爱为筑,起于思爱,终于思爱,从而使一本家族的忆述,成为了一部生活与家庭、人生与社会的爱忆性标本。

《叶珍》一书的副标题是"一个平凡而又伟大的母亲"。其实不需要写上"平凡而又伟大"几个字。世界上真正伟大的母亲都是平凡的,都因为平凡才伟大,才值得怀念和爱,才值得人们去爱去阅读,也才更有个人史、家族史和社会变迁史的意味和价值,也正如这本由25个作者——家族后人书写完成的家族史和社会书。这部《叶珍》也许不可以和许多作家的同题书相比较,但它却有作家书写不出来的质朴和生活原有的质感、样板性,更有家庭、家族和社会学的价值和记忆性。一个家庭、家族为一个母亲书写一部记忆之书是值得的,也是中国家庭中罕见罕有的。若有可能,有能力的家庭、家族都完成这么一部记忆之书,那么我们的社会和人的记忆将是多么丰富和柔情,多么可爱和可敬。

2021年5月28日 北京

(阎连科:当代著名作家,中国人民大学文学院教授)

序二　歌颂伟大母亲的浩渺清音

何永康

词牌,有"莺啼序"。

人生,有"婴啼序"。

是谁孕育了、分娩了、呵护了这一声嘹亮的、天地为之倾听、大"序"生命历程的婴儿的啼哭?

是母亲!

你赤条条地哭着走来,母亲仿佛听到了充实而又美丽的早春莺啼。她笑了。她笑了!为你今后的学语、学步、跋涉、远游、高歌、欢笑,以及忧伤和哭泣,绽放了有如春晖的笑颜,融会着会心、期盼、鼓励、赞许和休戚与共。

"世上只有妈妈好,没妈的孩子像棵草。"为何突现"只有"?为何不提"老爸"?

其实,当爹的不必自我"见外"。天底下还有许多词句"舍母其谁",如"祖国母亲""地母""母亲河""母校""母题""航母""分母""母音""母语",等等。不信,你换上"父"字,试试顺不顺!

非是重女轻男。"父"和"母",在意味上,在韵味上,在况味上,有着微妙的区别。最通常的一种界定,便是"严父慈母"。难道父亲就不"慈",难道母亲就不"严"?不可以下如此断论。个中缘由,庶几乎只能"意会",估计唯有"社会学家"能够精微地论析。

朱文泉先生等奉献给读者的这一部《叶珍》,以生动具体、鲜活滋润的追忆和描述,展示了一位农家母亲的音容笑貌和博大情怀,做了别开生面的哲理性阐释,很有亲和力,很有启示意义。"形象",往往是大于"思想"的!

且看"相夫教子"卷首语所云:母亲"教育孩子学会做人,参与家务,引导读书,营造学习氛围,胜过数个优秀老师"。

母亲,是人生的第一位老师,也是终身的恩师。斯"教"也,永远是温暖的、温馨的、柔和的、柔韧的、谆谆善诱的、润物无声的。所以,其审美风采更多地显示为"慈"。

长女文俊写道:

"爸爸……以严苛管教为主。妈妈则以说理引导,启发自觉性为主。"

"我也会因为没完没了地挑猪菜……耽误学习而烦

恼","妈妈说:'我们家的现实就是这样,……妈妈陪你慢慢往前走'。"

这就是母亲的"慈"。一个"陪"字,的确如春晖融融,化入心田。而且,别着急,咱娘儿俩"慢慢"来,日子总会有盼头。更美妙的是,长子文泉有一回竟然认乎其真地跟母亲讨论父亲们喜欢"运用"的"黄荆条":

"我不解,问'黄荆条'是啥样子?妈:就是树条子、柳条子。我好奇,又问黄荆条'真'能出好人吗?妈:真不真,你爸相信。"

这可是平等的、默契神交的"学术探讨"啊!"慈母",不仅仅表现为"临行密密缝"的"手中线",而且显现为"春风发微笑"式的、朋友般的推心置腹和莞尔交谈。

想想你听到的第一首天籁之音"摇篮曲"吧!那是慈母从心窝里流出的长长的、细细的、清清的、甜甜的泉水,护送你"山随平野尽,江入大荒流",陪伴你"因之梦寥廓""云帆济沧海"……

父亲呢?则是紧握拳头,呐喊助威:"加油!""挺进!"

《叶珍》的又一特色,是鲜活的细节描写。文学先贤有言:"一个好的细节,顶得上万语千言!"

文泉先生在《温馨的瓦罐水》中,精确细致地叙写了当年:"全家脸都洗完了,母亲又把小瓦罐放到锅膛里,待早饭后……淘淘抹布,用来擦桌子。……等里面水凉了,再浇到菜地里去。……这里有营养,浇菜菜肯长,同时也为了节省每一滴水,一举三得。"环环紧扣,陈述得有板有眼。母亲勤俭持家的用心和智慧,天然闪光。曾读到一首咏唱萤火虫的诗:"最数流萤心事重,提灯彻夜绕家山。"朱家的平凡母亲,就这样提着小小的"心灯",照拂着家里家外、点点滴滴。

拜读此书,很少见到"掀天之浪",几乎全是"一芥之微"。然而,正是这些凡人小事,这些日常生活的晶莹浪花,亲切地叩响人们的心灵弦索,鸣奏起歌颂伟大母亲的浩渺清音。

常言道:"儿行千里母担忧。"妈妈的目光,总是紧随着子女的背影;她们的听觉,永远追摄着孩儿的足音。文泉先生年少时,带着全家的"无限希望",奔赴响水中学求学。他与考取的同学一道,沿着河堤往前走。母亲站在家门口,眺望着,眺望着,远了,远了,于是挥手喊道:"小大子,走到最前面去!"这是激励儿子时刻争先的叮咛,这是"游子"奋发前行的动力和鞭策。小鸟要放飞了,将面临风风雨雨,为娘的能不牵挂?但是,在确立人生目标的根本性的尺度上,慈母是从严从难的,必须"走到最前面"!面临如是情境,"慈"和"严"就辩证升华了。朱家慈母的"解题"办法是:以身作则。譬如"三年困难"时期,她守着代储的两大囤种子粮,对饿极了的孩儿说:

"公家的粮食一粒不能动。""乖乖,妈知道你们饿,你们就到水缸多喝几口水吧!"慈母的正气,形成了伟大的气场,子女们能不心领神会,如鲲鹏展翅,"抟扶摇而上者九万里"!对于慈母恋子、护子、望子成人的"多而一""一而多"的心态,咱们的"社会学家"能否给予"立项"研究?

说到"研究",首先要有生动具体感性的生活"素材"。一般人怀念母亲,往往是追忆,想啊,想啊,最多向家人倾诉。能拿起笔来的,应当原汁原味地加以记录。可惜,鲜见!文泉先生竟然"发动"全家,兄弟姊妹、儿子媳妇、女儿女婿齐"上阵",共同以心血和精诚写下这部难能可贵的《叶珍》!应予点赞,加以发扬。

昨日,植树节,微雨。文泉先生打着伞,从很远处来到我家,征求对《叶珍》书稿的意见。此种认真执着,显示了他对《叶珍》的高度重视,令人感动感叹。究竟为哪桩?"植树"也!愿此著:如酥酥春雨,润泽"百年树人"的伟大事业。

以上,是一个老教师的心里话。谨志。

2021年春日,石头城下

(何永康:南京师范大学文学院原院长,博士生导师,教授)

序三
民族大树之一"叶" 中华美德之奇"珍"

徐 红

我有幸在付梓前看到《叶珍》一书的书稿。该书写到的几百个小故事令人回味无穷,平凡可见伟大,伟大植根平凡。其价值可以说就集中在"叶珍"这两个字的内涵上:"叶",民族大树之一叶,"珍",中华美德之奇珍。简言之,普通一"叶",弥足"珍"贵。

在我们这个国家、这个民族,究竟应该推崇什么人?毛泽东主席当年在天安门城楼上高呼:"人民万岁!"习近平总书记在天安门城楼上又再次高呼:"伟大、光荣、英雄的中国人民万岁!"中国共产党的根基在人民、血脉在人民、力量在人民。人民不是一个空洞的概念,而是坚决跟党走的亿万普通老百姓。我少年时曾经在语文课本上读到朱德写的《回忆我的母亲》,朱德说:"母亲是一个平凡的人,她只是中国千百万劳动人民中的一员,但是,正是这千百万人创造了和创造着中国的历史。"我们今天推介的这本书的主人公叶珍,就是中国最平凡最普通也最伟大的劳动人民中的一员。

《叶珍》这本书，没有颂扬高官名家，也没有仰望财富大佬，更没有追捧演艺明星，而把时代的镜头对准了推动历史前进的人民群众，对准了一位充分体现中华传统美德的典型的中国农村的普通母亲。

这本书写到在叶珍身上发生的事，看起来都是一些日常小事，但却集中体现了对党永远的忠诚，"站到前面"的信念，出自内心的善良，不求回报的爱心，为人处事的宽容，解决难题的睿智，终生保持的俭朴，等等。她独自挑起家务重担，确保丈夫全身心投入生产队的领导工作；她注重言传身教，把两代儿女个个都培养成出类拔萃的人才；她的女儿发病，医生带着口袋要拿生产队存在朱家的种子粮，母亲公私分明，说公家的种子粮一粒也不能动，结果得罪了医生，影响了治疗，女儿不治身亡；她面对春荒，自己忍饥挨饿，却拿出自家的玉米种子接济更困难的人；她家不算太穷，但灶头瓦罐里的热水，每天先用来洗脸、然后擦桌，最后还端出去浇菜……这样的事例，在书中近百篇文章中，比比皆是，不胜枚举。

虽然这位母亲文化程度不高，但她的所作所为体现了中华文化的巨大力量；虽然这位母亲一生清苦，但她的所思所想印证了精神世界的富有；虽然这位母亲慈祥宽容，但她的所求所图寄托了"走在前面"的殷切希望；虽然这位母亲生活在社会最基层，但她的家庭走出了共和国上将军、走出了各条战线很有建树的优秀人才……

说到优秀人才，应当特别介绍本书的主笔，也就是第一作者，即叶珍这位母亲的长子。是他亲自酝酿、策划、组织、写作和修改了这本书。他就是大家熟知的原南京军区司令员朱文泉上将，也是我的首长。

朱文泉司令员沐浴海风而生，倾听浪涛成长，是农民的儿子，是大海的儿子，他从黄海之滨的小村子走出来，后来当上师长、军长和大军区司令员，历经半个多世纪的军旅生涯。他曾倾心打造建设英雄的铁甲雄师，曾日夜奋战在九江抗洪一线，曾砺剑东南威镇台独势力，曾撰写127万字的军事科学巨著——《岛屿战争论》，曾力推我国海洋立法和海洋管理体制改革，又连续十年担任了中国新四军研究会的会长，是武能统兵御海镇妖，文能挥笔著书立说，共和国名副其实的文武双全的上将军。当然，首先要归功于党的培养教育，但我们也看到，他母亲的许多优秀品质在他身上得到传承和发扬，他的母亲为他的成长进步指引了方向，作出了示范，铺好了基石，扣好了第一粒扣子，换言之，他也正是在叶珍这位母亲亲自培养、教育和影响下成长起来的。

总之，《叶珍》这本书值得一读，值得向社会推荐，特别是值得向广大青少年推荐。完全可以将其当作培养良好家风的难得范本,当作教育子女成才的生动教材,当作走好人生道路的有益指南,当作弘扬中华美德的明亮镜子。

2021 年 6 月　扬子江畔

(徐红:原南京军区装备部副部长,少将)

自 序

朱文泉

母亲走了，总也忍不住对她老人家的思念。这思念，回放着一段段深笃动人的故事；这思念，凝聚着儿孙无尽的爱、无限的情和无法挽回的悔；这思念，最后汇成了对春晖的礼赞，以及小草的感恩。

母亲走了，总也写不尽对往事的追忆。这追忆，记录着一个平凡而执着的身影大半个世纪的艰苦拼搏；这追忆，眷恋着一幅浓郁乡土风情的画卷；这追忆，令人高山仰止、永恒长河。

母亲走了，走得那么安详，那么宁静，那么满足……

一切仿佛昨天，一切又似瞬间。一切虽已过去，却成为永存的纪念。

欲报之德，昊天罔极。谨以此册，谨以此心，纪念伟大的母亲，惕厉孝顺的子孙、子子孙孙……

2016 年 4 月于金陵
（作者系叶珍长子）

卷 一

"相夫教子"是名典。相者,辅助也。何以辅助?贤妻有三:辅助丈夫,以智辅,以德劝,妻贤夫少祸;教育孩子学会做人,参与家务,引导读书,营造学习氛围,胜过数个优秀老师;孝敬老人,始终如一。

唯现代家庭夫妻平等,辅助应由单向变为双向,相夫教子与"相妻教子"并题。

摘 瓜 花

朱文泉

在我的记忆中,老家的小瓜和番瓜是最难忘却的。小瓜,也称菜瓜,果实呈长筒、椭圆形,表皮光滑,或淡绿,或绿白,肉脆而多汁。生吃充饥解渴,切成片、撒些盐、放点蒜泥,就是夏日之佳肴;亦可炒熟吃,若剖开腌制、晒成瓜干、切丝,乃下酒好菜,可与海蜇媲美。番瓜,又叫南瓜,形似圆桶、磨盘,亦有根部短而细、头部大而粗,小孩都抱不动。番瓜是人类的朋友,既可当主食,又可当菜蔬,其药用价值更妙不可言:防癌、调理"三高"、养胃护眼、养颜补血、消炎止痛、保肝壮阳、增强抵抗力、免疫力。

三四岁时,刚记事。某日,妈妈说她在前面地里干活,叫我好好睡午觉。我躺在柳条编的长卧篮里,闭起眼睛装作听话的样子,一会被妈妈哄睡着了。不知睡了多长时间,醒来后四处张望,屋里空荡荡,想起来出去玩玩。门当时是关着的,但从门缝看见外面,我好像用力从一扇门的下面扒开,尔后爬出去。外面还是空荡荡,忽然一只小花猫跑过来,玻璃球似的大眼睛盯着我,咪咪跟我说话,我听不懂,就追着它玩,它往屋后跑,我就追到屋后,但见它跃起一窜钻到瓜地里去了。

咦,这是一个什么世界呀?一片绿叶子,在微风下来回摆动,小黄花在绿叶间时隐时现,我好奇地走近瞧瞧,花儿金灿灿,叶子像把伞,中间"小鸡鸡",又像小旗杆,用手摸摸,黄粉黏黏的粘满手。有的花瓣包在一起,用手一碰就掉下来,后面还有个小纽纽毛茸茸的,一扭也下来了。这太好玩了,我就一个一个碰,一个一个扭,没用多少时间,周围一大片瓜纽全被我拧下了,我把它们集合在一起,堆起摊开,摊开堆起,仔细欣赏自己的劳动果实。

突然间,一个小东西(当时我不知叫蜜蜂)飞过,我盯着看,它在空中飞了两圈,落到一个更大的花瓣上。我悄悄靠近,它不理我,只顾低着头、弓着屁股,不知它在干什么。这里的花瓣不像伞,像喇叭,中间有个"大鸡鸡",有的是"母鸡鸡",喇叭开得很大,有的很精神,有的却无精打采,还有的叶瓣萎缩在一起,扒开一看"大鸡鸡"正在"母鸡鸡"家里睡觉呢,更稀奇的是后面有个小棒槌,青色的、嫩嫩的,可爱极了。我索性放开手脚,有精神的、没精神的、正在睡觉的,统统摘下来集合,转眼又堆了几大堆,正准备庆贺胜利时,"危险"来了。

"小大子!""小大子!"我扭头一看,妈妈已站在我的面前。我心里害怕,两腿抖动,心想今天要挨打了。

妈妈看出我的心思,弯下腰说,"乖别怕,妈不打你,你还小,不知好歹。"稍许,又指着花蒂说,"这个不能摘,摘了就不结瓜了。番瓜是好东西,灾荒年能救人的命。"

晚饭,桌上多了一道菜,油炒番瓜花。爸爸问是哪来的,妈妈笑着说,我们尝尝鲜吧!

幼小纯洁的心田,开始孕育和编织爱的传奇!

(作者系叶珍长子)

砸饼砣

朱文泉

"滨阜涟灌响,穷得叮当响。"解放初期的苏北农村生活还是很苦的,每到冬春,不少人家上顿不接下顿,有的出去逃荒要饭。我家呢,爸妈会种田,又会过日子,温饱基本可以解决,但在冬春农闲季节,常用独轮车(爸在后面肩系车襻用手推,妈在前面肩垫垫子用绳拉)给人家运盐运粮,以贴补家计。

那时,我才六七岁,叫我看家。好在爸妈运货都在王集、双港一线,我家处在中间位置,爸妈路过门口,先看我,再抄起水瓢咕噜咕噜喝完就走。

看家很枯燥。妈妈就用地瓜糖把几个大铜角子粘起来制成"饼砣",从抽屉里拿来几个中等铜角,叫我砸饼砣(砸钱堆)玩。开始很喜欢,但饼砣常砸不着铜角,甚至连垫在铜角下面的砖头也砸不着,没多长时间就玩够了。

兴趣来了。邻居花小哥过来教我,怎么握砣、瞄准、用力,讲得一清二楚,但是我一举手就砸歪了,有点灰心。花小哥,比我大五六岁,家里生活十分拮据。他很耐心教我两天,我偶尔也能砸着了。某日,他提出肚子饿了,能不能给他几根地瓜干,我说可以便到屋里去拿。

我家的地瓜干是有数的。上箩筐妈妈用东西封好不让动,下箩筐被压得很紧,我只能用手一根一根往外捏,好不容易掏出一小把给了他。

因为能砸着了,兴趣又上来了,花小哥提出咱们比赛比赛。我说不能比,比不过你。

花:"你已会砸了,肯定能赢。"

我:"我不信。"

他:"不信你试试看。"

开始几轮我砸不上,他也砸不上,这提高了我的信心,第五轮我砸下来,赢了一个铜角,心里欢喜,上午结束时,我又赢了一个,情绪高涨。

下午,花小哥说:"咱们一次放两个铜角吧。"我说"好"。前三轮谁也没砸下,第四轮花小哥砸下了,他一下赢了两个,上午赢的"还给"人家了。我不甘心,又放上两个,输了,再放,再输,手里六个铜角输光了,我很气恼:"不砸了。"

第二天还想砸,又从抽屉里拿了六个铜角,家里铜角不多,怕大人发现就用鞋骨子(纳鞋底剪下的边角料)

从下面垫高，上面形状保持不变。

花小哥来了，我顿时燃起"复仇"的火苗。说来也怪，我连胜两局，但砸到下午，手里六个铜角又输光了。他让我再拿，我说家里没有了。他说那就用地瓜干换铜角吧，一个铜角二根瓜干，十二个铜角回来了，家里地瓜干又少了一大把。

如此八九天，愈砸愈输，愈输愈砸，遭殃的是，箩筐里的地瓜干被掏了一个坑。

一批货运完了，爸妈回来了。妈妈一做饭发现地瓜干少了不少，望了望我没吱声，我也小心地瞅瞅妈妈，心里怪不是滋味。

开始那几天，爸妈忙里忙外没顾得上这事。

某日晚饭后，妈妈把我叫到箩筐前问道："小大子，瓜干怎么少这么多？"我不想说谎话欺骗她，也不敢说真话怕挨训，只好噘着嘴不吭声。

稍许，妈妈换了个口气：乖，你在家看家，也很听话。瓜干少了事不大，你给妈说实话就行。

我就从头到尾把事情经过全部告诉了妈妈。妈妈说："你是好孩子，其实你不说妈也能猜到八九分，前几天妈就发现了，妈没说。"花小哥没得吃，给他一点也没啥，但是要跟妈妈讲，事虽小，勿擅为。开头就讲是诚实，现在讲也是诚实，当然开头就告诉妈妈更好，"诚实"

是人生的"路单"。

妈妈看看我,双手把我拉到面前,加重语气说:"长大了要记住,'瓜干可以有坑,品行不能有坑'。"

长大了,参军了,为国家出力了,看到了花花世界,经历了风风雨雨。有官行私曲者跌入钱坑,经不起女色诱惑者陷入情坑,掉进水坑淹死、跳进火坑烧死、滑进泥坑憋死、踏进粪坑臭死,凡此种种。

"品行不能有坑。"心灵,被妈妈擦亮。

(作者系叶珍长子)

滚 铁 环

朱文泉

大约三年级时。一日上课前,有几个同学在滚铁环,其中一个陈同学特别显眼。我以前没见过铁环,便走近这个同学询问"铁圈"从哪儿买的?他说:"不叫铁圈,叫铁环,是城里的亲戚送的。"我又问那"小圆球"干什么用?"这不叫圆球,叫铜铃。"他有点不耐烦,说完推着铁环一溜烟跑了。

和煦的阳光散放出浓浓春意,操场上的点点小草争着破土,远望,草色一片。穿着别致的陈同学,快速地滚着铁环一圈又一圈,带着穗子的铜铃声一阵又一阵,令人羡慕不已。我有点失落,呆呆站在那里,要不是上课铃响,我都忘记自己身在何处了。

放学回家的路上,我思索着城里有个亲戚真好,但转念一想不就是个铁环嘛,咱不能自己做一个吗!于是到家放下书包,拿了一把镰刀,径直走到与韦家搭界的田埂上,转来转去,最后砍下五根长长的、粗细适中的柳条。妈妈问做什么呢?"做柳环。"我先把一根柳条弯曲对接,觉得圈太大,再弯曲时,用力过猛折了。又拿第二根、第三根,同样的结果。第四根圈子大小合适了,但柳条根部与柳条上部粗细不同,削成坡面对接时,怎么也扎不紧,还是在妈妈的帮助下,拿来细麻线一道一道扎得结结实实。

到哪去弄滚"柳环"的钩子呢?晚饭后正寻思着,看到妈妈用火叉清理锅膛灰,我眼睛一亮,这火叉上不就有钩子吗,于是拿着它到"柳环"上比画,发现这个钩是"J"字形,要向前再旋转一百八十度才能变成推铁环的钩。我问妈妈怎么办,妈妈琢磨了一会,便拿来钳子和铁丝,剪剪敲敲做了一个弯钩绑在火叉上,再一比画,勉强可用,心里充满了欢喜。第二天是星期日,我早早起来拿着"柳环"和钩子到社场上,准备痛快地滚上一回。哪料到柳环不太圆,推不到几步就要倒地,尤其柳根与柳梢接合部麻痕突出,钩子推到此处需要手拧一下,让钩子挪过去才能继续推,否则就推不过去。不一会,出了一身汗,凑合着过了把瘾。

第二天放学回来,新的情况发生了。由于柳条是鲜的,割下两天水分抽干了,尤以柳梢部分鲜嫩,萎缩更为明显,结果从接合部脱离,柳环解体了。人家自愿分离,咱也无法"重圆"。因受昨日母亲的启发,拿来几圈铁丝,又试着做一个"铁丝环",一根铁丝太细,四根铁丝才能做成铁环那么粗,于是又在母亲帮助下,用细麻一道一道缠紧,这下倒结实,但是钩子与细麻之间无法润滑磨合,放到地上根本滚不动,只好弯腰用手推着"铁丝环"转几圈了事。

母亲看到我扫兴的样子,劝我说:"乖,别扎了,还是买一个吧!"

晚饭后,桌子上拾掇干净,煤油灯一闪一闪,听爸爸妈妈对话。

妈妈先开口:"小大(我的乳名小大新)喜欢滚铁环,你给他买一个吧。"

爸:"小孩谁不喜欢玩,滚铁环能滚出什么名堂?"爸把身子一转对着我说:"好好读书!"说完便到东头房睡觉去了。

我望着妈妈无奈的样子,又感激,又气愤。便嘟囔着走向西头屋:"我长大了不是买一个铁环,我要买一百个铁环!"

后面几天,妈妈对爸爸没有好脸色,我也不愿跟他在一起,吃了晚饭我就进西屋。一日晚饭后,爸妈又开始对话,我便蹑手蹑脚走到门旁,伸长脖子侧耳细听。

爸若无其事地说:"你好像不高兴?"

妈:"孩子不高兴,我怎么高兴,买个铁环有什么了不起?"

爸:"我不是怕影响他念书嘛!"

妈:"你不买他就念书啦?这两天他用柳条、铁丝做铁环都没做成,就是想有个真铁环滚滚,你买给他,他不就安心读书了嘛,你不买,他反而不好好念书。"

爸:"非要滚铁环吗,踢毽子、跳绳不也行嘛!"

妈:"踢毽、跳绳是可以,女孩子更喜欢,男孩子喜欢追逐、斗胜,滚铁环更适合他们!"

爸:"滚铁环能滚出什么本事?"

妈:"怎么不是本事,你推独轮车不是本事吗,开始你推盐左右摇晃不敢多推,推了几趟不就稳平了吗,滚铁环也是这个理!小鬏多运动,长身体,运动以后读书灵,这不就是长本事嘛。"

爸:"这话倒不假,我怕他玩出瘾来。"

妈:"不会的,也不是常玩。小孩玩东西都是一阵一阵子,过一两年长大了,兴趣可能又变了呢。"

爸:"嗯。"

我听得入迷,满脸都是泪水。

又过了三天,爸爸从街上带回一副铁环。爸爸高兴地告诉我说,街上没得卖,是在铁匠铺新打的。我琢磨不能过于高兴,便平静地把接过来的铁环放在一边。一连几天心里痒痒,但提醒自己现在不能滚,不然爸爸不放心。

　　熬到了星期天。吃过早饭,束紧裤带,穿好褂子,思量今天要滚个痛快。如同出征,先活动一下胳膊腿,尔后在房间扫视一周,便拿着铁环,肩着钩子,快步走到社场滚了起来。开始找不到用力点,滚几步环就倒下来,尤其低头盯环,不敢用力,愈慢愈容易倒。后来试着直起腰板,眼向前看,用力快推,脚步跟上,环既倒不了,又跑不了,始终能在手钩的控制之下。试着滚了几圈之后,我感到既能快、又能慢、还能跑,既可直腰、又可弯腰,稍向前倾、弯点腰反而滚得更快。到了晌午,我能一口气滚上二十圈,环随钩使、钩听人唤,感觉运用自如。

　　望着太阳已指向正南,摸摸身上衣服已经湿透,心想坏了,滚的时间太长了,拿起家什急急忙忙赶回家,看到爸爸正坐在堂屋望着我,我知道挨训是少不了了。爸爸招呼我坐下,我立即正襟危坐。爸爸说:"你滚得不错,小男孩玩就好好玩,念就好好念,磨刀不误砍柴工。"爸爸的话使我感到意外,后来才知道爸爸就在社场草垛旁,一边和人插呱,一边看着我滚铁环,旁边的两人都夸奖我在校成绩好、表现好,爸爸心里高兴。

　　晚上,妈妈说:你爸今天高兴,铁环买了,你也会滚了。妈妈希望你除了比赛铁环不能带到学校,在家滚时间不能太长,念书要比以前更好。我想这是妈妈的"约法三章",我说妈妈放心,我能做到。

几个月后,小学组织滚铁环、跳绳、踢毽子比赛。我们铁环组十二人,经过二轮淘汰赛剩下三人,三人赛我先赢一局进入决赛,对手恰巧是那位陈同学,我心里有点怵。开始十圈我只是尾追,又是十圈,难分伯仲,最后几圈发现他体力不支,我一发力冲了过去,随后一路领先夺魁。

颁奖时,我发现陈同学有点不悦,他的那个铁环上铜铃依然还在,不过穗子已经旧了,不那么显眼了。

1956年秋,我考进了响水初级中学。报到前,我把铁环擦干净包好,挂在墙上,对妈妈说"不要动"。

两年后暑假,我回到阔别的家,发现铁环不见了,妈妈告诉我都搜去炼钢铁了。我心一惊,想到我们学校那个小高炉,把搜集来的废铁扔到炼钢炉熔化,冷却后成了一堆铁疙瘩。我舍不得我那心爱的铁环:你,为我折桂,为钢牺牲,为"大跃进"奉献,功不可没,将来我要写文章纪念你。

多少年后,我已经当了军长,带着机关到大别山区勘察地形,路上正好碰到一群孩子在滚铁环。我下车走近他们,问他们谁滚得快,一次能坚持多久,有没有带穗子的铜铃?他们似乎认生,或者听不懂我的话,交谈了几句,一个大孩子滚起铁环,哗啦一声跑开,别的孩子也跟着一哄而散。尽管如此,我还是很高兴,因为这个久违的场景把我带到童年的回忆中:陈同学的铁环、我做的柳环、铁丝环、妈妈为我争取来的铁环……

我感激妈妈的爱与信任,也感激爸爸听从妈妈的劝说。一位社会学家说得精辟:母亲可以没有文化,但要有智慧。我母亲就是这样一位有智慧的人。

(作者系叶珍长子)

三次挨打

朱文泉

刚上一年级。一个小伙伴拉着我神秘地说,咱们到豌豆地去。我问干什么,他说去吃豆荚,一吃"咯巴咯巴"响,可甜了。我说作业没做完,不去。人虽没去,心倒是痒痒的,一想到"咯巴咯巴"响,嘴里就淌口水。

过了几天,另一个小伙伴又来找我,我忍不住了,就随他到一块麦地里。麦穗粗又壮,麦秆高且直,可惜有两处被踩踏倒伏了,枯萎的荚藤上只剩下几个小豆荚半死地躺着。他带我一直往深处走,看到半鼓着的豆荚挂满了豆藤,他示意"开吃吧"!我犹豫,但嘴不犹豫,便蹲下动起手来。太鼓的不怎么甜,太嫩的水气多,半鼓不鼓的最好吃,又甜又嫩,荚腔内又有空间,嚼起来最响、最惬意。本想吃几口就行了,谁知开了戒一发不可收,右手摘下往嘴里送,"咯巴咯巴"嚼不过来,就用左手拿,一会工夫,腿蹲累了,又扒开麦茎坐下。此时,才发现近处几个伙伴干着同样的勾当,我有点心慌,急忙回家了。

两天后,厄运来了。薛家气呼呼来告状,爸爸听完后问我有没有这回事,我说"有",但只去过一次。爸爸连连向人家赔礼,表示一定严加管教,所受损失照赔不误。薛家人走了,爸爸喝令我"跪下",我知道做错,立即跪下甘愿挨打。爸爸举起柳条就来打我,我架起胳膊、缩着脖子,做好皮开肉绽的准备。

此时,妈妈过来了,说"吓吓就行了"。

爸:你不要管。

妈:我怎么能不管。

爸:你管我就打你。

妈:你打看看!

柳条呼呼两下子落到妈的背上,妈说,"你这个死老头子,怎么不讲理?儿子跪也跪了,打也打了,吃他的豌豆荚赔他就是了,还想怎么着?"妈妈一边说,一边拉起我的手,"走!到西屋去!"爸爸也未往下接。

夜深。妈妈不放心,过来摸着我的手。我把前后经过一说,觉得委屈,还连累了妈妈。

妈:"妈没事。乖儿,你爸打那是为你好。咱们种田人不容易,你把人家豌豆荚吃了、麦子踩了就会减产,灾荒年好比要人家的命,人家能不告状吗!"

妈欲止又说:"至于去一次、去多次没啥区别,只要去就是个错;别人找你去的,这也说不过去,做坏事别人叫你去你就去啊？你要想吃,告诉妈妈到自家地里摘一点不也行吗,人家以为偷吃他的、省自个的,损人利己影响多不好！"

妈又举例：从小偷根针,长大偷头牛。东太庄魏小七从小就好偷东西,长大了抢银行逃到潮河北,后来给政府抓回来枪毙了,嘴馋、手馋都是诱惑,是万恶的根,你可要记住。

"懂了,我一定听妈妈的话。"

离开时,妈妈又强调："做坏事绝不能有第一次。"

一年多以后,放学路过程塘,有同学提出游泳,我一看夕阳还在西山尖上笑,离家又只有几步遥,索性把书包一放游个痛快。小时候所谓游泳,就是在水里洗澡、捣猛、狗刨式打嘭嘭而已。虽是初秋,太阳仍然很毒,把水晒得温乎乎的,蹲在水里很舒服,高兴了一个猛子捣下去,憋足了劲拼命地刨,好大一会把气吐完头才露出来,水从头上直淋淋淌下来,用手从头到脸抹下来,头一甩眼睛睁开,再捣下一个……

一会,赵孝亲过来要和我比赛,不论姿势,只要先到终点就算赢。我俩同年同月生,隔两家的邻居。他擅摸鱼,但念书不如我,游泳呢不分上下,显然,这次他想赢。刘太喜当裁判,第一局他胜,第二局我胜,第三局平手,未决胜负。此时天已傍晚,风也越刮越大,阵阵疏雨落到水面上,砸出小窝,飞出水花。赶忙上岸回家。

坏了,爸妈正在场上忙,我赶紧放下书包准备搭把手。我一转身,爸已拾起树条准备打我。我怕连累妈妈,撒腿就往河堤上跑,爸爸跟在后面追,我跑得快他追得快,我慢下来他也慢下来,前后只有十来步,爸并不急着追上来,只是问:"为什么这么晚才回来?"我说在程塘游泳。他知道离家很近,似乎气也消了不少,也不想把动静闹大,就说"回家吧,以后再说"。我知道他不想打我了,但未承诺不打。

回到家,天已黑定,妈妈把场上的活也干完了,当晚无事。

翌日,妈问我:你昨天怎么这么晚才回来?

我:在程二舅家后塘游泳了。

妈:那你应该先回家告诉大人,尔后再去游也不迟。儿行千里母担忧,你小还不懂。外面又刮风又下雨,你爸担心,我也着急,但我不能说,说了火上浇油,以后放学早点回来,免得大人担心。

"知道了,妈放心。"

几年后,我考上东太完小。某日上学途中突然下起大雨,我们赶紧到大姑家躲雨。

表弟王崇德也是五年级同学,他招呼我们进屋,因雷鸣贯耳,大家无意看书,我、叶贵华、杨玉、刘太喜四人正好一桌便打起了象棋。

外面的电光闪闪不止,里面的象棋旋转不停,大自然的狂想与棋手的畅想交相辉映,不知不觉间来了一局神棋:杨玉得"黑象对"(一对黑象)喜出望外,立即出牌,叶贵华环顾左右,伸出"红相对"压住。刘太喜哈哈一笑,掏出"黑士对"重重砸在"红相对"上,一时间屏息敛声,面面相觑。黑士者以为天下无敌了,便张开大手准备通吃,不料我吱了一声"慢"!黑士者诧异,难道你有"红仕对"?我"好饭不怕晚",慢慢送出,突然手掌向上一翻:"一对红仕"震惊四座,众人瞠目结舌。大家很快反应过来,高兴得哈哈大笑,真是"如来治孙猴"——强中还有强中手啊!

雨渐止。在大姑家吃了午饭,赶往学校上课。

第三天,挨揍了。

下午放学到家,妈妈望着我说:"上午你大姑来啦。"我不解其意"噢"了一声。爸爸有了上次经验,先把门闩紧,再从墙上取下鞭子,把另一头折过来抓在手中,绷着脸吆喝:"你过来!"我不知所措,只好挪过去,突然鞭子从上空打下来,我把身子一歪没有打着,又是一鞭,我已躲到妈的后面,此时妈妈挡住不让再打,爸就把气撒到妈妈身上,"叭叭叭"抽了三鞭,我记得妈妈只穿一件单衣,而鞭子打得很重,嘴里还嘟囔着"我叫你护""我叫你护",我见妈妈挨打,心疼死了,就从妈妈身边挣脱跑到西屋大哭,爸爸见状也没进来。隔了好大一会,我舍不得妈妈就出来看看,只见妈妈独自坐在小凳上流泪,我扑通跪在面前,抱着妈妈痛哭,当晚怎么熬过去的我也记不清了。

隔日晚上,爸爸去开会。我试图看看妈妈的背,妈妈不让看,但我已发现衣服上有一条血迹。我又一次跪到妈妈面前,满脸泪水。

我问妈妈:爸爸为什么喜欢打人?

妈:不是你爸喜欢打人,你刚考上高小,怕你不专心,耽误自个前程,打也是为你好。"养不教,父之过。"他是尽父亲的责任。

妈停了一会说:"他相信'棍棒底下出孝子,黄荆条下出好人'!"

我不解:"黄荆条"是啥样子?

妈:就是树条子、柳条子。

我好奇,又问:黄荆条下真能出好人吗?

妈:真不真,你爸相信。不过我不赞成动手就打,讲清楚就行了。古人说:"一等人自成人,二等人说说教教就成人,三等人打死骂死不成人。"这一等人恐怕不用打,三等人打也没有用,妈看孝子、好人不是打出来的,还在于孩子个人努力。

道理似乎懂了,但我还是恨爸打妈妈太狠(那时不知道打人违法、是封建残余,只知道恨),怀疑"是不是大姑来说什么了"。

妈:"你大姑没说什么,只提到前几天下雨在她家打了一会象棋。你爸一听火冒三丈,我跟你爸说小孩打打象棋、换换脑子也没什么,何必生那么大气,你爸更不高兴了,斗了几句嘴。"

我把打象棋的经过给妈妈说了一遍,对妈妈说"都是我的错,以后再不会了"。

妈:"你爸常说'一打一护到老不上路',他认为我护着你,孩子就不好管了。只要你以后改了,妈挨这两下子也值了。"

"值了!"妈妈以皮肉之苦,唤起孩儿心灵的觉悟:儿,"值"吗?

(作者系叶珍长子)

走到最前面

朱文泉

东太高小毕业后,我考上了响水中学。这给全家带来了快乐,也带来了无限的希望。一个生活在海边的农民子弟能上中学,在当时,也不是一件很容易的事情。

那时,我们去响中上学,都是从我家西侧的河堤往灌河走,然后乘木帆船到响水。记得第一次上响中时,我和叶桂华等五六个同学混在一起,边走边说。母亲站在家门口,挥着手向我喊道:"小大子,朝前面走,走到最前面去……"当时我不解母亲的用意,只得停止说话,走到所有同学前面,顿时产生一种别样的感觉:引路者的感觉!噢!母亲希望我走在最前面,是希望我比别人强,比别人有出息!

母亲是很要强的人,她不知疲倦地干活,省吃俭用地持家,她盘算着让家里富起来。她会养猪,算好时间差,养猪总是赚钱;她白天下地干农活,敢和壮劳力比;晚上回来,为家里的吃喝拉撒常常忙到深夜;她是劳动能

手,她争当乡劳动模范,她想入党……她希望子女和她一样走在前面。

理解了,便自觉了。"走到最前面"这一句话,一直印在我的心中,也足足影响了我一生。在我五年的中学生涯里,在我当兵的几十年里,母亲的话语激励着我,鞭策着我。使我在前进的道路上,无论遇到多少困难和挫折,都始终充满信心和勇气,都始终朝着"最前面"的方向坚定地苦旅跋涉。几十年来,母亲的话,成了我奋斗的目标,成了我前进的动力,也是不让我懈怠的一根鞭子!

今天,母亲走了,再也聆听不到老人家的教诲了,但"走到最前面",已经成为全家最宝贵的精神财富,成为留给儿孙们永恒的家族遗产,成为世代培育孝子贤孙的家训!

有位学者朋友赞叹说:"老人家没有留下黄金白银,但却留下了比黄金白银更为珍贵的东西!"这话,我信!

(作者系叶珍长子)

姐妹情深

朱文泉

妈妈是温和、贤惠、善良之人。与邻里能和睦相处，亲人间更是其乐融融。妈妈在四姐妹中，排行老二。大姨、三姨家住在滨海三套，两家毗邻，四姨家住运河大港。妈妈嫁到朱家后，两个姑姑已出嫁，大姑家住本村昌盛庄，二姑家住小广。她视姑如姐，见面都叫姐（大姑比我爸妈大十七岁、二姑比我爸妈大九岁）。如此，姑嫂、姐妹六人融洽相处，情同手足。

大姑年长，身材高大、精明能干，是家里的顶梁柱。祖母殷氏去世早，祖父身体不好，家务农活、一家生计，全靠大姑安排运筹。

爸爸是大姑一手带大的，对大姑感情最深，似有长姐如母的感觉。大姑出嫁时，还把爸爸抱在怀里亲了又亲，然后才依依不舍地上了花轿。

大姑离家比较近，来往方便，仍一如既往地关心娘家的事。比如，我和弟、妹几个人出生时，都是请大姑来接生。她虽不是妇产医生,但对接生准备、程序、注意事项相当熟悉,每次接生都相当顺利。唯六弟的降生,是妈妈最艰难的一次,也是大姑最艰难的一次。

据文俊回忆:"分娩那天由大姑接生,我当助手,起初我们把妈妈扶坐在马桶上,几个小时后妈妈体力不支,坐不住了,我们赶紧把她扶到床上。又过了几个小时,妈妈两次昏迷,大姑说这样下去很危险,便叫我紧紧抱住妈妈,使劲抵住她的后背,由她采取果断措施……那一刻,我真的理解了'儿奔生、母奔死'的含义。不知过了多久,六弟终于降生了,妈妈也转危为安,可大姑汗流浃背,满脸倦怠,一下子坐在席子上,半个时辰一动不动。"

我上东太小学五年级时,来回都路过昌盛庄,大姑对妈妈说中午就到她家吃饭,妈妈怕给大姑增加负担,仍让我自带粮食在学校隔壁徐金友同学家代饭。第二年,表弟王崇德考上东小五年级,和我一路同行,大姑再次提议中午到她家吃饭,爸妈只好接受大姑的厚意。那年代家家经济条件不好,可大姑总是把好吃的东西放在中午,早晚她就吃粗的、喝稀的了。

大姑一生很苦,大姑父去世得早,里里外外,家务农活,全靠她一个人支撑。她坚贞不渝,二十九岁守寡,提婚的媒婆踏破门槛,她为了抚养五个孩子(四个女儿、一个儿子,其中表弟王崇德排行老五,年仅一岁多),为了对得起已故的丈夫,坚决不答应再嫁。因为大姑长相出众,亦有人心怀抢亲等非分之想,因此她每晚关门上闩,枕边放一把菜刀,以防不测。

爸爸也很心疼大姑。冬闲时节,他挑着货郎担走村串户,昌盛庄是必到的终点站,一来是看看姐姐,带些生活必需品,更重要的是给大姑撑腰,娘家常有人来,别人必不敢随便欺负。

由于生活窘迫,操劳过度,大姑1964年去世,享年六十二岁。大姑走后,爸妈把感恩之情倾注在她的后人身上。只要王家有事情,爸妈必倾力帮助。其子王崇德做生意失利,又生了重病回不了家,爸与妈商量后,走了数十里为他借钱买房子,让他临终之时有个自己的居所。大孙子王晨光想去当兵,我们支持,他也争气,政审、体检、文化样样合格,如愿以偿。妈妈知道后,亲自去报喜,她说当时脚下似有风火轮,一口气跑到王家也不觉累;几年后,小孙子王晨鹏也当兵学了技术,复员时在无锡安排了工作。二十世纪九十年代中期,军队征招地方大学毕业生入伍,以改善干部素质结构,大姑有一个外孙邹凤礼,南京大学中文系毕业,响应号召应征入伍,实现了其母让孩子精忠报国的遗愿。入伍后,先后被评为军区优秀基层干部、"一对好主官",军区优秀大学生干部、军区政治部优秀机关干部标兵,荣立三等功和其他多项荣誉,后当到师职干部,转业到省城工作。

二姑家离娘家较远,交通不便,往来相对较少。二姑性格耿直,心直口快,做事待人比较泼辣,有时说话好较真。有一次走娘家,因平时回家少,妈妈想留她多住几天,她说家里离不开,明早就回去。谁知第二天一早,妈妈开门一看正下雨,无意中随口说了一句"人不留人天留人。外面下雨了,叫你走呢"。二姑一听,说:"原来你留我,是虚心假意,'二指头拉、三指头推'呀,既然人不留人,我马上走。"这时爸爸马上解释说:"二姐不要当真,你家小舅母说的话,意思是天正在下雨,你不能这时候冒雨回家,衣服淋湿会生病,邻居也会笑话我们!不能为一句话伤了姐妹的感情。"二姑听了我爸劝解后说:"我来时和你二姐夫说好的,我早点回去,让他到外地弹棉花苦钱,一听下雨心中一急,就错怪小舅母了。这样吧,如果下午雨停下来,我就立即回去。"听了二姑这番话,我妈马上说:"我们本来就是好姐妹,我立刻煮中饭,一旦天放晴了,天不留人,我也不留人了。"说得二姑大笑起来。果然天从人意,放晴了,吃过午饭后,妈妈送二姑愉快地踏上归途。

一次,妈妈对我说,这两年拾边田收了些棉花,过两天请二姑父过来弹棉花,做两床新被子。我很好奇,棉花怎么弹呢?不久,二姑父带着弹棉花工具到我们家来了，我饶有兴致地看了全过程：二姑父先将剔除棉籽的原棉，用竹条简单进行梳理，尔后别上腰带（弯曲的竹板），肩上架起弹弓（檀木制成），左手握弓背，右手用木槌敲击弹弓上的弹弦（牛筋），一弹一拉以沾取棉花，旋掉杂质，使棉絮松软，达到一定厚度时，再用竹筛压平，用磨平木压紧、压实，再上线把棉胎网住。一面完成后，再用同样工序完成另一面，这样一床棉胎就做好了，套上被套就是一床散发着清香的棉被了。弹棉花是体力活，弹一床棉胎，春秋用的四五斤棉被要弹半天，冬天用的八九斤棉被要弹一天，那时好像没有口罩，只用一条毛巾把口鼻捂住，姑父无惧花絮满屋飞舞，只期棉胎早点弹成，实在令人敬佩。

还有一件事使我难忘，就是二姑极为重视表弟吴再中的九周岁生日。1954年农历十一月初九，吴再中九周岁。地方风俗"过九不过十"。那年十月，二姑和表弟提前一个月来告知。早上出发，中午到达。午饭时，二姑作了正式邀请。爸妈说一定去，如果确实走不开，就由"小大"（我）去。妈还说："姑家鞋，姨家袜，舅家帽子压一压。舅舅要给外甥买顶漂亮的新帽子，我还要亲手给外甥做件新大褂。"

下午，妈妈趁好天抢割自留地黄豆，二姑帮着往场上抱，妈妈做晚饭，二姑帮着烧火，姑嫂犹如亲姐妹。晚饭后,我妈、二姑带着我和再中去看大姑。一到大姑家,老姐妹三人便亲热地攀谈起来。在互相询问家庭情况之后,重点还是落在再中生日、教育孩子这个话题上。

二姑:我主张疼儿不给儿知道,关注好吃穿和身体健康之外,还要督促他学习好。我脾气急,有时候儿子玩,我会打他,管得紧了些,我不护短,他做错事,我会狠狠批评的。

大姑:我们家小五子(王崇德),他父亲去世早,我很少打他,但我也不护短,做错事我也会打的。

我妈:我家小大新,我基本不打他,有时也会犯点错误,以教育为主,多讲道理,增长知识。比如吃鸡蛋,有的小孩要先吃个鸡蛋才去上早读,我给小大讲吃了鸡蛋念书念不进,早读回来再吃。小孩吃饭不知饱,我告诉他"一顿吃伤,十顿喝汤""要得身体壮,饭菜嚼成浆",小孩不肯锻炼,我说"有静有动,少病少痛""常开窗,见阳光"……

时光荏苒,农历十一月初九很快到了。我、崇德随伯父到小广参加再中的生日宴。只见表弟戴上新帽子,穿上新衣新裤、新大褂,配上新鞋新袜子,俨然像个小公子。表弟再新(虚二岁),见哥哥穿了新衣裳,也闹着要过生日,弄得大家哈哈大笑。

宴席间,离不开的话题便是表弟聪明伶俐,将来定有出息。果不其然,八九年后再中不负所望,在响水中学以优异成绩考入中国人民大学,成了响水乃至盐淮地区的佼佼者之一。

大姨、三姨家离我们家较远,来往也少一些,但姐妹之间常有口信,也时常送些花生等土特产过来,爸妈也常送些粮食、葵花籽、黄花菜等土特产过去。我小时候去过几次,每次都很开心。我和姨弟刘明珍光着脚到沙土地刨花生,提起一棵花生,抖下一串沙子,数着几十个果,那种感觉真好。文俊也去过大姨家,有一次去拾花生、拾山芋长达十多天,花生拾了几口袋,但果仁水分多;山芋拾了几筐子,但小的多,破的多。回家时,大姨把文俊的都留下,而把好山芋干子、好花生各装足了一麻袋,三姨也送来一布袋炒好的熟花生,大姨父用轱辘车把她送到家。

四姨家,离我们家比较近,与爸妈走动比较多。过去我们家生活困难,四姨家经常送些粮食、衣服接济我们,妈妈也会有土特产回赠。1965年秋,一场突如其来的龙卷风袭击了昌盛村,风力中心树倒屋塌,我家的堂屋与西头房的屋顶被旋上了天,接着轰隆一声巨响后墙坍塌。四姨家对我们特别关心,立即送来米面慰问,四姨父还带着文俊去滨海买了几十担笆柴,雇了人力拖车一次性运回昌盛,重新盖房子。

爸妈搬到小尖后,四姨家也搬到小尖,相隔十多户人家,老姐妹接触更多了。但四姨患有哮喘病,咳嗽很厉害,有时上午十点还吃不上饭,喝不上水。妈妈常去帮她烧水,带许多点心给她吃。四姨病情好些后,也常来我们家,老姐妹有说不完的话。

一次,四姨见妈妈身上穿一件士林布褂子,很羡慕,问是哪买的,真好看。妈妈记于心,立马告诉在盐城工作的文俊给四姨买。当妈妈把布料送到四姨手上时,说这是文俊孝敬你的,四姨高兴得像孩子似的,还说你也真是的,我就随口一句,你就当真了,还去麻烦孩子们。从那以后,文俊给妈妈买衣物,有时会带上四姨一份。

二十世纪五十年代,四姨夫妻吵架动起手来,无意中四姨被烧红的火叉扎入右腿弯,流了许多血,可能戳到了腿筋上,又没看医生,卧床好几个月,妈妈前往照顾,心里很难受。等到伤口痊愈后,四姨成了瘸子,从此走路只能脚尖点地。

四姨是姨母中最漂亮的一个,这次吵架的后果严重毁坏了四姨的形象,给她心理上造成极大的伤害,对此,四姨一直耿耿于怀。直到八十年代,儿子在扬州当了团职干部后,还想到扬州大医院去动手术,由于多种原因,未能实现这个心愿。1997年7月1日,她带着终生的遗憾走完了七十个春秋,妈妈十分悲伤。

(作者系叶珍长子)

雷 池

朱文俊

"雷池"是个地名,位于长江北岸、望江县城东南十公里处;也是湖名,即雷池湖,又称古雷水。关于雷池一说,源于一个典故。

东晋成帝时,溧阳太守苏峻谋反,发兵攻京都建康(今南京)。防守江州(今九江)的温峤,立即号召将士秣马厉兵,打算从水路进入建康,护卫都城。中书令庾亮(成帝舅舅,因成帝年幼而独揽朝政)对于苏峻叛兵估计不足,写信给温峤说:"吾忧西陲过于溧阳,足下无过雷池一步也。"意思是说,我担心西边坐镇荆州的陶侃更甚于苏峻叛兵,你务必留在原地,不要越过雷池到京都来。由于苏峻攻势凶猛,京都失陷。庾亮投奔温峤,温峤协助庾亮越过雷池杀掉苏峻,平定叛乱。"无过雷池一步"因此而名噪天下,也成了守住底线、不越界限的象征。

长期以来,人们以"不越雷池一步"为警示,做到说话办事守规矩,不越线。爸妈就是这样的人,仅举几例为证：

饥荒年代,我们姐弟几人"偷"吃公粮挨训的事,至今还记忆犹新。

1959至1961年是我国国民经济三年困难时期。先是"大跃进"和人民公社化运动"左"的错误影响,当时大刮浮夸风,说粮食亩产超双千,粮食问题已解决,想跑步进入共产主义。农村以生产队为单位集体办食堂,吃饭不要钱,家家户户砸锅弃灶到食堂打饭吃。由于条件不成熟,管理跟不上,集体食堂只运行了一年便宣告解散,仍由每户起灶自炊。紧接着是三年困难叠加时期,粮食连年歉收。每年收获季节,生产队除去上交公粮,留下种子粮和必要的备荒储备外,其余粮食全部按人口分给一家一户。种子粮和储备粮开始都储存在生产队仓房里,上面盖上石灰大印(木制方盒内存石灰)。由于人多手杂,加之鼠耗较多,损失较大。后来队里决定,挑选政治觉悟高的人家分散代储。爸爸是生产队长,爸妈是全队公认的爽直无私之人,所以我们家每年为生产队代储粮。

记得1961年,我家代存一囤小麦、一囤玉米,节子(一种用芦柴编织的约三十公分高,数十米长的圈粮带)圈起来接近屋檐高。公粮进家之时,父母就给我和文兰、文芳交代:"这是生产队的公粮,你们谁都不许动。"

由于爸爸对我们很严厉,妈妈又看得紧,而且爸妈都有言在先,所以我们谁也不敢擅动一粒粮食。有一次,我们几个饿得实在忍不住了,大着胆子打起粮囤的主意。瞅准妈妈不在家时,我跟文兰、文芳商量偷点玉米当零食。文兰搬来两条凳子摞起来,我在下面扶着,她哆哆嗦嗦爬上去,刚直起腰,手还没有伸到囤子口,妈妈回来了。一看我们在偷粮食,便大声呵斥道:"要死,要死(惊诧的样子),快下来!"随即把我们三人拖一边教训一通:"哪个叫你们动集体粮食的?让你爸知道了,你们谁也逃不掉一顿打。"我们一边向妈妈认错,一边乞求妈妈不要跟爸爸说。妈妈见我们态度不错,又很心疼,口气稍缓了下来:"乖乖,妈知道你们都很饿,这样的荒年哪家不挨饿?忍一忍。""庄上这么多人家,为什么偏偏把粮食放我们家,如果粮食少了,那社员们会怎样看我们?以后不准了,能做到吗?"从那以后,饿了我们就紧紧裤带,或到水缸舀碗水喝喝,再也没敢打粮囤的主意。春种时节,公粮上交过秤时,我们家的存粮一斤未少(规定允许有一定损耗),受到全队人的一致赞扬。公家的粮囤,父母视为"雷池",绝不允许家人染指,损公以肥私。

文兰妹生病,请来医生诊治,医生没带药来,却带来一条口袋,想借机向父亲索要点公家的粮食。父亲说:"我家孩子看病,怎么能够动用公家的粮食?""队里的种子粮、备荒粮，我没有权力动。我家的口粮也不多了，可以匀一点给你，熬过这两月就收割有得吃了。"就因为这，医生故意拖延，导致文兰妹妹病情恶化而夭折，给全家带来极大痛苦，尤其是母亲，近一年缓不过劲来。动用公家粮食，以权谋私，父亲视为"雷池"，绝不允许跨越。

父亲抓生产从来都是一丝不苟，严格要求，容不得有半点马虎。有一次，稻头地锄草保墒，发现有人出工不出力，薅一锄盖两锄，草不净、墒不保，他十分生气，严厉批评道："人误地一时，地误人一年，像你这样干活，到哪去拿工分，除非你到台湾去拿！"原本随口说的一句话，社教运动时成了父亲的"小辫子"。有些人说父亲跟台湾有联系，是走资本主义道路的当权派，必须打倒。还无中生有、小题大做、上纲上线罗列了几十条"罪状"，生产队三间牛屋和我们家堂屋都被拉起绳子，挂满大字报。还多次要父亲做检查，逼他交代与台湾的联系。父亲据理力争："我家三代贫农，我是共产党员，是军属，怎么可能跟台湾有联系？""我是生产队长，一心抓生产有错吗？你们哪家不想衣食无忧过上好日子？我和你们一样靠拿工分分粮草，怎么就成了走资本主义道路的当权派？"父亲的话虽然句句在理，但在那时没人敢帮父亲讲公道话。有好心人就劝父亲："好汉不吃眼前亏，胳膊扭不过大腿,他们怎么说,你就顺着他们的意思吧,也免得受皮肉之苦。"父亲说:"我错是有的,工作中也有失误的时候,是我的错我一定承认,但说我那么多罪状,我难以接受。"后经查实,工作组纠正了一些人的过激言辞,向父亲赔礼道歉。事后,父亲对我们说:"共产党员要光明磊落,有错即改,但也不能抛弃原则,随波逐流,叫你承认什么你就承认什么,这等同于贪生、变节,这是更大的'雷池',宁死也不能跨越半步!"

还有件事,也使我深受教育。记得2003年,一次我陪爸爸一起看电视节目《今日关注》,当看到美军飞机坦克大举进攻伊拉克时,他义愤填膺:"美国凭什么侵略人家小国家,不就是想抢人家石油吗?想人家石油,也不能跑到人家门口去打,这不是力大欺人,强盗行径吗?""你看总统小布什,一上电视就满脸通红,他心里有愧啊。"我随口说道:"是呀,美国竟敢如此无法无天,还不是凭他们强大的军事和经济实力?但目前我们还没有力量能制止他。美国现在的科学技术和军事实力上要领先我们二十年,更何况那些小国家?"爸爸一听就不高兴了,从椅子上霍地站了起来,侧过身来,一脸严肃地对我说:"文俊,你说什么啊?你这不是长别人志气、灭自己威风吗?""你这是什么政治觉悟?你的书念哪去了?"爸爸的举动把我吓了一跳,见他火气很大,我连忙解释:"怪我没表达好,我是想说各有长短,我们国家也有优势……"这件事已经过去了十几年,但我终生难忘。

老一辈共产党人,把站稳阶级立场、忠党、爱国视为政治生命,是更高层次上的"无过雷池",他们知道,谁敢"离经叛道",等待他的必将是雷池深潭、灭顶之灾!

(作者系叶珍长女)

亦刚亦柔

朱文俊

小时的记忆，给我印象最深的就是"规矩"二字，一切生活都在"规矩"之中。比如，吃饭时大人未上桌，小孩不可先开席。夹菜只能夹自己面前的，不可以夹碗尖的，更不可翻江倒海，在盘中夹来夹去。落座时不许跷着二郎腿，更不可不停抖动，否则让你当场"好看"。家中来客人，见面要问候，离开要道别。出门衣帽要整理好，纽扣要扣齐，衣角底边要服帖。走路要抬头、挺胸，不可双手背后或手插裤兜，虾腰驼背更是不行。说话时要轻声慢语，言语得体，不可毛毛躁躁、急急慌慌，说假话、谎话那是绝对不允许的……规矩之多，开始让我们话都不知怎么说，走起路来很小心，特别是在爸妈面前。现在看来，正是这种规矩的养成，让我们学会了循规蹈矩，学会了三思而行。

爸妈不光教会我们做人做事，还很重视对我们的培养。这也是爸妈一生最引以为傲的。当年，农村人对孩子教育有两种观念：一种是"牛大自耕田"，人大自成人；一种是"树条趁嫩育"，严师出高徒。爸妈是属于后一种，但爸妈的教育理念又有所不同，爸爸信奉的是棒打出孝子，以严苛管教为主。妈妈则以说理引导，启发自觉性为主。

一次，大哥上高小时路上下雨，几个人就到附近同学家打象棋，几天后被爸爸知道了，用浸湿的草绳狠狠地抽了他一顿。多少年后，大哥还提起此事。五弟小时好玩，喜欢"掼宝"（用纸折成方块来玩儿的一种游戏），知道爸爸不同意，便把一笆斗"宝"藏在草堆肚里。爸爸发现后，将他拖到屋里，把门一关，结结实实地揍了一通，还让他把"宝"撕了吃下去。爸爸这种体罚式的简单教育，在过去农村很多，但爸爸不轻易用，用的目的主要是让你长记性，其实他心里比谁都疼。

每次爸爸打完，妈妈总会把我们拉到一旁，耐心地做开导工作。她一般都要先问问我们为什么会挨打，错在哪里，然后她再给我们讲道理，要我们理解爸爸打我们是因为爱我们，希望我们走正道。爸妈这么一打一揉，把我们心头的怨气和委屈就化解了大半。

妈妈常用交心的方式鼓励我们学习。她常跟我们说："我们农村人出路在哪里？在念书。只有念出书来，才能走出去。你看你爸爸，大家都说他人品好，心眼正，有经验，有能力，就是缺文化，不然，可能早就当上公社干部或县里干部了。如果真是那样，我们家就不是现在这个状况。你们一定要好好学习，这是我和你爸的唯一希望。"妈妈的一番话没有丁点批评和指责，但她能让我们心服口服，暗下决心，定下小目标，尽力向前奔，决不辜负爸妈的期望。有时候，我也会因为没完没了地挑猪菜和永远也做不完的家务事耽误学习而烦恼，甚至发脾气。每当此时，妈妈没有批评和责骂，总是心平气和地摆现状，给我讲挑菜与养猪的关系，养猪与我上学的关系。她说："我们家的现实就是这样，绕不过、躲不过，只能面对现实去克服。不管怎样，妈妈陪你慢慢往前走。"想想全家生活的不易，看看妈妈的辛苦和艰难，我又常常心疼起妈妈来。

还有一件事，让我十分难忘。小时候，我除了读书，还要挑菜拾草、带弟弟妹妹，忙家务。为了提高我的积极性，妈妈说："你好好挑猪菜，养好猪，等小猪出栏时，给你做件花棉袄。"以后的数月里，我心里一直憧憬着能有件新棉袄。小猪出栏卖钱时，我心里记着妈妈的话，但又不敢说，没想到妈妈还记着这件事，她对爸爸说："小猪卖了，给小二买块花布，做件新棉袄，是我以前允她的，跟孩子说过的话一定要兑现。"后来，我终于穿上了新棉袄，尽管颜色不太中意，但是幸福感还是满满的。

二十世纪六七十年代,穿衣还是问题,妈妈无法保证每年给我们做件新衣服,但她承诺每年给我们每人做一双新布鞋。为了兑现承诺,她常常几个月前就开始做准备,抽不出整时间去做针线活,就利用零散时间忙里偷闲带着做。有一年,农活太忙,眼看春节将至,她就利用年三十晚上守岁干了一个通宵。大年初一早上,我们惊喜地发现,每个人的床前都摆了一双崭新的布鞋。这是普通的一双鞋,但却浸透着母亲的爱,比海还深的爱。

　　在爸妈的教育下,我们兄妹四人全都读了高中,有的读了大学,成了国家工作人员。在许多人眼里,这是个了不起的家庭,有意无意说些溢美之词。但爸妈十分低调,总是说:"这是党和国家的培养,是孩子们自己的努力,也与邻里乡亲的帮助分不开。"并多次告诫我们,不要扛着你大哥的旗子张扬,唯恐人家不知。直到晚年,在病床上还要求我们:"你哥当官,全家维护。没有特殊情况别去干扰他工作。"

(作者系叶珍长女)

爸妈的爱

朱文俊

什么是爱情？有人说夫妻之间爱一辈子，气一辈子，恨一辈子，疼一辈子，这就是爱情。我不完全赞同这种表述，但它在一定程度上是农村夫妇的生活写照。回忆往事我们能从这十六个字中找到爸妈爱情生活的影子。

二十世纪三十年代，我们家共有五口人，爷爷、奶奶、伯父、伯母，还有爸爸。伯父娶了个灌河北的姑娘，结婚不久，因生活琐事夫妻吵嘴，伯父还动手打了伯母，伯母一气之下回了娘家，再也没有回来。爷爷常年身体不好，田里的农活不能干，生活不能完全自理，奶奶一边干农活一边忙家务，还要精心照顾爷爷，时间久了积劳成疾，于三十年代末去世了。此时的朱家三个大男人，生活多有不便，急需有个女人来撑起这个家。那时的爸爸年方二十，虽然个子不高，但长得帅气，精明强干，样样农活拿得起放得下，同村姑娘——与爸爸同龄的妈妈对爸爸早有爱慕之心,经媒人一撮合,二人很快结了婚。妈妈勤劳善良,对爷爷照顾有加,对伯父视同亲哥,与爸爸夫妻恩爱,原本的三个男人之家,因为妈妈的到来,这个家又充满欢乐,日子重新恢复温馨。

1941年,妈妈初次怀孕,即将为人父母的爸爸妈妈心里特别高兴,心中憧憬着第三代人的出生将给这个家庭带来怎样的欢乐。但出于腼腆,只能把如此特大喜讯藏于心底,不敢跟爷爷和伯父透露。那个年代,年轻夫妇的爱情表达是很含蓄的,无论是言语还是行为,只能在心里在私下才能流露,否则会被别人取笑。从那以后,爸爸对妈妈的爱又更深一层。没有别人在场的时候,爸爸会主动帮助妈妈做事,重活累活不让妈妈去干。吃饭的时候,会悄悄地对妈妈说:"你现在不是一个人而是两个人,要多吃点。"那个年代,爸爸能有这份关爱之心,妈妈已经很满足了。有一次,爸爸同姑父等人从陈港推盐到滨海去卖,回家时,饥肠辘辘的他舍不得买一丁点儿食品充饥,却到烧饼摊上买了一块烧饼,又去买了一只苹果揣在怀里,带回家留给妈妈吃。当时爷爷和伯父都在家,爸爸一直不好意思拿出来,直到晚上休息时,才从怀里掏出烧饼和苹果,小声地跟妈妈说:"给你买个烧饼和苹果。"这在今天看来,实在是微不足道,但在那个年代,爸爸的这份心意,让妈妈感动得落泪。据妈妈说当时吃着带有爸爸体温的烧饼觉得是世界上最好吃的东西,尤其是那只苹果更是让妈妈铭记在心。那时的苏北农村,没有苹果树,也就从未见过苹果,刚刚怀孕的人,特别想吃酸的,那苹果甜甜的酸酸的,着实让妈妈解了嘴馋。妈妈八十高龄的时候,给我讲述这段故事仍然表情激动。

妈妈一辈子勤劳俭朴,吃了很多苦,到了晚年患上了哮喘病。发病时咳嗽不止,尤其是闻到烟味咳得更加厉害。父亲是有六十年抽烟史的老烟枪,每半小时左右就要抽一支(早年旱烟、晚年香烟),有时夜间醒来还要过过瘾。自从妈妈患上哮喘病以后,爸爸就寻思着要把烟戒了,不能再增加妈妈的痛苦了。然而六十年的烟龄使身体对尼古丁的依赖性很强,几次下决心戒烟几次都半途而废。他自己体会:不吃饭可以,不睡觉可以,不抽烟不行。一旦断了烟,饭吃不下,觉睡不着,浑身不自在,像是生大病。他曾想在烟瘾上来时出去走路,试图通过走路来打岔,躲过烟瘾,但无济于事。也曾想到烟瘾上来时,嘴里含块糖以糖代抽烟,仍然收效甚微。反反复复,一次又一次,一年又一年,始终未能把烟戒掉。后来他索性抽烟时远离妈妈,跑到屋外去抽。但抽烟人身上始终脱不了烟味,对妈妈的哮喘还是有一定的影响。住到南京以后,妈妈的病情仍然时常发作,严重时咳得让人揪心。此时的父亲责问自己,我一辈子做事执着,想做的事情只要下决心是没有做不到的,难道这烟就真的戒不了吗?为了妈妈他再次下定决心一定要把烟戒掉。原来每天抽二十支,逐渐减到每天十五支,稍有适应再减到十支,后来减到三到五支,最后每一支烟折成两截,每次抽半支。在责任心和意志力的双重作用下,最终在八十岁那年彻底戒了烟。他对妈说:"还得谢谢你,是你促使我把烟戒了,否则我的烟可能真的戒不了。"

爸爸受封建传统观念的影响比较深,大男子主义思想较为严重,对妈妈的爱很含蓄,爱在心中,很少外露。妈妈则是农村贤妻良母的典范,对爸爸的爱较为直白,尤其是行动上做得细致入微。父亲为集体生产奔忙,每天天刚蒙蒙亮就下田巡视,妈妈总是先于爸爸起床,提前做好早点(两个荷包蛋或山芋粉、何首乌粉羹),天天如此,年年如此,从不间断。为变换早点花样,特地把自留田辟出一块种植何首乌。秋收时节,起早摸黑地把山芋、何首乌分别做成粉,晒干后,常年备用。父亲爱抽烟,香烟买不起,她又把自留地辟出一小块,专门种烟草,她亲手种、亲手管、亲手收、亲手揉晒成干、切成丝。父亲胃不好,她四处寻秘方:黑鱼肚里塞明矾,文火烤熟剥给父亲吃。偶尔有饼吃,让父亲吃白面饼,自己吃黑面饼;只有稀饭充饥时,锅底稠的盛给父亲,她自己喝稀的。父亲常年的衣、帽、鞋、袜她都浆洗缝补得干干净净,服服帖帖,用她自己的话说:"看看男人衣,便知家中妻。"即便是病情严重,自知时日不多之时,还把我叫到跟前叮嘱:"我最不放心的是你爸,儿女再孝顺哪能时时在身边,处处想周全。几个孩子你心最细,你要多抽时间陪陪他,让他过百岁。"用无微不至来形容妈妈对爸爸的体贴一点也不为过。但几十年夫妻相处中,也免不了有"牙齿碰舌头"的时候。在我的记忆中,爸妈的吵嘴和打架还真不少,其导火线多半是因为我们兄弟姐妹。爸妈都是典型的望子成龙的农村人,但两人对孩子的教育理念不同,父亲的理念是:"棒打出孝子,娇惯忤逆儿。"妈妈的理念是:"点到为止,以理服人,让孩子知错,强调自律。"所以,每当孩子犯大错的时候,父亲便会举起巴掌、草绳甚至棍棒狠狠地打,以达到让孩子长记性的目的。而妈妈觉得爸爸下手过重,孩子被打很惨,心疼难忍的时候,便会不顾一切地冲上去,用自己的身体护住孩子。每当此时,父亲总是觉得"一打一护,到老不上路"。于是怒发冲冠,妈妈和孩子一齐打。爸妈每次吵打之时,还有个特点,只要望见或听到有人来,吵、打立即停止,装着没事一样。我掌握了他们的这一特点,每当弟妹挨打或两人吵架之时,我就去喊舅舅或庄邻,来人假装串门或借东西,父母冲突也就戛然而止。但万万不可让父亲知道来人是我叫来的,否则我会很惨。爸妈冲突还有一个特点:不会记仇。无论是吵架还是打架,妈妈无论有多委屈,总是擦干眼泪,仍然按时生火做饭,热饭热菜会照样送到爸爸面前。

不过他们的冲突也有不理智的时候。二庆上学以后,家中就剩二老相互照应,一天老人家不知因何故,又赌起气来,这一次父亲仍然认为,妇人就应该顺从男意,母亲则认为几十年来都是我让你,不能老是让我受委屈,于是两人怒气难消,茶水不进,蒙头大睡,谁也不肯服软认输。一连数日,隔壁邻居韦兰珍发觉:这些天怎么不见二爹二奶,猪圈里的猪嗷嗷叫。一敲门发现门从里面闩着,大敲大喊仍然没有回音,觉得情况不好,立即派人叫王崇德(父亲外甥),王仍然叫不开门,只得破门而入。进门一看,二老各睡一头,已经有气无力,赶紧说:"舅爹舅奶呀,有话慢慢说,有理心平气和讲,二老先起来,别把身体憋坏了。"任其怎么劝,两人就是不理会。王崇德急得噗通一声跪到床前,声泪俱下地说:"文泉他们兄弟姐妹四个都不在家,作为外甥,我没有照顾好你们,如果二老有个三长两短,我怎么向他们交代。你们不消气,我就不起来。"还是妈妈心软,觉得崇德都下跪求情了,不能叫孩子为难。她试图爬起来,但多日滴水未进,此时的妈妈已经坐立不住,崇德急忙把妈妈重新扶到床上,又冲点糖水让妈妈喝下,过了许久妈妈终于支撑着下了床。此时,爸爸仍躺在床上纹丝不动,还是妈妈服软认输,宽言相劝:"他爹,我都不气了,你还生气呀,这事要是让孩子知道了,他们能放心吗?"大概是害怕孩子担心,影响工作,爸爸这才慢慢起身下床。在王崇德的劝说和帮助下,两位老人家终于开始喝水、进食、消气,气氛得以缓和。许多年后,妈妈给我讲这段经历时,还懊悔地说:"那一次要不是崇德去,说不定真的要出事……夫妻之间吵架斗气哪能有对错和高低输赢?事后想想真是聪明人做傻事。"

(作者系叶珍长女)

争红旗

郑余华

二十世纪五十年代末,社员大会一致推荐岳父当生产队长。此前,岳父是挑着货郎担子走村串户的生意人,收入不错,比刨地强。做队长,就得丢掉生意去种田,经济收入肯定有损失。一边是家庭经济受损失,一边是群众信任不可违,岳父很纠结。此时,岳母态度很关键,当岳父跟她商量时,她二话没说表了态,坚定地支持岳父当队长。她说:"你生意做好了,只能富一家。队长当好了,能富上百家。"还说,"生产队长,说官不是官,说不是官又是全队的领头人、大家的主心骨。这个官,你要么不去当,去当就得当好了,做个大家信得过的好官。"在岳母的支持下,岳父横下一条心,丢掉生意做队长,同时向群众表态:"大家选我当队长,我就必须当好这个家。要改变落后面貌,改善社员生活,要把我们队带成先进集体,成为全村乃至公社的一面红旗。"

20多年里,他是这么想的,也是这么做的。他首先召集队委和党员开会统一思想,把自己的想法和决心向大家交底,让党支部和队委会成为带领社员群众的坚强集体;继而深入发动群众,树立打翻身仗的信心和决心。为了吸取成功的经验,少走弯路,他亲自到射阳新潮九队、江阴华西村等地学习取经。他学典型,学以致用,但不生搬硬套,而是结合本队实际取长补短。学新潮九队,主要学人家高产稳产和多种经营的做法、经验,然后结合本村的耕作制度和上级下达的种植任务,合理调整布局。在确保主粮种植面积和产量的同时,大力发展棉花、甜菜、薄荷、果树等经济作物,力争快速致富,让老百姓尝到第一口甜头。学习华西大队,主要学人家精耕细作、开沟理墒、创造高产稳产田块和党支部建设的成功经验,带领全队干群大干几个冬天,全面进行改土治水,有效地减轻了旱涝灾害的影响,初步改变了望天收的状态。

他还组织大家学习大寨人移山造田艰苦奋斗的精神。在社员大会上,他激动地说:"大寨人劈山造田,向石头要粮食,创造了奇迹。我们这里平原沃土,雨水充沛,比大寨条件好百倍,种不出高产田,不怨天不怨地,是人不为。只要我们人心齐,肯出力,定能干出新面貌。"

在岳父的带领和动员下,全队干部群众丢掉幻想、自我创业的思想被统一起来，克服懒惰思想，勤劳致富的干劲也被激发出来。他带领大家从平整土地、广积肥料、打好基础做起，忙时抢收抢种，闲时挖沟整地，既可治水又能扩大耕地面积。为改善黏土田的团粒结构、增加土地肥力，大抓秸秆还田，绿肥埋青。他让社员冬天把沟里淤泥起上岸，经冬晒，春天施入大田里，变成很好的改土肥料。用积肥记工分的形式号召干群广积猪脚肥、牛粪肥，以及家家户户厕所里的人粪肥。经过几年的土壤改良和农田水利基本建设，全队的农耕大田有了旱涝保收的基本条件。有了基本条件，要想丰收，还要看怎么种、怎么管、怎么收。为此，岳父付出了二十多年的辛劳，他每天天不亮就起床，巡视每一块田地，哪块地要抗旱，哪块地要排涝，都要掌握第一手资料，然后再一一布置落实。许多农活，他都亲力亲为，作出示范，严格要求。比如刨山芋格时，每刨完一行，他会蹲在田头看格子直不直，大小和间距是否差不多。有人说："二爹啊，这和产量关系不大呀。"他说："不，这关系到充分利用土地，与产量有关，也反映一个单位的管理水平和精神面貌。"大家都知道朱队长做事认真，要求严格，奖勤罚懒，言必信，行必果，所以大小农活无人偷懒。由于岳父领导有方，生产内行，又严于律己，所以指挥得心应手，全队的生产形势向好，劳动氛围浓厚。粮食产量由原来的亩产三四百斤提高到七八百斤,社员每人每个工分值(分红时十分工的价值),由原来的三四毛钱提高到八九毛钱,最高达一元两角。全队的犯罪率几十年为零,夜不闭户、路不拾遗的淳朴民风深入人心。红旗一队的变化有目共睹,周边队来学习取经,公社组织参观学习,介绍增产经验、以秋补夏经验……红旗一队真正成了农村基层单位的一面红旗。

在这二十多年里,岳母发挥了极其重要的作用。她是贤内助,几乎包揽了全部家务,让岳父一门心思抓工作,又是生产能手,处处带头以实际行动去落实队里的要求,和社员群众一起完成队里的任务。可以说,岳父的功劳有岳母的一半,今天的好日子里面,有岳母的光和热。

(作者系叶珍长女婿)

陷　阱

郑余华

1991年，我从部队转业到银行工作不久，就遇到一个陷阱，差点掉进去。

那年春天某日，我刚到班，一个穿着时髦的女子迎了上来："您就是郑主任吧？我是日本株式会社驻北京办事处的会计，我们在盐城新四军纪念馆东侧买了一块地，要建一座针织厂，想在你行开个账户，还带来100万现金想暂存你行。我们老板现在交通宾馆202房间，想请您过去面谈。"当时正值银行资金不足，大力组织存款之际，我不假思索，便欣然随往。刚一落座，老板便安排那女子前往市政府去拿征地办厂的批文，然后给我递上一支烟，送上一杯水（我烟没抽，水没喝，社会上有麻醉烟、迷魂汤的传闻）。他主动自我介绍说："我是日本籍，母亲是中国人，父亲是日本人，在中国业务由我总负责。"他一边说，一边打开密码箱，让我目睹箱中都是钱。话没几句，进来一名中年军人。从他们的谈话中得知，军人是盐城空军机场负责三产的负责人,是来洽谈办厂运输保障事宜的。同时还谈及军人在交通大院协助某户搬家时,发现该户人家收藏伪满时期的几百枚硬币。当时老板大为惊喜,说那些硬币是当年日本帮助铸造发行的,后来发现里面有卫星和导弹上必须的贵金属。他愿以一千元一枚收购,有多少要多少。同时跟我商量,说他身带巨款,不便外出,请我随军人一起登门造访,看那户人家是否愿意出手。我碍于情面,又想人家开户和存款,也就应允了。刚到楼道口,楼上下来一位年轻人,正是该户人家的儿子。说家有客人,不便家中接待,便于院中交谈。青年人愿以五百元一枚出售硬币,且能做主。双方谈妥,一个回家拿硬币,一个到宾馆取现金。一手交钱,一手交货。回宾馆途中,军人拉住我说:"青年人愿以五百元出售,老板愿意1000元收购。如能先买下,一倒手可赚几十万。你能否从银行拿出30万,只需一小时便可还回去,获利我俩平分。"我当即表示:银行的钱就是国库的钱,一分都不能动。片刻之后,军人又若有所思地说:"我这里有五万,你也凑几万,我们分批落实,机不可失。"因有急事,我匆匆告辞,说半小时后宾馆见。当我再次来到202房间时,早已人去房空。一打听,说二十分钟前退房走了。其实所谓老板、女子、军人、青年都是一伙的。株式会社、北京办事处、办厂批文、运输协议、伪满硬币等故事情节，都是精心编造的骗局，是处心积虑设计的陷阱。回家一说，家人都为我没有受骗上当而感到庆幸。

事后想来，我之所以没有跌入陷阱，除了党和部队的教育，银行规章制度的学习，思想上有一定的"免疫力"之外，与岳父母对我的提醒、告诫和教育是分不开的。这话还得从头说起：

岳父母65岁之前，一直生活在响水昌盛农村。二老在极其贫困、十分艰难的情况下，把四个子女培养成高中毕业生，并先后到外地工作。他们成了空巢老人。孝顺的子女们，体谅老人的感受，常回家看看父母。由于交通不便，每次回家都要请人用自行车到几十里外的车站接送，遇到恶劣天气，只能步行。碰上阴雨雪天，更是泥泞难走。尤其是哥哥回家时，车子滑到土路边的泥沟里，人抬机拉，才把车子弄上来。从那时起，二老顾及孩子们的回家之难，开始萌生了迁宅搬家的念头。

二十世纪八十年代中期，适逢交通便利的小尖镇扩容，家里便买了一块地，建了新房。岳父于65岁那年搬到小尖镇上居住，过上了半城市化的生活。离开了土地，离开了果园，离开了菜地，没有了鸡鸭鹅和猪羊家禽，没有了生产队的年终分红。原先自给自足的生活方式一下子被打破，成了一棵菜、一根葱、一杯水，都要拿钱买的城里人,尤其是刚刚盖了新房,身边没有生活费用。岳父思量,不能坐吃山空,得想办法解决生活来源问题。思来想去,他觉得家有缝纫机,文芳有空闲,出门是集市,文俊所在纺织厂有处理的布头,买点回来做成鞋垫,应该有市场。深思熟虑后,岳父七拼八凑弄了120元钱,亲自去盐城采购零头布。

那一天,开往盐城的班车特别挤。他推你揉的,好不容易才挤上车。途中一摸口袋,120元钱全都不见了。想想上车时推搡拥挤的情景,才明白那是有人故意所为。一路上,他十分气恼,恨小偷可恶,也恨自己粗心大意,心想:钱揣我口袋里被人偷了,这不说明我呆吗?越想越生气,越寻思越自责。为此,到了盐城,茶饭不思,整天睡觉。问他为何?说没事儿。我们执意带他去看医生,他才说出路上丢钱的事儿。鉴于他如此情绪,我们不敢留他久住。文俊赶紧备好布头送他回家。回到小尖家中,他的情绪仍跟在盐城一样。还叮嘱文芳,要节约用钱,把伙食费用降下来。叫岳母买菜时少买荤菜,吃素为主。文芳心中纳闷,一个电话打到盐城,询问原因。岳母得知丢了这么多的钱,也心疼。因为那年头,120元相当于现在十多万元呢。但岳母见岳父如此自责,没有抱怨,没有责怪。而是用平和的语气劝慰说:"人非圣贤,哪能事事料到。这事不能怪你,只能怪那没良心的小偷。现在再懊悔,钱也回不来。不就是百十块钱吗?钱是人苦的,别跟自己过不去。"岳母的包容和劝慰,让岳父的心情宽解了许多。但他心想:这笔钱不是手中余钱,是计划派上用场的钱。盖房时,老家三间堂屋,连同厨房、猪圈、树木等总共才卖人家1500元。这回一下丢了这么多钱,这心里哪能说放下就放下呢。

岳母见他没回应,继续开导说:"别再生气了,过去的事儿就让它过去吧。财去人安乐,开心健康最重要。如果把身体气坏了,岂不是让孩子们担心,影响他们工作?"在岳母和文芳的一再劝解下,岳父才慢慢地从自责中走了出来。等二老再次来到我们家,说起上次丢钱的事儿,岳父还气愤不平地说:"做人要走正道。有胳膊有腿的,干什么事儿不能苦碗饭吃,非得做那种偷窃之事,伤天害理。那是讨人嫌、惹人骂的下三滥行为,是会受到报应的。"停了一会,又加重语气说,"人,从小不学好,点子不正用,小时偷根针,长大偷条牛,最后违法犯罪,蹲班房。"

接着,话题转向我:"小郑啊,你是干银行工作的,整天和钱打交道,你可要把握住自己,不能掉到钱眼里去,切不可在钱的问题上犯错误。"

在一旁静听的岳母,也有感而发:"我们家的人,向来是挺直腰杆做人,小心谨慎做事,从来不取不义之财。"

岳父抽出支烟,看了看两头烟丝,又在桌子上跤跤,点着后猛吸一口，尔后细细吐出烟雾，斩钉截铁地说："人往高处走，水往低处流。嗟来之食一口不吃，不正之财一分不要。"

岳母那天也很投入，又把岳父的话作了强化："你爸最瞧不起的是吃里扒外，我们不能吃着碗里的，还想捞碗外的，让人家戳我们的脊梁骨。"

二老的话，振聋发聩，犹醍醐灌顶，发人深省。他们的思想传统守正，尤其对刚加入银行业界的我，是及时雨，是防疫针。

事后我在想，岳父母不懂银行业务，但他们的话和银行的规章核心竟然相同，这使我领悟到不管做哪个行业的工作，廉政勤政的本质要求是一致的。

从那以后，我牢记岳父母的教诲，严格自律，教育员工，不钻钱眼。所以，当"假鬼子"给我设计陷阱的时候，我第一时间想到长辈的告诫，想到银行的规章，分清"碗里碗外"这条红线，不越雷池一步。当然，陷阱、泥坑不是一次两次，也不是一个两个，我在银行工作长达二十五年之久，各种诱惑不少，但都嗤之以鼻，面对重金不动心，避开陷阱走正道，因此，多次立功受奖，各种奖状、荣誉、证书足足有一大提包，并获得过盐城市五一劳动奖章、国家工商总行优质文明服务标兵称号。

（作者系叶珍长女婿）

三条忠告

朱文芳

我在父母身边生活到26岁。

从我记事起父亲就做生产队长,除了逢年过节、吃饭睡觉,平时不大容易看到他。但是他对我的教育却从没放松过,牙牙学语时,他不准我骂人;蹒跚学步时,他搀着我看着我不让我涉险;走进校门时,他指导我如何学习如何做人。有逆反心理时,他耐心引导;能够劳动时,他教我怎么样把家务做好。他教导我顺从、教导我忍耐、教导我持之以恒,只要有机会,父亲总会根据自己的观察、了解,有时就事论事,有时因势利导、指点迷津。在父母的教育下,我乖巧、顺从、勤劳、肯干,还有点逆来顺受。

父母对我的教诲涵盖生活、学习、工作的方方面面,陪伴着我一步步长大成人,但有一次有点特别,不仅因为他们从未有过的严肃,还因为时机有点特别,是在我即将出嫁前。

也就是出嫁前几天吧。晚上,等我把家里收拾停当,父母说要跟我谈谈。昏暗的灯光下,父亲的脸色一如既往的慈祥而温和,眼中写满了不舍与期待,但语调却严肃而平缓。我也会犯点小错、使点小性子,但从未听过父亲用如此庄重的语调跟我讲话,我有点不知所措,低着头不吱声。他看着我,顺手拉个凳子在我对面坐下,轻声慢语跟我谈了起来。

父亲说:"千万不要以为对方十全十美,如果这样想,婚后不知道要发生什么情况呢,会失望的。生活中是有反面例子的,有的小青年结婚前如何如何两情相悦、山盟海誓,婚后不久就认为对方这也不行,那也不行,浑身全是毛病。这也难怪,婚前展示给对方全是光鲜的一面,婚后生活在一个屋檐下,所有的优点和缺点都暴露了,如果没有足够的心理准备免不了会生出这样那样的事。既然结为夫妻,你就要接受他的优点,也应该包容他的缺点,世界上没有洁白无瑕的玉,也没有十全十美的人。"

母亲说:"千万不要把公婆当外人,你丈夫的父母也就是你的父母,要像尊敬我们一样尊重孝敬公婆,将心比心,坦诚相见,真诚相待,只有真诚地对待对方,对方才能真诚地对待你。"母亲问我能做到吗?我说我会按母亲说的去做,不过我的婆婆很强势,但她年纪大了又不识字,我会极力包容,把公婆当成自己父母,我会容忍、与她和谐相处。我的回答父母亲非常满意。

父亲又着重强调:"千万不要给丈夫增加工作以外的负担,不要动不动跟张三比李四比,说张三多会赚钱,说李四当了什么干部,只要你的丈夫对家庭负责,对工作认真,对孩子负责就足够了,其他的都不重要,顺其自然不必强求。从你和他谈恋爱时,我就看得出来这个女婿人品好,人很勤快,不怕吃苦,有个工作将来生活会一年比一年好起来的。"

父亲最后说:"这里的家也是家,因为你哥哥姐姐弟弟他们都不在家,离得远,希望你有空常回家看看。"

父母亲苦口婆心、和风细雨,有理有据、丝丝入扣,不知道其他兄弟姐妹结婚前,父母是否也做过这样的谈心,还是因为我跟他们在一起生活的时间最长,对我最是不舍。父母的三条忠告,一下子解除了我对婚后生活的恐惧,指明了我婚后的生活道路,使我如沐春风、豁然开朗。

我当时并不十分理解忠告的全部含义,只想着照做就是了,现在想来,每一条都是至理警言,都值得我们乃至后辈人永远铭记、时刻对照。

"你接受他的优点,也应该包容他的缺点。"古人说"嫁鸡随鸡,嫁狗随狗",当然这里有封建思想的糟粕,但它揭示的道理是很深刻的。两个没有血缘关系的男女走到一起,是缘分,更意味着责任。但生活习惯的不同、兴趣爱好的差异、教育孩子的分歧等等,难免舌头要碰牙齿,有人说"七年之痒"也许就是指七年往往能发现对方的全部缺点。但是如果我们都只接受对方的优点而不能接受对方的缺点,那么有可能很小的缺点也会被无限放大,只有互相包容无伤大局的缺点、及早纠正原则性的错误,婚姻才能美满,才能达到一加一大于二的完美结局。我和宝付结婚几十年,孩子也都个个成家立业了,我们始终相亲相爱,虽说不上举案齐眉、相敬如宾,起码做到了相濡以沫,根本原因就在于我们都能够发扬对方的优点、包容对方的缺点,小缺点不计较、大缺陷不迁就,慢慢地把缺点变成优点。

"千万不要把公婆当外人。"古人说的"多年媳妇熬成婆",是说做媳妇是很不容易的,但只要努力肯干,总会有所成就和得到肯定,也会熬成婆的。事实上,时代不同了,现在的公婆都希望媳妇像闺女一样亲,尽管年龄差异、教育悬殊等导致理念上的不同,产生这样那样的分歧,但作为媳妇,只要把对方的父母看成和自己的父母一样,就能及时沟通,化解分歧。几十年来我也看到了太多的儿媳和公婆之间的矛盾,矛盾缘起大多是儿媳始终将公婆当外人,有话不说,有事不讲,对公婆没有应有的尊重和孝敬,致使丈夫夹在中间两头受气,两边不讨好。不能将心比心、坦诚相见,有事总藏着掖着,家庭自然少了和谐,多了龃龉。进了一家门,就是一家人,主动地融进去,把公婆当父母,公婆自然会把媳妇当女儿,对自己的父母女儿有什么话不能说呢?有什么疙瘩解不开呢?

"不要动不动跟张三、李四比。"古人说:"家有贤妻,夫不遭横祸。"每个家庭都希望芝麻开花节节高,但是不能盲目地攀比。你比了,能激发他的上进心最好,但如果客观条件不允许,那不是就要逼着他往歧路上走吗?我们看到社会上有不少贪官,他们出身贫寒,工作兢兢业业,但身居高位后,开始腐败,利用职务之便捞钱、捞车、捞房,最后进了牢房。其中一个重要原因是贪官身后有个贪妻,她们炫耀官大、钱多,比这比那,忘记了做人的本分,害了丈夫,也害了自己。这个教训是极其深刻、需要牢牢记取的。

父母亲的三条忠告看似平白如话,其实包含着老人家一生的大智慧啊!

(作者系叶珍二女)

充满爱的一生

朱文兵

我出生于二十世纪五十年代末,那个时候物资非常匮乏。印象中只有在粮食收获时才可以吃上饱饭,漫长的冬季只有依赖稊糯(玉米磨碎)粥度日,如果粥里有几粒黄豆或几块山芋干那就很高兴了。春季的几个月青黄不接,但在干农活抬河泥(冬天前挖河泥放岸边冻着,春天抬到麦田里做肥料)、播种和育苗等重体力劳动时,妈妈会把平时节省下来的几斤元麦或小麦磨成面粉,做几块饼子接济接济,妈妈称之为"好钢用在刀刃上"。这奢侈的面饼做好了,一家子人闻着感觉特别香,一顿切上薄薄的几片,妈妈会微笑着分给父亲和儿女们吃,自己却总说不饿,说:"你们吃了我高兴。"

到了七十年代,家里虽然还是不富裕,但基本上告别了吃了上顿没有下顿的生活。在我的记忆里,只要是农忙或者来亲戚的时候,就可买斤把豆腐烧咸菜,或者弄一盘韭菜炒鸡蛋吃。偶尔也买点肉回来改善一下。买肉有讲究,要挑肥肉买,以便把肥的部分炸成油,名曰猪油。这猪油是留作干重活时,放在干饭里吃以增强体力的,而油渣则用来炒菜。过去油不够吃,油渣作为代用品,在中国农民的生活里,曾是作过特殊贡献的。

小时候盼望着过年。遇上好年景,买几斤肉回来,可以吃上一顿红烧肉,初一还可吃上肉坨子,如果能穿上新衣服那就更快乐了。小时过年,大年初一天亮前,父亲先放一挂鞭,再放两个双响的炮竹,这些我们并不关注。心里惦记着的是过年才能吃上的那两样东西:大糕和馃子。大概是在大年三十前两天,爸爸买回几斤大糕和馃子(是按人口计划供应的),妈妈把这最珍贵的两样东西收起来,放在"猫叹气"的吊篮里,到了三十晚上摆上两个盘子,放上馃子和大糕,晚上约好,初一早上起来喝糕茶,说着喜庆的话,欢欢喜喜地过大年。几天后,左邻右舍一般人家糕茶都已经吃完了,我们家"猫叹气"里还会有点余存,其实那是留着用来招待亲戚或客人的;每当我们表现十分好的时候,也会被奖励几片。这点小库存是妈妈自己舍不得吃省下来的,妈妈常跟我们说:"人要大方,吃亏人常在,好心才能有好报。"

妈妈的爱体现在她的一生当中。在妈妈病重的最后一段时间,她心里仍然装着丈夫和子女、孙辈们,嘱托我们这样、那样,还要我们照顾好爸爸,而从不为自己考虑哪怕一丁点儿。妈妈的心血和汗水全部倾注在家庭和子女身上,她以和谐的家庭和孝顺的子女为骄傲。妈妈的音容笑貌永远铭刻在我们的心中!

(作者系叶珍次子)

奶奶的传家宝

肖喻馨

我和大治认识的时候,奶奶已经仙逝了。虽然没有见过奶奶本人,但墙上照片中的她脸上挂着慈祥的笑容,和蔼可亲。时常听爸爸讲起奶奶的故事,原来只是当故事听,但随着年岁的增长,我也做了母亲,要养育孩子、经营家庭,渐渐就与故事中的奶奶有了共鸣。在与奶奶的"神交"中,我仿佛听到奶奶对我说:"乖乖,奶奶有一样好东西要传给你!"

爷爷祖籍在涟水,因水灾祖辈迁徙至响水昌盛三合兴,娶妻生子,繁衍后代。然外来农户,只能靠租地耕种,又要缴纳地租及各种苛捐杂税,所剩寥寥无几,维持一大家子人的生活,实非易事。即便这样,朱家也没有消沉,而是顽强拼搏,拓出一番天地。虽无大的家业,但人丁兴旺,儿女成群、子孙满堂,事业有成、蒸蒸日上,孩子们有孝心又有能力,爷爷奶奶身体也硬朗康健,晚年得享天伦之乐。

而这一切,他们靠什么呢?大而言之,得益于国家的强大,社会的发展;就家庭而言,得益于几代人的艰苦奋斗,其中切不可小觑、切不可忽视的一个重要原因,就是奶奶身上的那个"宝贝"。

现在,奶奶要把这"宝贝"传给我了,它到底是什么呢?

奶奶是劳动能手,她每天的劳动量是惊人的。爷爷在生产队做队长,帮不上家里,家务活和农活基本都是奶奶做。为了让孩子上学、过年能有新衣服穿,至少有双新鞋,奶奶还额外养猪种菜、养鸡喂鸭、打草积肥……就这样,从早忙到晚,从春忙到冬,从年少忙到耄耋,忙出了红红火火的好日子。

"历览前贤国与家,成由勤俭败由奢。"这句话正是被奶奶实践检验过的真理。一个国家,因"勤俭"而成,因奢侈而败,一个家庭亦如此。朱家之所以兴盛,"勤"与"俭"就是奶奶的"宝",尤以"劳动"为宝中宝!

从培养子女角度看,"做家务"就是奶奶的传家宝。奶奶不仅自己忙,也要带着孩子们一起忙。爸爸、姑姑和叔叔都是从小和奶奶一起做家务,忙农活。爸爸小时候割草放牛、拐磨、挖野菜样样都干,如今五个手指上还有割草时留下的九道疤痕;文俊姑姑十岁已经是把好手,拐磨、做饭、养猪、割麦、掰稻拐、抬水扫地,还能边带妹妹、边学文化知识，简直无所不能！后来文俊姑姑去上学，文芳姑姑又开始帮奶奶的忙，挑猪菜、割菅草、刳山芋样样会做，就连别人家要男人干的摞草垛子、和泥糊墙这样的事，都是奶奶带着文芳姑姑完成的。家里最小的男孩是文兵叔叔，虽然年岁小也少不了要干活，每天放学回家路上都要捡柴火，捡到牛粪还要捧到生产队的田里，这样的克己奉献也是深受奶奶的影响。爸爸常不无感慨地对我和大治说，做家务虽然苦，但做完之后做作业脑子特别灵，背书背得快，觉得挤出这个时间来学习特别不容易，要格外珍惜。也觉得妈妈真苦、真累、真好，从心底发出对妈妈的爱，对妈妈的孝，对妈妈感恩的回报。

而今，生活条件好了，我们这代人没吃过苦，从小到大生活在糖罐里，十指不沾阳春水，家务活儿都可以外包出去。没有了奶奶当年的压力，似乎不用再被生活所迫。但我坚持让孩子和我一起做家务，我相信父辈们的劳动实践，相信我自己的体验，我发现孩子在劳动中的学习和成长是非常惊人的。

曾经有新闻报道说一位贫民妈妈培养出了三个上了耶鲁大学的高材生，其中两个是亿万富豪，媒体采访时，几个儿子不约而同都把自己的成功归功于小时候妈妈对他们的家务劳动教育。

做家务的价值可能远远大于人们的想象。2002年,明尼苏达大学家庭教育研究教授发表了一项震撼教育界的研究成果:家长通过鼓励孩子参与家庭劳动,就能对孩子的未来施以极为重要的影响。

结合父辈实践来看,的确如此。如,有利于培养孩子的责任感。姑姑们当年是小孩子,看着干不完的农活难免失去耐心,这时奶奶会教导说:做事不能急,心急吃不了热豆腐。眼怕手不怕,做事要有责任心,有韧劲用巧劲,要做就做完、做好。这些朴素的道理通过劳动浸入到孩子们的性格中,成为帮他们度过将来人生关口的信念和力量。

有利于学会关爱他人。奶奶带着两个姑姑割麦子,姑姑累了就闹情绪不想割了,奶奶心疼她们年龄小就让她们休息一会儿,自己继续往前割,当姑姑看到奶奶弯着的腰背上已经湿透,她们又心疼妈妈,赶紧劝妈妈也休息一会;以后在田间劳作,姑姑知道妈妈干的活多、活重,都主动为妈妈擦汗,而不再是让妈妈为自己擦汗;在家拐磨时,两个姑姑尽可能一起上,帮助干完,让妈妈能早点休息。母女们在劳动中加深了理解,姑姑们学会了合作、体贴他人。想着别人的感受和需要,并能主动予以帮助,孩子们在劳动中体会到这一点,在将来的工作中自然会很好地与人配合。这比学校专门开课,培养孩子的团队合作精神要更直接,效果会更好。

有利于形成理解人、包容人的同理心。我们有时会埋怨孩子同一个问题讲了多少遍了,怎么就不理解呢?其实,同理心是很难"培养的",对于一个孩子来说,没有亲身经历过的事,要他设身处地、换位思考是很难的,因为他对那个问题没有"身受",所以很难"感同"。而爸爸、姑姑和叔叔就不一样了,他们帮着奶奶一起做家务,一起品尝家务劳动的酸甜苦辣,他们更能感知老人的心愿和期盼,所以要立志成才,尽忠尽孝。如此,走向社会也会富有同情心,大度、包容,而更能理解他人、团结他人,增强凝聚力。

有利于促进孩子的大动作和精细动作技能的发展。所谓大动作和精细动作,实际上就是个宏观和微观的问题。大人带着孩子做些大项劳动,比如犁田、播种、收割、积肥等等,可以开阔视野、增加体验、壮大胆量、提高自信,长大了利于提高孩子的宏观判断、决策和组织协调能力。而带着孩子完成精活、细活,又能促进孩子精细技能的发展,长大了利于提高孩子在微观领域的观察、操作技艺和领导效能。比如割麦,右手伸出镰刀收拢麦秆,同时左手要抓紧麦秆,右手再用力使劲麦子就割下来了,再比如剖地瓜,左手握住地瓜,右手使用月牙小刀嗤嗤剖开,但不能剖透、剖散,以便于上架晒干。微观精细能力的提高,能带动抽象思维那部分大脑功能的发育,这是非常重要的一点,故成大事者必作于细。

有利于给孩子带来幸福感。研究发现,当孩子们发现他们能为家庭做出有意义的贡献时,他们会感受到一种发自内心的深层次的幸福快乐。从长远来看,从小学会在家务中承担积极的角色,还能让孩子拥有更幸福的婚姻。2007年,皮尤研究中心发布的一份报告中指出,分担家务为衡量婚姻满意度的三大首要因素之一。2013年美国一项关于家庭问题的研究也发现:懂得彼此分担家务的夫妻,婚姻生活更幸福美满长久。大庆姐家的喆涵小时候就喜欢往厨房跑,他感到自己能炒菜给大人吃,很有成就感,美滋滋的感到很幸福,我们家的萧羽能独立炒菜、做饭、打扫卫生,她感到能分担妈妈的家务很开心。

综上所述,从小做家务的意义是重大的。反之又如何呢?

专家的研究成果表明,如果缺少家务劳动锻炼,则会使孩子的脑前额叶发育越来越迟缓,而脑前额叶支配着人类的情绪控制、自我意识、理性思考、判断和决策能力、长期规划和延迟满足,毋庸置疑,缺少家务劳动锻炼会严重影响孩子成长成才。

肯特大学某社会学教授指出:如今社会和家庭正将

年轻一代"幼儿化",导致越来越多的青少年心理上迟迟难以成熟,有的人年近三十还无法脱离父母独立生活。

因此,美国的一位发展心理学家警告说:今天的家长都想让孩子把时间花在能为他们带来成功的事情上,然而,具有讽刺意味的是,现在,很多家庭却正在抛弃一件已被证明能够预言人生成功的事——让孩子从小做家务。

回首往事,朱家四代人,时间跨越近百年,但在培养孩子方面,我的想法却和奶奶不谋而合。奶奶当年是迫不得已,人口多劳力少,虽然心疼孩子却也没办法;而我是为了教育孩子自觉看书学习和实践,我发现专家建议的早被奶奶实践过了,而且几十年来朱家子孙成才,成果近在眼前,不禁感叹奶奶留给我的传家宝,正是我所需要的,奶奶才是我们的教育专家啊!

(作者系叶珍孙媳)

看　相

林大会

　　我们一大家子虽然没有写在纸上的家风家训,却有严格的家庭规矩。虽没有孟母三迁其居、择邻而住的良苦用心,也没有岳母刺字的伟大,让后人津津乐道,但与舅奶生活的十几年里,我最深刻的体会就是行为举止必须有规矩!"小孩子从小看大,吃要有吃相、走要有走相、站要有站相、坐要有坐相。"舅奶经常用这些话来教育我们。

　　吃,要有吃相。我们家的饭桌是一张木质的四方桌,舅爹舅奶的座位在北边,面南而坐,我的座位在南边,面向舅爹舅奶,每个人的座位都是固定的,十几年来一直如此,所以我在饭桌上的一举一动都在舅爹舅奶眼里。有一天,突然发现院子里的水缸多了几只稀有的动物,舅奶说:"这是'魔鱼'(鳗鱼),你大舅专门托人从福建带回来的。"看着这修长的魔鱼在水里穿来穿去,我心想,这鱼能吃吗?魔鱼真的有魔力?我就一直盼着哪天能尝一尝。没过几天,水缸里的"魔鱼"真的变成桌子上的美味了。我直接上桌开吃,筷子在盘子里挥舞起来,旁若无人地尽情享受魔鱼的美味,三下五去二,搞定了。饭后,舅奶找到我,说:"大会啊,魔鱼好吃不?""好吃啊!"我意犹未尽地答道。"好吃的东西,不能自己一个人独吞,要想着他人。"舅奶不急不慢地说道,"还有,我看你平时吃饭还不丑,这回怎么吃饭的规矩全忘掉了啊?一点'吃相'都没得了。"舅奶接着说道。当时,我感觉自己脸上跟针刺一样,火辣辣的,无地自容。其实,当时也不是馋,就是老人经常讲小孩子"猴搁不住枣子"的性格,意思就是小孩子有什么新鲜东西,留不住,就想马上吃掉。现在想想,遵守吃饭的规矩贵在平时,难在坚持,特别是当你不经意、随意的时候,就能暴露出吃饭的功夫有没有练到家。走入社会后,吃个饭远不止舅奶说的吃有吃相,还有很多"规矩",哪些饭能吃、哪些饭不能吃,怎么个吃法,稍不留神就会"犯规",绝不能吃饱了肚子,丢失了品德操守。

  走,要有走相。上小学那会,我走路很随意,走起路来,一摇三晃,好像整条马路都是自己家的路一样。舅奶有时看到了,总会提醒我:"小孩走路不能低头哈腰的,要抬头挺胸,目视前方。"我根本就没放在心上,心想,走路,谁不会啊,同学都是这么走的。只要遇到水坑总是要去跺两脚，就喜欢走不好走的路，依旧我行我素。有一次放学的路上，我跟同学玩起了赛跑，为了能赢，专挑不好走的近道走，一不留神摔倒，趴在水坑里了，泥巴沾满裤腿，胳膊摔破了，脸也破相了。回到家后，舅奶看到我一副落难的样子，惊讶地问道："大会，怎么的啊？""走路不小心跌倒的。"我哪敢说实情啊。舅奶会意一笑，说道："你看看，不听老人言，吃亏在眼前吧！"我无以应答。现在想想，走路，就如同人生一样，路有千万条，条条通罗马，但每一步都要走稳，才能到达目的地！

站，要有站相。小孩子站的时候，一般就是怎么舒服怎么来。小时候，家里客人走了以后，舅奶总要"点评"一下我的表现，尤其是站的样子：腰没挺直、腿没并拢、手没放好等等。那时还小，每次听完后，也没什么大的改观，不太明白其中深层之意。有一次冬天的午饭后，刚下完雪，我们一家人站门口晒太阳，我倚靠在墙上，身体"一弯三折"，一副懒洋洋的样子，还不时地和边上二姐挤地方。站在一旁的舅奶发话了："小 jiu（小孩子的意思），站没得站相，跟蛇一样！"当时，我愣了一下，站还得有站相？腿能把身体支起来，不就是站嘛！我就稍微收敛了一点。"小树不把它 yue（方言，动词，掰、弄）直了，大了以后，就难 yue 直了。"舅奶接着说道。从那次起，我就有意识地注意自己站的姿势。到部队以后进行军姿训练时,不少同志要么腿并不拢,要么腰挺不起来,我却没有这些问题。这得益于舅奶对我的塑造,趁我没有完全定型的时候,把我 yue 直了!人之初、官之初一定要把一些小毛病、小习气改掉,时间久了,习惯了、成形了,再去改变就难了。

坐,要有坐相。家里有条小板凳,板凳面和板凳腿的接合部有点松动,往上一坐稍微一动就会咯吱咯吱地响。每次我朝上一坐,总是不安分,一抖腿,板凳就开始响,越响我的腿就抖得越厉害,感觉很爽。有一次,我又像往常一样,屁股往上一搭,在板凳上开始"荡秋千"。不知什么时候,舅奶走到我跟前,说:"大会啊,坐正了,别抖腿,把板凳弄得咯吱咯吱响,难听!""这板凳本来就会响。"我故意岔开话题。"你坐正了,腿别抖,看这板凳还响不响。"舅奶说道。我故作镇静了一会,为了能让板凳再响一下,证明确实是板凳的问题,小腿还在抖,但是板凳真的不响了。"是你自己没坐正,抖腿,还怪板凳响,那我们坐怎么不响的。"舅奶走之前,又嘱咐了我,坐正了,别晃啊。原来,我身体坐正了,坐实了,身体不晃,板凳是不响的。长大以后,渐渐明白,不论坐在哪里,高低宽窄也好,不论坐在什么上面,软硬好坏也罢,只要自己保持正直,就不会发出杂音。

自己正在经历的事情或经受不经意间的教育,往往经过时间的沉淀后,会变得越来越清晰,会觉得弥足珍贵。舅奶经常放在嘴边的朴素话语,表面上是对我们行为上的规范,实质上更多的是对内心道德品质的规范。把这些基本的行为规范刻在骨子里,再由内而外散发出个人有涵养的气息。"吃有吃相、走有走相、站有站相、坐有坐相"。由表及里,相定乾坤,老话有理!

(作者系叶珍外孙)

打 皮 猴

林大会

舅奶离开我们十几年了,最难以忘怀的是她对我的谆谆教诲。

舅奶没有读过什么书,无法教我功课,但经常给我们讲一些小故事。夏天在屋外乘凉的时候,我和二姐经常围坐在舅奶身边,听她给我们说上几句"人之初、性本善……",给我们讲"狼来了""人心不足蛇吞象"的故事。有时舅奶讲完之后,看着我们一脸茫然的表情,她总说,等到你们大了,自然就会明白其中的道理。

上小学的时候,有一段时间,我特别痴迷于打皮猴(木质的陀螺),一根鞭子、一个皮猴是书包里面的必备品,整天与皮猴形影不离。与同学在一起打的时候,还要比谁的皮猴好看、谁的转得更快、转的时间长。

经过车床加工过的皮猴,大小、高矮比较均匀,而且在底部装有一颗小钢珠,很容易旋转起来,但是比较贵,要一块钱。而我的皮猴属于"手工"制作的,质量比较差,只有三角钱,下面不带钢珠,转的时间长了底下就会磨平,转不快且很容易停下来,这就需要不停地抽打,但如果抽打位置不当,也会把皮猴抽"熄火"。每次打完以后,还要进行保养,用刀子把磨平的地方修一修。硬件比不过别人,只能从软件上下功夫。为了进一步提高打皮猴的本事,我抓紧点滴时间打皮猴,上课就想着下课,下课就望着放学,放学就盼着周末。下课铃一响,我拿着早已攥在手里的皮猴和鞭子夺门而出,到操场占领位置。放学回到家里,书包一放,立马拿起皮猴就在院子里"肆无忌惮"地练起来。苏北的冬天尽管很冷,但打完皮猴常常浑身是汗,衣裤湿透。

有一次,放学到家,我像往常一样书包一放,拿起皮猴和鞭子拔腿就要往外跑。由于赶时间,动作太大,把正在屋里闭目养神的舅奶吵醒了。舅奶看到我急匆匆地往外跑,问道:"大会啊,最近我看你一放学就打皮猴,老师没布置作业啊?"我头也不回地说道:"作业就一点点,我先玩一会,等会再做。"边说就边开始发动皮猴,扬鞭挥舞。这时舅奶走到我跟前,认真地对我说:"大会啊,先把作业写好了再玩。"我玩得正欢呢,哪能说不玩就不玩啊,又扬起一鞭,用力一抽,把皮猴打得远远的,接着打。

"这个小大会子,一点不听话。"舅奶边说边朝我走来。

还没打几下,我抬头一看,舅奶已经气喘吁吁地站在我面前了(舅奶一直犯有哮喘),示意我把鞭子放下来,顿了顿说:"大会,听舅奶话,把皮猴收起来,先去写作业。"

"舅奶,我作业也不多,就玩一会,玩完了再去写。"我头也不抬,不耐烦地说。

"从小看大,要养成好的习惯,干什么事情不能拖!"舅奶明显加重了语气,接着又说道,"该学习的时候用功学,该玩的时候放心玩。"说着过来就要拿我的鞭子。

我无奈之下,带着一千个不情愿,收起了皮猴,乖乖地拿起书本去写作业。

"大会啊,来擦擦汗,喝点水,慢慢写。"不知什么时候,舅奶拿块毛巾,端碗水走到了桌子前。晚饭前,舅奶看我还没写完,走到我跟前说:"大会啊,先吃饭,吃过饭再写。"我对舅奶不让我打皮猴这件事还耿耿于怀,学着舅奶说话的语气:"该学习的时候就要认真学,不吃饭。"舅奶哈哈哈笑了起来,拿起我已经写好的作业本,一页一页翻看起来。我就调皮地说:"您又不识字,看什么看呀?"舅奶笑着说:"我看老师用红笔打了几个勾,打了多少叉,就知道你作业写得怎么样。"在舅奶的"强烈"要求下,我先吃了饭,然后又继续写作业。舅奶借着煤油灯的亮光,在一旁做着针线活,时不时地提醒我:"大会啊,身子坐正了、眼睛离书远一点。"那天晚上,就这样我在写作业,舅奶在一旁,一直陪着我把作业写完。

  舅奶的"学习的时候用功学,玩的时候放心玩"这句话,其实就是什么时候该干什么事,就干什么事,学生时代就必须认真学习,不能因为贪玩而荒废学业。后来,在各阶段的学习过程中,我一直保持着作业不写完不玩,功课不做好不玩的习惯,无论是周末还是寒暑假,真正从启发走向自觉。从小学到初中,我每个学期都被评为"三好学生",我们姊妹仨小时候没有染上任何不良的习惯,这和舅奶日常的教育督促、悉心教导是密不可分的。老人家没上过学,但懂得学习对孩子的重要性。老人家没有文化,但我认为舅奶是最有文化的,是良师,更是智者,她知道什么时候该干什么事,懂得爱玩是孩子的天性,更知晓从小就要培养孩子良好的习惯。

  想着想着,耳边又想起舅奶那敦促我写作业的声音:学习的时候认真学,玩的时候放心玩。唉!好想再聆听一次。

(作者系叶珍外孙)

紫雪糕

林大会

每当看到自己右手食指残缺的指甲,每当别人问我拿筷子时右手食指为何总是跷起来时,我都会情不自禁地想起当年舅奶舅爹给我包扎手指的场景,想着想着,对舅爹舅奶的思念之情就会涌上心头,不觉潸然泪下。

小学三年级的时候,夏初一个周末的午后,我到同住一条街的同学家去玩耍。这个同学家里是做冷饮生意的,雪糕种类比较多,卖得也比别处要便宜点,特别是"高档"雪糕的价格比较便宜。当时,流行的一种高档雪糕叫"紫雪糕",外面卖七角钱一支,同学家里只需要五角钱。我一进同学家门,就问卖雪糕的冷库在哪里。到了冷库门外,我双手拉开冷库的门就往里冲,进去后,满脑子想着都是紫雪糕,扶着门的手竟然忘记收了回来,右手食指被自动闭合的冷库铁门夹住了,顿时鲜血沿着门缝就流了下来。蒙圈的我,任凭怎么用力再也打不开冷库的门,惊慌、寒冷涌上心头,真后悔进来。在外面的同学也在拼命地转动门把手,门始终没能打开。正在隔壁屋里搓麻将的大人听到了冷库房的嘈杂声,赶紧过来把门打开了。我的手终于拿出来了,右手食指的指甲盖被夹得翻了个面,血仍在流。我心里哪还想着紫雪糕啊,夺门而出,就像一只受了伤的兔子往家的方向飞奔而去。进了院子看到舅奶和舅爹,我就像看到救星一样,再也忍不住了,爆发了,号啕大哭:"舅奶啊,我手被门夹了。"

"大会啊,怎么的?过来给舅奶看看!"没等我反应过来,舅奶一个大步走到了我跟前,弯着身子轻轻地拿起我的右手食指,上下左右、仔仔细细查看了一下,另一只手有节奏地、缓缓地拍着我的后背安慰我:"我心呐(宝贝),疼不疼啊?不哭,不碍事的,舅奶给你包好!"

"先止血,要把指甲剪掉,再消炎!"舅奶斩钉截铁地说道,接着迅速"指挥"舅爹,说,"他爹啊,赶快去找点尼龙线,拿把剪子,再把红花油也拿来,找点干净的布条!"

"噢!"舅爹应了一声,立马转身一个箭步向屋里冲去,只听到屋里舅爹急促的脚步声和找东西的砰砰声。

"乖乖,待会剪指甲和上药的时候会有点疼,要忍住啊,男子汉要勇敢一点!"舅奶在舅爹去拿"器材"的时候,不断地给我鼓励。

"心呐,舅奶要把断了的指甲给你剪掉了啊。"舅奶的腰弯得更下了,把右手食指根部用线扎了一下,然后右手拿起剪刀,左手托着我的右手腕,脸几乎贴着我的右手食指,生怕弄疼了我。

"大会啊,舅爹给你讲个故事,古时候,有个将军叫……"当时我哪有心思听故事(现在想想舅爹讲的可能是关公刮骨疗毒的故事,他是想以此分散我的注意力)。

"现在上药啦,可能会更疼啊。"舅奶把红花油轻轻地倒在布条上,一点点浸透着布条,待布条的包扎一面浸透后,一道一道把我的右手食指包起来,接着用线一圈一圈缠绕好,在伤口的上端打好了结,把系在食指根部的线解了下来。

"好了!乖乖,还疼不疼啊?"舅奶慢慢地直起腰来,用手擦了擦额头的汗,亲切地问道。

"他奶啊,坐下来歇歇,擦把汗。"舅爹不知什么时候拿了条毛巾递给了舅奶。舅爹问道:"大会,你的手怎么弄成这样子的,是不是跟人家打架的?"我把事情的原委跟舅爹舅奶述说了一遍,舅爹听了以后,说道:"小男孩干什么事都要稳当一点,不要着急。"

"大会啊,你看你就为了吃根冰棒付出这么大代价,我看就是嘴馋惹的祸,下回看你还馋不馋了。"舅奶把我拉到身旁,摸着我的脑袋笑着说。

听了以后,我破涕而笑,舅爹舅奶也哈哈笑了起来。太阳也快落山了,余光越过屋顶散落在院子里,显得格外温馨与温暖。

现在想想,当时舅爹舅奶已是古稀之年的老人,但遇到事情沉着冷静,认真仔细查看伤情、干脆利落定下决心、从容不迫包扎处置,也没有去医院,也没有用消炎药,过了几个月指甲又重新长了起来,每一个动作堪称教科书式的操作。这些都是源自爱,长辈对晚辈的爱,老人对孩子的爱,爱之切,爱之深,没有爱的力量,就不会有如此果敢的行动。"残缺"的指甲饱含着舅爹舅奶对晚辈完美的爱意。古人讲,羊有跪乳之恩,鸦有反哺之义,我还没有来得及好好报答这份恩情,甚是遗憾!

(作者系叶珍外孙)

卷　二

家庭是缘分、命运的共同体。操持者,主持也,一家之总理也。

其要义在于:勤为先,身正为范;俭为本,省在囤尖,管住舌尖;算为纲,先算而后胜;和为贵,不逾矩,戒争讼;责共担,果共享,多润寡;男主外,女主内,主次而已矣!

温馨的瓦罐水

朱文泉

母亲走了,每当想起母亲,我时常会想起小时候用过的青灰色的小瓦罐,重温全家共用一个小瓦罐洗脸的温馨画面。

那是一个很小很小的瓦罐,口,小小的;脖子,细细的;脚(底子)也是小小的;肚子,圆圆的、鼓鼓的,很可爱。我不知道它能装多少水,只记得每逢冬天,母亲早饭烧好后,用水瓢把小瓦罐盛满,小心翼翼地送进锅膛里,用火叉把周围余火煨在小瓦罐的边上。

母亲心里有个时间表。一般情况下,父亲一大早拾粪回来,小瓦罐里的水也就差不多焐热了。等父亲一切收拾停当,母亲就会把锅膛里的小瓦罐掏出来,抹抹灰,放在小凳上,给全家人洗脸。我家洗脸还是有点规矩的。父亲,第一个洗。父亲洗脸很讲究、也很仔细。洗脸前,先把外袄脱掉,再把衣服袖口卷起来,领口塞进去,尔后把手伸进小瓦罐里试一试水温。感觉可以了,就把毛巾放进小瓦罐里,浸透水,提上来,稍拧一下,然后按照额头、眼眶、颧骨、下巴、脖子、耳根的顺序在脸上搓洗,这算是第一遍。接着再洗第二遍。第三遍算是尾声,父亲会把毛巾放到罐子里重新淘一淘,拧干,再把手擦一擦,叠好盖在瓦罐上。父亲洗完后,就轮到我了。母亲知道我不愿洗,每天早读回来,母亲就哄着我:"小大子,过来洗脸。"看我有点磨蹭,常常做出好像很急的样子催我,"快点,快点,妈还有事。"我就凑过去,先把眼睛闭上,让母亲擦擦眼上的眼眵;把左边脸、右边脸贴过去,让母亲洗净脸上的灰;母亲还会把我耳朵翻过来,把耳背、耳根也擦一遍。洗到脖子时,我就主动把下巴抬得高高的,有时还会有"灰线沟",那是玩耍时出的汗与灰尘黏在一起,在脖子里积成的一条长线。母亲常会一边擦一边笑话我:"还不让擦?这么粗的'蚯蚓'!"有时母亲下手重了,我就会叫,不耐烦地喊"慢点"。最后一个环节是洗手,母亲会把毛巾淘一遍,把我的手心擦擦,手背擦擦,拧干,再把我的手指丫擦干净,整个程序才算结束。每到此时,我便长长地舒一口气。其实从洗脸开始,我就盼着快点结束。我洗完了,才轮到母亲。母亲洗脸如干活,干净利落。先把脸擦一擦,再淘一淘,把脸、手都擦一下,又快又不讲究。

　　全家脸都洗完了,母亲又把小瓦罐放到锅膛里,待早饭后碗筷收拾完,母亲再把瓦罐掏出来,淘淘抹布,用

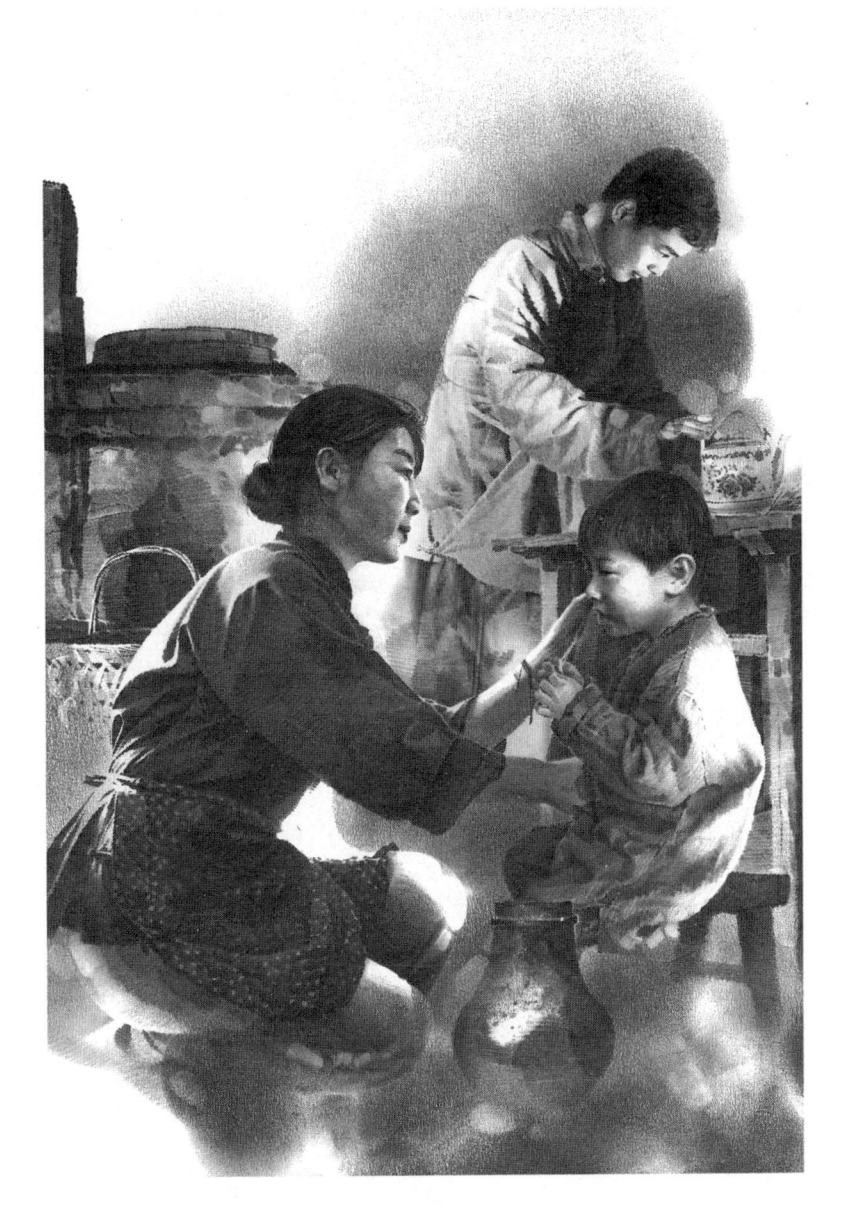

洗 脸

来擦桌子。擦完后,瓦罐还放着,等里面水凉了,再浇到菜地里去。母亲懂得,瓦罐水洗了脸、又抹了桌,这里有营养,浇菜菜肯长,同时也为了节省每一滴水,一举三得。

小小瓦罐,记录了二十世纪四十年代末五十年代初,苏北农村的家庭生活片段。现在五十岁以下的人,大概无法想象那个年代,一切仿佛那么遥远,一切又像在说故事,但都是真切的事实。那时洗脸,家里没有脸盆,小瓦罐就是我家的脸盆。一家人同洗一罐水,没有觉得苦,反而感到很温馨。

小小瓦罐,盛的是水,更是母亲满满的爱、浓浓的情。那是一个母亲在用心经营这个家庭,用爱温暖家庭中的每一个成员。我多么想再回到从前,重洗瓦罐水,重温瓦罐情。

小小瓦罐,折射出母亲的智慧,诠释着母亲持家的理念……抚今追昔,我感慨万千。现在我们的生活好了,一些人反而觉得没有幸福感,这是为什么?因为缺乏比较,不知道过去的苦,也就体会不到今天的甜,身在福中不知福。现在应该进行一种"对比教育",以更好地传承革命先辈筚路蓝缕、艰苦创业的优良传统,去创造更加灿烂、辉煌的明天。

古人云:"由俭入奢易,由奢入俭难。"这一箴言,每一代人都当牢记!

(作者系叶珍长子)

拐 磨

朱文泉

过去农民吃粮食可不像现在有电磨,粮食进去了,面粉就出来了。以前什么都要靠人工,粉碎使用的主要工具就是大碾和石磨。

磨,分上下两部分,上部是磨盘,下部是底盘。磨盘的下面和底盘的表面都凿有间隔均匀的磨齿,磨齿与磨齿啮合滚动,粮食就被磨碎。磨盘中心偏外有一个三四公分直径的圆孔,粮食就是从这里放进去。磨盘中间有个轴,从轴上伸出一根横竿,再从横竿伸出一根长竿,长竿上再安装一个短横竿,左右手握住短横竿两端,用力推着长竿带动横竿、带动轴,轴带动磨盘转动。粮食经过磨碎,麦糁子(或稻糙子)就滚落到磨槽里。再用筛子筛掉麸皮,就可以做饭或熬粥了。

通常,母亲白天干活,晚上或五更起来拐磨。拐磨是个耗时活,也是个很累的活。吃一顿饼,要磨三遍、筛三遍,得两个多小时。两个多小时的机械运动,手臂常常酸痛得无法动弹。夏天天气热,粮食拐下来,衣服几乎湿透了。我家磨盘大,母亲两腿常常前后移动,有时太累了,拐着拐着,扶着磨盘竿就打盹了。

父亲白天忙农活,晚上要组织生产队会议,没有时间做家务。小时候,拐磨的任务常常落在我的肩上。有时拐急了,就没命地拐,想一口气把它拐完。母亲看我闹脾气了,常哄我:"乖乖,不拐,没得吃啊。""妈妈一个人哪里拐得动?你稍微撑个劲,妈妈就好拐了。"我虽然想睡觉,但想想母亲一个人那么辛苦,又继续拐。拐着拐着就累了,母亲常常鼓励我说:"乖乖,再拐一会就拐完了。"她想调动我的兴趣,"再拐五十下,妈就不要你拐了。"一下、二下、三下……一直数到第五十下,可还是没有拐完。我有点不高兴了,不拐了。不得已,母亲只好一个人拐。看着母亲一个人拐太吃力,心里舍不得,便主动放下书本和作业,帮助母亲完成当天的任务。看着母亲的微笑,我知道这是满意的微笑,也是对我的奖赏。

后来,妹妹弟弟长大,就轮流帮着母亲拐,就这么拐呀拐,一直拐了几十年。拐磨,使我加深了对母亲的爱,也使我尝到了农民生活的艰辛,学会了一种劳动谋生的技能,锤炼了吃苦耐劳、不怕困难的品质,它传承的是一种亲情,一种精神!

(作者系叶珍长子)

泥　墙

朱文俊

现在走进农村，家家户户都是瓦房或楼房。和五十年前清一色的泥巴墙草盖顶的茅屋相比，是完全不同的村貌。像泥墙这样的农家活已成历史，但在我们和老一辈人心中，它是永远抹不去的记忆。

过去，泥墙是农村人绕不过的家务活。因为草屋的墙体都是泥巴做的，在风吹日晒、雨水冲刷，尤其是台风暴雨（人称挖墙雨）的侵蚀下，墙体很容易剥落，不及时加以维护，将会墙倒屋塌，所以每年要对墙体进行修缮或加保护层，农民统称"泥墙"。

泥墙是体力活，更是技术活，一般都由男人担当。但我们家不一样，每次都由妈妈带着我们干。因为爸爸做队长，他整天操劳队里的事，无暇顾及家务活。所以家里女人的事、男人的活都是妈妈一个人扛着。

泥墙分为泥（动词）和披两种。泥是用配制好的泥料涂抹在墙体的外表，以达到堵塞鼠洞、弥合墙体裂缝、保护和加固墙体、增强美感的目的。这和专业瓦工的粉墙活差不多,只是泥瓦工用的是水泥砂浆,而农民用的是泥巴。房子的正面一般都是泥,其他三面都是披(也有四面都是泥的)。其效果是:泥的经不住雨水的长期冲刷,每年都得泥一次,披的一般能坚持三到五年,甚至更长。

无论是泥还是披,对妈妈来说都是很艰难的事。泥墙首先要到好远处挑选优质黏土运回家,浇上水泡透,加上适量的谷壳后人工翻拌,使泥和掺料均匀融合,然后赤脚踩踏,直至生土变成熟泥。妈妈从小裹成小脚,踩泥事倍功半,所以每次妈妈都拉着我们几个孩子一起踩泥。小孩刚踩泥时觉得有趣、好玩,可过一会就累得踩不动了,妈妈会鼓励我们坚持……直至一堆泥踩熟为止。泥的时候要把墙体上松动的浮土清除干净,洒点水使墙体表面湿润,然后用木制泥抹(泥墙工具)将盘熟的黏土均匀地涂抹在墙的表面。妈妈不会瓦工活,涂抹起来很别扭,有时候一抹泥上去抹子一离开,泥巴立刻全部脱落下来,往往要反复几次才能让泥巴粘到墙体上。1.5米以下的部位人站着或蹲着泥还好一些,1.5米以上要上脚手架,就更不容易了。高空作业不光是操作不便,而且要时刻注意安全。泥巴涂抹到墙上厚薄要均匀,整个墙面要平整光滑,否则将很难看。披墙比泥墙更难,首先要把备好的整麦秆或细芦柴铡成一尺多长的备料,然后跟泥墙一样把泥巴粘牢在墙体上,再把切好的麦秆上半截涂上泥巴粘到墙上,其要点:一是必须粘牢,二是麦秆的厚薄要均匀,三是每一层麦秆的下部都要整齐,在同一水平线上,这样才显得庄重和美观。披墙是精细活,费工、费神、费体力,尤其是披到屋山尖部位因高而更难操作,有时候周边邻居看妈妈干得很吃力,会主动过来帮忙,有时候爸爸也会挤出时间回来替换妈妈完成最难的部分。

泥墙和披墙都不是妈妈擅长的活,但她做事精明灵巧,而且认真讲究,所以每次墙泥得不比男人们干的差。邻居们都说:"朱二奶不管做什么事都像模像样的,没有什么事能难得住她。"

(作者系叶珍长女)

委　屈

朱文俊

　　上小学的时候，我有双重任务。初小阶段，一边上学一边带妹妹，每天背着妹妹去上学。高小阶段，除了上学每天回家必须带回一篮子猪菜。只有这样，才能争取到上学的机会。

　　六年级的时候，我当学习班委，每天负责把全班同学的作业本收齐送到老师的办公桌上。一个星期五的下午是作文课，当我收齐全班作文本走出校门的时候，天已渐黑，我赶紧背起菜篮，一边往家的方向走，一边沿着沟旁、田埂挖猪菜。很快天已黑定，难以分辨哪是猪菜哪是野草，于是我背起半篮猪菜匆匆回家。妈妈见我回来这么晚，只有半篮菜，圈里猪在哼哼着，顿生怒气，冲着我呵斥道："为什么回来这么晚？只挑那点菜，明天不许上学了，在家帮我做事情。"自从上学以后，学习和家务我从不怠慢，今天没有挑到菜事出有因，并非故意，而且我已努力了，所以听了妈妈的呵斥心中觉得很委屈,尤其是听到她"下令"明天不让上学了,眼泪一下子涌了出来。我含着泪水去自家地里割来山芋藤切碎喂猪。由于心中委屈,眼中有泪,光线又昏暗,加之山芋藤粗且多,一时性急,我连切带剁,切到一半时,一刀砍在手指上,顿时鲜血直流,肉往外翻,我一把握住伤口,血沿手丫往下滴,我本能地尖叫一声:"妈妈,我手切下来了。"妈妈正一边抱着文兵一边干活,听到我的呼救声,立即跑过来说:"乖乖,给妈看看。"见我满手是血连声说:"不得了,不得了,怎么这样不小心。"她边说边端来煤油灯,用灯捻子蘸煤油在我的伤口上反复清洗。那时候农村医疗条件差,没有医务室,家里也没有治伤备用药,用煤油洗伤口是一种消炎止血的土方法。洗完之后,做了简单包扎,妈妈一边解开衣襟,将我伤手放在怀中,用体温温暖我的伤手,一边问我:"乖乖,疼吗?"看着妈妈疼爱的神态和恨不能替我疼的表情,我强忍疼痛摇摇头说:"不疼。"

打那以后一段时间里,我手发炎不能干活了,失去我的帮助妈妈更忙了,睡得更晚了。有时候我用一只手帮她做些力所能及的事,她总是说:"不要你做,妈手脚快一点就有了,等你手好了再帮妈妈做。"

当年的那一刀,让我的手上至今还留有明显的伤痕,每当看到它就会想起小时候的一些往事。如今妈妈走了,委屈和母爱全都没有了,现在回忆起来,我宁愿有委屈,不愿无母爱。如果妈妈仍健在,那该有多好。现在我已是做奶奶的人了,但每当想起这些事,仍然觉得有首童歌像是专门为我写的:"世上只有妈妈好,有妈的孩子像块宝……躲进妈妈的怀抱,幸福享不了。"

(作者系叶珍长女)

新棉袄的烦恼

朱文俊

近七十年来,我买过多少件棉衣?穿过多少件妈妈亲手缝制的棉袄?已经记不清了,但妈妈亲手为我做的第一件全新的棉袄让我终生难忘。

我十岁那年,农村仍然很穷,温饱问题没有解决,大人、小孩多半穿带补丁的旧衣服,难得有件新衣穿。"大穿新,二穿旧、三穿破衲头"是当时的真实写照。我们家也一样,我的衣服基本上都是大哥穿不上了由妈妈改制而成的。十岁女孩已有爱美之心,偶尔见到穿花衣的小女孩心中羡慕不已。有一天妈妈对我说:"乖乖,你好好挑猪菜,把猪养好了到卖猪时给你买块花布料,做件新棉袄。"妈妈随口一说,但在我幼小的心灵中激起很大的波澜,对花布、新棉袄充满了期待,有时头脑中想象着花布鲜艳夺目的颜色,想象穿上新棉袄在小伙伴中那美滋滋的情形。从那以后,我特别关注猪圈里小猪的生长。我知道那猪养得好与不好关系着哥哥的学费,关系着全家的零用钱,也关系着我的花棉袄。妈妈是个养猪能手,十几头小猪在她精心饲养下长得很快。但我总觉得它们长得慢,恨不得让它们每天长二斤才好。心中有憧憬行动更自觉,那段时间里,我每天起早贪黑挑猪菜,生怕猪崽吃不饱,长得慢。中午不休息去割小猪爱吃的嫩青草,三顿饭的刷锅洗碗水我会第一时间倒进猪食槽里,每天都会到猪圈旁看小猪是否比昨天又长大了一点。不知过了多久,每头小猪已有三十多斤,终于可以出栏卖钱了。卖猪的那一天,爸爸拿来一根扁担两只柳条筐子,捉了四头小猪挑到集市上去卖。临走的时候,妈妈没有忘记对我的承诺,对爸爸说:"小二子整天挑菜割草,吃了很多苦,没有件像样的棉袄,小猪卖了给她买块花布料,我给她做件新棉袄。"爸爸点头欣然答应了。那天上午我一直沉浸在期盼和兴奋之中,每过一段时间就到屋外张望一次,看看爸爸有没有回来。下午两点左右,终于望到了爸爸回来的身影。我放下手中的活一阵快跑迎到爸爸跟前,要看给我买的花布。爸爸说:"快到家了,回去看。"我一心想先睹为快,一边说:"不,我现在就要看。"一边用手抓住爸爸肩上的柳筐往下拉,爸爸见状放下筐子,把放在上面的一只柳筐提起来,露出放在底筐中的一块布料。那是一块灰底带黑紫色条纹、十分老气、适合老奶奶穿的一种布料。我一看心里凉了半截,和我想象中的花布反差太大。于是我随口说道:"怎么买这种灰颜色的布?"当时父亲误听成"怎么买这种倒头布",觉得很刺耳,于是上前举手给了我一个大耳光,打得我向前冲出好几步,顿觉眼前一片漆黑,继而金光四射,脑袋嗡嗡作响。我跟跟跄跄跑回家,一屁股瘫坐在地上,满头大汗,脸色惨白,号啕大哭。妈妈见状,问清事由后,便跟爸爸理论起来:"她还是个小孩子,怎么吃得消你这一巴掌……她犯了什么错?你要这样下狠手。"爸爸只说了一句"哪个叫她说,那是倒头布的",便不再吭声了,低头抽他的烟。那几天,我一直觉得头晕,有时还有点想吐。

自从被打以后,好长一段时间我相信了庄上赵四爹说的话:"你不是爸妈亲生的。"

赵四爹是个爱开玩笑的老头儿,我挑菜割草时,不敢一个人去钻远处的青纱帐,经常跟他们一起去。我小孩手脚快,常到他前面去抢菜,他常以有蛇、有鬼来吓唬我。他还一本正经对我说:"你不是你爸妈亲生的,是我和韦大爹还有你爸三个人在大碾上捡到的,当时你爸说你哥下面还有两个男孩都夭折了,想抱个女孩回去冲喜,于是就把你抱回家了。"他还说:"当时为了冲喜,现在你有哥、有弟、有妹了,他们对你就另眼相待了,你自己想想看,跟你一样大的孩子,人家不是上学就是玩,你整天干活,吃苦受累的,像是他们亲生的吗？……"他说得绘声绘色,有鼻子有眼睛的。开始我不信,认为他是逗我玩的,时间久了,说的次数多了,我有点将信将疑。这次挨打之后,我真的相信了他的话。的确,我的童年很苦涩,人家十岁的孩子多半上了学,而我不能上,同龄的孩子们每天有时间玩瓦蛋、跳方格、翻绳子……玩各种各样的游戏,我每天除了干活还是干活。我也想玩,有时候拼命干活,心想快点干完了也去玩一会,可一件事还未完,第二件事又布置下来,如此反复,总有做不完的事情。即便是春节,庄上有耍猴子、跳财神、玩麒麟的,别的孩子能从庄西头尾随到庄东头,我不行,看了一小会就被叫回家做事情、带孩子。吃饭的时候,爸爸和弟弟吃锅底上捞干的,妹妹们吃不稀不稠的,我和妈妈喝稀的。偶尔有饼吃,爸爸和弟弟吃白面的,我和妈妈吃黑面的。如此往事越想越多,越想越觉得委屈,越想越觉得赵四爹的话是真的。所以,每当觉得委屈的时候,每当干活很累的时候,我会偷偷地跑到大碾上去哭。当周边没人时,我会放声痛哭:"妈妈呀,你在哪呀,你们为什么不要我呀？我现在能挑菜、能割草、能做事,你们来接我呀！"每次哭完之后,擦干眼泪回到家里强装没事,不敢向爸妈透露半点心声。以后渐渐长大了,懂事了,方知一切皆因家境窘迫岁月艰辛。其实妈妈比我

109

更苦。

　　自从挨打以后,我对那块布料再也没了兴趣。妈妈几次要为我量体裁衣,我都坚决不要。后来妈妈拉住我的手用商量的口气跟我说:"乖乖,那块布是按你的身材买的,给妈做布不够,你就将就着穿吧,有总比没有好。"妈妈见我还是不情愿,又接着说:"那布就是颜色不鲜亮,其实布很厚,寒天压风、暖和。等有钱了妈再给你买块好看的布料做件罩褂子……"在妈妈的一再劝说下,我终于勉强点头同意。接下来妈妈白天干活,晚上坐在昏暗的煤油灯下,千针万线为我赶制棉袄,这在我幼小的心灵中留下一份深深的感动。那是一件里、面、胎三面全新的棉袄,穿在身上很舒服、很暖和。它是我当时最奢侈的物件,再加上妈妈的一片心血,我开始渐渐地喜欢上了那件不显眼的全新棉袄。

　　深秋的一天,我又跟随大人们去南圩割草,中途将棉袄脱下放在堆草的地方。那天我割的草比较多,为了多装些草,我站到篮子里,两脚往下踩,双手将篮口向上提,把篮子塞得鼓鼓的,又加了结结实实的尖。当我装满篮子时,大人们已经背上草篮上路回家了。我一个人落在青纱帐心里又急又怕,赶紧一使劲将草篮子提到右膝盖上,试图再用力将草篮甩到后背上,但因草比人重,怎么也甩不上肩,我索性双膝跪地,弓着腰,将篮系(系篮子的背绳)顶在头顶上,双手撑着地面,慢慢地支撑起来,然后用双手抓住绳子,让两手与脖子形成合力弯腰前行。当时急于追赶大人没有检查是否有东西落下。当走到大碾处放下篮子休息时,我突然发现棉袄没有带回来,急得哇的一声哭了起来。妈妈听说我棉袄丢了,正在大碾处哭呢,一路小跑赶到我跟前,宽慰我说:"乖乖别哭了,掉就掉了吧,妈妈再给你做。"我说:"不,我要去找回来。"妈妈说:"那我跟你一起去。"在妈妈的陪同下,跑了几里路来到原来堆草、放棉袄的地方,一看剩草仍在,棉袄不见了,我再次失声痛哭。妈妈看我哭得伤心,一直劝慰我说:"乖乖别哭了,这件棉袄你本来就不喜欢,掉了也是该派的,妈再给你做……"尽管妈妈很宽容,没有凶一句骂一声,但我自己觉得犯了从未有过的大错。近半年时间,我一直沉浸在悔恨和自责之中。

一晃六十年过去了,许多往事已逐渐淡忘和模糊,但那件棉袄一直让我记忆犹新,尤其是妈妈那挑灯夜缝的身影和丢失后对我的宽容让我永不能忘。

今天回眸那段往事,并非为了回忆童年的苦涩,而是忆往惜今。我们这一家人能有今天,来之不易,要珍惜、要知足、要感恩、要奋斗。

(作者系叶珍长女)

写给妈妈的信

朱文俊

妈妈:

您走了十五个年头了,我们好想您啊!

您没有给我们留下贵重的遗产,但给我们留下了千金难得的精神财富,在老家留下了美好的声誉。

您在老家农村生活了六十五个年头,那段经历最让我们刻骨铭心。

二十世纪五十年代末,父亲就被推选为生产队队长,他舍小家顾大家,把全部精力投入到集体生产之中。从那时起,您就担当起支持父亲工作和支撑全部家务的双重重担。每天您干了一天的农活,带着疲惫和饥渴回到家中时,仍顾不上片刻的歇息,一手夹着孩子,一手生火做饭,锅上一把锅下一把,忙个不停,有时汗水湿透衣衫。那时,我们看您太辛苦了,很想给您打个下手,帮个小忙,可您总是说:"乖乖,你去看书去,这点活妈一会就做好了,你们把书念好,妈就很高兴了。"

妈妈,您在我们孩子的眼里是最伟大的母亲,在邻居的心中是被崇拜的偶像。不知是苦难的岁月磨炼了您,还是您天生聪慧能干,没有您做不了的事,没有您不会干的活。诸如养猪、养鸡、养鸭、养羊、刨田、种菜等农家活,您总是能干出跟别人不一样的速度、不一样的质量、不一样的效果。别人家养猪不赚钱,只是零钱聚整钱。我们家养猪积肥都挣钱。别人家一年育肥一头猪,我们家一年出栏两头猪。您不懂市场经济学,但能预测养猪大小年,哪年肥猪值钱养肥猪,哪年仔猪值钱养母猪。肥猪育肥出栏快,母猪一年能产两窝崽。您一有空就到处割青草、铲草皮,一篮又一篮,一筐又一筐地投到猪圈里。人家猪汪积肥一年几十斗(笆斗),我家一年积肥近双百。不仅自家地里肥足庄稼旺,还支援了队里生产,挣了工分,年底分得红利。仅养猪和积肥这一项,一年能挣二百多块钱,这是我们兄弟姐妹上学的主要经济来源,也是全家收入主渠道。

全家仅有的几分自留地,在您的手里也变成了聚宝盆。瓜果蔬菜一年四季不用买,旺季吃时令菜,淡季吃干子,吃不了还送给邻居家。为了积攒零花钱,您把当季吃不完的蔬果晒成干,急需用钱时背到街上卖。您常常背着白菜干、豆角干、雪里蕻等跑王集、跑双港(地名)去卖,一趟二十多里路,时常下午两三点钟回才到家。

您从来舍不得花两分钱买块烧饼吃,更舍不得花五分钱买根油条充饥。深秋季节,您把胡萝卜、辣萝卜切成条、撒上盐、腌成干,让父亲拖到几十里外的大有农场去卖。这些活您白天无暇顾及,都是晚上挑灯夜干,一二百斤萝卜切下来,有时手上都起了血泡,您却全然不顾。有时候您切着切着就睡着了。山芋收获季节,您和邻居合作磨山芋粉,再做成山芋粉条,这比卖山芋能多挣钱。但这活非常苦,要把大批量山芋洗干净,铲成丁,上磨拐,磨碎后像做豆腐一样滤成浆,最少要磨三遍,滤三遍,通常一二百斤山芋要花费四到五个小时,有时要忙到鸡叫,困极了您就和衣小歇,天亮了照样起来干白天的活。

在家里您是持家好手,在队里您是干活能人,拾棉花、捉豆丹、掰玉米等等,您眼疾手快,无人能比,往往是两人都不如您快;薅地时您比别人薅得宽、薅得快、薅得干净;抬肥、抬河泥时,您把筐系拉到自己跟前,每筐送到大田中央去。为了给队里耕牛备冬草,您带我们跑十多里路到战斗村去割草,那儿草多、草好,但路远,要蹚几条河,您小脚、重负,多有不便,我劝您别去,您总是说:"累一点没事,歇一会就好了。"队里负责过秤的陈兆海常说:"您跑那么远,又背这么多,不要命啦!"您总是乐哈哈地说:"没事。"

您一生当中考虑子女多,考虑丈夫多,考虑乡邻多,考虑队里的事情多，唯独没有为自己考虑一丁点。即便是农闲时节，人家妇女晒晒太阳、玩玩纸牌、拉拉家常，您总是丢下耙子摸扫帚地忙个不停。您不一定精通"优选法"，但您家里家外的事安排得特别周密，井井有条。白天干白天的活，晚上做晚上的事，从不让自己闲着，总是把自己的精力、体力发挥到极致。生活中您总是勤俭、克己，收获时节，孩子、丈夫吃白面，您自己吃黑面或是窝窝头，青黄不接时，锅底厚粥捞给孩子、丈夫吃，自己喝稀的，粮食紧缺时，孩子、丈夫喝稀粥，您是野菜充饥度荒年。

最困难时期，您近十年不添一件衣，一条单裤从春夏穿到秋冬。数九寒天，冷得不行，您把压板了的旧棉胎缝在单裤里，棉胎直接贴身体。现在回忆起那段苦难的岁月和您所受的艰辛，我还时常泪流满襟。

妈妈，古人有句老话，叫苦尽甘来，如今您的子女辈、孙子辈、重孙辈，家家幸福，孩子健康成长，我们会把您留下的精神财富作为传家宝传承给他们，让他们知道感恩进取，用奋斗去争取幸福。

想您的女儿　文俊
2018年1月5日

（作者系叶珍长女）

刨山芋

朱文芳

　　妈妈是我们生产队、大队的劳动能手,几次得到公社颁发的"劳动能手"奖状。我们家虽然人口多、劳力少,但是因为妈妈很能干,一个人挣的工分抵得上人家男子汉一个多劳力挣的,因此,乡里乡亲的都佩服妈妈同样的时间干的活比别人多,干同样的活用的时间比别人短,所以我们家每年应分的粮食都能分到手。从来没有一个人说过妈妈挣工分多,是沾了爸爸当生产队长的光,即使是社教运动开展"四清"的年代,"造反派"批斗爸爸,也没有一个人说过妈妈工分的闲话。

　　二十世纪六七十年代,山芋可是绝对的主食之一。新刨出来的山芋削了皮以后,加上水在锅里烀,等烀熟了,下几把大麦或者玉米糁子搅一搅,熬到稠了,一锅热气腾腾的山芋粥就做成了。又香又甜,滑润可口的山芋粥,是我们那时永远抹不去的记忆。我们生产队,在爸爸的带领下积极施肥、有效防治病虫害,十分重视田间管理，山芋如人所愿基本上年年都是大丰收。山芋鲜的好吃，晒成干子一样可口，保存得好能吃上一年。丰收年分，家家户户都把山芋晒成干子，用节子圈囤起来，足有大半个人高。孩子们上学从囤子里挑几根不带皮的芯子往口袋一揣，就是最好的零食，别的生产队的孩子还向我们要呢。

山芋怕冻，深秋天气很快转凉，不小心来一波寒潮，就能把山芋全冻坏，所以收上场的山芋，必须要抓紧时间进行二次加工，所谓加工，就是挑一部分个头较大的，没虫没斑的下窖子留着上冻时吃，另外一部分晒成干子留着开春吃，剩下的一小部分趁没上冻时吃。山芋浑身是宝，除了人吃以外，山芋藤子、山芋皮还是上好的猪饲料，拿它来喂猪，猪上膘快，眼看着要过年了，一大家子下一年的花销可全指望它呢。

丰收了，生产队按惯例把山芋地按人口分到每家每户，这就给我们这些平时挣不上工分的小孩子，提供了一个为家里创收的机会。小孩帮大人多干活，就能减轻大人的负担，让大人腾出时间参加其他劳动，挣更多的工分，年底分到的粮食就会多一些，这里就包含我们小孩的贡献。

刨山芋是体力活，别人家都是全家一起上，我们家爸爸忙着生产队、大队的事，哥哥姐姐都在外，弟弟又住校,只有妈妈和我两个人干。妈妈带着我到地里,成熟的山芋藤绿中带着紫,丝丝缕缕地把整块地绕得严严实实插不下脚,经过霜的叶子,失去了夏天的翠绿,无精打采地耷拉着。

妈妈拿出镰刀麻利地从根部把山芋藤一割再用力一扯,严严实实的田地里便露出被山芋撑裂开的田垄,我跟在后面扯藤子,把扯下来的藤子拖到地头堆起来,这可是喂猪的好饲料,能抵挑多少回猪菜呢。等到把藤子扯完了,一垄一垄的山芋格子整齐地排列着,接下来就是刨了,这可是有技术的,为了使山芋不被刨坏,草抓子要从垄外向内侧刨下去,然后用力一拉,一大块土坷垃下来了,山芋也露出来了,山芋又大又多,一窝多的有好几串,加起来能有五六斤、八九斤。我不大会用巧劲,死死地抱着草爪又是刨又是拉的,一会儿手掌上就磨出了好几个水泡,直到水泡磨破了,草爪柄上滑腻腻的,才感到疼。妈妈看到后,让我不要刨了,把刨过的山芋往外起。到了第二天下午两三点钟,分给我们家的山芋地终于刨光了,收起的山芋堆成好几个大堆子,就像一座座小山,真是又兴奋又担忧。兴奋都能理解,担忧的是这么多山芋,我们什么时候才能运回去啊。

农历十月份天时短了,太阳一偏西,时间不长天就上黑影了。我们一刨完,就开始把山芋往独轮车的车筐里装,妈妈怕我推不动,几次劝我别装了,我担心天黑了看不见更难推,把车筐装得满满的才住手,抬起车把一试能有两百多斤,只要把握好平衡,还是能推动的。田间的小路坑坑洼洼,稍不留神就可能翻车,我在后面推,妈妈在前面拉,我们长期配合已经形成了默契,每到小坑小坎的,妈妈都能准确地把握时机加把力,使在后面推的我省了不少力气。一直到天黑定了,差不多有七八点钟,我们才把所有的山芋推到家里,"小山"又移到了家门口。

简单地吃过晚饭后,妈妈看着我手上磨出的几个大血泡,心疼地说:"乖乖你休息,我一个人刨。"我看妈也很累了,就说:"明天再弄吧。""明天还有明天的事……不然遇到雨天再一冻就烂了。"妈妈说。

妈妈说着,手就开始忙起来。其实刨山芋并不复杂,就是用专门的小刀刨去一层表皮,再把根子和须削掉就行了,但是那年分到的山芋实在是太多了,我和妈妈坐对面都看不见对方。我说:"这么多,什么时候才刨完哪?"妈妈说:"蚂蚁还能搬动泰山呢,我们发扬愚公精神吧。"妈妈嘴上说着,手并没有停,我还能听到"呱吱呱吱"的声音。单调的声音本身就容易催眠,再加上干了一天真的累了,不知过了多久,我和妈妈都累得瞌睡起来,突然爸爸的脚步声把我们惊醒了。爸爸说我和你们一起弄吧,妈妈说:"你赶紧睡觉去,在外忙了一天,又动脑子又动嘴的,文芳手都磨破了,也赶紧去睡,我一个人弄。"

我知道妈妈比我更累,怎么能忍心让她一个人刨呢?我坚持和妈妈一起刨。过了一会儿,妈妈看到我又打瞌睡,于是说:"乖乖,我们来打打岔,背背《毛主席语录》。"她说一句,我跟着说一句,后来又背"老三篇"。那个年代,《毛主席语录》能给人无穷的力量。就这样,堆得像山一样的山芋,竟被我们娘俩一夜间神奇地刨完了。

这件事过去几十年了,却始终让我难以忘怀。妈妈的坚忍和勤劳给我留下了深刻的印象,我敬佩妈妈对生活有计划,有行动,不管遇到什么困难,从未被吓倒,总是一步一步扎扎实实地做,直到成功。

(作者系叶珍二女)

女人也顶半边天

朱文芳

在农村,以前没有煤气灶,买不到也买不起煤炭(煤炭是凭票供应的),做饭都是用烧草的锅灶,稻草和麦秆都是做饭时烧火用的好燃料,虽然也提倡秸秆还田,但我们这里缺山少林,总不能吃生的,所以家家户户都把秸秆储存起来,为了防止被雨淋湿,通常要把稻草摞成高高的草垛子。

草垛子基本呈圆柱形,底部的基座稍大一点,以后每隔三四十厘米稍减一点点,到最后三四十厘米再稍铺开一点,顶部稍圆呈弧形,上面要用草衍子(多是麦壳)和上泥,泥上薄薄的一层,主要是为了挡雨。用的时候从腰部一把一把往外扯,围着草垛子均匀地扯以保持平衡。一家人高矮不一,扯草也不总是一个人的事,个子高的扯上部,个子矮的扯下部。到了下一季粮食快要收的时候,草堆中间细、上下粗,遇上大风容易被吹倒,碰上下雨天淋湿了,烧草没着落,吃饭就成问题了,所以家家都很看重摞草堆这件事。草堆大小，意味着收成的多寡，也关联着孩子们"天堂"的大小，他们在这里暖和天做游戏、捉迷藏，寒冷天听故事、晒太阳。

记得小时候，父亲不是忙着生产队就是忙着大队的事，白天除了吃饭基本看不到人，所以摞草堆这种男人干的活，也只能落到母亲肩上。以前母亲会请邻居帮忙，等我长到十来岁，差不多能举得动铁叉了，便自然地加入了进来。这虽不是什么技术活，却也有一定讲究，虽不是太重的体力活，但也很累人。男子汉叉草多、举得高，所以别人家往往摞得快，我们家就靠我们娘俩了。

首先要盘个底座。根据草的多少确定底座的大小，太大了草堆矮了，泥顶子费料费时，也不好看。太小了，草堆太高就不稳当。高度嘛，一般也就成年人一摸手那么高，大概两米多一点。起好了底座就一层一层均匀地往上加，摞到齐肩高的时候，得有个人爬到草堆上面布草，布不匀压不实，草堆就不稳，容易倒。母亲担心我布不均匀，一叉一叉的草不能咬起来，就自己爬到草堆上用草叉接，一叉一叉的衔接踩实，我在下面叉草往上送，一点一点往上摞。草堆越摞越高，我个子又小，在下面把草往上送就很吃力，于是我生气地说："别人家都是男人摞草堆，我们家就是我和你弄，不想弄了。"母亲就站在草堆上笑了笑，朝我说："你爸忙队里的事，没时间回来弄,你哥姐又全在外面,就我们娘俩在家,女人也顶半边天,你看我们娘俩不也擓这么高了吗?"母亲一边说,一边又把接上来的草垫在脚底下踩实,有时还把布好的草适当调整调整;擓好后,母亲把铁叉齿插在草堆腰部,顺着铁叉的柄子慢慢滑下来。就这样,在母亲鼓励下,我们一个下午也把三个大草堆擓完了,而且擓得特别圆,和人家男子汉擓的草堆有得一比。

以前生活条件差,但人们却并没有放弃对美的追求,常常就地取材、因陋就简地对居住环境进行美化。过去住的是土坯房,经过一年的日晒风吹雨淋,外层的泥坯会一块一块地剥落,不仅不美观还有安全隐患,所以每到快过年的时候,每家每户都会给房子"穿件新衣裳",把房屋外墙重新装饰加固一番,也就是用烂泥和麦穰和起来泥一遍墙;讲究的人家还会找来报纸把内墙糊一层,条件好的则会用彩纸或白纸糊,然后再到新华书店"请"(不能说买)来马恩列斯毛五大伟人像张贴在正面墙上,两边的山墙上则贴些古装剧的剧照。那时我们家没有这个条件,但外墙的"美容"是一定要做的。

父亲整天忙,不到吃饭不着家,当然泥墙还是我们娘俩的事。腊月十五以后,挑个风和日丽的日子,母亲早早就起来,先到附近起土,起好了土回家做饭,饭好后把我叫起来简单地垫垫肚子,就一起把土往家里运,母亲在后面推,我在前面拉,腊月的早晨虽然很冷,但几趟土运下来可就浑身冒汗了。运完土,母亲要喂猪、喂鸡,拾掇家务,还要铡麦秆,我则去挑水准备和泥。

和泥可是有讲究的,不能把泥土和麦穰简单一拌了事,那样即使暂时泥上去了,水气一干就容易脱落。而要把泥土、麦穰和水按一定比例基本搅拌均匀,人再进去踩,踩得越仔细、用力、扎实,黏性就越好,泥上墙就越牢固,如同揉面,多揣几遍做出来的面食才有嚼头。那时也没有靴子,只能把棉裤卷到小腿肚光着脚下去踩。寒冬腊月的,把脚伸到刺骨的烂泥里,我有些发怵,母亲总是先脱了鞋子下去踩,我也只好紧跟着下去踩,踩了一会,母亲看我不想踩了,就帮我提神:"你哥你姐放假回来、亲戚朋友来,看到咱家光光亮亮的多舒服,再说收拾好了我们自己住也安心呐。"

泥墙的时候,母亲负责抹泥,我负责运泥。先从根基泥起,泥到50厘米左右,再把铡好的麦秆(约50多厘米长)均匀地粘披到墙上,以后每隔50厘米左右披一圈,上一圈的下部要能盖住下一圈的顶部,这样一层一层大概要披四五层,如同给墙的下半部分穿一件蓑衣,雨水就不会直接打到墙体上,从而增加墙的寿命,尤其是南墙和东墙要披得厚一些。到了两米左右高,母亲踮起脚尖也够不着了,叫我搬来长板凳,她站在上面泥(两米多高可以不披但要泥一遍）。快到屋檐口时，一条板凳也不行了，母亲要再加一条凳子，我说："妈太危险，等爸回来再弄吧。"母亲说："自己动手，年年有余，注意点不碍事的。"就这样，母亲把两条板凳摞到一起，小心地站在上面一寸一寸地往上泥，我在下面捏着一把汗，却看不出母亲有丝毫的紧张，还一个劲地催我运泥。泥好的墙经过几天的日晒，麦秆在阳光下泛着金光，人人看了心里都舒坦。

母亲不是顶天立地的大丈夫，但却胜似顶天立地的大丈夫。她用自己的辛劳撑起了这个温馨的家，让父亲安心跑集体的事，让哥哥姐姐毫无牵挂地在外学习，让每个家庭成员都能享受到温暖和舒适。在这个家里她顶起的岂止是半边天，她顶起的是广袤湛蓝的天空，无私地奉献着天底下最伟大的母爱！

（作者系叶珍二女）

苦亦甜

朱文芳

俗话说："养牛能种田,养猪好过年,养鸡为换油盐针线钱。"过去农村除了挣工分没有什么副业收入,养几只母鸡,下的蛋就能拿到代销店换回盐、煤油、针头线脑等生活必需品,有孩子念书的人家还能换铅笔、本子之类的学习用品。但鸡养得不多,一是怕瘟;二是鸡子跟人抢食,野菜、野草的基本不下嘴,而且下的蛋往往存不住。不说放的时间不长,就是能放上一年半载的也存不住,家里来个三亲四戚的买不起肉炒个鸡蛋总要有的,大人孩子有个头疼脑热感冒咳嗽的弄点油汪个鸡蛋也是不错的补品,所以鸡蛋聚不下来。真正能聚成钱的只有养猪,逢年过节的杀头猪不仅肉能卖到钱,猪下水还可以自家留着吃。最关键的是过年做新衣裳的钱、买大糕馃子杂食零嘴的钱、孩子念书交学费的钱还有看病就医的钱全指望它呢。

虽然养猪对于改善全家的生活十分重要,但粮食还舍不得拿来喂猪,人还不够吃的,哪能喂猪呢?能有麦麸子、米糠就是精饲料了。平时喂猪就是淘米水、刷锅水兑一两水瓢精饲料和成汤。俗话说,要想猪儿壮,全靠食来胀,没有食怎么指望它上膘呢?所以要填饱猪肚子,还要靠野菜、野草凑。夏天的时候还好办,山芋藤子、番瓜叶子,随便扯扯就是一草篓子,但这也不是长远法子,自留地里长几棵番瓜还指望它长瓜呢,哪能把藤子全扯了喂猪?山芋全是生产队的,只有到打头时才有,家家养猪,哪个不盯着这"高营养"的饲料,只能平均分,分到各家的就很有限了。

主要的是要靠到野地里去挑。不放假的时候,天一亮就起来先去挑一篓子猪菜再回来吃饭上学,中午放学还要挑一篓子。从小猪捉回来到出栏几乎天天如此。母亲常说人饿一顿半顿的不碍事,猪饿不得,它是畜生,一顿不吃就掉膘,几天也养不回来。一到放暑假,整天就是挑猪菜、割茅草。割茅草是暑假作业,开学时要交给学校的。

夏天的早晨,天刚蒙蒙亮,正是凉爽舒适好睡觉的时候,被母亲叫起,随便掬把水洗个脸,就出发了。背着草篓、抓把镰刀,几个小伙伴迎着晨曦,踏着露珠,呼吸着散满了各种植物气息的新鲜空气,喜欢唱歌的扯开嗓子不着边际地吼,会讲故事的天马行空地说,女孩子还有说不完的悄悄话，不知不觉就离家七八里十几里了，靠庄子近的不是生产队的看青场就是被挑过多少遍的"不毛之地"，只有离人家远远的草荒地野菜才多草才盛，收获也才能有保证。不让猪吃饱了，过年拿什么做新衣裳啊，这个道理我们都懂。只要找到菜多草盛的"窝子"，往往先坐下来天文地理、家长里短地侃一通，到日上三竿了才开始挑菜割草。傍晚回来，草篓一定要塞得满满的，还要用脚踩结实，猪吃不饱会掉膘呢。当然，有时玩的时间长了，也会弄点小虚假，把菜或草支棱起来显得篓子也是满满的。现在说起来，似乎挑菜割草充满了童趣和诗意，其实是很苦的，别的不说，光是背着百十斤重的篓子走十几里路就够呛的了。

晴天还好，要是碰上阴天下雨尤其是连着下几天雨，猪就没吃的了。野菜放不住，两天过后就全烂了，猪也不吃。没有了野菜，顶多多加一瓢糠，猪食盆里也还是稀汤，没有一点嚼头，吧嗒吧嗒捞不到干的能不饿吗。猪在圈里嗷嗷叫，我们仿佛犯了错似的也抬不起头来。

后来母亲想到一个办法，到河沟里捞芒草，这东西一年四季都有，晒干了能放很长时间，能防雨天。

有一次，母亲不知怎么探访到离我们家五公里远的洪南大队友爱村一条河里有芒草，便带上我推着独轮车去那里捞。因为几乎家家养猪，所以附近靠村庄的河里全被大家捞光了,只有路不好走的、水流大不好捞的地方才没人去。这条河是流水河,水深流大,苲草很不好捞,根长得很深,要两个人共同协作才能完成。捞草时一个人用加长的镰刀伸到河中间苲草根部割,另一个人用耙子把割断的苲草往河边拉。拉得慢了,苲草就会被水冲走,拉得快了,苲草根子还没割断,又会顺着耙子的缝隙滑落。我力气小,把那么长柄子的镰刀伸出去都费劲,更不要说割了,就由母亲负责割,我负责拉。

　　对于挑惯野菜、割惯草的我来说,干这种不用弯腰、从水里捞草的活儿还是很兴奋的,一个劲地催母亲快割。母亲小心翼翼地选好位置站稳脚,试了几下就可以麻利地找到下镰的方位,利索地割断苲草根子了。可我总是把握不住时机,母亲割了很多,我只拉上来一点点,不是被水冲走了,就是从耙齿间滑了,干得很累却没有什么成果,又白白浪费了母亲的精力。我不禁心生愧疚,也渐渐失去了耐心,好几次都想把耙子扔了不捞了。

　　母亲看出我的烦躁,用镰刀担住苲草对我说:"闺女,做事不能急,心急吃不了热豆腐。静下心来,跟着我镰刀走,先用耙子叉住苲草,水流大的时候,按住了不要动,等水流小的时候,再慢慢用力往上拉,这样就能把苲草拉上来。"经过母亲的指点,我慢慢地掌握了方法,时间不长,独轮车就堆满了。

回去的路上我推车,一脚高一脚低的,从田埂子上往回推。有几次我这个推小车子的老手都差点把不住翻了,茬草还不停向下滴水,走不多远衣服鞋子就都湿了,鞋子上全是烂泥。收获的喜悦早就荡然无存,我不耐烦地向母亲抱怨,明天还怎么上学啊,已经两天没去学校了,我家的活就是比人家多,生活也过得不好,还要养猪、养猪!母亲说:"闺女啊,不要怕吃苦,吃得苦中苦,方知甜中甜。养猪就是为了卖点钱给你们上学,穿衣吃饭都要钱,没钱怎么办。现在有困难是暂时的,总会过去,人哪,站得高,才能望得远。"

　　"把草把料,牲口欢跳。"那一年,由于有了干粮贮存,再加上我每天起早挑菜保证"日常供应",我们家的猪养得又大又肥,而且比别人家多养了好几天,一直到年根才杀,猪肉的价格每斤也比别人家多几分钱,母亲也为我做了件新衣裳。

　　母亲总是能把最深刻的道理用最朴实的语言说出来,这次捞茬草,母亲就又给我上了一课。更重要的是,以前我以为挑猪菜就是为自己过年能穿上新衣裳,没想到更大的意义还是关爱家人,也是减轻父母的负担,尽一份孝心。

(作者系叶珍二女)

保"胃"战

朱文兵

人的脾与胃,同受水谷,输布精微,是生命动力之源,后天之本、气血之源。胃则具有储存、运输、消化、吸收四大功能。胃的秉性很好,酸甜苦辣咸淡皆能接受,饥渴饱胀亦能忍耐,冷热生熟冻也无怨言。但凡事都有度,超过了极限,尤其是长时间超过极限,那它也要提出抗议、减弱功能,甚至最终要失去功能的。

父亲的胃就是处在这样的一个变量之中。他从新中国成立初期合作化运动开始,便被公派出去学习双轮双铧犁,传播先进生产技术。后担任生产队长、政治队长,他领导的生产队成为"红旗生产队"。他种地是一把好手,耕撒锄薅、水肥土种样样精通,在十里八乡小有名望,是农业生产行家里手,县社领导都尊称他为"朱二爹"。他责任心很强,要求严格,身体力行,常常天麻花亮,就出去组织各小队人员上工,他总是先到,而晚上最后一个回家。就这样长期劳累,口干舌燥,吃饭无规律,饥饱不均衡,超过了胃能承受的极限,胃病也就不约而至了。

为了保卫父亲的"胃",母亲责无旁贷地担任了"主治医生"和"护士长"的双重职责。母亲每天都赶在父亲上工之前,给父亲弄点吃的,她把鸡蛋打开放在水里煮成蛋花,或者冲些何首乌粉、山芋粉,或者煮几片饼放点糖,给父亲当早点,几十年如一日,基本不间断。

听人家说,乌鱼(黑鱼)加明矾烧熟吃能治胃病,她就四处打听,托邻里帮忙寻找乌鱼。弄来乌鱼后,在鱼腹中塞进明矾,放在锅膛里煨熟后让父亲吃下。煨这个东西也不是容易的事,常常是乌鱼外面煳了,里面肉还半生不熟,明矾有时还未化掉,吃起来又苦又涩。后来,母亲想了个法子,先将鱼慢慢煨脆,磨成粉末,让父亲用温开水服下去。

听说有一种锅膛土能治胃病。锅膛土,中药学名叫灶心土,又叫伏龙肝,其辛温归脾胃经,用于虚寒性出血,有止血、暖胃、止呕之作用。可到哪去弄呢?农村没有中药店,到县城也买不到。后来打听到锅膛土,就是经年烧柴火时烧结的焦黄土,只要将其土块取出来,削掉黑色部分,清除里面杂质,再将土块研成粉末,用温开水冲服即可。母亲按人家指点,一步一步小心翼翼照着做,终于做出了黄土汤。父亲开始喝一小碗,后来喝一大碗，似乎是精神的作用，起初觉得还可以，喝着喝着又觉得没有什么效果了。

又听说吃煳锅巴能治胃病。母亲这次很高兴，认为煳锅巴容易做，吃起来香脆可口，又能助消化。于是，天天给父亲准备些锅巴，父亲也愿意吃，吃了一阵子后，确实感到酸水减少了，胃也舒服了一些，过去胃病发作时，一次呕吐能吐一小碗黄水，现在减少了一半。但是可能锅巴吃多了，又上了火，停了几天后，胃又恢复了原状。

俗话说，病急乱投医。什么猪肚炒砂仁、糯米煮红枣、冰糖芦根水、红糖芥菜汤、生姜韭菜汁、米糠炙鸡内金、食山楂、吃白糖……能想的办法都想了，能用的方子都用了，好一阵坏一阵，就是不能根治，看着父亲消瘦、痛苦的样子，母亲心急如焚。

后来，又打听到吃小燕子能治胃病。哥哥后来告诉我，母亲当时想这个季节，燕子都往南飞了，到哪去捉燕子呢？事如人愿，恰巧，第二天一只大紫燕飞入堂屋，乖乖地站在窗户台上，人走近它一动不动，母亲轻轻抓住两条腿仔细察看，身上肉滚滚的，也未受伤或惊吓，母亲觉得它很"仁义"，便有点舍不得吃，但转念一想这是天意，它飞来就是给父亲治胃病的，治病要紧，于是便将其烤熟烤焦。父亲开会回来，看到黄灿灿的焦燕，香味扑鼻,很是高兴,便半欣赏半品尝地把一只燕子吃掉了,连骨头也都嚼碎咽下了。说来也奇怪,一夜睡得挺舒服,翌日早饭后也未吐酸水。

母亲觉得有效,第二天赶快到集市上去寻找,直到中午才买到两只,依法烤焦,每晚一只,效果不错,父亲那几天心情尤好,精神状态明显改善,母亲也如释重负,像是打了一场胜仗,其兴奋心情无以言表。

多年后,哥哥写了一首古绝,以记此事:

紫燕堂中落,
莫非天意托?
烤焦疗胃疴,
胜抵千金药。

有一次,父亲到县城开会,经人介绍看了一回老中医。医生告诉他,十人九胃,患了胃病,一是治,二是养,养胃是关键。一日三餐要按时,不要吃得过饱,不吃生冷、辛辣食物,不要抽烟嗜酒,尽量少吃腌制、熏制食品,吃饭前后不要训斥孩子,不能怒气冲天。胃如脸,人发怒,胃就发怒,人生气胃也生气,生气了气血受阻,日久消化不良,胃出毛病那是必然的结果。

自此,母亲帮助父亲坚持"治、养"结合的原则,加之生活条件不断改善,卸掉公职烦心事减少,终于宣告:保"胃"战取得完全的胜利。

父亲能活到一百岁,胃这个后天之本功不可没,更重要的是与母亲日复一日、年复一年的精心照料呵护密不可分。

(作者系叶珍次子)

偶　像

朱庆庆

得知奶奶去世的消息时,我正在大洋彼岸怀着两个宝宝,一百七十多斤的体重,行动困难、情绪波动……第一次深深感受到亲人永不再见的悲痛和无奈……

我并没有和奶奶在一起生活过。记忆中的奶奶中等个头,非常麻利,见人总是笑眯眯的,是个和蔼可亲、善良慈祥的老太太。难得在一起的时候,她会拉着我的手,感慨地说:"我的大孙女长得多高啊!多俊啊……"言语中充满了幸福和疼爱,而我则会不太自然地握着奶奶的手,用生硬的老家话哄她老人家开开心……虽然每次不过二十多分钟,可是从奶奶舒展的笑容里还是能体会得到老人家的满足。

小时候,因为爸妈工作忙,分居两地,我跟着外婆走南闯北(外婆的兄弟姊妹多,分布在上海、北京、青岛、苏州、无锡等城市),而妹妹则被爷爷奶奶带回老家,成了老人家的心头肉。对于奶奶的了解,则大部分来自爸爸的忆苦思甜。爸爸小时候,家里生活比较艰苦,爷爷是生产队长,工作非常忙碌。奶奶不但要打理好一家六口人的吃喝拉撒,还要喂猪、养鸡、种地……就这样,也只能在过年过节时包顿饺子吃上点猪肉……每次有点好吃的,奶奶总是推说自己做饭时已经吃过了,其实她哪里是吃过了,是舍不得吃,都留给爷爷还有几个孩子了……在那个缺吃少穿的年代,奶奶吃过的苦、付出的劳累,是我们难以想象的。

苦归苦、累归累,对几个孩子的教育,奶奶是一点儿都没放松。她教育爸爸、叔叔和姑姑,人要有志向,凡事要争先,就是一群孩子一起去上学,奶奶也要求爸爸走在最前面……家里虽然没什么钱,但孩子们的衣服总是干干净净,就是补丁也缝得周周正正。奶奶还经常把家里省吃俭用节余下来的一点点粮食拿去接济更贫穷的人。奶奶虽然没有什么文化,但每天孩子们写作业,她都在煤油灯下纳鞋底、缝衣服,默默地陪伴,有时也忙里抽空上夜校,学识字。

终于熬到了儿女们长大、成才的那一天。爸爸想把奶奶接到城里生活,各方面的条件都比老家要优越一些。可是奶奶过惯了早起晚睡辛苦劳作的生活,执意不肯离开她几乎生活了一辈子的地方,也不愿意拖累孩子们。一直到身体实在不行了,才来到了南京。

又到一年清明节。每当这个时节,爸爸会从百忙中抽出时间,带领我们包括姑姑叔叔一大家子人去给奶奶扫墓。弟弟照例把爸爸为奶奶写的祭文认认真真朗读一遍,我们在心里默默缅怀奶奶的音容笑貌,半跪在奶奶墓前和她说说这一年来的工作、生活、家庭情况,新的目标、打算。我深深体会到奶奶给她的后辈们留下了很多精神财富:吃苦、耐劳、坚毅、进取、孝顺、善良、感恩……

奶奶是一位平凡而伟大的女性,是我心目中永远的偶像!

(作者系叶珍孙女)

管住舌尖

杨京浴

奶奶离开我们已经十七个年头了,但她留下的勤俭持家、厉行节约的美德却就在我们身边,就印在我们的心坎,就是我们修身、齐家、理政的方向盘、压舱石。

奶奶说,穿不在华而在洁,和有钱人穿绫罗绸缎比,我们比不了,但我们穿得干净、整齐、服帖,走出去同样有精神。看人不单是看外表,主要看他肚里有没有货。有些富贵子弟穿金戴玉,但肚子里都是稻草糠又有什么用?有时候反而给人家当笑话谈。在奶奶的影响下,在二十世纪五六十年代,"新三年、旧三年、缝缝补补又三年"成了俭朴的一条常例,成了居家过日子的传家宝。全家人无论大人小孩都不讲究穿什么,而在于有得穿就行。

听二姑讲过,有一年原计划在春节前,奶奶要给每个孩子做一件新褂子。由于荒年没有钱了,奶奶就起早贪黑给每个孩子做一双鞋子。除夕夜大家都在守岁,奶奶却在做鞋子,第二天大年初一早晨起床,每个孩子的床边都有一双新鞋子。孩子们既惊喜又感恩："妈妈一夜未合眼啊！"

穿如此，那么吃呢？奶奶的口头禅是"穿不穷、吃不穷、计划不周一世穷"。奶奶最善于"计划"，一年能收多少粮食，全年要吃多少粮食，多的怎么安排，不足的怎么弥补，都计算得妥妥当当。如，农忙季节要吃得扎实些，多点细粮；农闲时要吃得省一些，稀一些，多些粗粮，多采些酸溜之类的野菜搭配着吃；灾荒年呢，弄些黄豆磨成末，放些山芋干，或山芋取汁后剩下的渣子，再多放些野菜，取名"山芋渣子"，早上起来熬一锅，一家人可以吃一天。孩子们不愿意吃，奶奶就把山芋干挑出来给孩子们吃，自己全吃野菜，并说"乖贵，来年丰收了就有好吃的了，眼下不在乎吃什么，有得吃饿不死就行。"有时还会说"比上不足，比下有余，外村有好多人都出去要饭了，咱们算是好的呢"。她还提倡"富日子要当穷日子过，要省省在囤尖上，等吃到囤底再省就来不及了"。没有油怎么办？专门到街上买斤把带油的肥猪肉，回来切成小肉丁放在锅里，把猪油熬出来，油渣用来炒菜吃，猪油留在农忙时吃，而且每次只舀一汤匙放爷爷碗里，儿子偶然沾点光，其他人就别想了。

用，怎么解决？奶奶的办法有三：养鸡养鸭，鸭蛋家里吃，鸡蛋吃一些、卖一些，一个鸡蛋三四分钱，一斤鸡蛋能卖三四角钱，用以解决平时的火柴、油盐酱醋之开销；精心种好自留地，水肥土种管样样到位，基本能保证年年丰收，解决相当部分的口粮。那么大田分得的粮食除了补充口粮，急用钱时也可变卖一点；超前预测行情，把猪养好，这是家庭收入的主要来源。奶奶养猪可是出名的好手，肥猪贵了养母猪，母猪（仔猪）贵了养肥猪，别人跟风跑基本赚不了什么钱，奶奶反其道而行之，基本没有失算过。奶奶说养猪好处多，一年的贴补，如做衣服、孩子学费、过年过节、礼尚往来开销都靠猪；一头猪就是一个小化肥厂，猪粪、猪尿、水、青草可以沤成优质肥料；此外，瓜果梨桃、菜根萝卜、残羹剩饭、刷锅洗碗、淘米洗菜之泔水，皆是猪的美味饲料，一点不浪费，奶奶说这叫"肥水不落外人田"。

奶奶操持家务，吃穿用都有一个"省"字。细水长流，这是奶奶的持家之道，也是中国亿万农村妇女的持家之道。

我曾看过一篇报道，1943年，毛主席到南泥湾视察。返回途中，到一个炮兵团吃了顿午餐。炮兵团拿自己喂的鸡、养的猪、种的菜，招待毛主席一行。吃完饭后，还剩下半只烧鸡，毛主席警卫念及烧鸡是稀罕物，便塞进了毛泽东的衣服口袋。据说毛主席把这半只烧鸡带回延安后，还连肉带鸡骨熬了两次"鸡汤"呢。可见毛主席这样的伟人也是勤俭节约,从不浪费的啊。

周总理更是中国人的楷模。据报载,总理平时在家里吃饭,都是一荤一素一汤,有时候一条鱼这顿饭没吃完,就留着下一顿再吃。穿也是这样,担任总理二十六年,他只穿了三双皮鞋,一双凉鞋,磨坏了就换底、换掌。一件睡袍,几十个补丁,上面用手绢、小毛巾、纱布等等补了很多。

改革开放四十多年来,中国的经济建设和社会发展有了天翻地覆的变化。先富起来的一部分人里,有靠诚实劳动致富的,有靠投机倒把发横财的,有靠权钱交易形成利益集团的,有靠自己的某种背景搞金融垄断、买卖土地和房地产开发的,还有的官商勾结、国内外勾结利用经济情报牟取暴利的。

据媒体透露,我国每年餐桌上浪费的粮食高达两千亿元,被扔掉的食物足以解决两亿人的口粮。摆阔气、讲排场,好攀比,奢靡之风屡禁不止。近几年虽有好转,但沉疴宿疾彻底根除谈何容易!

"一粥一饭,当思来处不易;半丝半缕,恒念物力维艰。"富贵梦要做,苦难史、屈辱史更不能忘,忘史必危!

管住"舌尖",防它吃垮了中国!

(作者系叶珍孙女婿)

回忆我的奶奶

朱黎黎

亲爱的奶奶逝世已经十七个年头了,可每当我一个人静下来,奶奶的音容笑貌就浮现出来,好像她从来不曾离开过,一直在陪着我们。

从小,我在爷爷奶奶身边长大。那是我这一生中最幸福、最无忧无虑、最感受到被宠爱的几年。我在爷爷奶奶身边学会走路,学会说话,也学会怎样做人,做一个勇敢、诚实、勤奋、不自私的人,一个快乐的人。

奶奶是中国传统的、勤劳妇女的典范。在我记忆里,奶奶每天天不亮就起床,开始一天辛苦的劳作,为一家人准备早饭。每当我睁开眼,总能看到奶奶为爷爷专门烧的早茶,其实也就是清水煮山芋,高级的时候是藕粉,可我那时觉得真是天下美味。奶奶总是舍不得吃,看着我和爷爷吃下去,比她自己吃了还高兴。

接着,奶奶要为她宝贝的猪准备食物。在那时,猪圈里总也少不了的几头猪,意味着全家人额外的开销,过年过节时的美食。爸爸说起家里的猪时,也总是充满感情,因为它意味着爸爸的学费。奶奶是养猪能手,靠着比别人多吃苦,能吃苦,靠着这些可爱的猪,奶奶把儿女们送进了学校,走上成才之路。

记忆里,奶奶并不舍得带我到田里。可那时,我最高兴的就是在收获的季节里,挎着小篮子,跟在奶奶后面,拾她掉下来的麦子,或者是跟在翻土的拖拉机后面,拾被翻出来的山芋。我可以拾很多,拾满满一篮子,奶奶会为我擦擦汗,捋捋头上的乱发。被奶奶夸奖为"能干",是我最得意、最自豪的事情了。我喜欢跟在奶奶后面,学着她的样子干活。在我家老屋西面,我学着奶奶翻了两平米地,撒上了不知名的花的种子,可我很快进城上小学了,也不知那些花儿是否发芽、开花了。

长大以后,我常想,那时我就是那么一个乡下孩子进城上学,城里话不会说,见的世面很少,父母的管教也很严厉,可我从来不自卑,我对自己充满信心,与同学交往开朗、自信,这其实是和奶奶的教育分不开的。奶奶总是鼓励我,让我觉得自己任何一件事都会做得很好,都可以做得比别人好。小时候,家里来了客人,我会唱着从收音机里学来的歌,为客人边跳边唱,从不怕羞,爷爷奶奶也总是为我骄傲。奶奶还教我如何做人,助人为乐。我记得家里有一辆独轮小推车,它的作用可大了,有邻居来借,我坐在推车上,就是不肯借,被奶奶狠狠地打了几巴掌,这是为数不多的一次挨打。左邻右舍,谁家有了困难,奶奶总是放在心上,竭尽所能去帮助别人。这些都潜移默化地影响了我,这也是我长大以后、工作以后,一直都以能帮助别人为快乐的原因吧。

离开奶奶进城上小学,对于小时候的我来说,并不太难受,对未来,我充满了兴奋和好奇。也只有在生活中、学习上遇到困难和委屈时,我才会想起奶奶,想奶奶慈祥的笑,会一个人偷偷地躲在被子里哭,不想给别人知道。后来,姑姑们来看我,告诉我,自我走了以后,奶奶一直哭了很久。很多年的辛苦劳作,奶奶的身体并不好。奶奶经常牙疼,吃不下饭。小时候我会搬着小凳子坐在奶奶身边,说:"奶奶,你不吃,我也不吃!"这句话奶奶一直记得,记得她的孙女是那么爱她。

小时的我,有时很贪玩。夏天,我最爱到附近的大水塘学着大人的样子游泳。奶奶不让我去。现在想起来,真的很危险。有一次,趁奶奶不备,我溜到大水塘,在塘边浅水的地方泡泡。后来,听爷爷说,奶奶找不到我,吓得腿都软了。屁股上挨了几巴掌之后,我还是经常往大水塘跑,只不过每次回家之前我都会在太阳底下暴晒,等衣服晒干了再回家。小时候给奶奶添了多少麻烦,我都不记得了,现在有了自己的孩子,才体会到奶奶的辛苦。

亲爱的奶奶,我知道您现在一定非常安详、满足,我们大家都想念您、爱您。我们会加倍努力工作,好好生活,您一定会为我们骄傲、自豪的。

(作者系叶珍孙女)

浪费遭天谴

林大会

舅奶经常感叹:"你们这一代人真幸福啊,赶上了好时代,都在蜜中泡大的。"她也经常教育我们,不能浪费,浪费会遭天谴!舅奶早年生活的不易和艰辛,让勤俭节约的思想在她的心里根深蒂固。

家里烧草锅的时候,舅奶每次在外面看见树枝、废纸都会顺手捡回来,一路走来就会捡上一小捆,回到家里堆放到锅灶后面。烧煤球的时候,舅奶总是把买回来的煤球整齐地堆放在屋檐下,还要盖上一块油布,防止淋雨受潮。烧的时候,舅奶一定要等到炭炉里的煤球烧到不得不换的时候,才会去换下一块。换煤球需要掌握好时机,换早了,炉子里的煤球未烧尽,浪费;换晚了,炭炉里的煤球火力不够,就点不燃下一块煤球,炉子会熄火;引煤炉生火就更麻烦,所以每次快到换煤球的时候,舅奶总是时不时地提起炉子上的水壶看一下。很早,舅奶就坚持垃圾分类,能回收、能卖钱的绝不"放过",家里的瓶瓶罐罐在她眼里都是宝,大的瓶子用来装咸菜,小的瓶子用来装盐放油。

舅奶看不惯糟蹋粮食的行为,她老人家是"文明餐桌"的坚决执行者,经常教育我们:"能省就省,我像你们这么大的时候连顿饱饭都吃不上。"搬到小尖的时候,在院子里弄个小花池,种一些时令的蔬菜,院子里的地面全部浇铸水泥后,她就用破旧的脸盆装上泥土,种上几棵大蒜或者小葱。洗菜水、淘米水用来冲厕所、浇菜。吃饭的时候,绝不允许我们吃饭掉"碗跟脚"(剩饭)。吃不完的饭菜用罩子盖好,留着下顿再吃。掉在桌上的饭粒或掉到地上的食物,她都要捡拾起来,吹一吹或者洗一洗就放在碗里。我有时看到就会说:"舅奶,掉地上的东西全沾上灰了,不能吃啊。"舅奶说:"这粮食不全是在地上长的,从播种到结果,不都是跟泥巴在一起的,弄干净了有什么不能吃的啊。"

舅奶穿衣服时,非要等到一件衣服穿到不能再穿的情况下,才会换上新的衣服,当然那些坏了的衣服也不能"便宜"它们,裁剪掉用来当抹布。衣服袖口磨破了、针线脱落了,舅奶都会缝补一下接着穿。每次我给她穿针线的时候,就会说:"舅奶啊,现在谁还穿缝补的衣裳啊。舅舅、二姨他们给你买那么多新衣服要穿哪。"舅奶一边缝补一边说道:"这衣服也是你大舅他们给我买的,衣服料子全是好的,缝缝还能穿,穿得干净服帖就行,扔掉太可惜了。"

　　每次舅舅、二姨从城里回老家时，总是大包小包带些东西，舅奶总是说："乖乖，这边什么东西全有，不缺吃的，现在外面东西贵钱贵物的，你们不要老买东西，能回来看看我，我就高兴了。"舅奶舍不得吃，有时硬让她尝尝好不好吃，她也只是拿一小块或者从边上掰开一小块尝尝，然后就精心地把它们收起来。我们放学一回家，舅奶乐呵呵地说："大会，放学回来了。"说着，就到屋里把她收藏的好东西拿来给我吃，看到我们吃的样子，她就在一旁开心问道："大会啊，好吃吧？好吃多吃点，舅奶还有。"

　　舅奶信基督，在她的潜意识里，所有东西既然老天让它存在，都是有价值的，必须要发挥或利用它的价值，不能随意糟蹋它，不然老天会怪罪下来的。

　　现在我们国家富强了，普通老百姓的生活也都富裕了，但是人赖以生存的资源总是有限的，勤俭节约这个传统美德就显得尤为重要，不能忘、更不能丢。我们国家十几亿人，如果每人节约一点，就可以聚沙成塔，干很多事情；但如果每人浪费一点，数量就会触目惊心。让我们从节约一粒米、一滴水开始，从不浪费一张纸、一个瓶子做起，为社会作贡献。勤俭节约使人善良，善良使人懂得感恩，感恩使人享受幸福。

（作者系叶珍外孙）

待　客

林大会

在我心目中,舅奶是最懂"礼数"的老人,把平淡的生活,过得清爽而又不失滋味。

有时亲戚朋友来家闲聊,快到饭点时,舅奶总会说:"不嫌弃的话,吃过饭再走。"说着就开始准备碗筷。有时我们正在吃饭,家里来人,舅奶就会起身招呼:"吃没吃过啊?坐下来,再吃一些。"边说边准备去拿碗盛饭。有时,邻居路过家门口,舅奶总会喊上一句:"家里坐坐啊,喝杯茶。"进门就是客,待人要热情,这句话她老人家常挂在嘴边。

提前知晓客人要来,舅奶头一天就开始盘算。第二天一大早,舅奶就开始打扫卫生,收拾院子,上街买菜,然后在锅台上烹饪美味佳肴。遇到客人突然到访,没有提前准备,倾其所有一定要再添一个菜,以表心意,家里实在没有了,哪怕临时去买。为这事,我问过舅奶:"为什么家里来人了,非得要多弄几个菜?有什么就吃什么,多省事。"舅奶微笑着说,让人家吃好了,才是最大的体面。

一日,家里来了客人,舅奶让我去倒茶,我随手拿起杯子就要倒,舅奶走过来,跟我说:"把杯子烫烫再倒。"倒水的时候,舅奶说:"手不能放在杯口上,倒一大半就行了!"我当时百思不得其解,为什么不倒满呢?客人走了后,舅奶跟我说,有句古话叫"茶满欺人",你把茶倒得很满,茶又烫,人家端起来喝的话,很容易把水泼到身上。"那杯子本来就是干净的,为什么还要用水烫一下呢?"我不解地问道。"杯子放那里,难免会沾上灰,烫一下,这样既讲究卫生,又显得有礼貌。"舅奶耐心地给我一一解释。"让客人到你家里,感觉到跟在自己家里一样。"舅奶补充道。

小时候,我是典型的"人来疯"。家里一来客人,我就放肆撒欢。有一年冬天,我闯下大祸了。那天中午,家里来了客人,人比较多,桌子坐不下,我就和邻居的小朱二在院子里玩捉迷藏。我爬到房顶上,他找了半天没找到,我就偷着乐,想着给他点提示,就顺手拿起屋檐下的冰凌向他砸去,想不到不偏不倚刚好砸到他头顶,只听到他"啊"的一声,手捂着头,面露疼痛难忍的表情。我傻了眼,连忙从房顶上爬下来,跑过去一看,出血了。这时,舅奶和妈妈在屋里闻声出来看个究竟。看到我闯下如此大祸,妈妈当即拉下脸来,就要训我。站在一旁的舅奶,说:"文芳啊,别着急,我看过了,没得大问题,就是头皮破了,等客人走了再说!"那天中午,客人走了以后,舅奶带着我到小朱二家道了歉。回到家后,舅奶语重心长地跟我说:"大会啊,家里来人,小孩子不能'神'(调皮),这样让人觉得小孩很没教养,没得家教,你这回犯这么大错误,一定要长记性,不能再有下一次。"我妈在一旁,还在为这事数落我,我低头不语。舅奶把我拉到怀里,对我妈说:"文芳啊,你也别气了。不能当着客人的面去批评孩子,这样会让客人觉得不自在,人家客人欢喜而来,不能让人家不舒服。"

随着自己年龄的增长,阅历的丰富,感觉发自内心地真诚待客非常重要。现代生活节奏快,上下级、朋友之间,亲戚、同事之间等各种人际关系,让人应接不暇,家里来人或者请客吃饭,在哪里吃、吃什么、怎么吃,让人煞费苦心,甚至处理不好还会带来不必要的麻烦。待客之道,其实就是舅奶讲的热情大方、体面自然、舒服自在。有朋自远方来,不亦乐乎。真诚而又纯粹,不带任何目的,不掺杂任何水分,真正发自内心的喜悦,这才是真正的待客之道。

(作者系叶珍外孙)

卷 三

何为耕？农业耕作、事业耕耘，谓之耕。何为读？读书、求学、以实践获取知识和本领，谓之读。耕以养身、立命，读以明道、立德。

或曰：耕提供物质基础和生活方式，读提升知识力量和精神境界。

作为农民，能拼命劳作，糊口养家，且用全力甚至拿高利贷支持儿女读书，争取美好前程，实在是中国平凡母亲的伟大之举。

烟袋嘴的灵性

朱文泉

"再不通就不买,省得惹心思。"妈妈站在锅台前对爸爸说。这是怎么回事呢?

还得从源头说起:几千年来,中国农民都有一个翻身梦。解放后,我的爸妈也有一个"小九九":

首育儿。爸妈希望我能念出书来,同时培养我的劳动本领,倚耕读而传家。

五六岁,爸妈带我到地里,看他们如何将湿润的土地翻耕,再打好"山芋格"(苗床),将山芋苗根部蘸上泥水,斜插到拳头大的小窝里,然后在根部用细土捏紧捏实,还叫我将小窝浇满水,最后敷一些土保湿。一般趁阴天或黄昏栽培,有利根部吸收水分,提高成活率。

六七岁时,爸带我到农田里见习耙地。有一次,爸让我两脚蹲在耙框上,他赶着牛耙地,第一个来回平稳安全,到第二个来回时,忽遇大土疙瘩将耙顶起,我跌落在耙中间。铁耙齿极易伤人,十分危险。爸爸一声吆喝,牛立即停住,有惊无险。晚上母亲埋怨爸:"体会体会就行了,你还真想小大在家种田啊?"

七岁时,爸教我在麦场牵牛碾麦,要领是:驭牛平稳轻旋鞭,每一圈,贯穿中心碾到边,放多少,收多少,始终保持一个圆。我一学就会,受到爸爸夸奖。

以后又教我学撒种,边做示范边讲要领,强调要走直线、速度适中,拇指、食指、中指三指头密切配合,每次从兜里取种数量大体相等,种子撒出似扇面开花,这样,出苗时才能疏密一致。

爸妈很注意培养我的吃苦耐劳精神。有一次带我到玉米地松土锄草,那玉米秆长得壮实,比人还高,人站在里面密不透风,喘不过气来,一会儿,豆粒大的汗珠不停地滴在地上,真的尝到了"汗滴禾下土"的滋味。母亲看我着急的样子,便说:"乖儿,心静自然凉,越急汗越多。"好不容易薅到地头,我捧起沟里的水咕嘟咕嘟喝个够,尔后扯下肩上的毛巾淘淘擦把汗,一会儿又钻进玉米地了。有歌乃曰:锄禾曾试日当午,一次已知盘中苦。从此记牢农者恩,四时挥汗父和母。

爸妈有意通过一些农活让我体验农民的艰辛,而我觉得一切都很新鲜、好玩,是一种别样的寓教于乐吧!

次耕牛。新中国成立之初,我家分得四分之一头牛。由于爸妈善耕作,收成不错,生活略有节余。时有不善养牛者,将他那一份并给我家。牛是壮劳力,干重活离不开它,牛粪、猪粪、杂草加水可沤出大量上等肥料,增加地的肥力,因此爸妈已不满足半头耕牛,爸说我们把那半头也并过来吧,妈说现在这头牛牙口有点老了,吃半口草,不喂豆料不上膘,还不如买头新的。于是爸爸三次到王集、双港牛行,最后选中一头五岁多的小黄牛(牛龄一般二十至三十年),阳光下黄毛金灿灿,腿粗粗、腰圆圆,虎实的脑袋,坚硬的双角,铜铃般的大眼,透出无可争辩的灵气和少壮的自信。爸妈当个宝,我当新朋友,特别喜欢用手摸它的大眼睛,它很温顺,总是把眼睛闭起来让我摸个够,有时它也噘着嘴、伸出舌头舔舔我的胳膊和手,它喜欢吃小芦青,我就尽量多割些给它吃、逗它玩。

　　再买地。土改时家里分了几亩地,由于家里有了牛,又新添了犁、耙等劳动工具,生产力有较大提高,原有土地不够耕种了。时有撂荒者找到爸妈,欲卖土地以糊口。爸妈心中想买,但又听到风声要土改复查,错划、漏划成分的要重新划,故口头没有答应。那几日,爸思前想后,难以决断。一次坐在灶膛旁,边烧火,边思量,妈在锅台炒菜见火头越来越小,问怎么回事,原来爸忘记添柴火了。又一次,爸边烧火、边剔烟袋(由烟袋锅、杆、嘴三部分组成),妈发现火头越来越大,以至于菜来不及炒就冒青烟了，原来爸专注剔烟嘴，往灶膛加的柴火又太多了。是日烧火后，妈叫他吃饭，他不理睬，仍专心地剔，妈再次叫他时，他说："奇怪呐，这烟袋嘴昨天刚剔过，今天怎么又堵了？"妈看出爸的心思，才说了开头那一番话。

"省得惹心思"，这句话对爸可能有启发。是啊，烟嘴不通可能是暗示买地行不通，买地就是"买心思"，那何必自找苦吃呢！

果不其然，第二年就进行土改复查。如果此前买下那几亩地，就可能划为"中农"，子女考学、当兵、入党、提干都会受到影响，那家庭将是另一番景象了。

于是，爸爸笃信烟袋嘴有"灵性"，他还用一个故事来证明。他说，古代有一个官员嗜好抽烟，烟油很厚不让剔除，新来的佣人觉得很脏了，就把它彻底清洗了，那个当官的责罚说：烟嘴不通可以剔，但多年的油垢不该清除，那里有我的命彩，还可防身祛病。

烟油防身祛病有一定道理。烟袋嘴是否有"灵性"，我说不清楚，如果有，也属于物化的灵性，"信则灵，不信则泯"。一个家庭重大决策，需要认清大环境、夫妻多商量、三思而后行，这本身也是一种"灵性"。妈妈一句没想好就不买，"省得惹心思"，亦是"灵性"。

（作者系叶珍长子）

宽　容

徐　荣

1967年春节,文泉回家探亲。父母听说他已经有了恋爱对象,便非常高兴地坐下来询问情况。

文泉:"徐荣,响水三堡人,现住尚兴村吕团荡,大学即将毕业,是高中同班同学。"

母亲:"同班同学好,知根知底。多大了?"

文泉:"比我小一岁。"

母:"年龄正好。家中几口人?"

文泉:"妈妈,他们叫'娘',一个妹妹在苏州上大学,一个弟弟在响水读中学。"

母:"那他们家是两个大学生了,这可不简单!"

父:"什么成分?"

文泉:"地主。不过你别怕,他们家是革命家庭,爸爸是革命烈士,徐荣在高中就入了党,婚姻不会受影响。"

父亲一听说是地主,就睁大眼睛望着文泉,又听说婚姻不受影响,就没有吭声。

母:"人家是烈士子女,高中就入党,还怕什么?"

父:"不是怕什么,阶级成分是很讲究的。"

父亲停了一下,转口问道:"与徐继泰是什么关系?"

文泉:"徐继泰是国民党一边的,他们家是共产党一边的,两家不是一回事,这个组织都知道。"

父:"你一说是三垛姓徐,我就有点数。三垛徐家是大地主,远近闻名,据说徐家老太爷是晚清秀才,开明士绅,去世时,黄三师黄克诚都去追悼他。还有一派就是徐继泰,是汉奸(响水都这么说,至于国民党蒋伪斗争内幕老百姓不可能知道),解放后在响水口被共产党镇压掉的。"

文泉:"你说的老太爷,就是徐荣的爷爷。"

母:"那应该没问题。"

父亲磕磕烟袋嘴,站起来:"应该没问题!"

情况清楚了,母亲就催着文泉来看我娘。

第一次去看未来的岳母带什么好呢?母亲琢磨着:两家都是农村人,农副产品都不缺,稀罕物我们家又没有,正巧生产队鱼塘抽水抓鱼,送鱼?对,"年年有余",吉利。立马跑到鱼塘买了两条最大的青鱼(草鱼)。

第二天大年初一,母亲安排文俊陪同文泉,既帮拿东西,又去见嫂子,看长啥模样,回来好汇报。

文泉与文俊在我家住了一宿,我家自然热情接待,回去后全家人甚是满意。

春节一个礼拜后,文泉回部队。母亲又琢磨去看未来的亲家奶和儿媳妇,但家务缠身又走不开,就商量着让父亲去看。父亲把生产队的事安排好之后,就到了团荡。不料,我和徐云回学校,早上已前往小尖,父亲又急忙往小尖赶。

那天天气干冷,父亲赶到小尖车站时,已是汗流满面。此时汽车已进站,父亲一望站内只有两个姑娘,来不及多想便上前问道:你是徐荣吗?我和徐云准备先到上海看看伯父再回学校,顺便带了一只老母鸡,老母鸡没捆好,一条腿挣出来了,我们忙着捆鸡腿,听到有人叫我,我抬了一下头回话:是啊,你认识我啊?没等回话,我又低下头继续捆鸡,当听到"我是朱文泉父亲",我这才恍然大悟,原来是老人家来了,忙招呼坐下。因为突然,又有点紧张,话匣子竟然打不开了,好在妹妹机灵,过来嘘寒问暖,一时尴尬的场面才转变过来。当我缓过神来插话时,服务员又催着我们上车,第一次见面就这样结束了。上车后,感到有点遗憾,老人家大老远跑来,我连一句感谢的话都没来得及说,似乎缺点礼数。

父亲回到家里,母亲一边忙着让父亲吃饭,一边急切地问:"看到没有?"

父:"看到了!"

母:"怎么样?"

父:"个子不矮,眼睛不小,脸型不错。橡皮筋扎一只歪辫子,穿着不算洋气。"

母:"人好就好,穿什么不重要!"

父:"好像不爱说话!"

母亲笑着说:"那是人家不好意思,一个大姑娘,第一次见你这个'公公',人家能说什么?"

父:"好像没有她妹妹活套。"

母:"那不一样,她妹妹没有思想负担,可以随意一点。"

父:"倒也是。"

父亲把话题一转:"哎!媳妇还没过门,你就护着她啊!"

母:"那是,这叫将心比心,善解人意!"

以后文俊告诉我这事,我很感动,她所讲的,正是我当时所想的,我庆幸,我有这样一个很宽容的好婆婆!

1968年5月,我和朱文泉在徐州部队结婚,第二年6月,我们第一个女儿庆庆(庆祝建国二十周年和中共九大召开,乳名大庆)出生。三个多月后,文泉要调往济南,我在徐州工程机械厂上班,一个人照顾孩子有困难,只好把孩子送回团荡让我娘照顾。

第二天,我们去看望公婆。尽管知道婆婆厚道善良,但第一次见面,心里还是有些拘束。我们早上出发,快中午时到家门口,婆婆赶紧出来迎接,第一次见到儿媳妇和长孙女,高兴得不得了,连连夸赞长孙女长得俊,同时招呼我们进屋休息,尔后倒茶弄水,吃点心,接着就安排开饭。

午饭菜肴十分丰盛。有一个菜鲜嫩爽滑,吃起来十分可口。婆婆看我喜欢吃,就不停往我盘子里搛,我也忘记了拘谨,吃得很开心。饭后,我悄悄问朱文泉那盘是什么菜?文泉说他也不知道,一打听原来是豆丹。豆丹,与蚕相似,以吃大豆叶子、洋槐树叶子为生,是一种特佳的高蛋白食物,做成菜肴,十分鲜美,是当时农村最时兴的菜,只有秋季才能吃到。

后来文俊告诉我,为了这盘菜,妈妈寻思很久,她觉得新鲜蔬菜和蛋类家里都有,鱼肉你们平时能够吃到,因此决定做一盘时兴菜豆丹炒鸡蛋给你们尝尝。秋季正是捕捉豆丹的季节,妈妈特地到黄豆地里挑选已经成熟、体型泛黄、脖子僵硬的老成豆丹拿回家,自己亲手制作:先将活豆丹用开水汆煮,捞起冷却,放于菜板上,用擀面杖从头部用力一挤,体内物质全部挤出,取其蛋白,冲洗干净;尔后待油锅烧热,再将蛋白像炒虾仁一样爆炒,浇上鸡蛋液即成。

听我说好吃,第二天中午,婆婆又特意做了一盘,大家仍大快朵颐。我从小怕豆丹,肉鼓鼓、一伸一缩的,更不用说吃它了,这次增长了知识,是一大进步。

我们在家住了三天,可婆婆精心准备却是好几个三天。先是里里外外彻底大扫除,尔后把公婆住房搬到西头房,东头房(上首房)让我们住,原有坝框床是硬杂木做的,中间稀疏几块木板,怕我们睡觉不舒服,特意补齐木板,在芦柴和席子上还加了一床褥垫;觉得窗户纸旧了,特意换上新的红纸,以示喜庆;没有房门,就做了一块新门帘……尽管费尽心思,婆婆还是怕我们住不习惯,略带歉意地对文泉说:"乖贵,农村就这条件,你们将就着住吧。"

第一次见到婆婆,受到如此厚爱,心里非常感恩。我对婆婆说我们在外工作,不能孝敬爸妈很过意不去。婆婆说你们是国家的人才,你们好我们就高兴,家里不用担心。

常言道,人世间最难处的是婆媳关系,以前我没有发言权,现在看来也不见得,像这样的婆婆怎么会处不好呢?我庆幸,我有这样一个宽容的好婆婆!

1971年3月,我们第二个女儿黎黎(黎明前出生、巴黎公社成立一百周年,乳名二庆)出生,婆婆安排文俊(当时在薛城山东生产建设兵团当兵)请假来济南,照顾我坐月子。满月后,我带黎黎回徐州,婆婆又派文芳到徐州帮忙。

1972年春夏,我随军调济南工作,文芳、黎黎又随我到了济南。秋天,黎黎一岁半了,文芳带着她回昌盛老家。从此,黎黎成了奶奶的掌上明珠,爷爷的"小尾巴"(走到哪跟到哪,爷爷也喜欢把她带到生产队会场见世面),由爷奶照顾,我自然放心,但心中还是时常想念。

一次,徐云和丁厚强回响水探亲,我请他们去看看二庆和爷爷奶奶。

他们和八舅到了昌盛,见二庆长得健健康康、结结实实,非常高兴。

爷爷说:"我这孙女精溜呢。"

奶奶:"有的小孩四五岁还痴郭郭的,不如她。"

爷爷:"有些小东西不常用,放在背旮旯,她都能找出来。"

八舅:"老公俩辛苦了,带孩子很累的。"

奶奶:"我们结结杠杠的,累一点也高兴。"

丁厚强是宿迁人,第一次到响水来,有些话听不懂。徐云看到老丁发愣的样子,笑着解释说:"孙女很聪明,有些玩具放在角落里都能找出来,不像有的小孩痴呆呆、傻乎乎的,结结杠杠就是身体硬朗的意思。"

爷爷奶奶是很重情义的人,中午,免不了张罗一桌好酒好菜招待至亲。

席间,八舅一个劲地夸赞奶奶做的菜好吃。奶奶则说:"没有什么好吃的,拿不上桌啊。"

午饭毕,爷爷左手端碗、右手搭筷逐个向客人示意:"偏偏你侬。"丁不解,低声问徐云,徐说是礼节,对不起的意思(客人来家吃饭,主人若先放下筷子是催客人吃,不礼貌的,一般都是后放筷子,"偏偏你侬",就是对不起,让你久等了);一会儿爷爷又端来一碗冷水放在丁面前,丁心想刚吃完饭,汤也喝了,又来一碗冷水,要我喝下去吗?又求教,徐说:"是让你漱口。"丁厚强开心地笑了,真是"三十里不同风,五十里不同俗"啊。

后来,丁厚强回忆说,"吃饭也是吃知识。"

转眼,二庆五岁了,我们接回徐州准备上学。奶奶想念,又怕不适应城里生活,就专程来徐州看望。一次大庆和一帮小伙伴在外玩跳皮筋,二庆也想参与其中,上去没跳两下皮筋绕脚,大庆一把将她拉到旁边,呵斥二庆,二庆站在一边发呆。奶奶疼在心里,泪水在眼里打转。幸巧,我下班目睹了全过程,我也很生气,即把大庆叫回屋里揍了一顿,我说:"二庆刚来,以前没玩过,你做姐姐的应该教教她,带她一起玩,你倒好,别的孩子没欺负,你却欺负起妹妹来了。"

奶奶事后对文俊说:"徐荣不错,知道保护二庆,这样我就放心了,其实大庆也还小,想玩个尽兴,还不知道保护妹妹,挨打,我心里也舍不得,手心手背都是肉。"

奶奶回老家时,我拿了一千元钱和三块花布料,对奶奶说:这些年带二庆很辛苦,来一趟徐州不容易,这点钱您带上回去买些吃的。奶奶说:"你们有这份心意我就知足了,你这里人口多,两个孩子要上学,处处要用钱,这钱我不要,家里没困难,你们都放心。"

1977年2月,我们第三个孩子大治(大治之年)出生,爷爷奶奶来过几次,有时还住上一段时间。

后来,文泉又先后赴厦门、湖州任职,1999年4月又调到南京工作。

1999年秋冬,奶奶身体大不如前,文泉把她接到南京治疗,我对奶奶说:"我的工作还调不过来,不能常来看你,我会叫大治(在国际关系学院读研究生)常来看看,奶奶说千万不能耽搁孙子的学业,他们前程远大,我一个老太婆就这样子,无大碍,你放心。"

一辈子把心放在家庭和子女身上,现在又把希望寄托在孙子们身上,我为孙子辈庆幸,我们有这样一位宽容的好奶奶!

2003年1月5日10时20分,我的好妈妈、好婆婆、好奶奶,一位典型的勤劳、节俭、厚道、善良的中国贤妻良母典范,一位平凡而又伟大的中国女性离开了我们,但她留下的弥足珍贵的精神财富将永续传承、世代发扬!

(作者系叶珍的长子媳)

上　学

朱文俊

二十世纪五六十年代,在我们农村,一家有三四个小孩一起上学,那可不是件很容易的事。三四个孩子都能读完高中,更是为数不多。

在当时,很多人家为了生计,通常都把小大子留在家里,帮着父母干活,带带弟弟妹妹。弟弟妹妹一般都能读个书,算是"睁睁眼"。

我们很感谢父母给了我们几个孩子学习的机会,圆了各自的求学梦,那感激不是用三言两语能够表达的,其中的曲折和艰辛,更不是三言两语所能说完的。

那时,学校对家庭经济特别困难的也有免费的,像我们家几个小孩都在上学的,自然应该在免费之列。可我父母都说:"我家有小猪卖,我们家不要学校免费,用自己的钱,硬正(方言,有骨气)!"这么一来,苦的还是父母。

文泉大哥是长子,成绩一直非常好,自然是培养重点。到我们上学时,父母明显犯难了。赶上那个时代,谁也没办法。

我能够上学,还得感谢我当时的启蒙老师解学武。那时,全国都在搞扫盲运动,我在父母的同意下也走进了夜校课堂。解学武老师看我接受能力强,头脑好使,觉得是块料。一天解学武老师专程来到我们家,跟爸妈讲:文俊很机灵,应该上学,否则太可惜了。听了解老师的介绍,父亲没说什么,只是慢慢地从口袋里掏出旱烟袋,坐在一旁抽闷烟。他是在犯愁啊!父亲也有父亲的"小九九":孩子能念书,接受能力强是好事,可家里的农活谁做?自己是生产队长,队里的事要忙,整个家务就落在她妈一个人身上,她妈一个人哪能吃得消?不管怎么说,小二在家还能帮她妈做点事。文芳又小,一岁多,还能带带文芳。小大文泉在响中读书,文泉的学费就够全家忙乎的,更何况文俊是个女孩子。父亲心里很矛盾。据后来父亲回忆,当时是真不想让我读书的。在当时生活都困难的情况下,谈读书确实是件比较奢侈的事情,我能理解父亲的心思。

母亲权衡再三,对解老师说:"解老师,旧社会,我们祖上都不识字,一辈子连扁担长'一'字都不认识,外出就像睁眼瞎子。我不识字,我知道不识字的苦楚。不识字,到外面连厕所都找不到。你说能念就让她念吧。"又反过来劝父亲,"让她去吧,孩子都十岁了,再不上就晚了,家里的事我手脚快些就补上了,你放心做你的干部。儿子要读书、闺女也要读书。"得到父亲的认可,妈又抓住我的手说:"乖乖,你去,妈就忙一点。白天忙不了,就夜里忙。只要你有本事念,读到大学也让你念。"就这样,我带着父母的厚爱和期望顺利地跨进了学校的大门。

我上学了,妈妈自然更忙了。在我的记忆中,妈妈是起早贪黑不停地干活,实在忙不过来时,有时也会冲着我发火。为了能读书,同时能减轻妈妈的负担,我白天背着妹妹去上学,早晚使劲地帮妈妈干活,菜篮子从不离身。每天放学哪怕摸黑也要挖一篮猪菜回家,因为猪是我和哥学费的来源,是全家人过年一双新鞋的指望。就这样,我带着父母的期望,背负着学习和家务的双重压力,承受了三年困难时期带来的饥寒,艰难地读完了小学。读完完小,我又准备考初中了。我考的是离家十多里地的南河中学。在家念书,有时还能帮家里做点家务,放学回来还能挑点菜什么的。这一上初中必须住校,家务没人帮着做了,还要交住宿费,真是难上加难。这书还能不能念?父亲认为:读了完小,一般的字也能认识了,信也能写了,就行了。可我不甘心,我恳求道:让我去考吧,通过考试可以检验我五年书(一年级未读)究竟念得怎样,考上不念也行。母亲担心:如果不让她考,小二会恨我们一辈子的。父亲母亲最后取了个折中的意见:"让她考,考不上不会怨我们的。""考上呢?"父亲追问。母亲说:"考上就让她念,我们一辈子吃不识字的苦,我就是再累也不能再苦孩子了。"母亲很干脆。"你一个人能吃得消?"父亲担心母亲。母亲笑笑:"这么多年,不都这样过来的。"

第二天上午,喝了一碗稀饭,我就高高兴兴地到学校考试去了。那天,中午我连饭都没吃,从上午一直考到下午。回家后,母亲心疼地问我:"小二,饿了吧?"我咬咬牙说:"不饿。"

就在我读初中的同时,文芳、文兵也开始上学了。那时,文芳的年龄已经比较大了,再不上就没有办法了。一家三个小孩上学,家里确实有点招架不住,只有凑合着,能照顾到什么地步就照顾到什么地步。有时实在无法兼顾,就把文芳拉下来干活,做家务,事情忙完后再上学。因此,文芳的上学基本上是"三天打鱼,两天晒网"。平时也经常迟到,有时第一节课下课才到校。因长期缺课,文芳的成绩一度跟不上,尤其是数学。为此,文芳决定打"退堂鼓"。母亲劝说:"数学学不好,就去学学语文,跟你大哥通通信也是好的。"就这样一直拖着念完高中。

171

为了这个家，母亲就这样日复一日、年复一年地忙着、苦着、累着、忍着、受着。

邻居韦兰珍不理解："舅奶啊，你找罪受。儿子念念书也就算了，这小闺女给她上什么学？要是文俊不念书能帮你多少忙！""闺女是人家的，大了把给婆家，操这么多心干什么？"母亲付之一笑："儿子、闺女都是我身上掉下来的肉。只要她们有本事、有出息，就让她念，念到大学也要让她念。不怕她有出息，就怕她没出息。"

母亲就是这样，一生只为了孩子，一生也把自己交给了孩子。不仅自己好强，还要自己的孩子比别人家的强。

现在看来，母亲还是有远见卓识的。在重男轻女的年代里，在家境如此困难的情况下，能够超越性别界限，积极支持小孩上学，对于一个平凡的普通农村妇女来说，实在不容易。

（作者系叶珍长女）

起 猪 汪

郑余华

　　1975年春夏之交,我时隔四年第一次从部队回家探亲。当时文俊在山东枣庄建设兵团工作没能回来,我独自一人怀着忐忑的心情到三合兴昌盛村去探望未曾谋面的未来岳父母。

　　刚走到门前水塘边,就见岳母正在猪圈里向外起猪粪(俚语"起猪汪")。我快步走上前,自我介绍说:"伯母您好!我姓郑,是马虎社的,文俊同学……"话刚说到此,岳母已知我是谁。连忙回应道:"噢,文俊信里说过。你什么时候回来的?"边说边从猪圈里起身出来。她一边撩起围裙擦着双手,一边上下打量着我,脸上挂着满意的微笑。我见岳母满头大汗,猪汪塘里的活还没干完,便撸起裤管进了猪圈。她见我一身新衣忙劝阻说:"乖贵,不要你上手,猪圈里脏别把衣服弄脏了。"见我手脚麻利地干了起来,心疼中透着满意,一路小跑去了厨房忙活,我也从她那欢快的身影中估摸出对我这个未来女婿的满意度。

我一阵猛干,原本所剩不多的猪脚粪很快就全部起完了。尽管我对农活并不陌生,但额头上还是浸出了汗珠。我清理完猪汪塘细细一打量,整个猪圈约八平方米左右大,坐北朝南,白天大部分时间猪能晒到太阳。其一半是猪舍,是猪保暖、乘凉、睡觉的地方,一半是猪汪塘,是猪积肥的地方。猪汪塘深度加上猪圈围墙的高度共有 1.5 米左右。猪粪肥既烂又粘锨,所以站在塘底把猪粪甩出围墙外,还是很吃力的,难怪岳母累得满头大汗。

起猪汪是个既脏又臭且很累人的活,一般都是男人的事。后来我才知道岳父忙于队里工作,无法顾及家里的事,所以每次起猪汪都是岳母来干。

干完手中的活我重新穿戴好衣帽,来到客厅。岳母很热情地招呼我落座,原本干净的长条凳和吃饭桌,他重新擦了又擦,然后端上一碗荷包蛋,说:"你先吃点打打尖,我去烧中饭。"

我来之前有人跟我讲,朱家是个热情好客重礼仪,而且是讲政治求进步的人家。此时,我扫视堂屋四壁的布置便明白了许多。只见堂屋正面墙中间挂着两幅毛主席画像:一张是毛主席的正面像,一张是毛主席去安源的像。三面墙上贴满了家人的各种奖状,有岳父的、有文泉的、有文俊的、有文兵的,但更多的是表彰岳母叶珍的。有先进生产者、劳动能手、生产标兵;有生产队表彰的,有大队表彰的,也有人民公社和县政府表彰的。看了这些荣誉证书,钦佩和敬重之情油然而生,它们无声地向我介绍着这个家庭的每一位成员。

　　正当我看得出神之际,公社蹲点干部会计辅导员陆元素走了进来,当兵之前我们就认识,他儿子是我同学、战友。他见我在看奖状,便主动给我介绍:朱二爹一家人远近闻名,深受干部群众的尊重,二爹领导的红旗生产队是我们公社真正的一面先进红旗。朱二奶叶珍的先进事迹也是妇孺皆知,人见人夸。

　　午饭之前,岳父去灌河北赶集回来了,我立马起立,刚想自我介绍,陆辅导员抢先帮我说了,把我姓甚名谁,何时当兵,在哪个部队,哪年提干——和盘托出。说话间岳父问我:"在部队干什么工作?"我说:"我们全师搞农副业生产,我在南京农科院学的农业生产技术,目前在师部生产办公室为各部队农场做生产技术指导工作。"岳父听说我是搞农业生产的很高兴,说:"学农好,农业是根本,人人要穿衣吃饭。好好学,现在最缺农业技术人员。"岳父对农业生产很内行,我们在播种施肥、大田管理、防病治虫、土壤改良、种子提纯复壮等等方面谈得很投缘。当他得知我能搞杂交水稻制种,还为此立过三等功时,显得特别高兴。

午饭后,岳母把我帮助起猪汪的事说了出来,于是我们的话题又转到了养猪积肥上来。

别小看这猪汪塘,庄稼人很看重它。猪粪肥是养猪业的副产品,猪汪积肥是农民造肥的主要途径,是农村优质有机肥料的主要来源,是各家自留地和集体大田的当家底肥,也是各家各户挣工分的途径之一。俗话说:养猪不赚钱,回头看看田。但岳母与众不同,她养猪腿勤手快功夫深,猪苗吃得饱、长得快、出栏快。她能根据行情预测养猪大小年,肥猪好卖养肥猪、猪崽好卖养母猪。所以她养的猪不仅育肥快,还总能卖上好价钱。岳母不仅是养猪能手,更是积肥能手。青草、秸秆、菜皮、锅膛灰、沟中泥、生活垃圾等到她手里都是肥料来源。她把这些一起倒入猪汪塘内,浇水沤烂使之发酵,再由猪的排泄物混合,经猪每天踩踏,一个多月后便可起汪。再经过堆集、用泥巴封实继续发酵一段时间,挖开翻晒、敲碎、即成优质农家肥。岳母每年积造的猪脚肥是别人家的几倍。粗略计算,一汪肥约四立方,每立方约四笆斗,每斗折算五分工,一年出十汪肥,全年可换八百分,相当于出勤八十天。每个工分值按六至九角钱计算,年底分红时光是猪汪肥一项可挣六七十元。这在当年算是很可观的收入。

在以后的几十年间,我对岳母逐渐有了更深的了解,她的许多经历和往事,深深地教育了我,影响着我。

转眼间四十多年过去了,岳母离开我们已经十七个年头了,每当想起许多往事,想起她起猪汪的艰难身影,心中会激起无限的感叹:多好的母亲,多好的"老师"啊!

(作者系叶珍长女婿)

旱 改 水

郑余华

我们老家千百年来,一直延续麦豆两季、麦稻两季、麦薯两季或春播单季的旱田耕作制度,产量低且不稳,遇到特大旱涝灾害,可能颗粒无收。县里为了改变耕作方式单一、产量徘徊不前的落后面貌,决定部分旱改水,并在张(集)、黄(圩)、六(套)盐碱土种稻成功的基础上,于1974年在全县逐步推广旱改水。水稻生长的土壤要求是中性偏碱,黏土田偏酸,是否适合水稻生长,谁也说不准。没有成功经验,就试点先行,这担子最终落到了岳父的身上。作为老党员、政治队长,岳父欣然接受,但队委和党员会上各种意见相左,一时很难统一。有人说:"旱改水是耕作制度上的革命,值得一试。"也有人说:"我们全是油泥土,黏土地泡水成糨糊,旱裂像石头,透气性差,不宜种水稻。改水成功了,大家哈哈大笑;失败了,怕是连先进红旗都保不住。"更多的人说:"朱二爹说怎么干,我们就怎么干。"两次专题会议都开到深夜十二点,等待岳父拍板。岳父觉得大家讲的都在理,于是又想起几天前,在家开的"诸葛亮"会议:岳父说种旱田轻车熟路,种水田心中没底,一旦失败了,投入的时间、人力、物力全部打了水漂,年底将影响公粮上交和社员收入。岳母说:昨天我们八九个妇女谈到这事,大家都高兴都支持。你不试,怎么知道行还是不行?要是失败了,就当是给后人探路,总有成功的时候。想到这里,岳父在会上果断决定带领大家大干一场。

整地时,他亲临指挥,放水验平。插秧时,他亲自做示范,并安排专人管水,责任到人。其间,一块田的苗刚插下,管水员叶贵军和黄宝华断定天要下雨,因而没上水。当岳父发现时,稻田缺水,秧苗蔫了。他又气又急,一头栽倒在田埂上。叶贵军和黄宝华立即将他送回家,喝点糖水。稍事休息后,他又出现在田埂上。三分种七分管。为了掌握水田管理的技术和经验,他坚持走出去、请进来,不断地向专业人员学习。每天头顶星星脚踩露水,在稻田边巡视。秧田返青阶段,他蹲在田头,手上沾水,在秧苗上捋上一把,数沾在手掌上的小小黑虫子(稻蓟马),不多就继续观察,多了立刻安排喷药。分蘖阶段,他按农技员的要求在每穴长出两个叉头的时候排水烤田,直到田里走人不陷脚,从而控制分蘖,减轻中后期病虫害。在孕穗阶段,他把农技员请到田头,根据苗情确定每块田的施肥数量，肥少穗小粒少，肥多疯长倒伏，弊多利少。如此等等，他全程跟踪管理。在他的精心安排和管理下，在农技员的指导下，每块稻田长势稳健。10月收获季节，黄灿灿的一片，十分喜人。经收获过磅，平均亩产近八百斤，个别地块更多一些，宣告油泥地试种水稻成功。

在庆祝会上，根据社员们的一致要求，队委会决定在社场上垒起锅灶，用新大米煮了香喷喷的大米饭，让全队的男女老幼来品尝丰收的果实。尽管没菜，但大家吃得美味香甜。从此，结束了祖辈只吃杂粮没有大米的历史。一队的成功经验被推广，一队先进红旗的颜色也更加鲜艳。作为带头人的岳父更加受到社员们的拥护和上级领导的信任。

（作者系叶珍长女婿）

眼怕手不怕

朱文芳

小满过后十来天,西南风一刮,两三天时间麦子就黄了,一夏抵三秋,庄稼人一年里最忙的季节到了。抢收抢种丝毫耽误不得的,俗话说,人误地一时,地误人一年。种得不及时,产量上不去,下一年口粮就犯愁,若收得不及时,一季的辛劳也就泡汤了。四夏大忙,哪个种田的不瘦个五六斤、晒成个黑铁蛋。

麦子成熟以后,籽粒饱满的穗头在风的吹拂下左右摇摆,秸秆不像早先那么有弹性,尤其是干燥的西南风一吹,秆壁又薄又脆,纤细的麦秆很容易就被压断,秸秆一压断,麦粒就洒了,一季就白种了。农谚说"蚕老一晌""麦熟一晌""小满天天赶,芒种不容缓""小满前三割不得,芒种后三赶不上",说的就是收麦子的时机要掌握好,不能早也不能迟。再加上以前天气预报不准,初夏时节阴晴不定,风一吹,麦粒容易撒落到地里,雨一淋,几天就发芽了,那时哭天抢地也来不及了。只有赶着晴天抢收抢晒,颗粒归仓,一年的粮食有了着落,心里才能安顿下来。

响水的中小学一年两季农忙的时候放忙假,夏忙假要长一些,一般有十天左右。"忙假"就是要忙的,比上学的时候还紧张,稍大一点的孩子都要帮家里忙,六七岁的孩子不能下地收割就在家带弟弟妹妹,还要煮饭刷锅、挑菜喂猪,闲不下来;到了七八岁,不管男孩女孩基本上都要下地帮大人忙,能割的割,能扎的扎,不能割不能扎的起码也要拾零星没割到或者割断了的麦穗,到这个年龄还在村子里玩,长辈会说你游手好闲,大家都瞧不起你的。

二十世纪六十年代普遍实行大寨式记工,1971年以后国家就不允许搞大寨式记工了,主要是集体派工、按天计工、群众评工、干部定工,年终按工分计酬,农忙的时候则会把任务分解到各家各户,为的是各家自行安排,便于抓紧时间。收麦是机会活,拖不得的,开镰前一两天就全分到各家各户了,必须全部割完推到社场上才能记工分。散了穗或是遭了雨是要扣工分的,扣工分就意味着年终分到的粮食少,哪家也不希望少分粮食肚子挨饿,当然,大家也不愿拖生产队后腿。父亲是生产队干部,忙集体的事,基本没时间帮家里劳动,我从十岁多开始就帮母亲割麦子,一直割了多年,现在想起来,还挺怀念那种紧张、艰辛又充满了收获喜悦的劳动岁月。

记得文兵弟弟参加割麦那年,也有七八岁了。前一天晚上,母亲给我们讲了"动作要领"和注意事项,父亲把我们的镰刀磨得又快又亮,我们在淡淡的兴奋和强烈的期待中早早地睡觉了。第二天早上天刚蒙蒙亮,母亲就把我和文兵叫醒,草草地搓把脸,迷迷糊糊地喝了碗粥、吃了块饼就出发了。早上的空气很新鲜,我们拿着镰刀,欢快地跟在推着小车子的母亲身后,仿佛已经闻到了麦熟的芳香。

到了地头,影影绰绰的,有人已经开始割了,时不时飘过来的"嚓嚓、嚓嚓"声,像是进军的号角催促着我们。我们娘仨一字排开,母亲在右边,弟弟在左边,我在中间。母亲起了个头,她占差不多二分之一,我占三分之一,文兵占六分之一,估计这样能保持进度基本一致。弟弟学着我的样子,弯下腰,左手捋过一大把麦子、右手挥刀割了起来。我偶尔直一下身子,瞄一下母亲和隔壁人家的进度,就又埋头苦干起来。汗水浸透了头发,顺着发梢往下滴,抬起胳膊擦汗,看到弟弟的脸上灰一块红一块的,我嗤的一声笑了。一个多钟头后,弟弟悄悄对我说这也太累了,我说再割一会休息,弟弟弯下腰又割了一阵,尔后就坐在地上不割了。

母亲走过来对我们说,昨晚讲的要领可能没掌握,文兵第一次割不会用巧劲，可能会更累。割麦子和其他活一样，要放松、别紧张，紧张了肌肉就没劲，硬使劲就会累。如果你不紧张，举刀抓麦子很放松，割的时候，左手抓满往后拉、让麦秆下部暴露，右手则果断用力，麦子就割下来了。母亲讲完叫我们休息一会再割。

休息后，我默念着"左手满，右手狠，弯腰适度"的要领，和弟弟又一起割了起来。又过了个把钟头，我的兴奋劲也没了，腰也酸腿也僵，拄着镰刀直起腰，往后看看割好的麦子没有多少，往前看看金灿灿的麦子望不到头，我有点泄气了。我对妈妈说："这地也太大了，这到什么时候才能割完？"母亲没有转过脸来看我，只是说："眼怕手不怕，这才七点多钟呢，别着急，慢慢割，总会割完的。"

母亲看我们没有响应，就叫我们去捆麦子，歇一歇，自己又接着往前割。我和弟弟把割下来的麦子全部捆好，看到母亲一个人把我和弟弟的地块也一齐割着，离我们放镰刀的地方又下去好几丈远了。

火辣辣的太阳发出刺眼的光芒令人发晕，后脖颈晒得像针刺的一样疼，尖尖的麦芒划得膀子、腿上一道道血印，汗水一泡钻心地痛。我们如此，母亲不更是如此吗？我们看着母亲的背影，汗水浸湿的衣服完全贴在后背上了，"眼怕手不怕"的话音在耳边回旋，我们感动了、

刈 麦

惭愧了,又勇敢地挥起镰刀,精神抖擞地割了起来。

几个回合下来,太阳服输了,它转到西山的后边了,我们当天的任务全部完成了。接着就是抓紧时间捆,用车子往社场上运,一直忙到乌漆黑。

长大了,立业了,经历的劳动锻炼多了,感受就深刻了。有一次在盐城聚会和家人谈起往事,一致感到"眼怕手不怕"是个宝,里面蕴含着深刻的道理。弟弟说:不管做什么事,一味去算时间、算付出,就容易被吓住,但是,只要脚踏实地动手做了,也就没有啥了,无非就是苦一点,小时候割麦子,就是一次深刻的劳动教育;姐夫说:眼怕会使人胆小,胆小了就会什么事也办不成。"手不怕"则是勇者,"两军相逢勇者胜"。姐姐说"困难是弹簧,你弱它就强,你强它就弱",这虽是老话,但和余华讲的道理是一样的,你不怕困难,困难就怕你。

我们都赞成要用"手不怕"去教育"眼怕",要用勇敢去战胜胆怯,只有这样,我们才是真正的劳动者,幸福的创造者!

相信母亲的话,相信手和脚的伟大。一步一个脚印,一点一滴累积,成功就会越来越近。

(作者系叶珍二女)

奋斗的自豪

林宝付

岳父岳母和我们共同生活了十七年，其间经常聊起往事，老人家喜欢回忆往事，除了常跟我们提到子女出生、成长过程中的趣事外，常说的还有三件事：一是二老都是劳动能手、先进分子；二是1948年淮海战役岳父支前送军粮，为国家出了一份力，1949年就入了党；第三件是聊得最多的，岳父从1953年互助组成立，被选为互助组长，后又经初级社、高级社任劳动组长、副队长，1959年又被群众推举为生产队长一直干到1983年，这前后整整三十年，经历了风风雨雨，颇有感慨。

初级社是初级农业生产合作社的简称，是新中国成立之初由农民组成的半社会主义性质的集体经济组织，是中国农村经济由个体经济转变为社会主义集体经济的过渡形式，入社的农民称为社员。社员按劳力和土地多少进行分配，土地和主要生产资料仍为社员所有。生产队则是农业合作社的最基本单位，能在初级社中担任生产队长必须符合三个条件：首先必须是劳动能手、种地好手，其次要在社员中有一定威望，第三还要家属支持。新中国成立之初人们思想单纯，民风淳朴，按照这三个条件选拔，岳父被选为昌盛大队第一生产队队长，后来还满票当选大队党总支委员，深得社员信任、上级领导的肯定。

在担任生产队长时，最让老人家自豪的不是每年到县里参加三级干部会议，而是旱改水的成功。为了彻底改变粮食产量低下、品种单一的现状，县里在三级干部会上发出在全县实施旱改水的号召。会议结束一回到家，老人家就组织生产队社员传达学习会议精神，动员大家积极响应县里的部署，实施旱改水。他组织社员们利用农闲时间开沟挖渠，疏浚河道，兴修农田水利，不到两年时间就成功完成了旱改水，使原先只能种小麦、玉米、山芋的旱地也能种植水稻，实现了多少辈人想吃上大米饭的梦想。这一成绩得到县委的充分肯定，县里决定在昌盛大队召开全县旱改水现场会，推广昌盛经验，分管县委副书记陆玉山和公社副主任郭炳付（人称郭大个）亲临现场，南河公社党委书记孙继浪主持，公社分管农业的主任陈乃新和全体公社机关干部，各大队一把手参加现场会，有关单位介绍了经验。老人家也向大会介绍了旱改水的做法，实现水稻单产近八百斤，下一步有望突破千斤大关。队里开展多种生产经营,种植棉花、梨树等经济作物以及发展养殖业等。生产队经济上去了,收入增加了,添置了农用机械手扶拖拉机等生产工具。人民生活水平不断提高,家家户户通了电,有的人家建了新瓦房……这些成绩得到在场领导的好评。

做干部心里就不能想着小家而要时刻装着大家。有一次生产队运送征购粮的牛车撬棒断了,大车停在半路动弹不得,岳父二话没说跑回家就把擀面杖拿来装在了车上。过了几天岳母在家和面,揉好了面团到处找不到擀面杖,才知道被老人家拿去做生产队大车上的撬棒了。

做干部还要有一副热心肠,不管哪家有了难处都要想方设法帮上忙。二十世纪六十年代初经济困难,老人家宁可全家人饿肚子喝稀汤也要省下粮食接济队里的孤寡老人、五保户。还有一次社员王炳友起了"痧子",眼看生命垂危,老人家闻讯后立即用以前学会的针灸术帮他治好了病,救了王炳友一条命。社员陈景生两口子闹离婚,老人家三番五次跑到陈家做工作,生产队长成了"政治委员",终于促成陈家夫妻和好如初。

岳父在闲聊中说起类似的事情还有很多。人到了老年还能记起来的,不是对他打击最大的事,就是他最引以为豪的事,岳父经常跟我谈起的,基本上都是和劳动有关的事。老人家一辈子最引以为荣的,其实并不是他做多大的官,有多大的权力,而是社员和上级领导对他的信任和肯定,这个职务给了他一个更好地服务人民的平台,是他割舍不下的责任。

当然,岳父这么卖力地忙于生产队或大队的事,绝对少不了家庭的支持,要是动不动就鸡飞狗跳、后院失火,他能这么全心全意地扑在工作上吗?有次岳母说,自从你爸做了生产队长,家里的事基本上就不怎么问了,每天除了三顿饭和睡觉几乎看不到人,不是队里的事就是别人家的事,就是不管自家的事。岳父在旁边笑呵呵地说,家里不是有你嘛。这是一种默契,一种信任,更是一种自豪啊!

听岳母说,以前家里人口多,劳力少,孩子们读书又争气,考上南河初中的、响水高中的,光吃饭就是个问题,旱改水之前生产队分的粮食稍微精细一点的基本上都让孩子们带走,家里就是瓜啊菜的凑合,最难的是要交学费、住宿费什么的,集体分不到钱,就只能搞副业,养个猪、鸡子等等,既能改善生活,又能零钱聚整钱,过年还能添件新衣裳。但养猪要喂食,饲料不能动粮食——人还不够吃的哪能喂猪呢,就要去割猪草,挑猪菜。孩子们小的时候,都是自己下地去割,早上天一亮起来,岳父去生产队的地里查看苗情,岳母就到野地里割猪草，割到估计够猪一天吃的了，再回家做饭、收拾，上工的钟一响又去参加集体劳动。岳母是把劳动好手，事事争先，绝不让人说什么干部家属拖后腿的闲话，还被大队、公社评为劳动能手。

遇到农忙时节，生产队会按人口把一些抢收抢种的活包干到户，别人家是夫妻齐上阵，岳父要忙队里的事，岳母只能带着稍大一点的孩子起早贪黑地赶，也不能让集体的财产受丝毫损失。有几年生产队的种子保存在自己家里，即使饿得头昏眼花，也不让任何人动一粒集体的粮食。说岳父三十年如一日地为集体操劳，又何尝不是岳母三十年如一日地奉献呢？

毛主席说过，人做一件好事并不难，难的是做一辈子好事。岳父老人家虽然做的只是最基层的小干部，干的却是关系群众温饱、生存发展的大事。他兢兢业业，克己奉公，一切为集体和他人着想，坚持为民做事三十年，不做生产队长后，还是一如既往，初心不改，这不就是伟大吗？而岳母始终如一地支持和包容不也是一样伟大吗？

老人家这种恒心、恒力永远值得我们后人学习！

（作者系叶珍二女婿）

蜀 葵

朱黎黎

夏日的周末,在南京父母家的院子里,突然被几株高高的开着丝绸般花瓣的花儿吸引。自从儿时离开响水老家,就再也没有见过这样的花,这花老家叫大喇叭花,今天才知道它的学名叫蜀葵,因原产四川而得名。

奶奶喜欢蜀葵。她说过蜀葵全身都是宝,根、籽、花、叶皆可入药,还可美化环境,净化空气。记得五岁那年离开奶奶上学前,奶奶在老屋东面、西面各种了一排蜀葵。我也学着奶奶的样子亲手种了几棵。当时土很硬,一锹下去反弹回来,再一锹下去,也只划开一层地皮,还是在奶奶的帮助下才如愿以偿。后来那些花儿怎么样了,我不得而知。我想有奶奶的精心呵护,一定会花枝招展,光彩夺目。

我喜欢蜀葵花,因为它红色、紫色、粉色、白色鲜艳多彩,热情奔放,高高挂在主秆上交相辉映,供人们欣赏。故有诗云:"花如木槿花相似,叶比芙蓉叶一般。五尺栏杆遮不尽，尚留一半与人看。"

我喜欢它的种子，一粒粒排列有序，一盘盘团结可爱。小时候我经常把它掰开，放在手心数着玩，有时玩够了就在手里搓搓，撒到菜地边，让它"自谋生路"，想到一粒种子能长出一株花儿，煞是开心。

奶奶对于我，犹如这蜀葵——高大而灿烂，顽强而自信，她如阳光照耀着我，激励着我，乃至影响了我的一生。

现在回想起来，回到父母身边，对于五岁的我还是有挑战性的。我上有大我两岁的漂亮姐姐，下有还在襁褓中的弟弟，一下子从爷爷奶奶的心头肉变成了一个丑小鸭，多多少少有一种被忽略而怅然若失的感觉。爷爷奶奶似乎也想到了，经常来信询问我的情况，还时不时寄些老家的特产来，姑姑们也经常来看我，给我买新衣服。好在我在爷奶身边养成的热情、开朗、快乐、自信的性情帮助了我，我很快适应了环境，不久上了小学，做了学习委员，也很快有了好朋友。

再次见到奶奶，已经是几年以后的事了。我发现我心目中的奶奶怎么变矮了，脸上有了皱纹，黑发中有了白发，我的眼泪不禁夺眶而出。奶奶慈祥地笑着，向我伸出了双手，我一下子扑到奶奶怀里，凭空增加了几分安全感。奶奶也哭着笑着，"真是好久不见了，大孙女长大了。"

奶奶最关心的还是我的学习成绩。我上的小学,是部队大院边上非常普通的小学,是个真正意义上的快乐小学,课后作业基本都在课堂完成,放学了就和小伙伴们在大操场、吉山下、池塘边尽情玩耍,夏天跟着姐姐到师部游泳池去游泳,不用努力学习,期末考试基本都在班上前三名。奶奶知道了很开心,轻轻拉着我的手问道:"黎黎啊,你还记不记得那个邻居奶奶了?"

我搜索着有关邻居奶奶的记忆,回答"有印象"。

奶奶:"有次她到家里来,你午睡刚醒,在床上还迷迷糊糊的,邻居奶奶握着你胖乎乎的小腿说,乖乖,长得真结实,长大挑盐没话说。你揉揉眼睛冲着回答,老蛮子你才挑盐呢,我长大以后要念书上大学呢。"

奶奶停了一下,笑着说:"你那时候才三岁啊,也没人教你。"

我说,我哪里还记得,一定是奶奶经常念叨"我们黎黎长大了,要念书上大学",我才会脱口而出的吧。

一晃半个月过去了,欢乐的时光总是那么短暂,奶奶回去的前一天,我舍不得奶奶走,躲在被窝里哭,哭累了也睡着了。

快乐小学的代价是,我没有养成良好的学习习惯,或者是没有意识到学习是要付出艰苦努力的,以至于上了重点中学之后,第一年期末考试成绩遭遇滑铁卢式的惨败。我现在还记得那种天塌下来的感觉,拿着成绩单目瞪口呆,不知道怎么向父母交代,更灰心的是看到我的同学们跟我一样上课学习,一样吃饭睡觉,考试成绩却比我好那么多。虽然心里有一万个不愿意,但我还是开始怀疑自己:是小学基础不好?下功夫不够?还是天资不如人?难道我长大真的像邻居奶奶所说要去"挑盐"么?可是我的奶奶笃信"黎黎长大要上大学呀"!现实和两个奶奶的不同声音,把我带入矛盾和困惑之中。

好消息来了,奶奶要到徐州过春节,高兴之余我又觉得心里沉甸甸的。见面第一天,大家都很开心,自留地、菜园子、老家的猪、老家的花、老家的小伙伴……还是妈妈催着我快去睡觉,让奶奶早点休息,别累着。

第二天,阳光暖人。奶奶要我陪她到大操场去散步,我有点紧张。

奶奶:我的大孙女,奶奶和爷爷可想你了。

我:我也想你们呀,奶奶。

奶奶:在这里上学开心吗,有没有人欺负你?

我:开心,没有人欺负我。

奶奶把话锋一转:可我看出来了,我们黎黎有不开心的事。

我心一怔:奶奶怎么知道的呀?

奶奶：我们黎黎都写在脸上了。上次来，你乐呵呵主动谈学习成绩，向奶奶报喜，这次来你不跟奶奶谈考试的事，所以我就猜出来了呀！

奶奶真厉害，瞒是不能瞒，应该诚实告诉奶奶。

我：奶奶，我期末考试没考好……

奶奶听完后，轻轻拍着我的手说："黎黎啊，你见过老家池塘里鸭子游泳了吧？"

我：见过呀。

奶奶：那是怎么游的呢？

我从来没有想过这个问题，一时间憋红了脸。

奶奶：鸭子在水面上游的时候，看起来很轻松欢快，但在水面之下，鸭掌要拼命划水，才能向前进，人也是一样。

奶奶看我似懂非懂的样子，解释道：鸭子表面快乐，脚掌却暗地使劲；人要人前显贵，必定人后受罪。

祖孙俩边说边走，不觉已经到了晌午，回来的路上，奶奶似乎想起了自己的过去，叹了口气说："现在的学习条件多好啊，要是奶奶能上学，就把书都背下来。"接着又鼓励我，只要有蜀葵挺拔向上的精神，鸭子划水的暗劲，黎黎一定会成功。

晚上，我反复琢磨奶奶的话。是啊，鸭子的快乐是脚掌的使劲换来的，人生的成功是汗水铺垫的，哪一个光鲜亮丽的背后，不是以默默地付出为代价的呢？

我回想着班上的学霸们，的确，表面上他们和我没有什么两样，无忧无虑、快乐自在，但都在暗地里使劲，有的参加强化班，有的请了专人课外辅导，有的提前半学期把功课学完，他们怎么可能不"霸"呢！而我稀里糊涂，没有确立自己的目标，缺乏拼搏向上的精神，更不知道使什么暗劲，所有需要记忆的课程都没有下功夫去强记硬背，没有付出，肯定要"滑铁卢"，那是很自然的事了。

奶奶对我说的话，具有定盘星的作用。我的问题不是天资不足，而是下苦功不够。从此我奋起直追，瞄准了目标，下足了功夫，在课堂、课余、假日用足了时间，成绩稳步上升。每当困倦、烦恼、干扰来袭时，我便把"蜀葵""鸭子"请出来助阵，用玻璃板下爸爸赠我的楷书"一分耕耘、一分收获"激励自己，克服盲目浮躁、急于求成的缺乏，以苦作舟，劈波斩浪，勇敢地去登陆胜利的"诺曼底"彼岸。

到了高三时，爸爸说两个女儿要有一个学医吧，妈妈表示赞同。这样，我就如爸妈所愿考上了医学院。

后来，无论是做医生，还是自己创业，我都找到了学习的乐趣，逐步养成了持续学习的习惯，每天进步一点点，登一个小台阶，几年之后，就觉得上了一个大台阶。

我相信,坚持数年再回首,定能有"会当凌绝顶,一览众山小"的感觉。

去年秋,我在自己家院子里种上了蜀葵。今年,看着蜀葵花开得红红火火,心中充满了快乐和喜悦,也勾起了对童年的记忆,勾起了对奶奶的无比感激,无限热爱,无穷思念。

一夜深梦,繁花几重。朦胧中,我仿佛倚在老家的门前,看见奶奶站在蜀葵花旁,慈祥地笑着向我示意;蜀葵向上,游鸭向下……既能挑大盐,更能挑大梁……当我正要跑上去抱住奶奶时,突然醒了,我心中极不情愿又无可奈何,我想念奶奶,顿时泪流满面。

(作者系叶珍孙女)

奶奶的微笑

王泳波

第一次见到奶奶,依稀记得是在 1988 年的夏天,那一年我正要去苏州上大学,开启人生的新旅程。有一天,我搭乘父亲的车途经响水小尖镇,车辆突然在一户人家的院门前停住了。我们刚踏进院门,两位慈眉善目的老人家就迎了上来,父亲拉着我,亲热地称呼他俩为"老朱爹""老朱奶"。我这才意识到,这就是当时家乡人引以为傲的朱文泉师长的家。记忆中,这座并不宽敞的大院里只有几间大瓦房,有一侧房屋的二楼还在修缮,空气中弥漫着淡淡的尘烟。红色的砖瓦房里,零星地摆放着几件农村人家的基本陈设:八仙桌、柜子、板凳、灶台等,一切显得庄重而又朴素。

我那时年少懵懂,坐在长长的板凳上,一声不吭,并未特别留意大人们在交谈着什么,只是注意到,那位被唤作老朱奶的老人家,正一个劲地冲着我微笑。她的眼里盛着浓浓的暖意,笑容明媚又热情,如和煦的春风温柔地包裹着我,这让我有点不好意思,我微微低首,努力掩饰自己的不安和羞怯。回到车上,父亲谈兴未尽,他有点激动地对母亲说道:"老朱爹、老朱奶不容易、不简单啊!二老培养出文泉兄这样优秀的儿子,却始终谦逊有礼,本本分分。这些年,我在县委任职,可二老很自觉,从来没有到县里找我办过什么事。这样的好家风是家庭兴旺、子女进步的基石,二老为我们晚辈树立了好榜样啊!"父亲的这番感慨,我听得真切,内心也油然生出一种敬意。这已是若干年前的一段记忆了,但当时奶奶慈祥的笑容一直留在我的脑海里。

  一切相遇皆是命运的安排。在苏州大学读书的某一天,我和朱黎黎邂逅了。从认识她开始,就从未间断地听她讲小时候在响水老家的幸福往事,这些故事里总少不了她的爷爷奶奶。"我小时候,是在南河的爷爷奶奶家长大的。那时的日子并不宽裕,爷爷奶奶的生活也很节俭,但他们特别宠我,经常给我做红烧肉吃,而且一烧就是一大碗,可是,我却总嚷嚷着要拿红烧肉跟邻居家换山芋干稀饭。""我小时候,顽皮得很,一到夏天就偷偷溜到河边玩水,经常弄得浑身上下全都湿透,又怕挨爷爷奶奶的骂,只能躲到一边让太阳晒干了衣服再回家。""我小时候,爱唱歌爱跳舞,一有人来就挎着个小篮子,从门后面冲出来,又是唱又是跳。""我小时候,在爷爷奶奶家的每一天都是快乐的。可是有一天,二姑、四姑告诉我,她们要送我回徐州的爸爸妈妈家。我怎么也不愿意离开爷爷奶奶,离开老家,紧紧抱着爷爷奶奶不撒手,伤心地哭个不停。"……黎黎在回忆这些往事时,脸上浮现出的笑容无比灿烂,但眼角总会不自觉地含着泪花。

青春岁月,热烈而美好。从繁华的观前街到悠长的十梓街,从苏大的新三栋宿舍楼到钟楼开阔的大草坪前,从安静的苏州市一院到景色宜人的郊外东山,我和黎黎尽情享受着江南的一草一木,谈天说地,情意绵绵。可以说,每一次的话题中,都有老家的生活和故事。每当黎黎动情地讲述她和爷爷奶奶生活的时光,我都能深切地感受到,爷爷奶奶自小给予她的无限疼爱。我饶有兴趣地听着,心里羡慕不已——因为在我一岁多时,就失去了自己的奶奶,从小到大,我最遗憾的就是从没有感受过老人的疼爱,我多么希望我也有这样慈爱的爷爷奶奶,能得到他们无微不至的照料和庇护啊!也因此,每当黎黎给我念叨起她的童年,讲起她和爷爷奶奶一起生活的故事,我的内心都会有所触动,体会到老一辈对于孙辈们的舐犊之情,那是一种不计回报的关怀与付出。和黎黎成家后,我越来越意识到,她开朗、自信、乐善好施的性格养成,与爷爷奶奶在童年时给予她的爱,是分不开的。这是镌刻在她成长历程中的精神足印，也是属于她的福分，弥足珍贵。

1999年初，岳父到南京军区任职，一大家人都住到军区大院的一栋别墅里。那时，我和黎黎早已成家，儿子王启晗也有五六岁了，一家三口住在模范马路一带的金贸花园，因为相隔不远，我们每个周末都要到大院去，与岳父、岳母和二老见面的机会就多了起来。奶奶还是那么慈祥，她和爷爷总是相伴相随，形影不离。老两口风雨同舟历经了大半生，无数的心酸与疲惫、欢乐与幸福都化作岁月的恩赐，在余下的时光中安享天伦之乐。岳父工作之余，总是陪伴在他们身旁悉心问候，拉着他们的手嘘寒问暖。岳父与老人说话时，始终是轻声慢语，面带笑容，温和又恭敬。"你侬吃过啦！你侬身体好啊！"黎黎会时不时地用不很地道的家乡话与爷爷奶奶聊天，一如小时候在他们膝头嬉戏玩耍时的俏皮模样，那般无忧无虑、纯真美好。王启晗总会在一旁不安分地打打闹闹，追逐着小狗，没有片刻安宁，有时还会惹得爷爷不高兴地用家乡话嘟囔几句——"这小鬏，多神啊。"但奶奶似乎毫不在意，她言语很少，却总用温柔的目光注视着大家，脸上始终洋溢着灿烂的微笑。可以想见，奶奶的内心是富足而平和的，老人家辛辛苦苦数十年，养育、培育的儿女们都出息又孝顺，每个小家幸福安康，孙辈们茁壮成长。奶奶可以尽情享受着这样美好的时刻，不得不说是岁月的一种回馈。这样幸福美满的场景，在时光的流转中反复出现。从军区大院到颐和小区普陀路，四世同堂的天伦之乐，在大家庭和小家庭之间，在每一个人的心田里无声地流淌。

　　快乐似乎不会永远停驻，突如其来的一场疾病，给奶奶的生命画上了休止符，她那慈祥的微笑在脸上定格了。全家人陷入巨大的悲痛之中，姑姑跪在奶奶的遗体前撕心裂肺地恸哭，几个战士怎么用力也拉不开，那个场景让我至今难以忘怀。黎黎的眼泪始终流个不停，我只能搀扶着她，却无法帮她化解悲伤。

　　在家庭追思会上，岳父哽咽着讲起了他的少年往事：为了一家生计，晚上要帮助奶奶一起拐磨，放学回来要先挖一小篮猪菜才能吃上饭，大忙季节要参加劳动，缺课靠晚上补起来，暑假则要到草滩割草、放牛……离开家乡到响中上学时，奶奶站在村头大声叮嘱"要走在前面"……岳父的话让我更多地了解了奶奶。这样一位朴实、厚道的农村妇女，一辈子为家人的生活起早贪黑、默默耕耘，还心存高远，用自己的言行，培育着儿女们勤勉、自立、刚毅、奋进的人格力量。岳父能从贫瘠的苏北大地走出来，从热血男儿奋斗成为上将军，成就一番了不起的事业，除了党的培养、自身努力外，与家风、家教息息相关。

如今,奶奶辞世已多年了。每到清明时节,我总能感受到黎黎内心深处的淡淡哀伤。我们一起追思奶奶,怀念她的慈祥微笑,感受她曾经给予过、未来也将一直鼓舞我们的爱和力量,这将激励我们晚辈继续奋发图强,以更好的姿态为小家和大家,为整个社会,为中华民族的伟大复兴贡献力量!

(作者系叶珍孙女婿)

乡 音

朱大治

平畴千里,春风又绿。假日,我漫步在田野上,吸足阳光的豆角,鼓鼓囊囊;似直线飞行的布谷鸟,不停地"布谷、布谷",这声音,虽然粗豪,然犹如老家的土话,那是我非常眷恋的乡音。

响水毗邻滨阜涟灌,有两个方言区,灌河南岸的响水县城、海安集、双港、南河、老舍、小尖、周集等为北片方言区,中山河北岸的大有、七套、六套、运河、张集、黄圩等为南片方言区。爷奶讲的响水话当属北片方言。

响水方言,不软不硬,不快不慢,论事明理形象生动。也许外地人听不明白,但本地人讲起来随心顺口,听起来也津津有味。

记得儿时随爸妈回响水探亲时,我最好奇的就是听爷爷奶奶讲话,他们讲得很随意,我听起来却很吃力,有时得问爸妈是什么意思,但时间长了,听得多了,我慢慢地就听懂了响水方言。待到爷爷奶奶到徐州或湖州小住时,我就能和爷爷奶奶交流了。后来爸爸到南京工作,把爷爷奶奶接到南京,为奶奶治病,那时我在国际关系学院上学,只要回家,首先就要到爷爷奶奶房间,陪他们"插插呱"(方言,聊聊天的意思),唠会儿家常,听听家乡的老故事。

每次见面,爷爷都会说"嗯乖乖",这是特别的昵称,很疼爱的意思。当谈到家乡发展快,粮食丰收时,会说"粮食堆得一摞一摞的",连稀饭都"干挖挖的",不像以前那样"清汤寡水"了,说生活富裕了,人人都穿得"格真真"的……

爷爷,生产队长干了二十多年,是老先进。后来年纪大退下来了,除了和奶奶打打麻将,就是看看《百家姓》《三字经》,复习复习过去认识的字。晚上看电视时,尤其喜欢看《杨家将》《岳飞传》《三国演义》等电视剧,尔后问我看没看过,我故意说《杨家将》没看过,他便绘声绘色讲起老令公杨继业一口金刀扫雁门、震北国;佘太君练得一手绝活"走线铜锤",耍起来流星飞绕,使敌胆战心惊、防不胜防;杨延昭镇守边防二十年,辽人敬畏,称他为北斗第六颗星转世,因此而得名杨六郎……爷爷夸老令公"这老年人行啊",夸佘太君"这老奶奶泼辣呢",夸杨六郎"这小鬃(方言,指小孩),精喽","这小鬃凶呢"!当我赞成他的看法时,爷爷会说"豆啊"!

中央电视台《海峡两岸》节目,爷爷也很关注。听到李登辉搞"两国论"时,会气愤地说"这个老不死的",原来是日本的"狗腿子";听到陈水扁耍花招、栽赃国民党时,爷爷说"陈水鬼"好搞"花头精",给国民党"挖小锹子",他当选,台湾要"鸡翻蛋"了。

闲暇时,陪爷爷到院子里散散步,我尽量说家乡话,让爷爷听得高兴。我说爷爷咱们一起"创创"吧,爷爷说"好呐"。

我:今天天气不错呀,红花大太阳的。

爷:豆啊,早上还阴死鬼冷的。

我:爷爷你看,这小孩长得"胖墩墩的"。

爷:豆啊,小脸长得唧咕唧咕的,滑肉。

我:爷爷,今天累了,晚上早点"歪觉"。

爷:歪早了,歪不着。

现在细细想起来,爷奶很关心我的成长,给我讲过不少道理,倾注了不少心血,最为重要的是三条:

一是先做人。他说:"做人靠人品。人的一生图个脸,人品就是人的脸。"有的小孩品行不好,"一屁三谎",到头来谁都不信任他,没脸见人,小孩切不可当"谎屁精"。"做人讲孝道。有的人说话'不上道''一嘴番瓜丁字',连对他爸妈都'嘴翻舌调'(顶撞),对外会怎么样,可想而知。""做人靠自律,自律为自己,不是为别人,别人无法代替。"他说"世上有三等人,一等人自成人,二等人'指指教教'就成人,三等人'打死骂死'不成人,小孩三岁看七岁,七岁看一辈",并说"希望大孙子做一等人"。

二是会做事。奶奶说:一勤生百巧,一懒出百丑,小孩不能好吃懒做,那样就是"二流子",人人瞧不起,"戳脊梁骨";干活要麻利,不能"酸里刮叽";做事要始终如一,不能半半拉拉,虎头蛇尾;要认真扎实,不能"大差不差"、凑凑合合;三百六十行,行行都有学问,做事需要学和问,所以小孩能"吃书"、有"血色",长大才能会做事。

三是有目标。爷爷说人生在世,吃穿二字,这是小目标,但又不能只为吃穿而活,要有为人民做事、做大事的大目标。爷爷对我说,他做生产队长三十年,虽然没有大贡献,但还是尽力为集体做了不少实事,说我有文化、又聪明,要求我像爸那样,为人民作出大贡献,要一代更比一代强,不能像有的人家"黄鼠狼下耗子一窝不如一窝"。奶奶在一旁帮腔说"大治,有大志,我相信大孙子有自己的大目标",爷爷说有目标是一回事,关键是咬住青山不放松,要有恒心去实现这个目标。

如今,爷爷奶奶都已逝世了,但他们的教诲犹在耳边,希望已注入我的心头。

乡音、背影、笑容、旧事、老屋，勾起孙儿几多愁。

它是一杯酒，败家、兴家，一念系千秋；

它是一种情，思念、泪流，弯月如钩梦中游；

它是一支烛，明亮、闪耀，令我盯着目标莫停留；

它是一束梅，坚韧、高洁，暗香人间长悠悠！

（作者系叶珍孙子）

勺粉条

成 蓉

猪肉炖粉条是餐桌上的一道美味佳肴,人人知之、爱之。但粉条是如何做出来的,无论是城里人还是农村人,知之甚少。做粉条的艰辛,知晓的人更是少之又少。我从公婆讲述外公外婆做粉条的经历中,间接地知道了粉条制作的全过程,特意将其记下来,加深印象,教育自我,传承后人。

外婆的家原住苏北响水农村。二十世纪六七十年代,山芋是主粮,占全年口粮的一半。收获季节,作为主粮的山芋,堆满了屋子的里里外外。除了近期食用和少量窖藏之外,必须晒成干或做成粉(做粉条的主材料)。粉条分为豌豆条、蚕豆条、绿豆条、山芋条等许多种,其中山芋粉条最为普遍,也最受众人喜爱。

要把山芋变成山芋粉条是一个复杂的过程,既辛苦,又要有技术含量。新鲜山芋要经过洗净、去蒂、除须、刮皮,挖虫窝等五道工序。这五道程序说起来很简单,其中的艰辛只有亲历者和身临其境的人才能感受得到。为了刮山芋,每年山芋收获季节,外婆的双手总是裂开许多血口子,稍一用力鲜血就会往外冒。子女见了舍不得,劝她少干一些活。外婆总是笑笑说:"乖乖,忙是好事情,有的忙才能有的吃。妈妈吃点苦,做成山芋粉条可以多卖钱,你们的学费和家里的零用钱才能有着落。妈妈虽苦点累点,但心里有希望。"

准备工作做好后,要把山芋倒入木桶或者大缸内进行人工破碎,通常用刀斩或用长柄铲子铲,使之成为指头大小的山芋丁子,否则磨眼进不去。这是一项苦力活,每次一百多斤山芋铲成丁,需要一个多小时,即使是强劳力,也会腰酸背痛,很疲惫。外婆家里人手少,总是和邻居打拼伙(两家合作),两人轮流铲,歇人不歇铲,既能提高速度,人又不太累。山芋铲好后,加水,上磨拐,使之磨成浆。拐磨更是苦差事,需要体力和耐力。石磨转一圈,投入山芋丁子大约半两重,一百多斤山芋拐一遍,需要推磨三千圈,每次需要拐三遍,总共拐磨近万转。每拐一遍后,还要用晃浆(用纱布做成的过滤工具)滤浆汁,滤出的山芋渣子上磨再重拐,每次拐到第三遍,一般已是后半夜。有时拐着拐着,人就睡着了,实在坚持不住了就和衣打个盹。听到鸡叫,立马起来继续拐。拐完滤汁后,浆汁经沉淀,去其水,取其粉,再经风吹日晒去水分，变成山芋粉。山芋粉只是山芋粉条的半成品，关键技术在于勺粉条。先将山芋粉加水搅拌进行二次沉淀，去水备用。然后做"引子"，取适量山芋粉加明矾（现在已不用明矾了），和温水搅拌均匀后，再猛地加入滚开水。淀粉和明矾在加热作用下迅速发泡，膨胀成糊状，即为引子。以引子为稀释剂，加入山芋淀粉搅匀后用手揣。揣功很重要，必须揣到不粘手，抓起成丝不断线。把揣成的粉坨放进勺瓢内（形似漏勺，大小如小锅），对着滚开的大锅水，左手端勺瓢，右手拳背敲打勺瓢中的粉坨，使之呈线状均匀地落入沸水锅。再用细长棍子挑起来，放入冷水缸里，冷却后挂上屋外晾晒架。晾晒粉条有要求，要在零度到零下三度时进行，白天还要有太阳。挂上架子的潮粉条容易粘连或结冰，外婆就不停地用手搓，双手冻僵了，放在嘴上哈哈气接着搓，确保每根粉条不粘连。晒干下架后，即成餐桌上的好食材。

　　勺粉条是项技术活，要求臂力大，举得高，伸得远。粉条粗细长短全在手上功，还要眼明手快控制好，否则可能成疙瘩。臂力和技术都胜任的掌勺人，全村没几个，外公数第一。庄上哪家勺粉条，常常请他去，他从来不推辞，即便未请他，只要有时间他也常常去帮帮忙。

　　做粉条只是外公外婆几十年农村生活中的一个缩

影,是他们人生轨迹中的一个脚印。我是一名人民教师,除了教好书本知识之外,对孩子和学生进行思想教育、传统教育、品行教育等,也是我应尽的责任和义务。之前苦于心中没有鲜活的教材,对如何开展这方面教育活动常感纠结。因为我们八〇后的年轻人不了解旧社会,也不是很了解三十年前的中国。不了解过去,就不懂得如何珍惜,不知道前辈们的苦,就不懂得感恩,缺少奋斗的动力。外公外婆等老一辈人的革命经历和实践中的聪明才智,热爱劳动、艰苦奋斗的优良传统和思想品德,是留给我们后代人的宝贵精神财富,是学校思想政治教育、传统教育、德育的极好教材,是我们世代耕读相传、不可或缺的文化遗产,是指引新一代如何走好人生路一束闪亮的光芒。

(作者系叶珍外孙媳)

鞋　垫

林　静

老家的衣柜里一直收藏着几副老式鞋垫，那是好几层米白色老粗布经土制糨糊粘在一起后缝制而成的鞋垫。一眼望去便知是未曾用过的新鞋垫，但老粗布间泛出的斑驳浅黄却无声诉说着它们所承载的岁月痕迹。

有一年春节回老家时，我在衣柜里看到了那几副老式鞋垫，于是随口问了一下妈妈，妈妈说："难道你没有印象了吗？那是你外婆和我那些年一起做的鞋垫，还剩几副没拿出去卖就留着了，当作个纪念。"妈妈的话一下子把我带回了似乎已经很遥远的童年。

那时我大概七八岁，家里不是很宽裕。因为住在小镇上，门前就是一条小街，和我们生活在一起的外婆总想着做点什么拿到小街上卖卖，补贴点家用。后来，外婆和妈妈商量，由爸爸去盐城纺织厂购买棉布，做些鞋垫来卖。

自此，家里除了平常生活琐事，又增加了做鞋垫的忙碌。这些,对于大人们来说是为了生计,但在孩子眼里,却为平淡无奇的日子增添了许多乐趣。

每隔几天,外婆就要烧一大锅土制糨糊。这事说起来非常简单,只是把普通面粉用水和成糊糊,倒在大铁锅里烧到九分熟即可,但实际上里面却有很多非常讲究的门道。和面粉时,水既不能太多,也不能太少,太多了会让糨糊太稀而黏性不足,太少了会让糨糊过稠而无法在布料上抹匀,形成好多疙瘩;烧制的时间不能太长,也不能太短,太长了会让糨糊成了熟面而失去黏性,太短了熟度不够则仍是面糊。每次看到外婆在那里烧制糨糊,我都会紧赶慢赶地凑过去,一会儿帮着倒倒水、一会儿帮着和和面,忙得不亦乐乎。偶尔外婆会让我关一下煤炉,我总会乐颠颠地跑过去,感觉自己已经是一个能做事的小大人了,心里别提有多高兴。

制好糨糊后,紧接着便是糊布料。那时,家里有一个竹绷床。外婆先把最大最齐整的布平铺在竹绷床上,然后用铜勺在布料上有规律地洒上刚刚制好还带着温度的糨糊,再用一根竹条子,将刚洒上去的糨糊抹匀,接下来又一块一块地在上面加铺一层布料,继而重复之前洒抹糨糊的动作,这样大概铺了三四层后,在最上层铺一块齐整的大布料,就可以放在太阳下晾晒了。看着外婆有条不紊地做着这些事,我在一旁总是不那么安分,一会儿想过去帮忙铺布料,一会儿想上前抹抹糨糊,可每次不是把布料弄得皱皱巴巴的,就是把糨糊抹得到处都是。外婆不想扫了我的兴致,每次都只是象征性地制止我一下,然后由着我在旁边继续添乱。等我折腾得差不多尽兴了,她才无可奈何地走过来收拾我搅出来的乱局。

过了几天,糊好的布料晒干后,下一步就是画鞋样了。外婆先是把布料剪成很多宽度与鞋子长度差不多的长条,然后用一张像鞋底一样的纸片在上面比画着,用铅笔整整齐齐地画出一排又一排鞋样子。沿着这些铅笔画出的鞋底状线条,外婆把鞋垫一个一个剪出来交给妈妈,妈妈再用缝纫机在上面一圈一圈地纫上线,这样鞋垫就做成了。在剪鞋垫的时候,经常看到外婆停下来揉着自己的拇指根,有时我也会凑上去帮外婆揉,因为我曾看到过外婆的手上被剪刀勒出过很深的印痕。

对于儿时的我来说,卖鞋垫是一件非常愉快的事。外婆每次把做好的鞋垫摆放在门前的一条长凳上后,经常会去忙其他事了,这时总会让我在鞋垫摊子前守会儿。有人看到鞋垫过来询价时,我竟能像小大人一样的告诉他五角钱一副。偶尔被我卖出一副鞋垫,拿着到手的五角钱,就感觉像是自己挣到了钱一样,几乎忘记了这是外婆和妈妈的劳动成果。

在我的记忆里，外婆和妈妈做的鞋垫在那条小街上总是最好卖的，因为我曾听外婆对妈妈说过，纫鞋垫要纫得比别人家的密一点，也曾听人夸赞过外婆和妈妈做的鞋垫布料好、摸上去厚实之类的话。这其实正是外婆做人做事的一个缩影，在外婆心里，我们家做出来的鞋垫一定要物有所值，每挣一分钱都要对得起别人。

后来，家里生活条件好了，外婆和妈妈不用再做鞋垫补贴家用，那些日子便渐渐被忘却。直至看到老家衣柜里的那几副老式鞋垫，我才知道妈妈为了永远铭记那段艰难的岁月，当年悄悄地留存了一些鞋垫下来。如今，那些鞋垫依然被妈妈收藏在老家的衣柜里。妈妈所收藏的，不只是对那些艰难岁月的永恒记忆，更是对外婆与我们一起生活的万般怀念。

(作者系叶珍外孙女)

一句箴言闯天下

李永昌

今年暑假的一天,我陪女儿整理暑假作业时,面对长长的假期学习清单,女儿唉声叹气,一脸愁容。这时,林静在一旁说:"小天,作业再多,我们也要眼怕手不怕哟!"听到林静的话,我不由得想起此话有出处。

"眼怕手不怕"是外婆对岳母讲过的一句话。外婆虽然没有上过正规学校,但每每说出一句话,总能掷地有声。

二十世纪七十年代,每到农忙时节,生产队就会把任务分配到各家各户。外公是队干部,要忙生产队里的事,很难抽出时间来干自家的农活。如此一来,生产队分配的任务就大多落到了外婆身上。那时,大舅已经参军,二姨正在上学,家里还能作为帮手的只有十来岁的岳母和小舅,外婆只好带着他俩一起下田干活。几十年过去了,第一次收割麦子的情景岳母依然记忆犹新:

初夏的清晨,天刚蒙蒙亮,母亲就带着我和弟弟向麦田出发,初次拿起镰刀的我们,欢快地跟在推着独轮车的母亲后边,心里充满了能和大人一起劳动的喜悦。到了田头,母亲先在田垄边起了个头,给我俩示范一下割麦的"动作要领",左手将麦、右手挥刀、用力一拉麦子就割下来了。尔后让我俩试割感到满意后,我们三人一字排开,便弯下腰割了起来。

岳母说:我一边割着,一边时不时地直起身子瞄一瞄旁边的母亲,看一看相邻人家的进度,然后又铆足了劲埋头割起来。过了个把小时,直起又酸又麻的腰,回头看看身后没割多远的麦茬,又望望前面的层层麦浪,我和弟弟一下子没了刚来时的兴奋劲儿,我问母亲:"这地太大了,什么时候才能割完啊?"母亲说:"这才割了没多久,别着急,眼怕手不怕,慢慢割,总会割完的。"

岳母停了停,继续回忆着:其实母亲很清楚,小孩干活就那么几分钟热度,于是叫我和弟弟去打麦捆,歇一歇,自己又接着去割了。当我和弟弟把割下来的麦子捆好后,母亲把我们三人的地块一起割下去好远。看到母亲这么不知疲倦地苦干,我俩感动了,我们心疼母亲,于是又抖擞精神,挥起镰刀割了起来。这时与刚来时不同,有了第一个钟头的体验,掌握了一些技巧,又得到适当的休息,更重要的是看到母亲身上那种精神的力量,割起来显得比较轻松。我们心里揣着"眼怕手不怕""总会割完的"的信念,弯着腰、不抬头,不怕汗水啪啪滴,不怕麦芒戳破手,埋着头,往前割,说来也奇怪,经过三个小时的连续冲锋,麦子终于"投降"了,乖乖地倒在地上,当天的任务完成了。看看拿下的"阵地",望望躺下的麦子,我们心里有说不出的喜悦。

提起这段往事,岳母总是充满无限感慨,是外婆让她懂得了如何面对困难、正确对待困难,增强了克服困难的勇气和信心。很多时候困难并不可怕,可怕的是我们会因困难而产生畏惧,外婆言传身教,让子女们有了深切的体验和直观的感受。

要说让岳母对"眼怕手不怕"感受最深的,除了割小麦,就是"丫山芋"了,这是秋收后家家户户的一项"浩大工程"。外婆家那边的土质为油泥土,适合种山芋,而且产量十分稳定。每至收获季节,各家门前都会堆起小山似的山芋堆。因山芋不耐长期存放,村民们就采取窖藏和晒成山芋干的办法进行保存。

"丫山芋"是晒成干的第一道工序,一般都是放在晚上做,因为白天还要干生产队的活。每当此时,经常是外婆带着岳母和小舅一起干。岳母、小舅主要负责刳山芋皮,外婆则主要是将前两天经过刳皮、晒软的山芋丫成条状,以便上架晒干。"丫山芋"是一道技术活,就像剪窗花,既要将花式纹理剪到位,又要保证整体连接在一起，不能断开。下刀位置要准确，厚薄剖得要均匀，使丫好的每根山芋条横截面保持约一公分左右见方；进刀用力要柔和，接近末尾处要放慢节奏。外婆"丫山芋"动作很娴熟，山芋在她的手里就跟变戏法一样，三划两绕一个山芋就丫成了。"丫山芋"本来是技术活儿，在外婆手里又变成了一门艺术，看外婆"丫山芋"简直是一种艺术的享受。

清冷的月光照着门前的大场，洒在茅屋顶上、洋槐树上、山芋堆上，像洒下了一片闪闪发光的碎银。岳母开始饶有兴致一边刳，一边和弟弟说笑，时间一长，就只听到刳山芋的"刳嚓"声了。半夜之后，月亮躲了起来，这时就要挑灯夜战。有时瞌睡来袭，岳母刳着刳着，忽然两手不动，头慢慢低下去，又猛地一沉，浑身一抖，惊醒了再继续刳。小舅打盹的次数更多，每当惊醒之时，就会小声嘀咕："还有这么一大堆，什么时候才能刳完啊！"外婆知道他俩困乏，但又不得不趁好天把活抢出来，便转过脸来说："快了快了，干了一大半了，眼怕手不怕，总有丫完的时候。"

是啊，"眼怕手不怕"是外婆的精神武器，有了它困难就会低头，胜利就会到来。于是岳母和小舅振作精神，重新投入战斗，手刳酸了停一下，甩甩手再刳，瞌睡虫来了就去洗把脸，不知不觉中山芋堆矮了下去，竟赶在天亮之前,全部刨完了,外婆的山芋也全部丫完,天亮后挂上了晒架。

在林静的成长过程中,"眼怕手不怕"成了外婆留给林静最深刻的记忆。如今,我们的女儿也渐渐长大,林静在不经意间又把外婆的话传承给了女儿。这让人不得不感叹,精神的传承是无形的,但却是最有生命力的。

眼怕,人常有之;手不怕,才是解决困难的关键所在。外婆用"眼怕手不怕",道出了破解难题的密码,成了留给我们的传世箴言。眼怕,是因为眼睛只是个"观察家",如果观察得不全面,就会产生不应有的喜怒哀乐,甚至产生畏惧心理。但我们的双手却是个名副其实的"实干家",握紧双手,可以抓住事物本质,扭住事物关键;伸出双手,可以改变世界、创造奇迹。

"眼怕手不怕",一句箴言可以闯天下,要相信我们的双手能够开创出一片属于自己的广阔天地!

(作者系叶珍外孙女婿)

补　习

林大会

在我们的小镇上,邻里邻居间不管干什么都有个相互比较,比吃比穿比有钱,比收成、比生意、比孩子,但是最热衷的还是比较孩子的学习成绩。

每到闲时,三五个大人聚在一起聊得最多的就是,孩子学习怎么样,考了多少分,哪家小孩子有出息之类的话题。逢年过节走亲戚,进门问的第一句,就是有没有拿到"三好学生"奖状。孩子考上响水中学[①]、考上大学,就跟中了状元一样,都要在饭店里摆上几桌,邀请亲朋好友前来分享喜悦。家里经济条件好一点的人家,还会花点广告钱,在县里、镇上的电视点歌台登台亮相,一播能播上好几天,那足够家长们炫耀一阵子。自家孩子学习好的大人们走起路来脚下都生风,脸上始终洋溢着

---

① 响水中学:全县教学质量最好的中学,省级重点中学,国家级示范中学。每家都希望孩子小升初或者中考能考上响中,这样离大学的门槛就更进一步。

自豪的笑容。孩子学习不怎么样的大人们,只有羡慕的份,有时甚至有种低人一等的感觉。有鉴于此,家家户户格外重视孩子的学习。

每逢放暑假,大人们忙着工作、忙着生意、忙着生活,没时间管孩子,都把小孩送去补课。学习差的可以提高一点,学习好的可以更上一层楼。那时的补课,不像现在请的家教一对一辅导,类似于现在的网课,是一对多进行辅导,但课堂是开设在老师家里,有的在院子里,有的在屋里,一块黑板、一支粉笔就够了,补课时间通常二十至三十天,补习费用通常在五十块钱左右,有职称的老师价格高一点,普通老师要低一点。

在我小学五年级放暑假的时候,老师告知我们学校将在暑假期间开一个补习班,给学生"开小灶",为小升初提前做准备,提高被响水中学录取的比例。愿意参加的学生,要交五十块钱作为补习费。当时,我有些犹豫,客观上讲,那时大人们把孩子送到响水中学去读初中的意识不是很强,而且镇上的小学每年能考上响水中学的寥寥无几,考上的概率就跟买彩票中奖一样。主观上,五十块钱在当年对我家来讲,不是一笔随便能拿得出来的钱,爸爸在蚕茧站上班,妈妈在镇上计生办工作,除去我们姐妹仨每个学期的学费,每年所攒的钱也就够补贴家用。这件事憋在心里好几天,我一直没有向家人提起。后来,学校要统计最终参加人数,老师觉得我学习还可以,建议我还是参加一下,努力努力或许能考上响水中学。

我回家后,向父母说了这个情况。父母问了我是如何考虑的,我就把我的想法跟父母说了。

"那你到底想不想去学?"坐在一旁的舅奶立即接过话茬。

"大会,从小到大学习没让我们操过什么心,到现在也没参加过什么补课,不补这课,我看问题也不大。"没等我吱声,我爸妈表达了自己的看法。

"你们班有多少人报名参加的?"舅奶问道,好像没听到爸妈说的话。

"人数也不多,也就几个人,好多人都没报名。"我回答道。

"那报名的这些人学习成绩怎么样啊?"舅奶接着问我。

"都是班里前几名,和我差不多。"我把报名的几个同学的情况逐个说了一下。

"那这个补课还是要去的,和你学习差不多的同学,在假期里有老师辅导,开学之后你就不如人家了。本班的同学都比不过,怎么和其他学校的学生去比啊。"舅奶在一旁认真地说道。她竟然知道考响水中学,要在全县范围内进行排名比较。"如果参加这次补课,没考上的话也不后悔,反正知识也学了,也不会比同学差,如果考上了就更好,好学校有好的老师教还是不一样的。"舅奶继续分析,也好像在做我父母的思想工作。

舅奶好像看出了我们为这五十块钱补课费而犯愁,对爸妈说:"文芳、保付啊,再穷不能亏了孩子的学习,我们就是吃了没文化的苦,既然大会有这个基础,有这想法,想上进,就让他去参加这个补课,不管考不考得上,反正不后悔,说不定能考上呢。这补习费我和你爹拿,就当每天少吃一个菜,吃好吃差只要吃饱了就行了,反正吃在肚子里的,也看不出来。"

就这样,在舅奶的大力支持下,我参加了补习班。自己也很认真,格外珍惜补课的机会。但有时候,很多事情你非常努力,但结果总是非你所愿。小升初时我考了172分,数学语文都是86分,离响水中学分数线差了3分。舅奶得知考试结果后,若无其事地说:"响水中学去不了,就在小尖中学上,只要认真学,在哪学都一样,我还巴不得大会就在家里上呢,离家近,这样舅奶每天还能看到你呢。"

这件事,一直烙在我心里深处,我知道舅奶是在宽慰我。小庙里也有大和尚!我暗暗下决心,一定要考上响水高中,对得起舅奶掏这五十块钱。经过初中三年的努力，我如愿以偿地考上响水高中，没有交任何赞助费。这里还有个插曲：我当时到小尖中学去报名，学校里竟然没有我的学籍。后来经过查询，我的学籍在响水中学，已经进入了后备录取人选，但由于没有及时交纳赞助费，错过了响水中学报名时间，学籍档案正在被退回来的路上，所以出现了小尖中学没有我的学籍这奇怪的一幕。等到学籍寄回到小尖中学时，小尖中学报名已经结束了，也就是不招收学生了。后来家人反复找人，折腾了几次，好不容易才把我送进小尖中学。更令人意外的是，小尖中学为了提高中考的升学率，把小升初考试分数达到170分以上的学生全部集中在两个班级，也就是"尖子班"。但由于我入学比较晚，强化班的人数已经满了，只能被分在一个普通的班级。真是一波三折！响水中学没考上，到小尖中学念书又没得学籍档案，等到学籍档案找到了，上了小尖中学，又没进强化班。这事幸亏舅奶不知道，如果她老人家知道了，宁愿花点钱，也要让我上响水中学。

  舅奶对我们的学习非常重视，希望我们每个孩子都能学习好，长大以后都能有出息。当我们考得不错的时候，教育我们不要骄傲，没有考好的时候，她又会鼓励我们不要灰心，下次还有机会。现在想想，我觉得她老人家的教育意识非常超前，暑假期间别人补课学习在进步,你保持原有的学习状态,其实你已经落后了;看事看得远,不局限于眼前,学习成绩不仅要与本班本校的同学比,更要放眼全县看;但也着眼于眼前,尽力创造好的学习条件,不放过任何提高学习成绩的机会。老人家简单的话语蕴涵着丰富而又深刻的道理,值得慢慢品味!

(作者系叶珍外孙)

要有出息唯读书

朱明明

黑发不知勤学早，白首方悔读书迟。读书，从小到大，是父母教育我的高频词汇，只有读书学习才会有出路，只有依靠才华和学识才可以脱离穷困。爸爸告诉我，爷爷奶奶也时常这样教育他，一字值千金，要有出息唯读书、读好书！

上世纪八十年代末，我在徐州殷庄煤矿出生，这个煤矿是盐城新光集团下属的煤矿，童年印象最深的是这里到处堆的是煤，走路都得认真看着点，脚稍微抬高点走，稍不小心，鞋袜就都变成黑色的了。煤矿厂区不大，家家户户都住着小平房，门挨着门都是工友，上班下班的时候，厂区大喇叭经常放着《黄河大合唱》《咱们工人有力量》。我的父母都是煤矿工人，爸爸是下井工人，要在黑漆漆的井下作业，分早班、中班和晚班三班倒，上班时干干净净的工作服，下班时从井口出来，衣服是湿淋淋的，除了牙齿是白的，身上脸上都是乌黑乌黑的。妈妈在煤矿开电绞车，用几百米的钢丝绳从井下拉人拉煤上来，再把清空后的矿车放下去，如此反复。爸妈工作虽然非常苦、非常忙，但对我的早期教育并没有放松。给我讲寓言故事，用录音磁带放古希腊神话，教我背唐诗，妈妈还教我唱歌跳舞，我的童年自由自在，有时不愿学了还跑到大树下，看大人下棋。

1993年，我开始在殷庄煤矿上小学，在班级里算比较小的孩子。我们的小学只有一层平房六间屋子，从里间到外间就是一到六年级，老师每个年级都教。有一天，老师布置的作业就是26个拼音字母从a写到z，各写十遍。我心想这也不难，快快写完就可以去找小伙伴们玩。我和江浩是邻居，又是同班同学，我们一起放学回家，看到家里都没人，也没有钥匙进不了家，就趴在家门口种葱的水泥台上开始写作业。我开始比较认真，后来，心里嘀咕着快写完去跳皮筋，或是砸沙包，内心静不下来，就越写越快，快写完时我转头看看江浩，他才写到三四遍，我心想他怎么写得这么慢，当我告诉他"我写完啦，比你快，哈哈"，他憨憨地抬起头来没说话，继续写作业。我把作业放在水泥台上，开始了我的转悠玩耍，直到天快暗了，估摸着爸妈快要下班了，我才回家。刚到家门口，爸爸就朝我投来严厉的目光，跟我说："你仔细看看你写的作业，少了好几个字母，开始还比较工整，后来就龙飞凤舞,你再看看江浩写的作业,字字工整,一个字母不错。你虽然快,但不细心,作业不检查怎么可以到处玩?还记得奶奶讲过的故事吧,那小猫三心二意能钓到鱼吗?你这样做作业,能对得起奶奶吗?奶奶曾经说过,小孩做'小事'马虎,将来长大做'大事'也会马虎,千万不能开这个头。"

有一次,奶奶来煤矿看望我们,我们全家都很高兴。我看着奶奶的一大包行李,以为奶奶给我带了很多好吃的,谁知道,奶奶却拿出了好多庆庆、黎黎姐读过的少儿书,还有一本厚厚的大书。奶奶说:"这是我叫你大伯给你找的课外书,你看看,对你会有好处。"我虽有点不情愿,但少儿书我还是很喜欢,而那本大书被我打入了"冷宫"。直到初二,一次偶然的机会又看到那本大书,原来是《中国大百科全书》。我翻开目录,越看越觉得新鲜,见所未见,闻所未闻,内容太丰富了,我爱不释手地看了半个多月,有的看不懂,有的似懂非懂,但它第一次使我领略了世界的博大,俯听到历史的呼吸,感受到科学的神奇。后来我兴奋地告诉奶奶,这本书帮我打开了认识世界的大门,眺望了知识的海洋,我要一直带着它遨游到胜利的彼岸。奶奶感到为我的学习尽了一份责任,她也非常高兴。

1996年,我跟着爸妈来到盐城,这是我第一次离开煤矿到城市里上小学，作为转学生在盐城市第一小学借读。从转学到借读，奶奶生怕我不适应，操了不少心，从起居到作息，从生活到学习，经常打电话询问，还托人带好吃的来，生怕我营养不够。奶奶对我无微不至的关心，给了我巨大的动力，三年后我顺利地考入了盐城市明达中学。

2000年前后，国家继续对国有企业进行改革，建立现代企业制度。爸妈在这一年双双下了岗，一家人没有了经济来源，生活很拮据，那时我十四岁刚上初一，上学的费用也有了困难。奶奶知道家里的情况后，很是着急。年底，爸妈带着我去南京和爷爷奶奶一起过年，奶奶嘘寒问暖，问我的学费是否有了着落。爸妈为了不让奶奶担心，说的都是让奶奶放心的话，但奶奶心里有数。我们离开南京时，奶奶从口袋里掏出一个浅色格子的手帕，跟爸妈说："这是一千元现金，给明明当学费。"爸妈再三推辞，奶奶坚持让我们收下。路上，爸妈讲了不少爷爷奶奶关心我们的事情。

晚上，我难以入眠，静静地回想着白天的事：这一千元是1986年响水老家卖房子的钱，十多年来奶奶都没舍得用，为了我读书，奶奶把"小金库"都给我了；"一分钱难倒英雄汉"，若没有奶奶这一千元，爸妈可就真的难倒了；奶奶，你的小金库我收下了，等我长大了，我要报答你一个"大金库";那块浅格子手帕,那么洁净雅淡,那么讨人喜爱,它里面装的是奶奶对孙女无尽的爱,无限的期盼,我要永远珍藏在身边……

2002年,我在盐城中学读高一。此时奶奶已经病重,我想请假去看望,可奶奶不让去。奶奶说上高中是关键阶段,来回跑会耽误学习。后来才知道,奶奶那个时候病情已经恶化,她很想见孙女一面,但她为了孙女的学习,努力克制住自己。

一个寒冷的冬天,我在校门口接到外公电话:"奶奶已经走了。"噩耗如晴天霹雳,我顿时感到天旋地转,眼朦胧,泪朦胧,不知是真还是梦?我立即请假赶到南京,与敬爱的奶奶见最后一面,奶奶还是那么和善、慈祥、可亲,虽逝如生。告别仪式上,叶贵华大舅致悼词,对奶奶的一生作了回顾,大伯致了答谢词,告别仪式后,亲友们作了追思。

爸爸告诉我,重视子女读书是奶奶一贯的思想。伯父考上中学,爷奶卖猪、卖口粮、卖鸡蛋也凑不齐学杂书本费,最后奶奶说去借高利贷,也要让"小大"去上学;文俊姑姑考上初中,爷爷怕奶奶家里家外没有帮手,奶奶说叫她上,我早起点、晚睡点,白天干不完就夜里干,小孩上学是大事,读出书来对社会才有用,全家也光荣,我没上过学,就后悔一辈子……对子孙上学,奶奶的态度就是一句话"再困难也要上"。

奶奶走了,奶奶重视教育的思想永存!

奶奶走了,奶奶对子孙的无疆大爱永存!

奶奶走了,奶奶留给我们的读书动力永存!

2005年高考,我如愿以偿考入了解放军理工大学。第二年,全校组织军事理论知识竞赛,我得了第一名,被评为优秀学员,入了党。2009年考上南京政治学院新闻研究生,之后又到解放军报社实习,毕业后分配到南京军区人民前线报社当编辑。无论在校还是参加工作,我的每一点进步都饱含着对奶奶的感恩,我的心灵深处镌刻着奶奶的音容、笑貌,那洁净的手帕,那殷切的期盼,还有我那深深的思念,深深的情……

上学、读书,多读书、读好书才有出息,才有事业。当然,读书不能停留在"黄金屋""颜如玉"的个人圈子里,而是要融入社会、践行实践、作出贡献,才是真正的有出息,才是奶奶真正的心愿。

(作者系叶珍孙女)

卷 四

扇枕温衾,戏彩娱情,周到奉母,孝道。母病发,悉心照料;母逝,长跪不起。父病笃,气管切开,弟妹媳昼夜护理,吸痰、排便、擦身、按摩,不怕脏、不怕羞、不嫌弃,三年无一疮、无一误,岁岁如一日,孝道也。三代人历时五载,著述百余篇,感恩祖辈,亦孝道也。

孝,百善之首。五千年万物生生,变化无穷,传孝、承善,始终光芒四射。

家 风

朱文泉

妈妈(八十四岁)爸爸(百岁)虽然先后离开了我们,但他们那平凡而伟大的形象永远活在我们的记忆中。他们对这个家族的贡献和奠基性作用永远镌刻在朱家的功德簿上,他们对我们的鼓舞激励和榜样性作用永远镌刻在朱氏家人的心中,尤其是他们言传身教所形成的优良家风及其传承性作用永远载入我们朱氏家族的发展史册。

仅举几例。

奋发向上,走在前列。1956年秋,我考上响水中学,报到那一天,与叶贵华、徐金友、朱贵宝等六七个人由家西侧大堤走向灌河口,准备在灌河口乘船到响水。正当几个同学漫不经心有说有笑时,妈妈三步并着两步跑过来喊道:"小大子,走到最前面去!"我当时并不理解妈妈的意思,但仍快步走到最前面,此时队伍明显加快,我陡然产生了引领的自豪感。后来慢慢领悟到"走在前列"

这句话，不单指走路，也是要树立远大志向，有比别人更加刻苦用功、更有出息的意思。从此，"走在前列"成了我一生的座右铭。无论在基层，还是在团长、师长、军长、军区司令员各个岗位上，都奋发向上，从不懈怠，因而我在每个岗位都取得了成绩，力求走在前列。六十五岁从军区领导岗位退下来，一面参加全国人大常委会的工作，一面刻苦撰写《岛屿战争论》，终于用七年时间完成了这一鸿篇巨制，受到党和国家主要领导人的肯定。七十一岁退休后本可颐养天年，但仍退而不休，每天用五个小时撰写《金戈铁马》《叶珍》等著作。我的亲家公说他是奋斗一阵子，我是奋斗一辈子。这话虽是调侃，但我确实是把六十到九十岁看作人生的黄金收获季节，千万不能虚度，只有这样才符合母亲的教诲。在爸妈的影响下，不仅我们这一辈，孙辈也在各自岗位上初显身手。在部队，恪尽职守，建功立业；在地方，各显其才，敢为人先。"走在前列"业已成为我们全家人的共识，成为鞭策我们前进的目标和动力，成为蓬勃向上的一种家风。

公而忘私，廉洁自律。二十世纪五十年代末六十年代初，由于"大跃进"和人民公社化运动"左"的错误影响，加之百年未遇的全国性特大旱灾影响，我国国民经济陷入严重困难。粮食连年歉收，老百姓的生活雪上加霜,极端困苦。在困难面前,爸爸作为生产队长,多次召开党员干部会议,统一思想,团结带领群众积极生产自救。先是调查摸底,搞清缺粮户、缺粮人的具体情况,采取瓜菜代、动员群众互相接济、借贷、暂时借用、以工代赈等多种途径,保证社员少炊、稀炊但不断炊,至少一天一次炊。干部党员上门做工作,保证壮劳力不外流。同时挖掘生产潜力,搞好生产备耕,留足种子,由党员、诚信可靠之家代储,确保万无一失。爸妈以身作则,在自家也很困难的情况下,拿出救命口粮接济他人。一日,三个妹妹饿急了想偷吃家里代储的两大囤种子粮,刚爬上囤头,妈妈发现了严厉批评说"公家粮食一粒不能动"。她看看孩子又不忍心,便转换口气说:"乖乖,妈知道你们饿,你们就到水缸多喝几口水吧。"当种子粮上交过秤时,我家的种粮一斤不少,该有的自然损耗也不要,受到全队人的好评。由于上下勠力同心,攻坚克难,终于战胜了长达三年的经济困难,基层干部成了民众生产生活的稳定器、定盘星。

爸爸在基层干了三十年之久,为官清廉,有口皆碑。有一次,有人悄悄送一袋粮食到家里,爸爸问清情况后劝诫道:"生产队粮食不能动,我们有过这方面的教训,否则社员就不信任我们。你把粮食放回原处,下不为例。明天我还要去检查。"事虽小,但身正影不斜意义重大。

有一年,三妹文兰生病,请来医生诊治。医生带来一条口袋,索要生产队公粮。爸爸说公家粮食,我无权动用,我把家里粮食匀一点给你,不要嫌少。结果医生不满意,敷衍几日,三妹病情加重才开始挂水,先挂完半瓶,剩下半瓶放在窗户台上,第二天再挂时,三妹嘴吐白沫,顷刻而逝。这件事,使爸爸痛心疾首,但于公,他问心无愧。

爸爸去世时,县委领导亲自吊唁并赠送挽联云:

三十载村官,惠传梓里,沥血呕心谋民富;
一百龄高寿,德驻人间,品清行直振家声。

此联堪为家风的一张名片,令族人引以为荣。

子女为重,教育为本。好的父母,历来重视子女教育,只有教育好子女,才有一家好的未来。妈妈苦于小时候没有机会接受文化教育,感到是终生的遗憾,但她顽强不屈,勇于改变自己的命运。一方面积极弥补自身的缺憾,从二十世纪五十年代的扫盲班,到六十年代的学毛著,从未间断过认字学文化。她让文俊背诵《为人民服务》《纪念白求恩》《愚公移山》给她听,她边认字、边跟着背文章。为了认字方便,还让孩子把字写在家里的内墙上,拐磨、拣菜、烧火、刷锅洗碗时,都忙里偷闲地看几眼、认几个。时间长了竟然认识了不少字,还能把"老三篇"的一些段落背诵下来。另一方面,绝不让自己的缺憾在子女身上重现。我考上响水中学,需缴纳学杂书本费(含一个月伙食费六元)二十二元四角,这可让爸妈着了难。先是卖了仔猪,又卖了一袋口粮,最后把家里的鸡鸭蛋都卖了,还凑不齐这个数。报到前一天晚上,妈说学一定要上的,不行就去借高利贷,爸说高利贷利息很高的,低了人家不贷,妈说高就高,我明年多养一窝猪就够了,结果爸穿着蓑衣冒雨去前庄借了五元一比一的高利贷。从此,这件事刻在了我的心坎上,没有爸妈对教育的重视,哪有我今天。文俊妹小学毕业要考初中,爸有些犹豫,不考对不起孩子,考上了又没人帮妈干活。妈说:"让她考,只要有本事,考大学也让她念。"爸说我顾不上家,家里家外一大摊事,你忙得过来吗?妈说那我就早起一点,晚睡一点,白天忙不完,就夜里忙。没几天,文俊接到录取通知书,就这样,顺利地跨进了中学的大门。

尊师重教是中华民族的优良传统,重视教育就是重视未来,"要振家声在读书"已蔚为全家人的风气。如今,我们这个大家庭里"大学中学小学都在学,博士硕士学士非为士",读书既为家声,更为国强。但应试教育的弊端也让人忧虑：家长们害怕孩子输在起跑线上、中考线上，因而埋怨学区房贵了，强化班多了，家长"作业"难了。此认识或许片面，但教育决策者也应有所思考。

坚守孝道，弘扬亲情。久病床前无孝子，这话有一定道理，但也不尽然。1999年下半年，妈妈哮喘病复发，我即将她接到南京治疗，一家人悉心照料，不敢有半点怠慢。文俊、文芳有召必到，照顾母亲的起居、洗漱、服药、洗衣洗澡，陪同拉呱聊天，推着轮椅晒晒太阳，可谓无微不至。文兵弟一家凡春节必到南京，带来很多爸妈喜欢吃的土特产，陪同二老高高兴兴过新年。后来爸爸住院，气管切开，卧病在床，生活不能自理。两个妹妹和弟媳轮流到病房值班，昼夜护理，及时为爸挂营养液，配药、磨药、吸痰，还为爸爸梳头、洗脸、刷牙、洗脚、擦身、按摩、换尿布，防褥疮、防肺炎、防血栓、防尿路感染，不怕脏不怕累不嫌弃，三年如一日尽心尽孝。

外围的工作也是滴水不漏。徐荣负责后勤保障，提供生活必需品。病情加重时，我就住到医院，随时参加抢救和专家会诊，寻求最佳治疗方案。文兵则从盐城驱车六百里，守护看望。"百善孝为先"。重亲情讲团结，早已成为我家的世代家风。

当然，作为一个社会人，我认为孝不局限于孝顺父母，孝顺父母只是孝道的开始。孝，亦包含着忠于国家、忠于事业,为人民立德立功立言,为祖宗增光添彩。正如儒家所云:孝顺父母只是"孝之始也;立身行道,扬名于后世,以显父母,孝之终也。夫孝,始于事亲,中于事君,终于立身"。

我沐党恩国恩,忝为上将军,事于亲,事于国,笔于文,须臾不敢懈惰,虽老骥仍志在尽孝。其他诸亲亦然:有全国优秀党务工作者、全国先进宣传工作者,有省市劳动模范,亦有其他多项先进获得者,在部队、地方企事业单位、党政机关等各行业都有建树,皆为国家繁荣富强、奔向小康添砖加瓦,这些都是孝道的延续。

爸妈努力践行、传承的家风远不止于此。尚有诚实守信,勤劳节俭,乐善好施,自强自立,自信乐观,公平正义,家庭和谐,健康生活,讲礼貌、重礼仪等等。

古今家庭,皆重视法、规、训、教、风。余缺乏研究,对其内在关系、互相作用实难以昭昭,但初步认为:

家法,是指调整家族(庭)内部成员及其财产关系的一种规范。

家规,是指一个家族(庭)所规定的或遗传下来的用以教育后代子孙的行为规范、准则,较之家法内容丰富,相当于军中的内务、纪律和队列三大条令等。

家训,是指家族(庭)对子孙后代立身做人等方面所立的规矩、训诫或教导的话。似同于家规,但内容更宽泛，可比之军中的条令条例、规章制度、指令训令和要求。中国古代多有名训，如《家范》《朱子家训》《颜氏家训》等。

家教，是指家长以家训及社会公德规范为依据对子女进行的教育。家教具有直接性、面对面，亦有随机性，即兴而起、即事而起。孟母三迁、岳母刺字等属于古代中国的家教典型。

家风，亦称门风，由父母或祖辈言传身教，用以约束和规范家庭成员的风尚和作风。它体现家族（庭）成员精神风貌、道德品质、审美格调和整体气质的家族文化风格，是建立在中华文化之根上的集体认同，有一种强大的感染力量，是一个家族（庭）最好的精神不动产，需要几代甚至数代人的营造才能形成。

它们的关系应该是：家法虽与法律同源，但在现代社会中它已不应是法。家法、家规只是家庭成员内部的一种行为规范，应该从属于家训。对家风而言，家训是起规范作用的，而家教则起保障作用，家风则是家训通过家教所形成的结果，是这个家庭的"名片"、品牌。它是具有社会和经济价值的无形资产，对家族的传承，民族的发展都具有重要影响。

家风不可能独立存在。家风影响社会风气，社会风气亦影响家庭风尚。家风好坏与政治、经济等社会大环境有关，但又不能片面推给大环境，因为在同样的大环境下家风会有千差万别。

天下之本在国，国之本在家。家风建设关乎个人成长、社会风气、民族兴衰，因此，习近平总书记强调要把家风建设摆在重要位置，每一个家庭兴旺发达了，社会就会变得更好，国家就会变得更强。

（作者系叶珍长子）

给予是一种幸福

朱文俊

妈妈没有上过学，不识几个字，难以从理论上说清幸福是什么，但她用一生的行为告诉我们：给予也是一种幸福。她乐善好施，不图回报。用她自己的话说："哪家没个难处？谁能一辈子不求人？过日子就是要亲帮亲、邻帮邻，大家一起往前走。"妈妈一生正是秉持这种理念，以做好事、做善事来诠释"赠人玫瑰手留余香"的厚德。

三年经济困难时期，家家户户食不果腹，每年三四月间青黄不接，多数人家缺粮断炊，孩子饿得哇哇直哭，老人饿得全身浮肿。妈妈看在眼里急在心里。尽管我们家也很困难，她还是一心想着要帮助更困难的人家。她叫我们几个孩子到田里去挖野菜、采树叶充饥，把节省下来的粮食接济给他人。那年春天，她听说薛银生、陈二奶、韦兰珍、大舅奶等几户人家已经揭不开锅了，家里也实在拿不出能吃的东西接济他们，心里特别着急。

偶然间妈妈发现喂羊的豆秆草里还有黄豆粒子,这让她十分惊喜。原来当时大刮浮夸风,集体吃食堂,家家户户每天三餐都到食堂打饭吃,社员们对广积粮和精收细打、颗粒归仓的意识淡薄了,地里黄豆收割不干不净,有的割倒在地长时间无人问津,太阳一晒豆角爆裂,损失严重。我上学时经过二队一块豆田边,觉得黄豆秆是很好的喂羊料草,便每次放学回家带上一捆喂羊。日久天长,积少成多,竟然捡回了一堆豆秆草。妈妈发现豆秆子上仍有不少黄豆粒,便把一堆豆秆全都摊到场上,用连枷(一种简易脱粒工具)反复拍打,竟然打出二十来斤黄豆。看着那些黄灿灿的豆子,天天净喝稀粥的弟妹闹着要吃豆沫饼。妈妈心疼孩子们,但她觉得帮人度荒救命更要紧。她耐心地向弟妹们解释说:"乖乖,有的人家已经几天没粮下锅了,光吃野菜怎么行?我们应该帮帮他们;你们虽然吃不饱,但比没得吃的要好多了,人要从小学会做好事,做善事……"最终妈妈和爸爸合计,把那些黄豆分成几份,送给了几家特困户。在那一斤萝卜三元钱,一月工资只能买一担菜的饥荒年代,能把黄豆送人,这是多大的爱心?而爸爸妈妈觉得,关键时刻能帮助到别人是件快乐的事情。

妈妈是农村家庭种植业的能手,勤劳加技术使得我们家地里的瓜果蔬菜比别人家的长得好。她经常拿亲手种的白菜、韭菜、萝卜、豆角等送人。她跟队里的人说:"谁家来亲戚或者招待客人需要菜的话,就到我家园里挖,只要我有的,你们都可以拿。"邻居们都知道朱二爹朱二奶乐善好施,有需要时,也真的过来拿取应急。

二十世纪六十年代初,食物很匮乏,产妇一个月子里只能吃上三四斤馓子,那时妈妈和邻居韦兰珍同月生孩子,当她知道韦兰珍月子里没有红糖和馓子吃时,毫不吝啬地把自己的馓子送去一半。困难之中见真情,韦兰珍拿到馓子很感动,几十年后的今天,她还记着这件事。

1984年,爸妈搬到了小尖镇,过上了半城市化的生活,可妈妈的心里还一直牵挂着老家那些穷苦乡亲们。她跟我们兄妹讲,你们各家现在生活都不错,农村有的人家还比较穷,家里有穿不着的衣物带些回来,让我送人。我们每次捎回的衣物,她都亲自送到农村,分送给那些需要的人。

晚年妈妈患上哮喘病,我和哥哥托人给她买些药和梨膏糖等,效果较好,她不忘乡下那些同样患哮喘的病人,叮嘱我们多买一些,送给那些患者。说农村没好药,也没钱看病,我们能帮的就帮人家一把。

对外人,妈妈讲奉献,不索取,对家人更是如此,她把毕生的精力都献给了这个家,献给了我们兄弟姐妹,她把苦与累留给自己,把幸福留给丈夫和孩子。哥哥当兵以后,是我们家最困难的阶段,我每次写信爸妈只准报平安,不许提困难。1965年8月一场龙卷风袭击我们村,我家墙倒屋塌,房顶被风卷走,全家无处安身。我想写信告诉哥哥,爸妈不让,说知道了会担心,影响工作,困难家里想法克服。二十世纪九十年代,妈妈时常生病,有时候把她接到我们身边休养一段时间,身体稍微硬朗一点,就急着回家,说:"你这里没事做,文芳家孩子多,事多,我回去能帮她煮煮刷刷做点事。"2002年底,妈妈病已很重,我又请假去哥哥家里专门照顾她,当她知道我也在生病,走路扶墙、脚底打飘时,坚决不让我继续照顾她,逼我回家休养。说:"乖贵,妈都八十多岁的人了,你们的路还很长,你先回家治病,好了再来,妈等你。"当我再次见到妈妈时,她已躺在医院病床上,处于弥留之际。2003年元旦,哥哥再次去医院看她时,妈妈意识到自己的时间不多了,有许多心里话和嘱托想跟儿子说,更希望儿女们能多陪陪她。但她想到哥哥刚任军区司令员,工作很忙,又听说哥哥刚从外地回来,家还没进就来医院看她，她既高兴又心疼哥哥的劳累，便强装笑脸说："妈很好，你放心，早点回去休息吧。"从那以后不久，妈妈就永远地离开了我们。

　　妈妈的一生就是这样，心里装的总是别人，唯独没有她自己，她用毕生的言行举止教育我们怎样持家、怎样做人。

（作者系叶珍长女）

杏　子

朱文俊

　　不久前，我看到电视台播出的一则母亲爱子的故事。说的是有个农户，家里很穷，养不活四个孩子，不得已将长子送了人。孩子送走后，母亲牵肠挂肚，日夜思念。家里种了一棵苹果树，听说儿子春节时能回家看看，母亲在苹果成熟时，特意挑了几十个苹果，小心翼翼地收藏到一只小缸里，上面用重物压得严严实实，期盼儿子回家时能吃上自家最好的苹果。每过几天，母亲就会走到小缸跟前摇晃小缸，通过重量来判断苹果是否还在缸内。母亲的举动让其他三个孩子看在眼里，好奇心让他们趁父母不在家时打开缸盖探个究竟，发现缸里竟然藏着苹果，于是每人拿出一只。之后三人隔三岔五地从缸里拿苹果，同时放进同样大小的碎石头。当大儿子回家时，母亲开心地招呼老二：里边的小缸里有苹果，快去拿来给你哥吃。三个孩子捂着嘴笑，一溜烟地跑了出去。母亲打开小缸一看，里面一堆乱石，一个苹果也不剩。儿子虽然没有吃到苹果，但妈妈的这份爱意仍然让儿子为之感动。

听了这则故事我感同身受。二十世纪六十年代，我在田里挑菜时，发现一棵野生杏树苗，我小心地将它移回家，栽在厨房北面的菜地里。在我和父母的精心呵护下，树苗生长很快，枝繁叶茂，在我去山东工作那年，杏树已经开花结果。当杏子成熟的时候，妈妈想到：这树是文俊栽的，要收藏一些留给文俊，便挑选最大最好的放在"猫叹气"篮子里，挂在高处，等我回来吃。

那一年我没有回家，妈妈收藏的杏子最后多半烂掉了。

第二年，杏子结得更多，一眼看去黄澄澄的一片，挂满枝头，很是喜人。那时村子里果树很少，集市上也很少有水果卖，远近的孩子们见到这么好的杏子会结伴偷摘。为了让我能吃上甜甜的杏子，妈妈中午不休息，搬条小凳子坐在树阴下，一边做事一边看果子。杏子成熟后，妈妈搬来吃饭桌子，桌上加条凳子，叫父亲站到凳子上把高处最黄最大的摘下来，单独放在一个篮子里。妈妈一边扶凳子一边小心翼翼地从父亲手里接下杏子，并叮嘱父亲要轻轻地摘，千万别碰伤杏子的皮，否则不好保存。果子摘下以后，妈妈又再次挑选一点没有受伤的果子，用纸一个个包起来，埋放在小麦囤子里，每过一段时间就拿出来看一看,发现有坏了的就扔掉,好的继续埋在麦囤里。如此反复,妈妈不知查看了多少遍,也不知扔了多少坏果子。那一年我又没能回家。

第三年,我带着对家乡的眷恋和父母的期盼,于春夏之交回家探亲。妈妈指着那棵杏树和未成熟的果子对我说:"乖乖,今年你又吃不上杏子了,这杏子可甜了,从来没吃过这么好吃的杏子。"说话间她把前两年如何为我收果子,如何盼望我能回家吃杏子的事述说了一遍。令我十分感动,尽管没有吃到甜美的杏子,但心里很甜,觉得有母爱是最幸福的事。

如今杏树不在了,母亲也走了多年,但无论是在乡村里,大山中,还是在马路边或是超市里,只要看到杏子树,见到杏子果,还时不时地会想起老家的那棵杏子树和妈妈为我留的杏子。

(作者系叶珍长女)

戒　指

朱文俊

二十世纪八十年代,妈妈有了一枚金戒指。那是她一生中的珍爱之物,直至临终仍然带在身边。

过去的农村贫穷落后,生产力极其低下,老百姓整天为衣食操劳,像金戒指这样的奢侈品想都不敢想,甚至从未见到过。到了八十年代,随着生活水平的提高,农村的小媳妇、老奶奶们有的开始追求生活品位,不少人手上戴起了戒指,耳朵上挂起了耳环,不论是金的、银的、铜的还是铁的,戴上了总觉得好看,有品位。

1985年秋天,我把妈妈接到盐城调养身体,在一次闲谈中,妈妈说到同村的王奶奶刚买了一枚戒指,说是金子的,很光亮、很好看。王奶奶逢人就讲是在外地工作的儿子给买的,很自豪。妈妈又说:"戴上金戒指还真好看……"言谈中流露出对金戒指的羡慕。我和余华立即意识到,我们太大意了,现在生活条件好了,怎么就没有早点想起来给妈妈买个戒指呢?于是我们上街为妈妈精心挑选了一枚金戒指、一副金耳环。我一边把戒指戴在妈妈的手指上,一边对她说:"这是纯金的,是市场上含金量最高的,这是我们专门为你挑选的,很适合你。"这突如其来的礼物让妈妈很惊喜,流露出一生中少有的兴奋。她连连说:"好看、好看,比庄子上其他人的都好看。"她抓住我的手继续说道:"乖贵,还是你心细,你最了解妈的心思。"过一会她又收起笑容对我说,"这些东西贵钱贵物的,哪个叫你买的?上天我就随便一说而已……"妈妈喜欢那套首饰,却很少佩戴,舍不得。欣赏时才拿出来看看、擦擦,然后又用手巾小心翼翼地包好收起来。有一次我对她说:"妈妈,戒指是用来戴的,不要老是收起来。"妈妈说:"这是我闺女买的,是闺女的一片孝心,孩子的孝心是拿钱买不到的。"听了妈妈的话,我眼泪都下来了,心里想:妈妈呀,你为了我们兄弟姐妹,为了这个家,几十年来忘我奉献,不求索取,从不言累,含辛茹苦把我们培养成人,如今我们家家幸福美满,为您尽点孝心,这算什么呀?比起您的养育之恩,我们怎么做都无以报答。

妈妈走了以后,在整理遗物的时候,我又发现那枚戒指和耳环,心中涌起无限的悲痛。在妈妈下葬的时候,我们将那枚戒指和耳环作为"行李"让妈妈永远带在身边。祝愿妈妈在极乐世界幸福美满。

(作者系叶珍长女)

孤 独

朱文俊

1999年春天,因工作调动,文泉大哥来到了南京,戎马几十年终于回到自己的家乡。2000年,待一切稳定之后,哥哥就把父母亲从小尖接到南京居住,改善一下他们的生活和医疗条件,尽一尽自己做儿女的一份孝心,让年迈的父母好好地安度晚年。这时,他们都已是年过八十的老人了。

回想一步步走到今天,母亲心里很满足。儿孙辈在事业上、学业上都很成功,特别是大哥从一个农民的儿子成长为一名将军,一名大军区的司令员,这简直就像是个梦。

生活是幸福的,可愈到晚年,心里常有免不了的孤独。

孩子小的时候,做父母的总希望孩子好好学习,能有个出头之日。真正到了晚年,又非常渴望每一个孩子都能整天围在自己身边。

记得母亲搬到小尖时,就特地为我们打了三张大床。这些床都是给我们在外地三家准备的。逢年过节,回家看看,好有个地方住住,但从来没有一次真正大团圆过,不是缺你就是缺他。生活就是这样地捉弄人。

久在乡村,早已习惯农村一草一木的父母,对南京还是感到生疏,孤独和寂寞不时袭来。大哥工作太忙,说起来很近,近在咫尺,实际上有一种看不见的远。过的似乎还是在小尖时的生活,还是父亲整天陪着她,用轮椅推着她出去转转。很多时间,还是静坐窗前,向外张望,看窗外的风景,看窗外的行人。一天中最让她兴奋的就是快下班的前后。那一小段时间,她真是急急地等、远远地望、幸福地盼,嘴里还不停念叨:"文泉该下班了。"哪怕就是看上一两眼也可以,但常常是等了半天,等来的却是失望和伤心。做母亲的理解儿子,时间长了,也就不多想了,经常想的倒是在家的儿孙。有时,大哥外出开会或搞演习离开南京,她就会打电话叫我去陪陪她,和她说说话。母亲常说:"你一来,我的病就减了三分,你不来,我的饭也吃不香。"

每次去,我都会给母亲讲讲社会新闻、家乡趣事、生活保健等方面的内容,陪她打打麻将,帮她梳梳头,洗洗澡。我在的日子,她总是特别高兴,都说我是她的"欢喜团"。

2001年国庆前夕,母亲又打电话叫我放假去陪陪她。我一年里有多少假期,母亲记得最清楚。我知道,母亲不到很想我的时候,是不会叫我的。不巧,国庆前大哥家来了不少外地亲戚,家中无法住,我也就未能成行。母亲很失望。后来才知道,那一次,母亲流了几天泪,还病了一场,她有什么要求?什么也没有,就是希望儿女常陪陪她。

(作者系叶珍长女)

视同己出

朱文俊

山东沂蒙山区有一群青年妇女，用自己特有的方式支持抗战，尤以《红嫂》原型明德英、王换于的真实故事最为感天动地、可亲可敬。

1941年，日伪军包围了八路军山东纵队司令部，一名小八路在突围中身负重伤。哑女明德英冒险救回，见小战士奄奄一息，情急之下，处于哺乳期的明德英撩起衣襟，用自己的乳汁喂进战士的口中，小战士渐渐苏醒过来。之后明德英又倾其所有，给小战士补养半个多月，直至小战士基本痊愈归队。

1943年，明德英又从日军的枪林弹雨中救回十三岁的小八路庄新民，她又以奶水喂养了这位小战士，将其从死亡线上救了回来。

五十多岁的王换于的事迹同样感人。她受部队首长之托，接收十几名八路军首长及烈士的婴幼儿。她动员自己的两个女儿、两个儿媳参加抚养，并对哺乳期的二儿媳说："你把奶水喂给烈士的孩子吧,我们的孩子就喂粗的,就算我们的孩子没了,你还可以再生,要是烈士的孩子没了,根就断了。"后来,烈士的孩子活了下来,自己的孙子真的夭折了。这种无私大爱,激励着无数将士舍生忘死、英勇杀敌!

人民拥护自己的军队,人民军队热爱、保卫自己的人民。鲁南妇女的事迹开始在地下党和盐阜区民间流传,随着黄克诚部队南下、开辟盐阜地区,到处都传颂着军民鱼水深情的故事,苏北农民无私奉献的拥军故事不胜枚举。

妈妈虽然没有用乳汁救过战士,但也用乳汁救过一条弱小的生命。

1942年,妈妈初为人母。那是个兵荒马乱的年代,老百姓生活很苦。

那年春天,同庄的化三奶四十多岁还未生过孩子,好不容易收养了一个男婴,起名化文友。那孩子骨瘦如柴,体弱多病,不会吃饭,当时还没有代乳品,孩子每天饿得哇哇叫,化家对能否养活这个孩子忧心忡忡,化三奶更是以泪洗面,她抱着孩子到处讨奶吃。妈妈见那孩子很可怜,也很理解化家人的心情,她想救救这个孩子。她跟家人商量说:"就当我生了个双胞胎,我们救救他吧;孬好是条人命啊!"从那以后,妈妈对化文友视如己出,当起了义务奶妈。对此,化家人千恩万谢,邻居们也交口称赞。孩子一天天长大,食量也与日俱增,奶水明显不够,妈妈想方设法以糖水、粥汤等哺之,艰难地使孩子生存下来。

化文友懂事以后,常说:"我是吃朱二奶的奶水长大的,在我从小命悬一线的时候,要不是朱二奶用自己的乳汁喂养了我,就没有我的今天。"成人以后,他积极参加劳动,努力学习文化,还利用业余时间跟我父亲学习针灸,针对农村缺医少药的情况,他在学习针灸技术的基础上,用心钻研医术,参加政府组织的培训,经过几年的努力,终于当上赤脚医生。

他工作一丝不苟、极端负责。刚开始时遇到不少难题,自己不懂的就到上级医务部门请教,回来继续翻书查找资料,经常彻夜不眠。农村夏天经常有人肚子疼,用药慢,而用针灸即刻可以缓解。他针灸上有许多没学透的地方,就经常"回炉"来请教父亲,何病、找准哪个或几个穴位、进针深浅、左旋右旋、旋针力度、间隔时间,都弄得明明白白,尔后在自己的身上做试验,经过反复实践,他终于取得群众的信任,成为一名合格的赤脚医生。

昌盛人口多,医疗资源极为短缺。赤脚医生成了大先生、大仙人,一年四季,寒冬酷暑,经常忙得不可开交。

化文友有时自己病了,还得出诊替别人看病。问他为什么?他笑嘻嘻答曰:鲁南有红嫂,昌盛有"红男",舍己为人,报答社会,我一辈子都得感恩朱二奶。

(作者系叶珍长女)

让

郑余华

有一年我出差到安徽桐城，顺便参观了被传为佳话的六尺巷。

清康熙年间，张英老家与邻居吴家因宅基地问题发生了争执，因两家宅地都是祖上基业，年代久远，又都无确凿证据，同时双方都是名门望族、官位显赫，县官不敢轻易了断。于是张家千里传书给远在京城的宰相张英，张英看信后释然一笑，批诗云："千里来书只为墙，让他三尺又何妨。长城万里今犹在，不见当年秦始皇。"张家人不得不听从张英之言，主动退让三尺。吴家见状，深受感动，便也让出三尺，于是形成一条六尺宽的巷子。

张英的家书，使矛盾化解了，巷子变宽了，它告诉世人，凡事要顾大局，要克己，要学会"让"。

新中国成立后，中国废除了地主阶级封建剥削的土地所有制，实行农民的土地所有制，家家分得了土地。农业合作化运动后，每户按人口还分给二三分田作为自留地,由各家自行经营。因此,各家各户自留地与邻居便有了地界。

为了减少矛盾,有的在地界正中留出一条小道(或田埂),有的还在小道的两端栽上一撮蒲,作为分界的公证。

多数邻里遵守地界,耕作时注意保护田埂、路基,小道平整、结实,行走方便。然有的人在耕种、刨地时,多少都要乘机占别人一点,久而久之,作为公证的蒲拙子站到了自家的菜地头,而小道渐渐移到了人家的地面上。为此有的邻里反目,常年不和。有人来请岳父评理,岳父不在家就给岳母唠叨,岳母总是劝解说:"别这样弄得邻里不愉快,吃亏人常在,和睦相处'让'字最重要。"有的没讨到好,还想争一争理,岳母有时也会不耐烦地说:有这个时间拾点粪、沤点肥放到地里,比争那半边田埂更合算。

邻里相处几十年,会因吃水、借物、积肥、分粮、孩子等各种原因,产生这样那样的矛盾,岳父母处理此类问题的原则,就是提倡"让",他们相信"让人不吃亏""吃亏也是福""邻里家边的,低头不见抬头见,让点蝇头利,留个好心情"。

家庭成员互让,才能和谐幸福。我到过一个镇上参观,那是个物质文明、精神文明先进单位,有一家兄弟四个，儿孙绕膝，四世同堂，围绕主楼房子盖成U字形，几十口不分家，谁主外，谁主内，分工明确，长幼有序，各守其道，其乐融融。有的地方则不一样，兄弟大打出手，婆媳之间、夫妻之间争来斗去，鸡犬不宁。其根子就是缺少彼此尊重，或争个蝇头小利，缺乏"让"的精神。

家庭如此，邻里如此，大而言之，县际、省际乃至国际间矛盾的处理，通常也应遵守公正、法理、互让、共利的原则。

苏鲁微山湖边界矛盾的解决就是典型的案例。

微山湖是中国著名的断陷湖，京杭大运河傍湖而过。又因铁道游击队英勇抗日的传奇故事而名扬天下。

微山湖水面主要归山东省济宁市微山县管理，而湖西滩地（湿地）使用权由江苏所有。

150多年来，苏鲁微山湖边界冲突多发，仅1953年至2003年，就爆发大规模械斗四百多起，造成31人死亡、800多人受伤。从二十世纪五十年代到1985年，两省数十次协商并达成协议，但从未认真贯彻执行，矛盾依然存在。

2003年4月，刚刚到任不久的徐州市委书记徐鸣，积极倡导化解积怨、发展经济、促进边界和谐稳定。当年徐州、济宁两市实现了友好互访，签订协议，着手建立维护接边地区稳定的长效机制。

经过两年的艰苦努力，一系列化解矛盾的具体措施得到落实，至2005年上半年，苏鲁边界的百年恩怨一朝化解。这其中的秘诀，就是"让"。数十年达成协议数十次，为什么不能解决问题？因为各执一端，要争个"我赢你输"，结果打得死的死伤的伤。而"让"了，一让引出两让，互让引出百让，结果让出了和谐，让出了安宁。

文泉大哥在《岛屿战争论》中提出"不战而和人之兵"的著名论断，取代了被世人奉为经典二千多年的"不战而屈人之兵"论，为世界止戈息武、争取和平提供了军事理论支持。使人"屈"，人"屈而不服"，这就留下隐患；与人"和"、与人"让"、予人"赢"，互让共赢，一定会"让"出个海阔天空。

让是一种精神，是高尚的心灵境界；

让是一种思想方法，又是解决问题的具体途径；

让是一种大格局，体现着无疆的大爱；

以让换让，这个世界会变得更美好。

（作者系叶珍长女婿）

睦　邻

朱文芳

小时候,"旱改水"之前,地里种的都是旱粮,大麦、小麦、玉米、山芋等等,种田人靠地吃饭,种不了水稻,也就吃不到米,逢年过节也不容易吃一回米饭,更不谈平时平常了。

每天早晚把粥煮稠点就行了,中午的主食基本上就是大麦或者玉米糁子粥,山芋上市了挑几个大点的山芋烔烔,山芋皮剥下来喂猪,咬两口山芋再吱溜吱溜地喝两口粥,搛上一筷自家腌的咸菜坨子,填饱肚子就行;等到鲜山芋存不住的时候,就吃掺山芋干子的粥,只要有点干的能抵饿就行;玉米收下来的时候会磨成细细的玉米面和好了贴在饭锅头上当干粮,新收的玉米散发出浓郁的香气,伴上粘稠稠的玉米粥,就上刚腌的小瓜菜,那是一吃三饱,回味无穷;但这还不是最好吃的,最令人期待的是小麦刚收下来贴在粥锅上的小麦面饼,要是能吃上发面卷子,那甜丝丝的香味能把邻近的小孩子都引来，但这样的美食可不是天天都能吃到的，只有在夏天小麦刚收下来和年终生产队分粮食的时候能吃上一两次，再有就是过年或者家里来了特别重要的亲戚要住几天的时候。

以前哥哥姐姐都在外上学，家里的细粮绝大多数都让他们带到学校去了，我和弟弟在家基本上不饿着就行。父亲是一家之主，母亲偶尔会给他开点小灶，弟弟小也能跟着沾沾光，只有我和母亲一年四季粗茶淡饭惯了，有时候喝了几碗稀粥，走起路来都能听到肚子里咣当咣当响，所以我们都特别珍惜粮食。后来小麦的品种改良了，产量也比较高了，种植面积多了，慢慢就成了主粮，但是也不能敞开了吃，还是以玉米、山芋为主。因为生产队是按工分进行分配的，家里劳力多挣的工分就多，年底分配的时候得的就多。我们家人口多但劳力少，父母是整劳力，哥哥姐姐在外读书，我和弟弟都小，所以分到的粮食有限。由于父亲是生产队长，母亲又特别能干，他们两个人挣的工分能赶上一般人家三个劳力挣的，再加上母亲省吃俭用、精打细算，所以我们家的日子并不算难过。即使是这样，也还要经常用瓜啊菜的来弥补弥补。

庄子里有的人家就不同了，要是人口多、孩子小，家里再有一两个不能下地的老人或者病人，那就惨了，要分心照顾老人,又要按时间参加集体劳动,当然就挣不到多少工分,年底分到的粮食就少。而老人也一样要吃饭,病人就更要吃点精细的,粮食不够吃是常有的事。往往开春过后不久粮食就吃得差不多了,到麦口还有两三个月,就只能将就着一天三顿稀粥度"春荒"。

邻居薛银生家就是这种情况,他老婆有病,只能算半个劳力。我上小学时,老薛家几个孩子差不多大,长到十来岁了,俗话说,半大小子,吃死老子。个个饭量大,爱抢食,还专挑抵饿的吃,为一块饼能打成一团,家里人也尽量让孩子们吃饱。常常一到开春,他们家一天三顿稀粥就咸菜,十来岁的孩子正是最顽皮的阶段,几趟一跑,几碗稀饭早就随尿尿没了。那时候的孩子本身就没什么营养,几天一饿,小脸就挂相了,但那时家家穷,春天就更不用说了,老薛又要面子,不肯上人家借。大人还能忍,小孩子不懂事,中午闻到我家飘出的饼香就会跑过来站在桌边,看着我们吃,母亲就会掰下几块塞给他们,大一点的孩子不要也不让其他小的接,母亲就掰几块端过去送到他们家,下一天煮饭的时候就多贴点饼把他们家的量直接端过去。薛银生的老婆过意不去,不让母亲送,也管着孩子不让过来,母亲便习惯了吃中饭前去他们家看看。一次,薛家中午又没有干的吃了,一家人全在闷头喝稀粥,母亲看到了,毫不犹豫地把刚出锅的饼,全给他家端了过去。我们家人口也多,劳力也少,哥哥姐姐都在读书还要自己带粮食蒸饭,粮食本来就不富足,一回两回还可以,老是这样哪家受得了啊?我想不开,赌气不吃饭,母亲说:"人行好事,不问前程,哪家没有难的时候啊,我们省省就过去了。"那天中午父亲回来,我们一家就着咸菜吱溜吱溜喝了一顿稀粥。

母亲就是这样,宁可自己受苦也要力所能及地帮助别人。

记得还有一年冬天,我和弟弟在庄上邻居家玩,长夜无聊,他们家就把小锅拿下来放在烤火用的火盆上炸棒花(就是爆米花,我们称玉米叫"棒头"),晶莹的玉米在锅里翻炒,随着锅底越来越热,玉米粒在锅内一会跳起一个,一会跳起一个,还发出"嘎巴嘎巴"脆响,不一会皮爆裂开来,里边的肉翻在裂口的四周,甜润的香气溢满了房间。我知道家里有玉米,也想吃,就回去找母亲要,母亲说:"这点稻头是做种子的,不能动,现在为磨牙把种子吃了,明年开春拿什么种呀?"经过母亲的教育,我们想想也是,吃"稻花"也就是看人家吃嘴馋,不抵渴不压饿的,不就是磨磨牙吗,怎能把种子吃了呢,也就打消了炸"棒花"的念头。

可是不久后,家里来了外地亲戚,母亲竟然把棒头种子拿出来,磨成玉米粉招待客人,等到亲戚走的时候还把剩下的半口袋玉米连同一口袋山芋干都让他背走了。我问母亲,这棒头不是种子吗,怎么让亲戚带走了呢,开春我们种什么呀?母亲说:"这亲戚家里已揭不开锅了,我们家也没有什么好给的了,亲帮亲,邻帮邻,哪家没有遭难的时候呢?能帮一点是一点吧。不是实在没办法,哪个愿意跑百十里路来借粮食啊?种子我早挑好了收着呢。""那你还不给我们弄一点点炸'棒花'吃。"我说。"'一米度三关。'闲食零嘴越吃越馋,平时省着点到了关键时候就能救急呢。"母亲摸着我的头说。

母亲总是这样,怀着一颗悲天悯人的心,尽自己所能在别人最需要的时候给予最大的帮助,而且从不图回报。后来老人家搬到小尖和我们住在一起,逢年过节薛银生家的孩子有时买点东西过来看她,她一定要回赠更贵的,人家说:"现在条件好了,这是来感谢您的。"她还是那句话:"亲帮亲,邻帮邻,哪家没有遭难的时候呢?能帮一点是一点吧。"

母亲没有什么豪言壮语,除了活学活用"老三篇",也没讲过多少大道理,但这些朴实的话语传达出的人生哲理够我们后人受用终身。

(作者系叶珍二女)

美好时光

林宝付

从 1983 年到 1999 年，岳父岳母和我们一家在一起生活了十七年。

这十七年中，林静从懵懂无知的小丫头，长成亭亭玉立的大姑娘；林凤从咿呀学语到口齿伶俐，成了一名即将面临祖国挑选的准高中毕业生；林大会则从几个月大的婴儿长成了帅气的小伙子，也已进入高中学习。是岳父岳母的一手拉扯和教育，使我们的三个孩子长大成人；是岳父岳母的无私帮衬，使我们夫妻俩能放下家庭的羁绊安心工作；是岳父岳母的言传身教，使我们一家人一步步成长成熟。

人们都说爷爷奶奶带大的孩子不成器，但我们的三个孩子却相反，人人成才，人人有一份自己喜爱的职业，这都是外公外婆的功劳。

我年轻时脾气暴躁，有时看到三个孩子在面前跑来跑去、打打闹闹，真想冲上去教训教训他们。但是只要孩子们没犯什么原则性的错误,二老总是护着他们,不让我生气时下手不知轻重伤着孩子,然后二老会平心静气地去跟孩子们讲道理,等把孩子们哄走了再一次次跟我说:孩子是教大的,不是打大的。林静他们姐弟三人懂大局、明事理的个性正是外公外婆一手带出来的。

搬到小尖后,没有了责任田,也不需要割猪草、沤绿肥,养的几只鸡子抓把粮食就打发了,老人家一下子清闲下来很不适应,就天天扫地、擦桌子地忙个不停,家里无论什么时候都是窗明几净、一尘不染的,扫了屋里扫院子,擦了桌子擦玻璃,没有一刻闲着的。二老都是劳动能手,做事干净利落,再多的家务不到小傍中就忙完了。买菜、做饭,吃过中饭又是一遍洗啊擦的,等孩子们上学二老才消停下来。

午后的时光总是难熬,致富路以前是批发一条街,上午都是车水马龙、熙熙攘攘的,下午基本上就门可罗雀了,左邻右舍也都没什么大事,岳父便会揣包烟去和几个年纪相仿的拉拉呱(聊聊天)、签签古(提提过去的事),岳母则在文芳的鼓励下去和一帮老人打打麻将、斗斗纸牌,赌一点几块钱输赢的小钱。也许是心态好又肯动脑筋的缘故,岳母几乎没输过。人们都说朱二奶手气好,依我看这也算是一种福报吧。不管是打麻将还是斗纸牌,一到煮晚饭时肯定结束,有的要收摊子,有的要带孩子，邻里邻居的也不在乎输赢，就为消磨个时间、联络个感情。特别有意思的是林凤和大会放学后缠着外婆要"头二"（彩头）的场景，孩子的眼里充满了期待，老人的脸上洋溢着慈祥，祖孙三人围在一起，盯着手帕裹着的毛票讨论如何"分享"，岳父在一旁笑眯眯地看着，实在是甜蜜温馨又十分感人的一幕。

林凤小时候比较柔弱，抢不过姐姐、争不过弟弟，我们有时做得也不到位，林静作为老大，总能得到更多的关爱；大会作为一个男孩，又是老小也会有一些优越感，林凤夹在中间自然会生出一点莫名的自卑，外公外婆对她就特别疼爱和呵护，尤其是外婆，临终前还念叨着林凤……人们常会议论老人对孙子、孙女有偏爱，其实老人家是在维系着孩子间的和睦和大家庭内部的平衡。

对于一个六十多岁才离开生活了大半辈子的故土到另一个陌生的环境生活，而且子女大多不在身边的老人，尤其是当朝夕相处的外孙、外孙女一个个相继去县城读高中、到外地上大学以后，孤独是可想而知的。所以二老一直是同甘共苦、相濡以沫，十七年间我从未见二老拌过嘴，从盖房子这样的大事到过年给孙子辈多少压岁钱这样的小事，总是商量着办，从不互相拆台。

他们对家人如此，对邻里邻居也一样。刚搬到小尖，邻里之间为出水的事、走路的事、孩子的事等等总免不了有些磕绊，二老从不恶语相加，而是主动上门心平气和地协商处理。后来随着文泉大哥的职位越来越高，邻居们有的似乎敬而远之，有的则会刻意巴结奉迎，二老仍然一如既往地平和仁厚，从不以干部家属自居而趾高气扬。从1999年二老离开小尖住到南京到现在将近二十年了，老邻居们每次谈起两位老人依然念念不忘他们的善良、宽厚和仁慈。

文泉大哥位居要职后，逢年过节县里镇里都会有人上门看望慰问，二老一律笑脸相迎，即使年逾八旬行动不便也都坚持送来人到门外。老人家常说，地方领导来看望的不是干部家属，是军属，我们一家就是普普通通的军属。当然也有一些亲戚朋友会怀着这样那样的目的带着贵重的礼物登门拜访，甚至有的一掷千金求老人家给他们打点关系。对这类人，老人家最常说的就是：我当不了他的家，只要不违反政策纪律，你们通过正常渠道不找他也能办到；要是违反政策纪律，你们找他也没有用。礼物总是想方设法推掉，实在退不了的就回送基本等价的礼物。

在二老的潜移默化、言传身教下，我们一家夫妻相敬，姐弟相亲，遇事商量在先，遇难帮衬在前，互相理解、互相支持、互相鼓励。可以说，没有二老的教育、扶持，就没有我们一家人的今天！真是"子欲养而亲不待"，正是二老颐养天年、享受天伦的时候,他们却先后逝世,我们永远也报答不了二老的大恩大德啊!

十七年的共同生活,二老早就不把我当作女婿,更没把外孙、外孙女当成别姓旁人,一家人水乳交融、亲密无间。二老的生活起居、待人接物、为人处世等等方面已经深深地影响了我们一家,套用两句歌词:"这辈子做您的儿女我没有做够,央求您下辈子还做我的父亲。"算是我的心声。

(作者系叶珍二女婿)

梦　境

朱文兵

某日,星已稀,月已落,而夜却漫长。棉枕虽软,但辗转反侧,难以成寐,一股思念父亲的心情难以抑制……人说,日有所思,夜有所梦。朦朦胧胧中突然醒来,心头一怔,欣喜在梦中又一次遇见了父亲。

秋天的夜晚,朦胧的月色,把我带到了响水老房子附近。从远处看,老房子在树阴的遮挡下忽隐忽现,近处看,岁月斑斓的土墙上留下年迈的痕迹。墙边堆积着许多白菜、萝卜,菜地地界处则是一丛丛灌木,灌木下,两只小猫偎依着大猫正在幸福地酣睡。再向南,一条大道通向社场,社员们兴高采烈地分粮、往家里运粮……原来的集体食堂,不知何时变成了商户区,人头攒动,熙熙攘攘,叫卖、购物、餐饮、酒肆充盈着整个街区,构成了一幅美丽的秋景图。

父亲在攒动的人群中寻找他的儿女。父亲,许久不见,衣着有些单薄,面庞着实清瘦了许多,他东奔西走,一直未能找着我们几个,他有些着急,索性站在街道中间的高处,左观右望,仍然找不到我们,他有些失望,看起来又好像非常生气。我和大哥、二姐、四姐,远远看到父亲的样子,有些害怕,心中开始紧张起来,一时不敢靠近,就悄悄地往老屋跑,躲到墙角处紧紧地盯着父亲,聆听着他细细的脚步声。

父亲终于发现了我们,我们兄妹四人又一起躲进了老屋里,两个姐姐躲在外间,我和大哥躲到里间的大床下边,床上还挂着蚊帐。

父亲紧跟着找到房里。径直来到里间,迅速钻到床下,笑着对我们几个说:"你们以为藏在这里,我就找不到了,我小的时候也经常躲到这里呢。"转眼间,父亲就不生气了。看到他表情祥和,我们几个快乐无比,二姐忙着去叫母亲,可母亲还没到,父亲头枕在大哥的左手臂上很快就睡着了……

待我醒来的时候,发现这是个梦。梦里的情景格外清晰,时间大约在凌晨的一两点或三四点。我本想起来看看准确时间,转念一想,既然是梦,就让它朦胧一些吧。过了不久,我又睡着了,并再次进入了梦乡。好似在第二天吃早饭的时候,我把梦里发生的情况说给哥哥姐姐听,我们议论着,是不是父亲需要什么了,是否给父亲烧些纸钱,二姐说不一定是需要什么,一定是你想父亲了。哥哥说,共产党人是无神论者,烧纸钱、送花圈、各种祭拜活动,只是子女恪守孝道的一种方式,是心灵的自我安慰和精神寄托……说话间,父亲已站到我的右侧,用不大的声音说:"你们富有幸福,我就富有幸福。我现在什么也不缺,只是想你们了,看到你们我就放心了!"这时,母亲从远处笑眯眯走来,我一高兴,醒了……

我懒洋洋地躺在床上,回想着梦境的甜蜜:父亲用心地寻找我们,着急,生气,高兴!母亲,矫健的身影,熟悉的笑容……我多么想时光倒流,让梦随人愿,使好梦成真!

我想起,七八岁的时候,父亲带着我在西大圲沟洗澡,教我游泳,我总像小尾巴随在父亲身后,父亲时不时停下来,回过头,指导我怎么划水、换气,有时还托着我的肚皮,使两腿用力夹水,推动身体前进。

最使我记忆犹新、不能忘却的是,父亲劳作的时候,我喜欢站在他的身边,一边看他锄草、犁田,一边去踩踏他身边的影子。当时很好奇,父亲身后的影子有时很长,有时又很短,有时在父亲的西边,踩着踩着又跑到父亲的后边,到了下午,又跑到父亲的东边,我问父亲影子为什么踩不住?父亲望了望我挺认真的样子,笑着对我说,影子是太阳照射的,太阳移动影子就移动,所以踩不住。停了一下,父亲指着说,这个影子是我的影子,我移动影子也移动,所以你踩不住。那个影子是你的影子,你移动它也移动,我也踩不住。

想着,想着,往事一件件浮现于脑海,父恩比山高,母恩比海深……我赶紧起来,走到客厅,查阅了立冬的具体日期,将这件事记录下来,预备买好纸钱,给父亲捎过去,虽然父亲不缺什么,但我要尽孝道。

父亲啊,过冬的时候,我们保证您和妈妈在那边有足够的开销,希望注意保暖,多添御寒衣物,按时冬令进补,好好享受生活,在地若沧海明月,在彼任天长地久,这是儿女们共同的心愿!

(作者系叶珍次子)

最后的嘱托

笪卫芳

人们常说,婆媳关系是人际关系中最为难处的关系之一。而在我与公婆的相处中,不知是因为我与他们在一起生活的时间不长,还是因为公婆对我这个儿媳包容大度,我始终觉得公婆就像我的亲生父母,他们也把我当亲生闺女看待。也许正因为如此,婆婆走了十七年,公公也走了两年多,我的心中一直在思念他们,为他们祈祷。时常为失去这么好的父母而伤感,甚至流泪。回忆过去的那些生活片断,虽然物质不是很丰富,我们没有多少东西孝敬老人,老人也没有更多的东西支援儿女,但我们之间心心相印,相处融洽,心里装的都是美好和甜蜜。

我与婆婆相处断断续续十六年多,我们从未争执过,更未红过脸,尤其是婆婆到了晚年,更加疼爱和难舍儿女,我们也衷心地希望二老能健康长寿,一家人共享亲情的快乐。但自然规律不可抗拒,婆婆年轻时吃苦太多，积劳成疾。进入二十世纪九十年代，其身体每况愈下，咳嗽、哮喘时常发作。四姐一家悉心照顾，经常求医。我们也四处寻找偏方，仍然时好时坏。1995年，二姐陪她到部队医院治疗数月，病情减轻了许多。但几年后体质变弱，肺功能减退，为了进一步改善医疗和生活条件，哥哥、嫂嫂将二老接到南京居住。经过医院系统检查和医治，在哥哥和嫂子一家精心照料下，公公和婆婆的身体状况、生活质量都有了进一步提高。五六年后，婆婆已年至八旬，生活起居需要更多的照顾和陪护，那时我和四姐两家小孩都在读书，无法去南京照顾老人，大都由二姐陪护。由于二姐仍在上班，不便长期照顾，为此我们感到很纠结。最终想到了我姐姐笪亚芹，请她代我尽孝。姐姐理解我们的难处，欣然同意。我姐身高力大，勤劳能干，照顾婆婆得心应手。她把婆婆当母亲看待，婆婆对她也视同女儿。常以"乖乖"称之、唤之，对她的照顾非常满意。听说亚芹姐能很好地代我们尽孝，能让老人很开心，我们原本深感愧疚的心宽慰了许多。当婆婆病情稍有好转，身体稍微硬朗的时候，婆婆又顾及姐姐是有家有父母之人，不忍心让姐长期陪伴在她的身边（一年多时间），便动员我姐回家。之后不久，婆婆病情再度复发，咳嗽越来越重，以至小便失禁，卧床不起。二姐只得再请长假前往服侍，我和文兵也常去看望。她每次见到我们都很高兴,觉得病好了许多。她当着我们的面,从来不诉说病痛带来的痛苦。总是问明明和大伟的学习怎么样,成绩好不好,我们一家人下岗后生活有什么困难。嘘寒问暖,叫我们不要为她担心。服侍卧床病人很辛苦,昼夜要照顾,患有失眠症的文俊姐不到两个月,自己的身体也垮了下来。婆婆心疼女儿,不让二姐继续照顾,让她回家调养。后来四姐和二姐、二姐夫又接过照顾二老的接力棒,悉心照料二位老人家。由于病情进一步加重,不久,婆婆便住进了军区总院。在那里,婆婆得到很好的护理、治疗和陪伴。但终因病情恶化,医生的努力、家人的呼唤还是无力回天。这次住院,婆婆再也没有回到家中,再也没有享受全家人欢聚一堂的天伦之乐。2003年1月5日上午10时20分,婆婆带着眷恋和不舍离开了我们,任我们如何哭泣都未能挽留住她老人家。

婆婆勤奋艰辛,她把一生奉献给了社会、家庭和子女,而自己却一无所求。即便是到了弥留之际,心里仍然想着子孙和老伴。她用微弱的声音对我们说:"乖贵,你们年轻人日子好过,要珍惜。有你们几个孝顺儿女,有这个家,我这辈子知足了。唯一放心不下的是你爸,我跟他生活几十年,都是我在照顾他,现在我不行了,我把他交给你们,你们要好好照顾他,让他过百岁。"这是婆婆一生中对子女唯一也是最后的要求和嘱托。

婆婆的遗愿，也是我们全家人的心愿。婆婆的嘱托，我们责无旁贷。我们这个大家庭就像一棵枝繁叶茂的大树，公公、婆婆就像大树的根，只要根在，其枝叶就能不断地吸吮其营养，享受其滋润。所以，全家人都希望并努力把根留住。如今婆婆已经走了，我们把对婆婆的情感，全部倾注到公公的身上，全力落实和实现婆婆的嘱托。在全家人的共同呵护下，公公自婆婆走后，又生活了十六个年头，实现了婆婆"让其过百岁"的夙愿。十六年间，公公经历了许多，我们全家人也经历了很多。前十年，公公凭借自己较好的身体素质、良好的生活习惯和优越的生活与保健条件，九十五岁之前，算得上是幸福的晚年，之后，身体状况便一年比一年弱。

2015年的一天，一向刚强自信的公公，一大早未等陪护人员跟上，自己便开了门外出晨练。刚出门不久稍不小心就跌倒磕碰到了路牙边上。虽未伤筋动骨，但经体检显示：小脑萎缩，身体不易平衡，走路容易摔倒。从那以后，公公的习惯、爱好、身体有了很大的变化，晨练少了，走路活动的时间渐减。原本闲话不多的他，更加沉默寡言。除了吃饭就是睡觉，平时最爱看的央视《海峡两岸》和《今日关注》两档节目也看得越来越少，坐在椅子上，不是瞌睡，就是低头不语。公公的这些变化，立即引起家人的警觉，连忙找来轮椅，每天推他到户外活动，经常扶他下来走走。但其运动量远不足保健的要求，久而久之，腿脚更加不灵便，以致走路扶墙，下床和临厕也要人帮助。同时意识也开始模糊，我们去看他的时候，他盯着我们看，问："你们是谁呀？""爸爸，我是文兵呀。""她是谁呀？"（指我）我告诉他我是小笪呀，来看看你的，他会露出满意的笑容。后来又反复多次："你是谁呀？多晚来的呀？"再无多言。当时我们的心阵阵难受，泪水在眼中打转。更为严重的是，吃饭不知道饱，拿多少吃多少，还经常呛食。以致饭粒呛入肺中，引起肺炎，不得不住进医院。在医生的积极救护下，虽然稳住了病情，但医生说以后还会呛食，还会引发炎症，再度复发，很难救治，建议插管（鼻饲），改自主进食为滴注营养液。插管意味着公公从此不能离开病床，酸甜苦辣从此再无法品尝。经过商量后，我们同意了医生的建议。

为了落实婆婆的嘱托，减轻二姐四姐的负担，我也参与其中，与姐姐们轮流值守。开始我对护理病人经验不足，二位姐姐手把手地教我，如怎样掌握和使用监护仪，显示屏上的数据各代表什么，多少数值范围内为正常，出现异常如何处置，每天护理流程有哪些，包括洗脸到耳根，泡脚要按摩，翻身喂药要按时，擦洗要防感冒等等都一一交代。我深感责任重大，细心观察，亲手实践，很快进入角色,不久便可独当一面。姐姐们生怕我因情况不熟而服务不到位,有时轮休也不走远,时常来看看。按摩洗澡等一套流程,做下来比较辛苦,汗流浃背。对此,我年轻并不在乎,只是开始觉得很不适应。公公身上多处插管,作为儿媳,每天要给他翻身、擦洗、按摩,有时还要端尿端便,觉得有些不自在。转念一想,谁不是父母所生,公公与父亲都是自己的家人,理应把公公当作父亲照料,想到这些再大的困难也能克服了。

那段时间,最让我揪心的是,我们吃饭,公公闻到饭香,想吃而不能。一天,我们刚端起饭碗,公公眼睛盯着我们。嘴唇蠕动,用恳求的语气说:"你们能不能把一点给我吃?"我们的心一下子痛起来,二姐急忙过去贴着他耳边说:"我们吃的是普通饭,你现在挂的是医生专门为你配制的营养饭,比我们现在吃的这个好,你不用吃我们的粗茶淡饭。"听完二姐的话,公公无奈地把头偏向一边,背对我们。此时的我和二姐,哪还能吃得下饭,眼泪止不住往下流。过一会儿,二姐轻声说:"为了有精神,有体力照顾爸,饭一定要坚持吃。"于是,我们的眼泪和着饭菜一起往下咽。

再后来,公公的肺部炎症加重,黏痰很多,不能自主咳痰,随时可能窒息,因此,医生建议切开气管,增用呼吸机和吸痰器,从此再无语言交流。虽然保住了命,却很遭罪。每一至两小时就要吸痰一次。吸痰十分痛苦，不吸痰时，多数处于昏迷状态，推他不醒，呼他不应，按摩也无自主反应。一旦吸痰，牙齿紧咬、头两边摇甩、躲避，那痛苦表情，我们不忍直视。像这样的病房生活，公公以顽强的生命力坚持了两年多，直至享年百岁。

回顾陪伴公公的那段岁月，终生难忘。我们虽然没有把"根"留住，但全家人都已经尽全力了。在公公住院的那两年多，所有子孙们都尽可能地抽出时间前去看望，争着为老人买所需物品，每天二十四小时，身边不离人。每隔两小时翻一次身，按时为老人洗脸、洁齿、喂药、按摩、洗澡，身体和被褥保持清洁干燥，从未生过褥疮。我们长期陪护的姐妹，每天的心情总是伴着公公的病情而波动，他状况稳定时，我们心情就会好些。无论公公的思维是否还清晰，能否听到跟他说话，我们总是经常一边按摩一边跟他拉家常，讲讲老家的故事，聊聊孩子们的学习和进步，说说他以前非常关心的人和事。讲完之后再反复问他："爷爷，我们讲的话，您都听见了吗？如果您听见了，就动一动手指头。"有时候他真的听懂了，也真的把手指头动一动。当告诉他："爷爷，您有重孙了，这是您最期盼的事儿，您一定很高兴，如果您听懂了，请睁睁眼或动动嘴。"当时爷爷真的睁开了眼，嘴角露出一丝微笑。这轻微的举动，让我们很兴奋，既为公公思维仍然清楚而高兴,也为我们的辛劳付出充满成就感。一旦出现异常,我们的心情便跟着紧张。

记得那次发病危通知书的时候,正值哥哥眼疾手术,双眼暂时封闭,要求静养,避免受刺激。当时,我们六神无主,最后,文俊姐姐吩咐我们先不要告诉哥哥,请医生按会诊方案进行抢救,相关规定由她签字承诺,公公的生命力异常强大,后来竟然又挺过了那一关。

天地轮回,大自然的规律依然无人能够改变。2018年2月4日,公公平静而安详地离开了我们,享年一百岁。我记得那一天天气是晴朗的,阳光也是暖暖的,但我们全家人的心情跌至冰点,为失去可亲、可爱、可敬的长辈而心痛不已。

我们为完成了婆婆"让他过百岁"的嘱托而感到一丝宽慰,但又为永远失去了公公、婆婆而万分悲痛。悠悠往事渐渐远去,但他们的厚德深恩永在,伟大精神永存。

(作者系叶珍次子媳)

又到枇杷成熟时

朱大治

小时候奶奶非常疼爱我,每次见面都是"乖贵,我大孙子好啊,长大有出息",接着就会问寒嘘暖,给我讲讲二十四孝里的人物故事。其中印象最深的有三个:一个小青年,他妈患病三年,他伺候三年,每次吃药前他都亲口尝试,待汤药不烫、温度适宜时,才端给妈妈喝下。人说久病床前无孝子,他却不同,一千多个日日夜夜在侧伺候从不懈怠;一个小孩九岁时失去了妈妈,他把对妈妈的思念和爱倾注在他爸身上,夏天天热难忍,便用扇子把枕、席扇凉,让爸爸睡好觉,冬天,则用身体先把被褥温暖,再让爸爸睡觉;还有一个青年人,从小家境贫寒,经常采集野菜充饥,他怕父母营养不够,便徒步到百里之外买米,尔后负米回家侍奉双亲。奶奶说这三个人都是孝子,第一个当了皇帝,后面两个也都当了大官。奶奶要求我向他们学习,长大了要当孝子,不能"十翻十调"(方言,不听话,犟嘴的意思)。那时候我还小,听起来似懂非懂，但在心中播下了"孝"的种子，长大后读到二十四孝故事，才知道奶奶讲的三个人就是汉文帝刘恒、汉代重臣黄香、楚国重臣子路。他们确实都以孝立身、因治国安邦而闻名于世。

高中毕业后，我离开家到南京国际关系学院上学。一次在苏北野营，我特意买了些点心、水果让爷奶尝尝。我发现他们对枇杷特别喜欢，奶奶拿出一些给爷爷吃，自己却舍不得吃，爷爷每次只吃三四个，要留两三个给奶奶吃。后来四姑告诉我，二三斤枇杷吃了好几天，我问其缘由，四姑说爷爷抽烟，经常咳嗽，吃了枇杷就舒服一些，奶奶也会咳嗽、哮喘，爷爷舍不得奶奶，总要与奶奶分享。奶奶总会说自己吃过了，你自己吃，爷爷心里有数，总得让奶奶尝两个。这个枇杷真有趣，既能帮助爷奶止咳，又能见证他们的感情。

之后，我专门查看了有关资料书籍，对枇杷有了粗浅的了解。枇杷属于蔷薇科，它在秋天或初冬开花，果子在春天至初夏成熟，因此被称是"果木中独备四时之气者"。枇杷肉韧而软，甜而润，是食用佳品，也可药用，具有和胃泄热、清肺化痰、止咳平喘之功效。故百姓称枇杷树为亲民树，文人墨客则赞美为"万颗金丸缀树稠""摘尽枇杷一树金"……

有一年初夏，我回家看望爷爷奶奶。听爸爸说，福

枇杷树下

建莆田的宝坑枇杷味道最为鲜美，苏州洞庭山、杭州余杭、安徽歙县出产的枇杷也不错。于是，我想这次要多买一些，买最好的。可是，连续跑了两个店都没有莆田枇杷，那就买苏州、杭州的吧，回答也没有，再买歙县的更没有，说是没进过他们的货，最后买了十斤不知名的枇杷，上车走了没多远，正好看到一家大水果店打出广告，说是新到福建莆田枇杷。水果店老板告诉我，新鲜的枇杷呈金黄色，椭圆形的枇杷更甜，最好表面突出微鼓、带有麻点的，我边挑边选、如愿以偿又买了十斤。

到家后，奶奶喜不自禁，一边忙着递毛巾让我擦汗，一边念叨爷爷都好，不用乱花钱。爷爷则说孙子长大了，懂事了，知道孝顺了，这枇杷金灿灿的是好，但爷爷更高兴的是看到大孙子纯洁孝顺的心。说着便叫家人分一些给左邻右舍，大家都品尝品尝莆田的枇杷是啥滋味，看得出来爷爷此举说明邻里和睦，也有另外一番用意，即把大孙子介绍给大家，为有这样的大孙子而骄傲呢！

1999年4月，爸爸调到南京工作。第二年，在拟住的院子里栽了樟树、桂花树、橘子树，又特意栽了两棵枇杷树。到2002年春夏已经开始挂果。秋天，我们搬进来的时候，奶奶看到枇杷树特别兴奋，爷爷围着枇杷树，看那坚硬粗糙的主干，有序伸展空中的枝条，深绿肥厚的枇杷叶,连说"好树,好树",并转向奶奶说等着明年吃果子吧,奶奶笑着直点头。

然而天有不测风云。2003年元月初,奶奶因哮喘病治疗无效离开了我们。

十六年后的2018年2月初,期颐之年的爷爷也离开了我们。

又到枇杷成熟时。爸爸若有所思,牵着我的手指着枇杷树说:奶奶虽然没有吃到它,但奶奶知道我们的心,现在爷奶都离开了我们,这两棵枇杷就是我们父子孝心的表达……

爸爸有点哽咽,低下头擦了擦眼睛接着说,当然孝心远不止吃几个枇杷那么简单。

爸爸对一些人不学习"孝"的传统美德,从而对父母做出许多不孝之事非常愤慨。如有的忤逆粗暴,嘴里不干不净;有的谎话连连,欺瞒父母;有的啃老、骗钱,自设小金库留作吃喝开销;父母有钱百般殷勤,觉得父母没有"油水"了,就送到养老院再不过问;有的兄弟姐妹争夺钱财,弄得老人坐卧不宁……

爸爸喝了口水,稍事休息后说,爷爷曾给他讲过一个地主老财的故事:一个地主把儿子送到私塾读书,并出资请一个穷人的孩子陪读,富孩不用功,每次考试都由穷孩代考,结果穷孩连中秀才、举人,而富孩还是白痴一个,连《三字经》《弟子规》都背不下来,地主老爷知道后,连咳三声气绝而亡。

爸爸加重语气提醒我,要振兴家庭的声望就得肯读书、爱学习,视书为宝,并身体力行,把家庭多少代积累下来的功德荣耀、书香美德一代一代传承下去,否则就是败家子,就是最大的不孝。

爸爸一边讲,我一边想:是啊,这些话爸爸不止一次地对我讲过,可谓耳提面命、语重心长,虽然我有时做得不尽如人意,达不到爸爸的标准,但我有决心继承祖辈的光荣传统,"啃书"、律己,学骏马奔驰,做跨灶之子,不负爸妈的殷殷嘱托。

爸爸讲完后,带着我把树上最好的枇杷摘下两碟,洗净后供奉在案几爷奶的遗像前,并咏诗一首:

枇杷吟

辞叶离枝呈案头,
半盘春夏半盘秋。
不知味美依然否?
祈母传音免子忧。

(作者系叶珍孙子)

珍贵的小把件

肖喻馨

我和大治结婚头几年,大治一直在野战部队工作,我们很少能见面,我每天下班回家第一件事,就是先到爷爷房间问好,陪他坐会儿,有时陪爷爷看会儿电视新闻,有时听他讲杨家将的故事……因为大治在家时总是这样陪着爷爷,我觉得他对老人的感情很深,所以他不在家的时候,我就很自然地每天去陪陪爷爷,感觉也是替大治尽孝心。

人处久了,感情就会深。那时过年过节我总要给爷爷塞个红包,爷爷会笑着说:"嗯乖乖,爷爷哪能要你红包啊,爷爷要给你红包呐!"我说爷爷你就给讲个故事吧,爷爷说讲什么呢?我说随意啊,要不就讲《四郎探母》吧。爷爷稍许停了一下,接着就把杨延辉想出关、铁镜公主骗令箭、延辉叩拜佘太君、孟妻痛哭晕倒、肖太后欲斩杨延辉等情节讲得有声有色……一天爷爷突然问我:"天天听爷爷讲烦不烦呐?"我说:"爷爷讲的有意思,我爱听,我现在老家话都能听懂了!"说完就学上几句老家话,爷爷就笑得很开心,说:"逗哦,说的不丑哦。"

有一次,爷爷拿了一个小娃娃睡在莲叶上的小手把件放在我的手上,说:"嗯乖啊,爷爷年纪大了。"我立刻明白了爷爷的心意,那时我还年轻,事业正起步,本来没想过早早要孩子,但爷爷的话一直在耳边,不忍辜负,于是我和大治有了第一个宝宝朱箫羽,她也是十一年后爷爷去世时在场的唯一一个重孙辈。

有了宝宝后我被调去北京上班,每次回南京也是先到爷爷房间问好,爷爷看到是我总会很高兴,他说:"小鬃可啊,在北京上班呐!"再到后来,每次我回来,爷爷都会拉着我的手说:"嗯乖,跟爷爷回老家去不去?"我很干脆地回答:"去!"爷爷就说:"老家在三合兴啊!"这样的对话会反复五六次,爷爷好像要特别确认我会陪他回老家才行,其实那会儿,爷爷身体已经不如从前了。

又过几年爷爷住院了,有时会认不清人,但每次我去,他一听声音就认出我来,都会拉着我的手说:"是小肖来啦!"姑姑们会故意问:"小肖是哪个啊?"爷爷会说:"小肖你不知道啊,大治媳妇啊!"姑姑们就会笑着对我说:"就你来他最清楚!"那时候爷爷还会重提:"嗯乖乖,陪爷爷回老家,去三合兴啊,乖!"

再往后,每次去医院看爷爷,回来我都要哭上半天,

299

曾经每天爱在院子里走走晒晒太阳的爷爷因为腿脚无力卧床不起了；曾经爱讲杨家将的爷爷因为上了呼吸机不能说话了；曾经午餐爱吃点小菜、喝盅小酒的爷爷因为气管切开只能输营养液了……虽然爷爷是有福之人，儿女尽孝，但这些苦楚亲人无法替代，我真的心疼。

一次，接到大治电话说爷爷病危，我身怀六甲（并未公开），娃娃尚小，我坚持带着娃娃来到爷爷床前看望老人，一是爷爷四世同堂，洪福齐天，重孙辈要有个代表；另一个我相信爷爷会知道我怀着朱家的重孙，虽未出世，但在场，他会心满意足。

2016年10月6日凌晨，冠宇出生。当日上午，大治向爷爷报了喜，爷爷立即睁开眼睛，脸上露出了满意的笑容。文俊姑姑为了强调这个喜讯，又贴着爷爷耳朵说："爷爷，你有重孙子了！你听懂了，点点头！"爷爷再次睁开眼睛，点了点头，在场的亲人们热烈鼓掌，祝福太爷爷喜得重孙！

2018年2月4日，爷爷尽享百岁天伦，带着无比的幸福和满意与世长辞。

转眼三年过去了。爷爷，您还记得我么？我是小肖啊，大治媳妇啊！当年的冠宇如今五岁了，大前年6月出生的恩宇也两岁半了。有时回南京就住在您住过的房间，看到墙上的照片，他们会用稚嫩的声音问："妈妈，那是谁啊?"我说:"那是太爷爷,快问好。"两个重孙子就奶声奶气地对着照片说:"太爷爷好!"我抬头看到,您正笑眯眯地看着他们呢。一切就像十五年前,我第一次走进这个家时一样,我笑着对您说:"爷爷好! 我是小肖。"您也笑意盈盈地看着我说:"嗯乖乖,小鬏,可啊!"

春天到了,大地腾起花的浪涛,荷塘吹拂风的舞曲。那莲叶上的小娃娃啊,更加楚楚动人,爷爷您放心吧,我将好好珍藏着,永远! 永远!

(作者系叶珍孙媳)

冬日暖阳

邹凤礼

1982年的冬天,对于红旗一队村民叶贵新和林素兰夫妻俩来说,这个冬天分外寒冷,这一年的除夕也变得格外不同寻常。就在这一天,她和丈夫叶贵新被公婆撵出了家门,还有一个不到一岁的孩子,是舅爹、舅奶收留了他们一家。

叶贵新,在家排行老五,上有四个姐姐,下有一个弟弟。妈妈和三姐常年有病,家中经济十分困难。这一年老六准备结婚,家中一共只有三间门朝西的草房,连个住的地方都没有。当时,叶贵新在昌盛村鞭炮厂做会计,林素兰会个裁缝手艺,手头相对比较宽裕。叶贵新妈妈希望儿子儿媳苦钱交给她,可是小两口都把钱攥手里。再加上过年了,农村做新衣服的特别多,林素兰就想趁这个时间多苦两钱,其他也顾不上了。因此,婆婆很生气,吃饭时连刚做好的肉圆子都不叫媳妇吃。"这年还怎么过?"收拾收拾,林素兰就让丈夫把她和孩子送到义兴娘家。林素兰的大哥心疼妹妹,一听这个情况,赶紧劝她:"这日子没法过,越过越生分,不如自己找个房子住,再怎样也不能在一起。"可这房子到哪去找呢?

十几天后,林素兰从娘家回来,夫妻俩就去找舅爹和舅奶。我的舅奶一辈子古道热肠,每逢邻居吵架、夫妻不和的调解和邻里红白之事,都有她热心奔走的身影,非常有人情味,特别是对那些家里有困难的人。舅爹呢,虽然做生产队长,但平易近人,没有架子,他们夫妇俩一直深受庄上邻里的称道和感佩。邻居们都亲切地称他们为"朱二爹""朱二奶",周围十里八乡无人不知,无人不晓,口碑载道,颂声盈耳。村民们都说"朱二爹、朱二奶老公们俩性格好呐,好的没得根(方言,非常好的意思)"。

听小夫妻俩一说,舅爹、舅奶也觉得叶贵新小夫妻俩确有困难。当时,庄上韦大爹一个人单独生活,住在一个小丁头里,舅爹就和韦大爹商量,把房子让给他们,让韦大爹和另外一个老人住一块。安顿好小夫妻后,舅奶和舅爹还安慰他们:"不急,姑爹、姑奶帮你想法子。再盖就要盖瓦房。"叶贵新家与我舅奶家有点亲戚,他们称呼舅爹舅奶为"二姑爹""二姑奶"。

瓦房是什么概念?当年,盖一座瓦房要两千多元,整个昌盛庄只有两家盖了瓦房,还是带泥坯,连舅爹家

303

住的还是草房。叶贵新夫妻俩手头积攒了千把块钱,舅爹舅奶商量后,又想办法向生产队借了四百元钱。叶贵新的姐姐舍不得这个弟弟,帮着他家买砖头,林素兰哥哥帮忙想办法买瓦……小夫妻俩的房子就这样开始动工了。说是林素兰家盖房子,其实大都是舅爹、舅奶帮他们张罗的。舅奶负责后勤保障,煮饭弄饼什么的都是舅奶,连粮食都是舅奶家的,从房子动工到落成,前前后后所有煮饭都在舅奶家。林素兰刚结婚,煮饭什么的都不会,还带个小孩。林素兰的公公看儿子盖瓦房,心里暗地高兴。舅奶又去做他的思想工作:"你儿子盖房子,为什么不过去帮小鬏看看房子?"私下里又把林素兰叫来,叫她主动给公公送面卷子吃。这样,工地晚上也有人看门了。

舅爹白天忙生产,心里还想着盖房的事,有时候还得自己跑。林素兰哥哥在家买瓦没买到,舅爹就骑车到十几里外河堆砖瓦厂去买,安排人把砖拖回家。临行前,舅奶还特地关照舅爹:"到王集街上给小鬏买块匾,写个字。房子落成了,挂堂屋,喜气。"上面写了什么字,现在已经不记得了。买瓦的事安排妥当后,舅爹又特地绕道王集街上买了块门匾,玻璃做的,用绳子扣起来,挂腰上骑车带了回来。六十多岁的人啦,真是不容易。当舅爹舅奶把匾送到林素兰夫妻俩面前时,他们已经眼含热泪。舅奶说:"莫哭,从今以后,你们俩好好过日子,就当我们多养个儿子。"一个月后,新房子落成,小两口终于有了一个安稳的家。进宅子时,舅奶还特地端了一盘鱼,祝福"年年有余"。

四十年后,林素兰回忆起来,内心仍是激动不已,一切宛如昨日。舅爹舅奶就是这样,看人家困难,舍不得,特别重感情,不管哪家。

2003年舅奶在南京去世时,林素兰夫妻一直想去看最后一眼。考虑到丧事从简,当时昌盛村的亲戚只派了一个代表叶贵华参加。2018年舅爹去世,林素兰一家"软磨硬缠"朱文兵五舅,才得以见上老人家最后一面。

每每想起两位老人家,林素兰一家都说:"二姑爹、二姑奶的恩情,我们一辈子也报不完。"

(作者系叶珍表外孙)

流　泪

郑　鹏

外婆大部分时间生活在农村，我随母亲在城里长大，十五岁就到外地上学，直至工作。所以在我们几家第三代人当中，我与外婆的接触和相处是比较少的，但妈妈帮我补上了这一课。她常常给我讲外婆的故事，并力图用外婆的品德影响我，鼓励我进步。妈妈讲述的，有的跟我有关，有的也是我亲身经历，其中最难忘的是外婆为我三次流泪：

外婆第一次为我流泪是1979年7月8日凌晨，那时我刚刚降生来到人间。由于妈妈产前一直没有休息，7日下午还在组织职工学习开会，直到羊水破了，才由别人送到医院，加之妈妈整个孕期没有人照顾，吃饭、睡觉都借住在别人家里，营养不良，体质差，晚饭又没吃上，因此，生我时缺乏足够的体力。大概是产程过长，严重缺氧，我出生时既没哭又没动，软软的，外婆和医生见状，顾不上极度虚弱的妈妈，立刻为我施救，她们把我双脚提起,头朝下,使劲地拍打我的小脚,在这期间,外婆抓住妈妈的手全身发抖,脸上一直挂着泪水。后来不知拍打了多久,我哇的一声啼哭,惊喜了在场的人,此时,外婆才回过神来,破涕为笑,并告诉妈妈生的是男孩。

外婆第二次为我流泪是我七岁那年,有一次我玩过了头,很久没有回家,妈妈发动好多人到处找我,想到的地方都找遍了,还是没有找着,可把妈妈急坏了,晚上找到我时,妈妈已哭成泪人。为了让我长记性,妈妈狠狠地揍了我,不是用巴掌,也不是用绳子,而是用棍子,打得我腿上、屁股上青一块紫一块的。那次正巧外婆在我家,她在一旁看了心疼,泪水夺眶而出,并指责妈妈:"怎能这样打孩子,他才多大的人呀!打两下吓唬吓唬就行了,哪能往死里打?"妈妈说:"我也很心疼,但不教训他以后要是走丢了或是被坏人拐骗了怎么办?"稍后妈妈也后悔地说,"其实大鹏是个很乖的孩子,从上幼儿园起,每天天还没亮,只要我一声喊'乖乖起床了',他就一骨碌地坐起来,让我穿衣服,有时喂完饭眼睛还没睁开,但从不哭闹;上班时只要说'快,妈妈要迟到了',他一声不吭,提起小包在我前面跑;从五岁开始,早晨我去买菜他自己去取牛奶;幼儿园每天下午4点放学,只有鹏一个人在昏暗的灯光下趴在门口盼着妈妈下班……"说着说着妈妈和外婆都泪流满面。从那以后,我觉得自己懂事多了,也觉得长大了许多,很少再惹妈妈生气了。

外婆为我第三次流泪是在1997年春节。那一年外公外婆到湖州过年,爸妈随行陪伴。那也是我在连队过的第一个春节,除夕中午,我突然接到妈妈的电话,说外婆想我了,叫我到湖州过年。新兵第一年特别想家,听说要和爸妈、外公外婆一起过年,我特别高兴,不假思索地请了假拔腿就走。到了湖州,外婆拉着我的手嘘寒问暖特别高兴,舅舅下班回来见我来了也挺高兴的,接着转而沉思,然后对我说:"你还是回部队和战士们一起过年吧,不要搞特殊。"听说我刚来又要走,外婆很不高兴,还流泪了,她跟妈妈说:"你去告诉他(舅舅),是我叫大鹏来的。孩子已经来了,假也请过了,过了年,明天再走怎么啦?"妈妈忙做解释:"哥哥这样安排自有他的道理,他管理千军万马,我们家人应做表率。这对我们和郑鹏也是一次教育,是为大鹏好……"我走时看见外婆还在抹眼泪,后来听说我没赶上连队年夜饭,年货也分完了,外婆再次为我流了眼泪。

外婆的眼泪是发自内心的对我深层次的疼爱。如今外婆走了,我再也看不到外婆的笑容和泪水,但她老人家对我的厚爱和对晚辈的期盼,将永远留在我的心中。这些年来,我常常在想:我们悼念外婆、追忆外婆的生活片断,不光是为了感恩,更重要的是要学习和传承外婆的思想、精神和美德,把外婆留给我们的精神财富化作动力,努力学习、好好工作,不断进取,以成熟和进步来告慰外婆的在天之灵。

有言之教谓之"训",无言之教谓之"风",我们期待长辈们把外公外婆为我们营造的家训、家风更多地传承给我们,让子孙后代发扬光大。

(作者系叶珍外孙)

洗 澡

林 静

小时候,外公外婆和我们生活在一起。那是一段幸福快乐的时光,让我每一天都沐浴在浓浓亲情中。至今回想起来,一幅幅画面仍如此生动,仿佛刚刚过去一样,历历浮现在眼前。

那些画面中,最清晰的一幅应该是外婆喊我回去洗澡的场景。夏日的黄昏,夕阳在天边火烧一般的彩云中渐渐落下,烈日的余威却依旧让门前的水泥路那么炽热。刚上小学的我十分贪玩,放学以后在离家不远处的马路边和小伙伴们一起跳皮筋,身上的汗水浸透了衣衫还迟迟不愿回家。直到不远处出现外婆的身影,听到外婆和声细语地喊我:"大静,该回家洗澡啦!"这时,我才想起用脏兮兮的小手,抹一下脸上的汗水,提起放在一边的书包,一蹦一跳地跟着外婆回家去。

每次,外婆帮我洗澡总是那么仔细,那么耐心。有时我很皮,会故意去拍打水面,想溅出一片水花来,结果却弄了外婆一身水。这时,外婆总会轻轻地拍打一下我的小手,假装严厉地对我说:"别再皮了,再皮就把你送别人家去!"可是,我却从外婆的眼神中看不到一丝恼怒,依旧如此温和,于是越发皮了起来,外婆只好无奈地摇着头继续帮我洗完。现在想来,那时外婆早已看出了我的小心思,知道我已偷偷学会了察言观色。

后来,当我渐渐地长大,外婆帮我洗澡的画面渐渐被埋入了记忆深处。直到来南京上学后,有一天我去看外婆,她让我帮她洗个澡,那些尘封多年的记忆又重新被打开,与之相随而生的是对时光飞逝的无限慨叹!

那是我到南京上学后的一个周末,我去舅舅家看外公外婆。在一起欢快地聊了一会儿天后,外婆突然对我说:"大静,帮我洗个澡吧!"当时,我感到好意外。略愣了一下后才想起,外婆是一个极爱干净的人,一定是很久没有人帮她搓搓背了,于是赶紧答应了下来,陪她一起去了沐浴房。

在帮外婆搓背的时候,外婆和我说起小时候帮我洗澡的事。是啊,那时我只是个顽皮的孩子,时时处处需要外婆的照料,不时还给外婆添点小乱。如今,外婆已经满头白发,身子骨不再那么硬朗,连给自己洗澡都变得困难起来。那一刻,一阵辛酸的痛涌上心头,给外婆搓背的手也变得绵软起来。外婆似乎感觉到了什么,问我怎么了,我只好含糊地回答:"外婆,我突然发现您年纪大了,给您搓背得轻柔点儿!"外婆呵呵笑了起来,满是感慨地说:"是啊,大静长大了,我也老啦!"

在和外婆边洗边聊的时候,我才知道外婆每次都是等我妈或姨来看她,才能让我妈或姨帮她舒舒服服地洗个爽身澡。那段时间,我妈和姨因为各有各的事,很长时间没有来看外婆了,让极爱干净的外婆盼了很久,总算盼来了我这个外孙女。于是,我对外婆说:"以后都由我来陪您洗澡吧,我在南京上学,到您这儿来比妈妈和二姨方便呢!"外婆却满口推却地说:"还是学习要紧,不要因为帮外婆的忙耽误了自己的学业啊!"虽然外婆嘴上这么说,但我依然能够清晰感受到外婆的内心是多么希望我能经常来帮她洗洗澡。自此,只要周末学校能走得开,我必然抽出时间来看看外婆,帮着外婆洗洗澡、搓搓背。

陪外婆洗澡的时光充满了温情,更是载满了我儿时的记忆。如今,外婆早已离我们远去了,但她在夕阳的余晖下唤着儿时的我回家洗澡的声音却永远无法散去,而让人越发唏嘘的是大学时帮外婆洗澡的光影,那是一抹充满温情又载满回忆的光影……

(作者系叶珍外孙女)

邻里情

林 静

去年"五一"节回老家时,走在门前略显冷清的小街上,突然有个和我年龄相仿的女孩走过来问我:"你是林静吧?"我转过头,这是一个似曾相识的面庞,可我却想不起她是谁。她似乎看出了我的疑惑,接着说:"我是小时候住在街东头的小艳啊,那时你外婆一摆出小零食来,我就馋唠唠地奔过去蹭吃的了。"

听了这话,我才恍然想起这位儿时经常粘在一起的玩伴。她的话把我带回了遥远的童年,透过她的面庞我依稀看到了儿时的我和小伙伴们围着外婆嬉闹的场景,这也勾起了我对外婆的无尽思念。

那时候,因为舅舅在徐州部队工作,经常会托人带些坚果、点心之类的新奇特产回来。每次收到这些特产时,总是那么"碰巧"会有一些小伙伴在我们家里玩,小艳就是其中之一。看到小伙伴们眼巴巴地盯着这些新奇特产的样子,外婆总会大大方方地拿出一些来给小伙伴们尝尝鲜,甚至有时没有小伙伴在,外婆也会每个品种都拿出一些来,整整齐齐地摆在一个柳条编筐里,等小伙伴们来玩的时候给他们解解馋。现在想来,那时外婆肯定早就看透了小伙伴们的小心思,他们总到我家来玩,眼神多半离不了那些新奇特产。毕竟那是一个生活条件落后、吃用物资匮乏的年代,心地善良的外婆以这种方式给小伙伴们的童年增添了许多趣味。

想到这些,在我的脑海里外婆的形象变得更加清晰起来。她老人家离开我们十七个年头了,很多往事似乎随着时间的推移而变得虚幻起来,但此时想到外婆在我们家的日子,却显得那么真实,仿佛一切都只是刚刚过去。

外婆是一个特别和蔼可亲的人,她对待邻里的孩子是如此大方、如此关爱,对待邻里则更是友善、和气。外婆和我们住在一起的那些年里,我家门前总是很热闹,邻居们空闲时都喜欢到我家来找外婆拉家常。放学后守在屋里写作业的我,总会听到邻里们和外婆聊天时爽朗的笑声。虽然外婆的声音总是那么轻柔,夹杂在邻里的爽朗笑声中几不可闻,但我能够清晰感受到这些笑声里时时有外婆的影子,也因为她们和好人缘的外婆在一起,才闲聊得那么畅快,笑得那么开心。

偶尔邻里之间发生些小矛盾,有的人就会来找外婆倾诉自己的委屈。外婆总是坐在旁边耐心地听着,恬静的面容仿佛可以抚平对方不平的心情，间或外婆在其中柔声细语地宽慰几句。如此过了些时辰，对方因邻里矛盾引发的不快，竟常常如化泥入水似的渐渐散去。

有时邻居家遇到困难需要帮忙，外婆总是热情相助。农忙时节，有的邻里亲友家里忙不过来，外婆甚至会主动让爸妈去帮帮忙。因为那时我们家没有农田，但外婆知道农忙时节的辛苦，经常讲每家都有忙不过来的时候，邻里亲友之间能帮一把就要帮一把。在外婆的提醒催促中，爸爸妈妈在农忙时节竟成了邻里亲友的救火队员，家里没有农田竟也变得忙碌起来。

因为外婆对待邻里男女老少，总是那么和善热情，在邻里的话语间，经常听到有人说："朱二奶真是好人性！"我多年在外求学，有些邻居早已不太熟悉，有次走在街上，有位邻居问起我来，我说了好一会儿她都没听明白，说到最后她竟恍然大悟地说："原来是朱二奶家的外孙女啊！"让我听了不由哑然失笑，仔细回味又似有无限感慨。

2003年，外婆永远地离开了我们。后来每次回老家时，经常会听到邻里们提到外婆，言语之间满是叹息，那一声声叹息，仿佛在诉说着外婆浓厚的邻里情……

（作者系叶珍外孙女）

火龙果的记忆

林　静

火龙果，是我们生活中十分常见的水果。可是对于火龙果，我却总有一种特别的情愫。每次经过摆有火龙果的水果店或家里买了火龙果，总会让我想起我生命中那个特别的人——我的外婆。

在我的中学时代，家里生活条件相对苦一些，我所生活的乡镇乃至县城物资都比较匮乏，除了梨、苹果、西瓜之类在苏北地区可以生长的水果外，印象里从未见过火龙果之类的南方热带水果。

第一次见到火龙果，是 1999 年冬天，我们全家第一次到南京舅舅家看望外公外婆。刚到舅舅家，略显拘谨地吃完外婆给我们准备的零食后，她老人家又拿出了一个很奇特的水果对我们说："你们见没见过这样的水果?"顿时，我的双眼被外婆手上的水果吸引了过去，让我瞬时忘记了刚到舅舅家时的羞涩，好奇地打量着那个水果。它的体形大概是鸭梨的两倍，火红火红的果皮上镶嵌着黄绿相间的鳞形萼瓣,宛如一朵含苞欲放的莲花,又如一个跳跃着粉色光焰的火球。

稍愣了一会儿,我才回过神来对外婆摇了摇头。外婆笑着说:"这是火龙果,切开给你们尝尝吧!"于是,外婆从桌子上拿起水果刀,切去火龙果的鳞片,然后从中间一切两半,露出了像镶着无数"小芝麻"一样的红色果肉。至今回想起第一次见到外婆切开火龙果的场景,回想起火龙果肉的鲜红、香甜和嚼着"小芝麻"的响声,那里面似乎还浮映出若干儿时的快乐和一幅幅儿时外婆总把稀罕物悄悄留给我们解馋的画面。

后来,我到南京上了大学,每次到舅舅家看望外公外婆,临回学校时,外婆总会给我带上一些水果,尤其少不了的是火龙果,也许是因为那时南方的热带水果越来越向北方热销了,也许是因为我第一次吃火龙果时的样子,让外婆记住了我爱吃火龙果。

每次看着外婆给我准备的水果,我总对外婆说:"外婆,您自己吃,要把身体养好,我们学校也有水果卖。"外婆却总是笑眯眯地说:"多吃水果好,小姑娘多吃水果,长得漂亮,到学校给你同学也分一些尝尝。"一如对我儿时的小伙伴那么大方。

现在,社会经济发达了,物产十分丰富,走进水果市场会发现天南海北的奇珍异果琳琅满目。但每次到水果市场买水果时,我总会多留心一眼火红的火龙果,虽然不再像第一次见到火龙果时那么惊异,但仍情有独钟,眷恋着第一次的相识,软软的果肉,点点的"芝麻",入口的清脆和下咽的愉悦,仿佛又闻到了外婆的气息。

(作者系叶珍外孙女)

牛首山恋

林　静

丁卯年末的一场冬雪过后,彻骨寒意尚未散尽,外公却离我们远去了。牛首山麓厚重的花岗岩石板缓缓盖上,外公与外婆依依相伴。青山翠松之间,留下了我们对外公外婆的无尽思念。

岁月荏苒,每每夜深人静之时,外公外婆的音容笑貌总会浮现在脑海,时而是慈祥温和的笑容,时而是勤劳忙碌的身影……泪眼婆娑间,我仿佛回到了遥远的童年。

那是记忆深处与外公外婆朝夕相伴的美好时光。每天清晨,天刚蒙蒙亮,外公外婆就起床忙碌起来,门前屋后清扫一遍。在我儿时的记忆里,无论刮风下雨,还是大雪纷飞,我们家门前总是干干净净、清清爽爽的。外公外婆的勤劳,给了我一隅简朴但却十分明净的家园,也让我耳濡目染地养成了勤动手、爱整洁的良好生活习惯。

印象深处，外公外婆是那么慈祥温和，也是那么严于家教。现在想来，那份严厉之下，更多的是对晚辈成长的教导与关爱。那时候，外公外婆对我说得最多的是站要有站相、坐要有坐相、吃要有吃相，还有饭前要洗手、饭后要漱口、吃饭夹菜要在自己面前这些日常生活中的小规矩。记得外公特别爱吃鱼，每次吃完饭都会发现外公面前的碟子里连剩下的鱼刺都是整整齐齐的。外公还常常跟我讲"一粥一饭，当思来之不易"的古训，言谈之间一家人已吃完饭，桌上碗里一粒饭粒都没有落下。

　　那时候，让我觉得最有意思的事就是和弟弟妹妹们一起围着外公听他讲故事。《三国演义》《薛仁贵》《杨家将》等演义故事，在外公的和声细语中生灵活现地浮现在我们眼前。外公能够准确地记住故事里某一个人物的姓名、特点，甚至使用的兵器。从这些生动的故事中，我懂得了刘备虽然弱小，但他贤德、仁慈、得民心，才能得到诸葛亮、关羽、张飞等有识之士相助成大事；薛仁贵勇冠三军，名可镇敌；杨家一门忠烈，一心为宋。记忆犹新的是，当外公讲至杨七郎被射一百零三箭时，语气中透着悲怆与不忍，但讲至杜金娥的一番话"狗贼潘仁美，当日你射我夫君一百零三箭，现在我还你二百零六枪"时，又是一种扬眉吐气后的畅快淋漓。每每外公被我们缠着讲故事的时候,外婆总是在一旁微笑着注视着外公。讲着讲着,外公还会笑眯眯地问外婆:"我这回讲的逗(对的意思)吧?"

后来,外公外婆跟随舅舅搬到了南京居住,但距离阻隔不了浓浓的亲情。幸运的是,高中毕业后我读的大学也在南京,距离外公外婆仅仅十几公里,每月都能去看看他们。每次进门都是直奔外公外婆的房间,亲热地叫一声外公外婆,然后挨着外婆坐着,和她聊聊学校的趣事、唠唠家常,平时有什么烦心事也会和外婆说说,外婆每次都会把她觉得好吃的、好玩的一股脑拿给我。有时候帮外婆洗澡,外婆总会跟我说老人的味道不好闻吧,我说才不是呢,外婆很香的!

记得有一次我在金润发超市给外婆买了一罐玉兰油润肤霜,外婆特别开心,硬要塞给我钱,我不要,外婆说:"等大静工作真正拿钱了,再给外公外婆买好东西!"每次看完外公外婆出门临走时,外婆总是叮嘱我:在学校要注意身体,有假就过来啊!我就嗯、嗯、嗯地应和着。那时,也许觉得外婆的叮嘱有些多余。时过境迁,如今回想起来,总感到愧对了外婆的良苦用心。

2003年元月5日,那也是一个寒冷的冬天。一大早,妈妈打电话告诉了我一个令我撕心裂肺的消息:"外婆病危!"我立刻赶往医院,一路上我心里千万遍地祈

321

祷,祈求外婆能再次挺过这一关。到医院看到外婆心力交瘁、奄奄一息的样子,我心中难过不已,大声地呼喊:"外婆、外婆!"她勉强睁了睁眼,眼神中满是对人世间的眷恋和对亲人的不舍。我浑身颤抖趴在外婆的病床前,就在那一瞬间,外婆平静地安息了。

如今,外公外婆长眠于牛首山麓。青山不老,却承载不住他们对我的孜孜关爱;绿水长流,又如何能带得走我对他们的魂牵梦萦……

(作者系叶珍外孙女)

牵 挂

林 凤

2002年冬天的一个晚上,十点左右,我正在复习功课。家里的电话突然响起,妈妈忙去接了起来,原来是在南京读书的姐姐打来的,我隐约听到她们在谈论外婆的事。姐姐在这个时间点打来电话讲起外婆,让我心里莫名紧张起来。于是,我放下书本,专注地听着妈妈与姐姐的每一句对话,细心地观察着妈妈的表情,生怕漏掉什么细节。妈妈刚和姐姐说完,我一把抢过电话,迫不及待地问道:"姐姐,外婆身体怎么样了?""小凤,外婆这两天情况不是很好,随时有危险。"我的心顿时跌落到谷底。从姐姐的话语中,我预感到外婆可能不行了。

那天晚上,我整个人都崩溃了,独自躲在被窝里泪流不止。有什么办法让外婆生命继续下去呢?能不能用我的生命去延长她的生命?不行的话,我少活二十年,把这二十年的时间给她也行啊!我一边哭泣,一边默默地祈祷着……此后的日子里,外婆成了我心头时时刻刻最牵挂的人，一如那些年她对我的牵挂。

　　我的幼年是在外婆的怀抱中度过的。在我出生没多久，外婆就把我接到昌盛老家。从此以后，她就像母亲一样精心呵护着我，一口饭一口水地喂养我，一把屎一把尿地把我拉扯大，一直把我抚养到六岁。六十多岁的老人，白天背着我下地干活，晚上哄着我入睡，把一个呱呱落地的婴儿抚养成六岁的姑娘，得付出多少心血，熬了多少个不眠之夜啊？两千多个日日夜夜的朝夕相守，让我对外婆的依恋深入骨髓，也让外婆对我有着一份更深厚的特殊感情。

　　在我六岁的那一年，妈妈来到昌盛老家把我接回小尖去上学。那天，外婆早早就把我收拾打扮好，将我的衣物一件一件地叠起来装在包里，对我说："小凤啊，回去要听爸妈的话啊。"我说："我不走，我就在这里陪您，要么您也和我一起走。"外婆笑着说："你大了，要去上学啊。"当外婆把我交给妈妈时，我号啕大哭，外婆也舍不得，又把我抱回来，摸着我的头，说："乖乖，不哭，妈妈带你回去上学的，外婆不离开你。"安抚了一会儿后，外婆把我放在自行车的后座上固定好后，一个劲地催着妈妈："文芳，赶快走，快走……"就这样，我被妈妈带回家了。后来我听妈妈说，那天外婆是含着眼泪催着我妈走的，然后头也不回地回家了。外公后来也跟我说，那天外婆几乎没吃饭,嘴里不住地念叨,不晓得文芳她们到家了没有,不晓得小凤还哭不哭了。这是我人生中第一次离开外婆。

几个月后,外公和外婆也搬到小尖,与我们一家住在一起,我终于又可以天天守在外婆身边了。那时候,每天上学前,我总跑到外婆的房间门口,扯着嗓子远远地对着她大喊一声:"外婆,我去上学啦!"外婆则笑呵呵地叮嘱我:"路上慢点啊,放学早点回来。"晚上放学回来,我看到的常是那熟悉的场景:散落着夕阳余晖的院子里,外婆围着围裙坐在炉子边闭目养神,炉子上放着一口直筒的小铝锅,热气不断地往外冒,锅盖一张一合发出噗噗的声音,院子里满是米粥的清香。这时,我总会欢快地奔过去抱着她的胳膊说:"外婆,我回来啦!"外婆则睁开眼,笑眯眯地说:"乖乖,赶快去写作业,作业写好洗洗手准备吃饭。"说着,她就把锅盖揭开,轻轻地搅动着锅里的米粥。日子就这样一天天地过去,虽平淡,但却很和美。

外婆第二次离开我,是因为她和外公要到盐城二姨家去。临行前,外婆问我:"小凤,我想去你二姨家住几天,你同不同意啊?"那时我已略懂事,虽然心里不太愿意,但还是显出无所谓的样子说:"不碍事的,您放心去吧。"到了二姨家,外婆隔三岔五就和我通一次电话,问我在家里怎么样,学习怎么样,缺不缺学习用品……虽然生活还是一如既往,但外婆不在家的日子,我心里总感觉空荡荡的,浑身不自在,每天放学回家都期盼着一进家门就能看到外婆的身影。就这样,一天天地期盼着,外婆终于被我盼了回来。外婆一进门,就把我搂进怀里,摸着我的小脸说:"乖乖,给我看看瘦没瘦得了?"一番疼爱之后,就把她从盐城带回的小点心拿给我吃。我挑了些塞进口袋里一蹦一跳地回屋去,一回头时,外婆正满面笑容地望着我,那笑容似阳光一般温暖了我的心坎。

后来,舅舅调到湖州工作,把外公和外婆接过去住了些日子,这是她第三次离开我。南方的冬天比较湿冷,舅舅给外婆买了一件棉外套,但她一直收藏着舍不得穿,想着带回来给我。从湖州回来后,她高兴地把衣服拿出来对我说:"小凤,试试这衣服,质量好呐。"我一见是灰色的,心里就嘀咕着哪有女孩子穿灰衣服的,看上去跟大妈一样,于是就说:"这是舅舅给您买的,还是您穿吧。"她没有明白我的意图,继续对我说:"我有衣服,而且在家也不冷。这衣服厚实,你上学穿身上肯定不冷,拿去快穿看看。""外婆,我真的不用。"我坚持道。她这时才疑惑地问道:"小凤啊,这衣服贵呢,不容易买到的,你怎么不穿啊?"我只好说出了心里真实的想法:

"女孩子哪有穿灰色衣服的啊,我们同学都穿红的、色彩鲜艳的衣服。"听了我的话,外婆略愣了一下说道:"哦!怪不到的,我说你怎么不要的呢。"第二年,她再到湖州去时,没过多久,就给我寄了一件红色的外套,特别好看,在当时的小镇上还是极少见的。

随着时间的流逝,外婆的身体大不如前。她老人家年轻时过度劳累,留下了哮喘的病根,身体时好时坏。1999年,舅舅调到南京工作,外婆再一次离开了我,到舅舅那里调养身体。虽然心里有一万个不舍,但我还是对外婆说:"老家医疗条件、饮食条件、住宿条件都没有南京好,您就放心地去吧,一放暑假我就去看您。"后来,每到放暑假时,她就打电话让我去,可又不放心我一个人去,总是跟我讲,有顺车或熟人就跟过来,路这么远,你一个人过来不安全。至今想起来,依然言犹在耳,其间饱含着关爱,更饱含着牵挂。

进入高中以后,我的学习压力特别大,每次打电话时外婆总是鼓励我、安慰我,让我尽力就行了,可我知道她心里对我的期盼。2002年的暑假,我即将进入高三,学校只放了十天的假。外婆对我说:"十天时间,有可能的话就来南京看看,外婆想你了。"听了这话,我恨不得插上翅膀飞到南京去扑到她的怀里。过了会儿,她老人家好像担心着什么,紧接着又说道:"还是你自己看吧,要不行就再等等,还有一年就考大学了,还是好好学习

327

吧。"我知道外婆很矛盾,既想让我过去,又担心影响我的学习。想到外婆对我的期盼,犹豫了好久,我最终还是把时间留给了学业,把南京的行程留给了来年。但我万万没想到这一次的错过,就错过了一辈子,我再也没有见到外婆。

那是接完姐姐电话后不久的一天,我正在家里做作业,妈妈从南京打来电话,急切地说:"赶紧请假到南京来,外婆快不行了。"听到这话,犹如晴天霹雳,我整个人瘫坐在地。缓了好一会儿,我赶紧爬起把弟弟找来,匆匆踏上了去南京的路。一路上,我仍坚信,外婆肯定没事的,我还有很多事情没做呢,考上大学一有时间就去看她,工作之后还要好好报答她的养育之恩……到了南京后,我才不得不接受残酷的现实,外婆真的走了。

看着外婆安详的面容,我心如刀绞,泪眼婆娑间脑海里又浮现起和她老人家在一起的点点滴滴。与外婆的每一刻相守,都充满了欢声笑语;而与她老人家的每一次别离,却又承受着无限牵挂。这份牵挂里,既有外孙女对她老人家的深深眷恋,更有她老人家对外孙女的万千不舍。如今,她老人家溘然长逝,那份牵挂便如同断了线的风筝一般,让放风筝的小女孩空攥着残线,茫然不知风归处……

(作者系叶珍外孙女)

护子情深

林大会

人的一生倏忽即逝,宛如朝露。随着时间的流淌,许多人、许多事慢慢地淡出了记忆。然而,有些人、有些事却深深地镌刻在记忆里,埋藏在心灵深处,哪怕有一天,他们悄然离去,也永远活在我们心中,一辈子不能忘却。

舅奶离开我们十七个年头了。这十几年来,有时走在路上或看到影视里,与舅奶年纪相仿、衣着相似的老人,我总感到非常亲切、似曾相识,这样的情景总能点燃记忆深处的激情,一幅幅熟悉的画面在我脑海中浮现出来,温馨的回忆伴随着阵阵的隐痛。

小的时候,老家房子的犄角旮旯里总是藏匿着老鼠,一到晚上就出来乱窜,咬米袋、吃粮食,处处留下了老鼠的行迹。我们小孩子一听到老鼠吱吱的声音,吓得连屋子都不敢进。为此,舅奶想了不少办法,下老鼠药、放老鼠夹,但收效甚微,同时也觉得不安全。有一天,舅奶兴冲冲地从外面抱了一只小猫回来(我印象中是一只花猫),说:"养只猫去逮老鼠看看,不然,大会他们晚上睡觉都不安稳。"舅奶专门弄了些小竹竿、稻草,在屋檐下搭了个猫窝,一边放了个瓷碗,用来装猫食,一边放了个装满沙土的瓷盆,当着猫厕,就这样一个有模有样的"猫家"造好了。每到吃饭时,舅奶都会念叨着,咪咪、咪咪,来来来……丢点鸡鱼骨头给它吃;下雨了,舅奶就用塑料布把猫窝顶盖上;猫脏了,舅奶还会挑个太阳好的日子,给它洗洗澡。舅奶时常对着猫说:"快点吃长大了,就有劲逮老鼠了。"在舅奶的精心呵护下,这只猫不负众望,家里再也看不到老鼠,它成了功臣。

可是,这只猫年龄大了,情况熟了,就有点"不识抬举"了。有时跳到饭桌上吃饭菜,有时跑到锅台上翻箱倒柜,甚至还随地大小便。爸妈好几次想把它送人或者外放,但舅奶总是舍不得,说,养这么长时间了,有感情了。

一个夏天的傍晚,这只大花猫突然跳到我作业本上,猫爪一伸,把我刚写好的作业给撕破了。我刚回过神来,它纵身一跃跳下桌子跑了。我气急败坏,追上一脚踩住它的后爪,只见它伸出前爪便挠我的脚踝。正在厨房准备晚饭的舅奶,闻声而来:"大会啊,怎的啊?""这猫把我作业本弄坏了,还抓我。"我生气地说道。舅奶操起放在墙角的扫把，冲到大花猫跟前，扬起扫把就要打下去，可大花猫用力一跳，上了窗台躲过一劫。但见，舅奶冲上去，转身一把抓住了猫尾巴："让你撕大会的作业本，还抓大会。"舅奶话音未落，这大花猫嗷的一声，掉头伸出前爪，左右开弓，在舅奶的右手背上挠了几下，穿过窗栏跑掉了。顿时，舅奶的右手背上三道爪痕印了出来，渗着血迹。舅奶放下扫把，若无其事地说："这猫不要也罢，给奶看看你脚有没有给它抓破啊，作业本看能不能用胶水粘好啊。"看着舅奶受伤的手，站在一旁的我，不知所措。后来，爸妈回来了，把舅奶带到镇上看了医生，打了疫苗。从那以后，家里再也没有养过猫。

舅奶从养猫、打猫直至最后弃猫，对猫感情的变化，每一次都是因我而变，处处饱含着她老人家爱孙之切、爱孙之深。1999年冬天，我们一家去南京陪舅奶舅爹过春节，我无意中看到舅奶右手背，三道疤痕依稀可见，这是舅奶她老人家保护外孙留下的印迹，也是祖孙情的见证，更是爱的见证。

二十世纪九十年代初，农村的孩子没什么娱乐活动，基本都在外面"撒野"，要么玩泥巴，要么玩火，要么到处乱窜。我更热衷于玩火，在我眼里火是绝佳的玩具，有一种神秘感。那时候，家里是柴火灶，我对烧柴火的步骤也略知一二，趁大人不注意的时候，就会捡起木棍往灶膛里扔，还时不时把脑袋凑过去，看烧着了没有，稻草烧完后成为黑色灰烬，用火叉一碰就碎成粉末了，木棍烧完后成黑色木炭，用火叉一碰就断了……给了我无尽的想象空间。大人们经常对我讲，火危险啊，小孩子不能玩火，玩火会尿床，玩火会把东西烧坏等等，所以我对火的厉害也懵懵懂懂，但心里一直有个梦想，就是自己亲身体验一把烧火的感觉。

翘首企盼，机会终于来了。一天下午，趁着爸妈都不在家，舅奶也到邻居家打麻将去了，我溜进厨房，踩着凳子，爬到锅灶台上把火柴拿了下来，学着大人的样子，先把火柴划着，右手拿着点燃的火柴，接着左手抓了一把稻草放在火柴上点火，但却怎么也点不着，烧着烧着火就灭了，接连划了几根火柴都没把稻草引燃。我有点着急了，心想，干脆就放在地上烧吧，烧着了再放到灶膛里。于是，我又划着了一根火柴，眼看稻草慢慢烧了起来，慌里慌张地抓起燃烧起来的稻草就往灶膛里塞，脑袋贴到灶膛口，拿起地上的木柴就往灶膛里放，眼睛直溜溜地看着灶膛里窜起来的火苗，我的心也随之兴奋起来。过了些许，我突然感到后背发热，扭头一看，身后的柴火已经熊熊燃烧起来了。我慌了神，赶紧起身用脚去踩，这火却越踩越大，直接窜到屋顶了，害怕、恐惧顿时涌上心头。"我妈啊，家里失火了！"我头也不回地往外跑,歇斯底里地喊道。正好外出回来的妈妈,看到我惊慌失措的样子,听到我喊着火了,扔下自行车就往院子里跑,这时厨房已经浓烟滚滚了,邻居闻讯而来,拿桶的拿桶、抬水的抬水,一阵忙活,终于把火灭了。我像木头一样杵在边上,不知所措,只等着"问罪"。这时,舅奶回来了,我像看到救星一样,踱步挪到舅奶的身旁,手悄悄地拉着舅奶的手。舅奶看到屋里一片狼藉,又看看我低着个脑袋,心里也有数了,对我妈说:"文芳啊,消消气。"

"这次要给大会长长记性,差点把房子烧掉了。"我妈气愤地说道。

"是要好好教训教训,犯这么大错误。文芳啊,你先去屋里收拾收拾,天晚了还要煮晚饭。"舅奶说着,把我带到了她的房间。

"大会啊,别怕,跟舅奶说说怎么回事啊?"舅奶进屋开了灯,靠着床沿坐了下来缓缓说道。

"我就想看看火在灶膛里怎么把东西烧着的……"我老老实实把事情经过跟舅奶说了。

舅奶耐心地听着我说完,首先肯定了我勇于承认错误,接着给我讲了小孩不能玩火、火的危险性等等。经过舅奶的一番教育,我如释重负,心里的害怕、恐惧感顿时小了很多。从舅奶房间走出来,天色已晚,我主动跑到厨房向妈妈承认了错误。吃晚饭时,我妈又把这事拿

333

出来说，我发挥我"讨人喜"的优势，把一家人逗得哈哈大笑。

在舅奶的"庇护"之下，我免了皮肉之苦。随着个人不断成长，阅历不断丰富，细细回味，我愈发觉得舅奶教育孩子的方法，真的不简单！有时，和风细雨式的教育与引导，比狂风暴雨般的批评与指责来得更有效，更能深入人心。每当我们犯错误或做错事，首先是让我们讲话，陈述事情的经过，其次是找出我们在事情过程当中正确的地方加以肯定，最后通过讲故事、说道理，让我们自己意识到存在错误的地方，达成共识。这些看似简单，实则需要经过苦难的磨砺、时间的沉淀，方有如此智慧。

古话讲，隔代亲，亲又亲。这话一点也不假！与舅奶一起生活的十多年，她老人家无微不至地呵护我们健康成长，循循善诱地教育我们做人做事的道理，让我的童年过得快乐而有意义。

(作者系叶珍外孙)

"三不争"

林大会

在我的记忆里,舅奶中等身材,经常穿着深色的外衣,干净服帖,齐脖短发,戴着一只褪色的黑色月牙形发卡,没有一丝乱发,饱经风霜的脸上承载了岁月的痕迹,温和的眼睛总是闪烁着慈祥的目光,半裹过的脚走起路来很矫健。

舅奶出生在战乱年代。那时老百姓处于水深火热之中,面对困难苦楚,她艰苦劳作,默默度日。新中国成立,农民当家做主,分得土地,生活有了质的变化,特别是国家经过改革开放的飞速发展,老百姓过上了幸福生活。面对美好生活,她从容淡定,从不与人计较。

从不争"名"。二十世纪六七十年代,舅奶第一次被大队评为"先进生产者"时,她在高兴的同时又有几分疑虑,因此问舅爹说:"你们是怎么评的?我被评上先进是不是有所照顾?如果那样,我宁愿不要。"舅爹说:"你放心吧!这是大家一致讨论决定的。我从来不会为你去争彩头，你应该是知道的。"以后评为先进的次数多了，舅奶仍勤勤恳恳、低调做人。

二十世纪八十年代中期，舅奶从老家搬到小尖镇上来，老人家的空闲时间多了，串门溜门变得经常起来。有时亲戚邻居来家里闲话长短，她就在一旁安静地听着，从不与人攀比，也不在背后指责他人。随着舅舅的职务越来越高，上门寻求帮助的亲戚朋友也越来越多，舅奶都是好言相慰，以表同情；有的亲戚比较"较真"，认为这么小的事情，一定能解决，非得让舅奶应允帮忙。舅奶也只是微微一笑，说："我非常理解你，但能不能办，我也不清楚，有机会的话，我问问文泉看看。"她从不说满话、假话、恶话，她相信，自己说过的话不是没人知道，"天知地知我知"，他人也会知，所以她一辈子谨言慎行，不慕虚名，更不让子女炫耀"吹"名。

从不争"利"。农村未实行分田到户时，到了收获的时候，生产队就按照人头、工分把地分到每家每户，分到的田地里的收成就归自己所有。听妈妈说，当时他们家分得的田地收成总是不好，比如，收山芋时，别人家地里刨出来的山芋个大量多，而我们家刨出的山芋小的像小癞咕（方言，蟾蜍的意思），而且量少。妈妈就不解地问舅奶："妈，为什么我们家的地不好？"舅奶说："你舅爹是生产队长，如果把好地分给我们，人家肯定有意见。"妈妈继续问道:"那也不能总是把差的地给我们自己啊。"舅奶笑着说:"闺女,我们靠多种地、多得工分,也不比人家差多少。"

舅奶与我们一起生活的时候,家里没有田地种了,但她老人家还是闲不住,就带着妈妈做些鞋垫拿到街上卖,价钱总是比别人要低。亲戚朋友说:"朱二奶,您的鞋垫质量比别人好,一针一线都是手工做的,可以卖贵点啊!"舅奶微微一笑,说:"挣点辛苦钱就行了,主要是找点事做做。"遇到衣衫褴褛的人或者家境不好的亲戚朋友过来买鞋垫,舅奶都是直接送给他们,一分钱不要。我有时很纳闷:"您和妈妈辛辛苦苦做出来的鞋垫,为什么一分钱不要送给人家?"舅奶笑着说:"大会啊,我们一天还能吃上三顿饭,做些鞋垫只是改善下生活,人家更苦,说不定连饭都不能吃得上,送给他们就当做好事。"我还是一脸茫然,舅奶摸着我的脑袋,接着说,"你大一点,就会明白的。"有一次,舅奶收到假钱,但她坚决不肯把假钱再找给别人。她说把假钱再找给别人,老天会怪罪的。吃亏能长远,讨巧待不长,这是舅奶的"得失观",一辈子从不占别人的便宜,也生怕占别人的便宜,得之坦然、失之泰然,只图个心安理得。

从不争"气"。人生中总会有消沉、低落的时候,但我从未从舅奶身上看到任何烦躁之气,或看到负面情绪。听大舅讲,舅奶一生生了十三个孩子,九个孩子夭折或流产,十来岁的文兰姨因农村医生过错而导致夭折,面对丧子之痛,不去无原则斗气,而是依靠政府公正处理,自己则竭力排解情绪,坚强地生活。

二十世纪九十年代中期,我们家遇到了生计困难,爸妈工作单位效益不好,濒临倒闭,二人面临下岗,一家七口人的生活、孩子读书上学没有了稳定的经济来源,如何是好,日子还怎么过?那时,爸妈心事重重、愁眉苦脸,家里就像被乌云笼罩着一样,少有欢声笑语。舅奶总是不断地鼓励爸妈:"宝付、文芳,你们别气馁,车到山前必有路,以前那么困难,吃不饱穿不暖,都能熬过来,现在这算什么!"后来,爸妈振作精神,精打细算过好苦日子,同时依靠自己的努力和舅爹舅奶的指导,如愿找到了新的工作,家里又恢复了生气。

《道德经》曰"上善若水",意思是说人最高的品质应和水一样,水是最有涵养的,甘居洼地而无怨无悔,滋润四方而不改其道,滋养万物而不与一切相争。我觉得可以用"上善若水"来评价舅奶。她犹如清澈如玉的水,一辈子不与人争名、争利、争气,始终保持如水的圆润温柔,如玉的纯粹洁白。

(作者系叶珍外孙)

守　夜

林大会

　　舅爹走的时候，已是百岁高龄，当时我们一大家子都静静地围在他的身边，他走得很安详。那天晚上，我们年轻力壮的几个小辈给舅爹守夜。七十多岁的舅舅在客厅边写悼文边陪着我们。夜里十二点多，舅舅突然起身披衣，抓了一把糕点走到我们跟前，轻声地说："你们饿了吧，来吃点垫垫肚子，多吃点，别饿着，要不拿个毛毯盖一下，别冻着啊。"听到这话，我的心头为之一震，"多吃点，别饿着"，这一句话怎么这么熟悉，这么亲切啊，这不是舅爹舅奶经常对我说的两句话吗？望着舅爹的照片，一股思念之情不禁涌上心头，脑海中不断地浮现出和舅爹舅奶一起生活的画面，思绪一下子又回到了那熟悉的场景。

　　我们家在小尖住的房子，从选址、买建材到打地基、上房顶、房子落成，都是舅爹、舅奶带着我爸一手操办的，舅爹、舅奶当年为了建这个房子吃了不少苦、受了不少罪，搭个小棚子住在工地上，看着房子从一块荒地上拔地而起，每一砖、每一瓦都渗透着他们两位老人家的心血。

房子所在的街与贯通南北的204国道相连，这条街有个响亮的名字，叫"致富路"，寓意着老百姓从这里奔向小康。上世纪九十年代的时候，这条街每天都是车水马龙、人来人往，各类商品从这里流向与小尖相邻的各个乡村。后来随着经济的发展，特别是2000年以后，各乡村的进货渠道越来越多，这条街也慢慢走向了衰落，没有了昔日的繁华。从204国道下来步行二百米，就到了致富路18号，也就是我们和舅爹舅奶生活的地方。二层简易的小楼房，一楼是商铺，二楼是卧室，小楼房后面有个院子，后排还有五间小瓦房，餐厅、厨房、厕所一应俱全。舅爹舅奶嫌住楼上不方便，加之舅奶的身体时有不佳，就搬到楼下的瓦房里住。

舅爹、舅奶生活起居很有规律，生活节奏不紧不慢，按部就班，按时睡觉、按时起床、按时吃饭。两位老人家穿衣、刷牙、洗脸，很有步骤，一步不省。衣服穿得很服帖，该塞的要塞进去，该折进去的要折进去、该扣的要扣起来。然后，舅爹就打开收音机，在院子里做早操，伸伸胳膊、活动活动腿、扭扭腰。早操做完后，拿起扫把先扫院子，再扫门外。这时，舅奶就开始在灶台前洗洗涮涮，灶炉里闪烁的火光在舅奶映得红亮的脸上跳跃,一会儿工夫,早饭便散出了清香。一大家子围坐在一起开始吃早饭,一天的生活就这样拉开了序幕。这一幕日日如此,年年如此。

舅爹、舅奶对我们的日常教育很严格。日常礼仪不能有丝毫含糊,他二老始终认为孩子要先成人再成才。吃饭时,不能吃出吧唧吧唧的声音来,尤其是喝汤,"咕嘟咕嘟"声是绝对不允许的。在饭桌上不能东倒西歪,更不能抖动双腿,在他看来,抖腿是"穷酸"一辈子的兆头。逢年过节,家里长辈未上桌前,只要舅爹、舅奶看到我们先坐上去了,就瞪着眼睛严厉地看着我们,我们只好乖乖下来。写作业时,总是不厌其烦地提醒我:身体要坐正,眼睛离书远一点,笔要拿稳,写字要工整。他们还经常教育我如何交朋友,鼓励我去交那些肯学习的、有上进心的朋友,可以一起相互学习、相互提高,而不是成群结伴玩;告诫我不要和不三不四、不求上进、贪玩的小孩在一起玩,特别是听说攒大宝、逗小球很厉害的小朋友,那是绝对不允许我和他们一起玩。因为在他们看来,那些玩得很厉害的小朋友,学习成绩肯定好不到哪里去。

位卑未敢忘忧国,这句话用在二老身上再合适不过了。舅爹,一个只当过生产队长的老党员,却有着浓浓的家国情怀，家里的小院子里经常高朋满座、纵论时事。他经常讲："干部做事要想着老百姓，不管老百姓的干部不是好干部。"当听到有些干部做事不公道时，他都会讲这些人迟早要被抓起来。晚年的时候，看央视《海峡两岸》的栏目成了他的必修课，时不时感慨一番："现在我们国家发展这么好，台湾回归是迟早的事。"舅奶，一辈子勤俭节约，从不浪费。在她眼里，废纸、废旧的瓶子等很多东西都是宝，都可以重复利用。穿坏的衣服缝缝补补接着穿，实在不能穿了就剪一下当抹布用。家里有个顶针，听我妈说，舅奶用了十来年了。她老人家一滴水一粒米都舍不得浪费。

　　舅爹喜欢讲故事，喜欢讲英雄人物故事，讲《薛仁贵》、讲《杨家将》、讲《三国演义》，那些事情好像是他亲自经历的一样，他记忆力特别好，每个细节都描述得很清楚，讲得栩栩如生。夏天晚饭后，特别是停电的时候，邻里的大人、小孩都会聚在我们家院子里，或立或坐，参加舅爹的故事会。这时，舅爹跟大家一一打招呼："晚饭吃过啦？"接着把衣服理一理，不慌不忙地坐下来，清了清嗓子，从兜里掏出烟和火柴，抽出一支烟，放在凳子边上敲上一敲，擦一根火柴，点燃香烟，轻轻吸一口，说道："今晚讲穆桂英大破天门阵。"故事就在这烟雾缭绕中开始了。讲到精彩处或紧要关头，或横眉倒竖、或厉声痛呵、或怒不可遏。舅奶也喜欢给我们讲小故事,讲人心不足蛇吞象,讲《三字经》。每次讲故事总是不紧不慢、细声细语,还时不时问我们懂没懂或让我们讲讲小收获。我们有时一脸茫然的表情,有时我也会钻牛角尖地问很多为什么(因为凭我当时的理解能力,好多事情感觉不可能的),舅奶就笑着摸着我的头说:"大会啊,等你长大了,你自然就会明白其中的道理了。"

家里的"四大"是舅爹舅奶的骄傲。每次舅爹带我出去溜门,别人问:"朱老太爷,这是谁啊。"舅爹就摸着我的头,乐呵呵地说:"这是我外孙,文芳家的,叫大会。"说完还伸出右手竖起四个手指,说:"我们家有四个大呢,这才是一个大。"别人就饶有兴趣地问:"那您家还有哪三个大呢?"舅爹自豪地说:"我有四个大孙子,大治、大鹏、大会和大伟,大治最大,是我大儿子文泉家的,大鹏是二闺女文俊家的,大伟是小儿子文兵家的,他们都在外地。"在场的人就会说:"您老人家真有福气!"舅爹听了,连忙摆摆手,笑着说道:"哪里哪里。"舅奶经常跟我说:"你们这'四大',到最后看看到底谁最大!"我说:"那还用说,肯定大治哥哥最大啊!"舅奶说:"我不是说年龄,是说谁最有出息。""那肯定也是大治啊。"我不假思索地回答(因为那时大治哥哥已经考上了研究生)。舅奶笑着说道:"你也好好努力,向哥哥学习,以后也能跟上的。"不管谁学习取得进步，或者工作上取得成绩，二老都会由衷地替我们感到高兴。

舅奶病重住院期间，我在读高三，因学业压力、路途遥远等原因，从没到南京去探望过，甚至她老人家临终前，连话都没说上一句，这在我心里永远是个遗憾！所以，我在读大学、工作期间，只要有机会到南京，都会过去陪陪舅爹。每次一见面，舅爹就会拉着我的手，关切地询问我工作怎么样，部队苦不苦，爸妈在老家好不好。有时，我给他梳梳头，陪他聊聊家乡往事，舅爹就会问起他的那些老朋友身体怎么样，当听到有人已离世的消息时，就会发出感慨；当听到有的人身体还硬朗的时候，就会交代我有空回去的时候去看看他们。有时，陪他看看电视，看《隋唐英雄》《长征》……看到精彩之处，舅爹又像当年他给我们讲故事一样，点评每个故事人物。

有一次，我去看望舅爹，见到他头发理得很短，我说："舅爹，您看起来很精神啊，您是个帅老头！"舅爹就哈哈哈地笑了起来，说："都这大年纪了哪还能叫帅啊。"每次舅爹都坚持要我留下陪他吃完饭再走，我还是一如既往地恪守舅爹教育我的规矩，舅爹也一如既往地提醒我："多吃点，别饿着。"人老了，最怕的就是孤独。每次走的时候，舅爹都会坚持送我出门，就是行动不便的时候，也坚持要拄着拐杖送我到门口，说："大会，下次再来啊。"我出门的时候,他又叮嘱一句:"一有空就来,一定要来啊。"我走远,他才回。

在生命中的最后两年多时间,舅爹是在医院度过的。舅爹生活不能自理了,需要人一直陪护在他身边,家人每天给他洗脸、擦身、梳头发;舅爹也不爱讲话了,因为每讲一句话,要费很大的力气,再后来就不能讲话了,再也听不到他讲故事了;舅爹有些不认人了,令他骄傲的"四大",他也分不清了,经常把我们几个搞混。那个凝聚着他心血的家,令他魂牵梦萦的家再也回不去了。

"大会、大会……"一旁的大治哥哥,叫了我几遍,"你先睡会吧!我来守夜。"我望着舅爹的照片,突然觉得他是个非常幸福的老人!他好像在对我说:"大会啊,多吃点,别饿着!"

和舅爹、舅奶一起生活的时光是美好的,美好的时光总是短暂的。有时候想想,真希望这是一场梦,梦醒了一切如初,舅爹、舅奶依然在我们身边。家有二老,如获至宝!两位老人家就是我们一大家子的宝,他们是一座桥梁,把我们一大家子紧紧联系在一起,像石榴籽一样团结在一起;他们也是一本厚重的书,老人家朴素的话语蕴含着深刻的道理,平凡的事情中彰显出伟大的情怀,让我们从中学到了许多做人做事的道理;他们更是一盏航灯,为我们指明了人生道路前进的方向。在失意时,给我们打气鼓劲,没有过不去的坎;在得意时,提醒我们人外有人,山外有山,继续努力,笑到最后才最甜。老人家没有给我们留下万贯家产、千亩良田,但却给我们留下了宝贵的精神财富,让我们享之不尽、用之不绝。

(作者系叶珍外孙)

卷 五

虎门销烟、驱荷复台、五四运动、抗击日寇,是爱国;淮海支前、送子参军、修筑总渠、劳动翻身,亦是爱国。勤俭持家、劳动致富、分担家务,是爱家;修身齐家、培养子女、承担责任,亦是爱家也。

家国一体,相依相存。爱国也爱家,爱家必爱国。

药　罪

朱文泉

　　1946年6月,国民党撕破停战协定和政协协议,挑起了全面内战。在华东,蒋介石调集四十五万大军,向我苏皖解放区大举进攻。除苏中方向七战七捷,其他几个方向上的我军却连遭挫折。7月底,淮南解放区全部陷落,8月整个淮北区被敌人占领,9月又痛失苏皖解放区首府两淮(淮阴、淮安),华中战局急转直下,华野大军迅速北撤。此时,一些地方社会治安恶化,抢银行、捣药店,劫财物甚至暴动、投敌时有发生,昌盛村昌兴庄徐三先生的中医药店被抄就是一例。

　　某日,爸爸外出办事。临行前谈到徐三先生家的药店被抄,中药材的药柜、药瓶都被砸了,药也乱了,有一家拿了他的药出了事,幸亏抢救及时才逃过一劫,当时妈妈忙于家务,并未听进此事。

　　我之后,有两个双胞胎弟弟大约一岁左右,妈妈说双胞胎弟弟长得最漂亮、最疼人,不料那几日两弟一起发高烧不退,情急之下,妈妈就去徐三先生药铺,请他诊治。徐三先生给了两服药回来熬水喝,说退了烧就好了,万万没想到的是喂药半小时后,两个孩子就没了,当时妈妈觉得天塌下来了,一下子就昏倒在地,两天后爸爸回来,妈妈已哭得死去活来。那时我大约四五岁,不懂得家里发生了什么事,只见妈妈整天披头散发,坐在倒中药渣的地方号啕大哭,有时手里还抓着中药渣在手中数,往空中抛,抛了又数,数了又抛,哭累了就坐在东墙角,看远处来往大人小孩,一坐就是大半天。后来爸爸告诉我,妈妈那一两个月真的像疯了似的,不劝不吃,有时劝也不吃,不劝不睡,有时夜里还跑出来哭,爸爸自己也很后悔,如果不外出,在家针灸(爸爸针灸在当地小有名气)两次就会好,不至于拿错药,出了这么大的事。

更使妈妈痛不欲生的是1963年。

大概四月前后,十一岁的文兰妹妹突然身体不适,起初喊头疼,疑是重感冒,几天后症状不减,又喊后脑疼,爸爸赶紧请当地的一位医生上门诊治。医生带来了药,同时也带来了布袋。

医生看过病人后,开门见山:"家里快断顿了,朱队长能否给点队里的粮食?"

爸爸:"队里的粮食早分配过了,留的都是种子粮,不能动的。"

医生略有不快。

爸爸见状对妈妈说:"把家里的粮食掬点给医生。"转脸又对医生说,"我家粮食也不多了,表点心意吧。"

医生并不领情,拿着小半袋粮放在自行车后座上,脚一蹬离开了。

第二天,文兰病情未见好转,医生推故,当日未来。

第三天又请,医生带来了吊架、药水,依旧带来了布袋。

医生问过病情后,给文兰挂上了药水,文俊妹在里屋陪着文兰,也侧耳细听外屋的对话。

医生:"朱队长你给的粮食已经吃完了,还是请你给点公家的粮食,否则就揭不开锅了。"

爸爸:"队里粮食是种子粮,吃种子粮等于吃命根子。"

医生:"队里总还有点机动粮吧!"

爸爸:"你是知道的,去年歉收,机动粮很少,只能用于集体救急,不能用作其他。"

医生:"我家困难大,你是队长这点权力还是有的。"

爸爸:"你给我家孩子看病,我把公家粮食给你,社员会说我'以权谋私',我没有这个权力啊!"

医生:"那好吧!"

医生起身走到里屋,500毫升的药水只挂了一半,便起针把剩下半瓶药水放在后墙窗台上,说明天再挂。

第二天早饭后,医生来了。文俊从窗台上拿过半瓶药水,迎亮摇一摇,发现水里有絮状物,便问医生这是什么,医生说不碍事能挂。然刚挂了半小时,不幸发生了,文兰口吐白沫,头往后仰,痛苦难耐,进入昏迷状态。此时医生慌了手脚,表示"没法了",妈妈无奈,赶紧给文兰换上干净衣服,但没有一件是新的,转头对文俊说:"乖乖,把你那双新长筒袜子拿来给妹妹吧。"说话间,文兰突然睁开双眼说:"妈妈,我已经很满足了,新袜子留给姐姐上学用吧!"说完,闭上了眼睛,离开了尚未看懂的这个人间。

多好的妹妹!多乖的女儿!前几天还活蹦乱跳地挑菜拾草,突然间就这么走了,这让全家人无法接受,尤其是妈妈已身怀六甲,难以承受如此无情的打击。她整天精神恍惚,以泪洗面,还不让文俊写信,怕影响我工作。

好不容易熬过了三个月,盼来了六弟的诞生,家里人希望新生命能给妈妈带来好心情,谁料六弟的降生,是妈妈生我们兄弟姐妹中最痛苦艰难的一次。

当时找不到产科医生,只好请大姑妈来接生,文俊当助手。"儿奔生、母奔死。"前后经过十多个小时的煎熬,两次昏迷,六弟降生了,妈妈脸上又有了微笑。可是，就在六弟出生的第十天，突然脸上发紫、喘不过气来，妈妈一边掐住六弟人中，一边差人喊在队里开会的爸爸回来，等爸爸赶到家时，六弟已经没了，妈妈又一次陷入极度悲痛之中。

当程二舅爹从妈妈怀中要抱走六弟时，妈妈抓住六弟的小抱被不让离开。爸爸看到妈妈悲痛欲绝，怕再发生什么不测，只好开导妈妈说："你不要太难过了，身体要紧，这孩子来了又走了，说明他本来就不该是我们家的孩子，就当他走错门了，让他去吧。"

哪是什么"走错门"！六弟的夭折，肯定与妇产科医生接生有关、与婴儿未能得到及时检测、治疗有关，更为直接的那就是与妈妈妊娠期中遭遇心理、精神上的严重挫折有关，是那个时代苏北农村缺医少药的缩影。

哪是什么拿错药！双胞弟的离世，是社会动乱的结果，是战争带给人民的灾难！

文兰，1952年出生，比我小十岁。1956年我考上响水中学，放假回来，总是看到她跟着姐姐学习做家务，过来叫一声哥哥就去忙碌了。1961年秋，我应征入伍，临行前跟妹妹说，听爸妈的话，跟着二姐学劳动，还要学文化，先苦后甜，将来才能有出息。文兰满口应承。命运竟然如此捉弄人，想不到这次是永诀。

哪有什么"满足"！她什么也没有得到，她的人生画卷还未来得及展开,她也不了解社会阴暗的一面,更不了解那位医生借机敲竹杠之卑鄙和道德沦丧,虽然那个医生受到应有的惩罚,但文兰却失去了宝贵的生命。她所说的"满足",唯一就是感受到亲人对她的爱。

文兰弥留之际用"很满足"来宽慰爸妈,新袜子要留给姐姐上学,她想的都是别人,唯独没有自己,多懂事的妹妹,多可爱的妹妹啊！妹妹,你走得太匆忙,太可惜,太委屈了。哥在部队服役,既不知情,又没能挽救你的生命,作为哥哥十分愧疚啊！想到这,心如刀绞,忍不住几次潸然泪下！

妈妈,一生生了十三个孩子(包括流产、夭折),最后长大成人的只有我、文俊、文芳和文兵兄妹四人。那九个弟妹的孕育,掉的是妈妈的肉,而他们去世割的也是妈妈的肉,这给妈妈带来多大的摧残啊！爸妈过了一辈子苦日子,能吃的时候没有得吃,有得吃的时候又离开了我们,最遗憾的是妈妈走时,我因军务繁忙没能守在她的身边,没有聆听她的教诲,妈妈走了,再也没有妈妈了。想到这,数次泣不成声,以至于涕泗滂沱啊！

药罪。药何罪？人之罪也！

(作者系叶珍长子)

红夜校

朱文俊

小时候,母亲是我的启蒙老师;上学了,我成了母亲的"教书先生"。我十岁那年,农村开展扫盲运动,就是以生产队为单位,把村子里不识字的人集中起来,由小学老师或识字的人利用晚上时间教大家读书认字,称之为扫盲班,也叫红夜校。

我们队的红夜校办在生产队的社房里,一到冬天吃过晚饭后,村里不识字的大爷、大妈、姑娘、小伙们都去社房集中听老师讲课、认字,群众戏称去"睁睁眼"。妈妈一辈子没有上过学,连自己的名字都不认识,红夜校开学后,尤其是每天晚上看到一趟一趟人提着凳子从门前经过的时候,妈妈也动起了读书认字的念头。但繁杂的家务事让她始终抽不出空来。有一天,她把我叫到跟前说:"小二子,红夜校教人念书认字,你带上妹妹也去听听,不仅你自己能认字,回来也能教教我。"

那时,跟我同龄的孩子多数上了学,我渴望念书,但苦于没有机会，听说红夜校能教书认字，我心里特别高兴。从那以后，我每晚背着文芳去上学。尽管只是扫盲班，但我学得特别认真，特别入神，加之小孩子接受能力强，所以老师讲的课我都能理解，老师写的字成人不认识我认识，别人写不上我能写上，在一队红夜校我的学习成绩算是拔尖的。后来，当时教我们的解学武老师专程去我家与父亲促膝长谈，动员让我去正规学校上学。在老师的力荐下，爸妈真的同意我上学了。

在红夜校里老师讲的第一堂课是共产党万岁。回到家里，我学着老师的样子现学现卖，教给妈妈。妈妈学习认字没有课堂、没有黑板，也没有专门学习时间，她总是一边干家务活一边让我教她认字。她让我把字一笔一画地写在家里的内墙上，偷里忙空看一眼学一句。拣菜时、烧火时、刷锅洗碗时，都是她的认字时间。有时候正拐着磨还突然问我："小二子，墙上写的第三个字叫什么？"妈妈学习很认真，时间长了竟然认识了不少字，还能写上自己的名字和邻居们的姓。她虽然没进红夜校的门，但她学到的东西不比夜校学员少。妈妈不仅想多认字，还想理解更多的东西。她问我："共产党万岁老师是怎么讲的？"我说："听老师课堂上讲：共产党是一个组织，是一心为老百姓办事的，是要让所有的穷人都过上好日子，像推翻旧社会、搞土改分田地、办初级社、高级社等许多事情都是共产党领导干的。"那时我还小,也初学文化,理论知识我自己也不懂,只能鹦鹉学舌般地跟她说说。妈妈听后沉默不语,若有所思。到了二十世纪六七十年代,随着政治运动的不断开展,妈妈对共产党有了更深的认识,她曾试图加入中国共产党,可爸爸对她说:我是党员,是政治队长,你在党外积极支持我的工作一样能起到共产党员的作用。没有入党妈妈一直认为是件憾事。

有了红夜校的一点基础,加上爸爸对她的影响,妈妈也逐渐地关心起国家大事。那时农村都有广播喇叭,每天广播国家大事,县、社要闻,好人好事和农业技术。她和爸爸一样,每天坚持听广播,有的记在心里,上工时再讲给社员们听。"文革"期间,盛行学"毛选"(《毛泽东选集》和语录),她也不甘落后,"老三篇"(《为人民服务》《纪念白求恩》《愚公移山》)她基本上能背下来。同时还能学以致用,她常说:帮助别人,关心集体,也是为人民服务;学习白求恩就是要关心别人,多做好事和善事;做任何事情,尤其是困难面前都要有愚公移山精神。现在回忆起来,妈妈的一生还真是这么走过来的。

(作者系叶珍长女)

劝　慰

朱文俊

劝慰是一种思想工作，是心的交流，它能转变人的认知，解除某种忧虑和烦恼，消除思想阴影，带人走出困境，奔向未来。

妈妈是个地道的农村女性，虽未上过学，没有文化，但在我的心目当中，她思想进步，朴实善良，善解人意，是位善于做劝慰工作的高手。许多邻里矛盾在她的劝慰下得到化解，不少家庭夫妻不和在她的劝解下重归于好，一些自暴自弃的青年在她的劝说下迷途知返……给我印象最深的还是"文化大革命"中，她对爸爸的劝慰。

爸爸是1949年入党的老同志，农村合作化后，一直当生产队长，他是跟随父辈逃荒到响水县的贫苦人。他感恩共产党，热爱新社会，所以他把全部精力都放在生产队工作上，带领全队干部群众战天斗地，增加产量，改善民生，交足公粮，受到上级和社员的多次好评。但爸爸做事原则性强，工作标准高，过于耿直，特别在农业生产上，心中容不得半点马虎。他常说人误地一时，地误人一年，保季节、保质量是种田人的第一要务。对那些上工迟到早退、出勤不出力等现象，会严肃批评，有时确实不留情面，让人下不了台。常挨批的人，心里自然不舒服，打了结。

"文化大革命"开始后，有的人想借机发泄心中的不满，私下走动撮合了几个人，找了爸爸几十个"问题"，写了上百张大字报，挂满了生产队的队房，有的还用绳子扯到我家门口。尽管都是些不实之词，有些是牢骚怪话，但那阵势还是让人有些震撼。尤其是爸爸，白天东跑西奔忙队里的事，晚上回家还要面对这些大字报，心里很窝火。他不肯吃饭，也不说话，只是闷头抽烟，妈妈心里十分着急。

一天晚上，妈妈搬条凳子坐到爸爸对面，指着门外的大字报，坦诚地说："我知道，你是因为这些大字报心里过不去。我也一肚子气，但静下来想想，不就是一些批评意见吗，你也是时常批评别人的人，允许你批评别人，就不允许别人批评你呀，挨几句批算什么？有就改，没有，左耳听右耳出，没必要较真。"爸爸磕了磕烟袋咀，装上烟继续抽。妈妈看爸爸没吱声，继续劝道："你要分清，这些只是那几个小青年所为，大多数贫下中农心里有数，上级心里也有数，只不过时机不对，不好出面说而已。只要你把生产抓好,粮食丰收,家家有余粮,年底分到钱,他们就没话可说。"不知是妈妈的一席话解开了爸爸的心锁,还是爸爸为妈妈能够这样辨析事理而感到欣慰,爸爸慢慢抬起头望望妈妈,投给她赞许的目光,嘴角也露出淡淡的微笑。以后的一段时间,尽管大字报掉了贴,贴了掉,时有增减,爸爸全然不顾,全身心地抓好工作,全队的农副业生产形势始终领先于周边社队。

1967年,揪斗走资本主义道路的当权派也由城市蔓延到农村。爸爸虽是小小的生产队长,但那些"积极分子"们并不放过。说他只抓生产,不问政治,只埋头拉车,不抬头看路,是典型的走资派,一次次把他拉到队房里批判,扬言这次必须打倒。爸爸不知上头的来龙去脉,感到事态严重。他在想:我祖辈受苦,是共产党搭救了我们家。我也跟党几十年,辛辛苦苦带领大家搞生产,一心一意谋致富,为国家做贡献,怎么这就成了走资派呢?他百思不得其解。委屈和郁闷窝在心里,人一天天消瘦下去。妈妈思想也不通,但看到爸爸压力大,无论如何要加以劝解。她借天气拉开话匣:昨天大风不是很大么,飞沙走石怪吓人的,今天不就停了么!有些事情,就是一阵风,事情不在理,总是不长久,我看挺一挺就过去了。

爸:"可他们把我划成走资派!"

妈:"是不是走资派你心里没数吗?他们说了能算数吗?"

爸:"现在就是不明白,为什么他们敢这样瞎嚷嚷。"

妈:"这不是现在能讲清楚的事。"

爸:"这样下去如何是好?"

妈:"我不相信会老是这样。你要想得开一些,忍耐一点,邻居们不都说了嘛,批判会上那些话只是几个人瞎嚷嚷,不能代表他们的意见。"

其实,爸爸心里有数,只是要看看妈妈怎么说。

妈:"因为群众不会认同他们的观点,真的要把你打倒,谁干呢?有的人想干,恐怕群众还不答应呢。出出气可以,打不打倒他们说了不算,你放宽心。"

稍停。妈妈又补充说:"你只是个生产队长,走资派这顶帽子你戴不住,不够格。就是说成走资派也不是你一个,周边七里八乡挂上号、挨批斗的多着呢,人家能忍,我们也能忍。我们一不贪,二不占,又不是地富反坏右,他们打不倒。"

在妈妈的反复开导下,爸爸心里逐步敞亮了。他笑着对妈妈说:"你还就行哩。"

一段时间以后,他们见爸爸并没有垮下来,认为"走资派"还在走,挑头的个别人心有不甘,想闹出更大的动静,于是便在批判会上搬出危言耸听的话题,说朱建成跟台湾有联系。这句话帽子很大,又有煽动性,不明真相的人听了瞠目结舌。这话从何说起呢,起因是个别人薅地"猫盖屎"(指用前面的土盖住后面的草,只图快和省力,达不到松土保墒、除草的目的)。爸爸见之,给予了批评,要求重薅。那些人因为感到难堪心中有气,第二天见爸爸不在,便着意故伎重施。不料爸爸又来检查,同样给予了纠正,并严厉批评说:"你这叫薅地吗?你是跟我斗气、还是跟大家斗气?这怎么给你记工分?要工分去台湾拿。"原本一句批评人的气话,被当成很有嚼头的口舌,无限上纲。

批判会上,气氛十分紧张,划一根火柴就能点燃。当时的形势当然对爸爸不利,多数人默不作声,少数人看热闹,几个人上窜下跳,其结果是爸爸认罪态度不好,罪加一等。那天晚上,爸爸再次陷入了迷茫。

众人散去,爸爸不愿回家。坐在昏暗的马灯下,一边抽烟,一边沉思。怕爸爸想不开,我和妈妈紧紧陪伴在他的身旁。

妈妈先把那几个革命"积极分子"数落了一遍,爸爸不吭声。妈妈又把爸爸这些年当队长的成绩摆了一遍,目的是让爸爸出出气,心里稍为舒坦一点。看样子,爸爸是仔细听的,但还是不吭声。妈妈看着爸爸换了一袋烟,思忖了一下,转脸对我说:"二子,你爸上当了!"

爸爸吐出了烟袋,望着妈妈:"我上什么当?"

妈:"我们几代都是穷人,是共产党帮我们翻了身,你还当上队长。那些人就是借机给你扣帽子,利用你抓生产不要命,性子急,故意让你发火,说你对抗革命,好给你'罪加一等',叫你下台!"

爸爸似乎有所醒悟,噢了一声:"我是没忍住,我一听就火冒三丈。"

妈接着说:"这些年,你遇到那么多事,都挺过来了,还怕这一次?你没注意吗,干部没有一个说你坏话的,党员也没有说你坏话的,到会的中老年人都没吭声,那几个嚼舌根的能把你怎么着?身正不怕影子斜。只要你挺住了,他们就打不倒你。"

看着爸爸嗑掉了烟灰,腰也直了起来,妈妈进一步说:"有些事不是输给别人,而是输给自己。所以关键时刻要沉住气,冬天过去,春天就到。"

"走,我们回家。"爸爸搀着我的手,迈着坚定有力的步伐走出屋外,我感觉到爸爸的内心充满了信心和力量。

数月之后,"风"停了,日出了,一切恢复了平静。曾经站在爸爸对面"出气"的一些年轻人,也通过不同方法上门道歉,为自己的一时冲动感到自责。爸爸表示自己工作上也有缺点,他们表达的意见对自己也是个提醒,考虑到步调一致向前看，对他们的行为不予追究，只要求他们今后要诚实劳动，多为集体着想，走向共同致富。

　　回顾那段经历，我感叹爸爸的坚强，更感叹妈妈的了不起。多少年来，她的劝慰、疏导和宽容，感化了许多人和家庭。作为子女，我们更是受益匪浅。我从参加工作以来，无论是做政工干事、党支部书记，还是工会主席，我都能将心比心体谅别人，把大家团结在一起，同事们也把我当知心人，有难事都乐于找我解决，还称赞没有我处理不好的事儿。其实，我这点小能耐，都是跟着妈妈耳濡目染学来的。

（作者系叶珍长女）

善待生灵

朱文俊

父母就像一本书,不到一定年纪读不懂,等到能够读懂时,老人已经离去。如今重读父母书,感恩戴德,泪流不止。想想父母吃过的苦、受过的累,心中万分不忍;想想父母做过的善事,心中又充满了无限的感慨。单说母亲一贯呵护生灵之举,就应该受到后人的尊敬和效仿。

我们家住在昌盛村的最西头,三间草屋,坐北朝南,在全村清一色的草屋平房中,它显得高大、庄重,加之爸妈的精心管理,又格外清爽、整洁,走近它,油然产生一种宽敞、舒适、温馨的感觉。

屋后约五十米内,是妈妈终年关注的菜园子,那是全家人的副食品"基地"。屋基与菜地的交界处,妈妈种上一排药食同源的黄花菜,夏天,含苞待放的花骨朵和盛开的喇叭花,金黄灿灿,赏心悦目。

五十米外,是一条相对较宽的圩沟,沟水清澈见底,水面漂着野生菱角,水下有野生黑鱼、鳗鱼、黄鳝,它们各自经营自己的生存环境,相安无事,有时也可能发生冲突,常弄出点动静,让渔翁得利。沟的南半边种上芦苇,春夏两季,微风吹拂,芦柴散发出阵阵清香,秋冬则素花满头,独自风流。沟坡长着酸溜、富秧、七角菜,是大哥常来挖野菜的地方。呱呱唧(一种水鸟)在芦苇丛中做窝、产卵、孵仔,快乐时组织吟啭比赛,呱唧呱唧此起彼伏。沟崖边几棵高大的刺槐,是喜鹊看中的地方,置窝一年比一年多。遇有探访问路,人们会抬手一指:前后有大树,树上有喜鹊窝的就是他们家。大树和喜鹊窝成了我们家一道别具特色的风景线。

  门前是一块约一百平方米的场地。虽为土质,但修整和碾压得十分平整、结实,它是我们家打谷、晒粮、堆草和户外活动的场所。

  场地的东侧,是厨房兼磨坊,是妈妈整天忙碌的主要阵地。再向南几十米,是一个不大的小水塘,有泉眼,经年累月不干,此塘水爸妈饮用了大半辈子,极甘洌。

  场地的西南侧便是草垛,草垛北侧最引人注目的是一棵大楝树。树下经常摆上一个小方桌,上面放一盆凉开水,周边放几条小凳子。那是乘凉的好地方,是来往过客喝水、歇脚、避暑的驿站,也是各种新闻的交流中心,更是说书听故事的小舞台。我们小时候最喜欢往这个地方凑，一个最重要的念想就是弄块烧饼或油条吃，因为卖货人挑子上剩下的东西比上午便宜一半，偶尔看你顺眼还奉送一块，当然也有讨好主人的意思，我和大哥都曾得到过这种优待。爸爸则坚持付钱，晚上免不了又对我们进行一番教导，说小孩子不允许养成馋嘴、占小便宜的习惯。

爸爸既是场地的主人，招呼路过的客人就座，他又是说书人之一。他虽然识字不多，但走南闯北经历的事多，记忆力超强，从别处听来的《三国演义》《杨家将》《岳飞传》等部分故事情节，能比较完整地"贩卖"，有时还绘声绘色，妈妈虽然很忙，也时常忙中偷闲听上一段。

再向西南方，便是我们关注的猪圈。虽然只有八平方米，但在妈妈的操持下，每年育出一两头大肥猪或是两窝小猪崽，还能积造优质肥料二百斗（以笆斗为计量单位计算工分），那是我们兄弟姐妹上学费用的主要来源。为了养猪和积肥，妈妈付出了无数的辛劳和汗水。

猪圈南侧还有两棵刺槐、一棵臭椿，喜鹊也会南北"对歌"，房前屋后喳喳不断，喜气盈盈。

房屋西侧不远处，有一条南北走向的大沟直通灌河，是前人开挖的灌溉工程，又是排涝工程，为了加高加固河堤,在大沟东侧又挖了一条小沟,形成两沟夹一堤布局。小沟上用三块石板并列,形成小石板桥。大沟则不同,沟中及两端砌了四个桥墩,上面分三段、每段用三块大石板并列,计用九块大石板制成一座大石板桥,这在当时还是一座像模像样的石板桥。

盛夏来临,水位高涨,此处成了孩子们捣猛玩耍的乐园。男孩一个个爬上桥面,用水撩撩身子,尔后一个猛子扎下去,游出老远才露出小脑袋,抹把脸,摇摇头上的水,爬上桥面再重来……

稍远处,女孩们则饶有兴趣地观看水草中乌鱼张大嘴巴吞食幼鱼的情景。传说乌鱼下了幼鱼后,眼睛失明无法捕食,幼鱼就围着乌鱼让其吞食,因而称其为"孝鱼"。其实,这没有科学根据,乌鱼不会失明,把幼鱼含到嘴里不是吞食,而是一种临时性保护措施,抑或是"母子"间的游戏而已。

大雨过后,水面漫过桥面,村妇们更是不放过天赐良机,提着大包小包到石板桥上捶打、搓踩,姑嫂妯娌,家长里短,笑语连连。

妈妈常说锅不热、饼不贴,你待客人不热情,人家就不愿再来了。生灵也是如此,你给它营造一个好的环境,并且细心地去呵护它,它就对你有感情,就会往你这里飞,我们家虽不富裕,但风水好,人也好,它们就愿意来。

妈妈说得不错。你看那小燕子,身姿轻盈,时而高空起舞,低空盘旋,时而又在主人前后穿梭,还真有杜工部那种"微风燕子斜"的感觉。它是唯一在民居内筑窝、产卵、孵雏,与人类最为亲近的野生小生灵,这种愉悦,城里人是无论如何也享受不到的。然有的人家见其粪厌其脏,就捣其窝、赶其走。妈妈则不然,她说:"小燕是有灵性的小飞鸟,它们总是选择房屋高大、清洁卫生、主人善良好客的人家建窝育崽,能被燕子选中,是它们对主人的看得起和信任。"妈妈每天出门时,一般不关门,即便必须关门时,也要留出一条缝,以便"劳燕复去来,觅食喂雏仔"。燕子好像很领情,来年仍光顾我们家,给大家带来欢乐。

农村的孩子娱乐项目少,上树掏鸟窝是他们的最爱。每闻喜鹊喳喳求救声,妈妈会立马停下手中活,劝导孩子别爬树伤鸟。妈妈告诉他们,喜鹊是传递喜报的吉祥鸟,它也有爸妈和儿女,你们应该保护它,做它们的好朋友,孩子们听了以后也就乖乖离开。

周边的芦苇塘,常有人潜入捞鱼捉蟹。端午时节,多有众人采摘芦叶包粽子,此时妈妈会及时出现,劝说大家不要折断芦苇秆,尤其不要捡鸟蛋、毁鸟窝,说水鸟和人类一样,有爱、有家、有情,我们应该竭力保护。

但有一件事,却让妈妈为了难。家里有条大黄狗,算是妈妈的开心果。劳累小憩时,无论是否见到大黄狗,都会唤一声:"大黄快过来。"只要听到主人唤,大黄必定摇头摆尾伏到主人前。有时伸出舌头,舔舔妈妈的手。大黄还是爸爸的忠实警卫员,每天天不亮,就早早等在家门口,陪同爸爸下田去巡视,爸爸到哪儿它到哪儿。爸爸参加公社"三干"会,它也坚持跟到会场上,伏在爸爸腿边,一动也不动,直到会议结束。后来,上级组织打狗队,禁止村民养狗。这让妈妈忧心忡忡,捕杀舍不得,不捕杀又不符合上级要求。一日晨,妈妈将大黄叫到身边,从头到尾摸了一遍又一遍说:"不是我们不留你,形势所逼,没办法。要不你躲到床底下,看看能否躲过这一劫。"大黄好像听懂了主人的话,真的伏在床底下,半天没出来。

不久,上级又组织第二次打狗。妈妈估计,这次大黄可能逃不过,让它饱餐一顿后,拍拍大黄脑袋说:"躲过躲不过,就看你的造化了,吃饱赶紧躲起来,今天千万别出来。"大黄真的有灵性,绕着主人转两圈,径直潜入麦田地,直到晚上才出来,第二次躲过打狗队。

几天后,不知何故大黄失踪,再也没有回来。想想大黄的灵性、忠诚、守门警卫的功劳,以及摇头摆尾的讨人喜欢,妈妈着实伤感了好多天。

据专家预测,全世界每天有七十五个物种灭绝,至2050年,目前的四分之一到一半物种将会灭绝或濒临灭绝,由于生态环境越来越差,新的物种又很难产生。如再不改变生态,善待生灵,最终灭绝的便是人类自己!

(作者系叶珍长女)

一生一次的旅行

朱文俊

这是妈妈一生中的第一次旅行。依稀记得,那是1995年的10月,那一年,妈妈七十六岁。

这还不能算是一次纯粹意义上的旅行。妈妈患哮喘病多年,冬天尤甚,严重时咳嗽不止,上气不接下气。哥哥很担心妈妈的身体,让我陪同她去湖州做一次系统检查。我也借此良机,践行十二年前我对妈妈的一个承诺。

1983年夏,爸爸陪着我娘儿俩去南京探亲。一日,爸爸兴奋地把游览玄武湖、中山陵和南京长江大桥的所见所闻讲给妈妈听,边讲边拿出照片给妈妈看。"哎哟,那你这次开了眼界了。"妈妈一边听一边调侃爸爸。看妈妈一脸的羡慕,我当即表态:"等我有时间了,我专门带你出去旅游。"不料这一等就是十二年。

当时考虑妈妈晕车和她的健康状况,也考虑妈妈难得出来一次,我和哥商定,采取走一站歇一站,歇一站再旅游一站的方式,既使妈妈沿途不至于过累,又能让爸妈领略到江南风光,让二老开心。有道是"上有天堂,下有苏杭",苏、杭二州具有典型的江南风光和深厚的文化底蕴,其自然美景、园林特色闻名遐迩,且离湖州很近,几经斟酌,特选定苏、杭二州作为旅行的两个站点。

对这次旅行,妈妈是很憧憬的,但也很遭罪。尽管妈妈用膏药贴了肚脐眼,生姜片含舌头下,我和爸不时讲故事来转移妈妈的注意力,但一路上还是呕吐不止,连胆汁都吐出来了,头上的汗珠把头发都浸湿了。每次呕吐,我一手托住妈妈的额头,一手轻拍她的后背,希望能减轻一点妈妈的痛苦。呕吐间隙,妈妈哼着说:"哎哟喂,真是要命啊。要不是奔儿子,我哪要遭这罪?"一路上车子开开停停,好不容易到了苏州部队招待所,妈妈连午饭都没吃就休息了。傍晚时分,妈妈的状况好了许多,我和爸爸一起陪她在招待所院内转转,又到院外街面上看看。

十月的姑苏,尽管已届深秋,却依然是夏日的景象。老街小巷,依水而建,小桥流水,分外别致。高楼林立,诱人仰视;道旁的花丛树木修剪得整齐美观,整个街市井然有序。久居乡下、看惯了田园风光的妈妈初见南方城市的特有的精致和繁华,陡升别样的心情:"乖贵,人家苏南城市就是比我们苏北好,多干净、多漂亮呀。怪不得下放到我们村里的那些苏州人,后来都想着要回城。"我说:"妈妈,苏州是我国开放的前沿城市,发展比较快,我们看到的只是面上的繁荣。苏州还是一座历史文化名城,有些地方即使是一堆石、一汪水都有可能是历史的活化石,它们的背后都有一段生动有趣的历史故事。有句话叫'看景不如听景',这回让您好好看一看苏州的景点,听一听苏州的故事。"

"到苏州不游虎丘,乃憾事也!"第二天上午,我们就来到"吴中第一名胜"虎丘,远远就看见高高耸立的塔。我告诉妈妈:"这就是有名的虎丘塔。"来到塔下,我们仔细观看塔的外形、结构,突然妈妈惊讶地问道:"要不得啦!你们看这个塔是不是歪掉啦?"接着爸妈又接连问了好几个问题:这塔何时建造的,是故意建歪的还是后来歪掉的,现在这样子会不会倒下来,等等。说实话,有些问题还真把我给问住了,我找来虎丘简介,现炒现卖。当他们得知此塔历经四百多年风雨沧桑、遭遇几次火灾都未垮塌时,连连称赞,但对古塔今后的命运还是表示担忧。我说,政府已经重视,用钢筋混凝土进行了加固,并于1961年起就禁止游人攀爬,他们连声说道:"那就好,古人留下的东西都是宝贝,不能让它倒了。"出门在外,爸妈听不懂方言,普通话也似懂非懂,所以我既是服务员,又是他们的导游,我得用"老妪能解"的语言给他们讲好每个景点背后的故事。尽管我这个导游既不专业,又不全面,但是爸妈听得非常认真,每当我稍作停顿时,妈妈总是问:"还有呢?还有呢?"

离开虎丘塔,我们来到了剑池。沿着山间石径,我边走边把剑池、试剑石、千人石等景点的历史传说逐一讲给他们听。妈妈抓住我的手说:"乖贵,还是你们有文化好,什么都懂。我们没文化就跟睁眼瞎子差不多。"可是没有父母,哪有我们这双明亮的"眼睛"?

接下来,我们游览了苏州的新景观——西山太湖大桥。大桥刚通车一年,全长4308米,两端为山,中间两岛,山岛之间架起三座特大桥,桥岛绵延十余里,直抵湖心,蔚为壮观。伫立桥头,极目远眺,妈妈禁不住叹曰:"这桥多大呀!我们响水灌河大桥十个也赶不上这桥长……在水上造这样大的桥,多难啊,现在的人真巧!水里又是山又是岛的,这得要花多少钱?"在妈妈看来,这一切都难以想象。

漫步桥面,站在大桥拱顶上,但见湖面烟波浩渺,船帆点点;远处天水相连,白云朵朵,微风轻拂,沁人肺腑。妈妈感慨万千:"哎呀,这地方真好看,不比神仙住的差。""生活在这里,能活一百岁。""我们农村人脚踩锅门瓢卡脸,整天围着锅台转,出来看看心情真的不一样。"受妈妈感染,我不禁想起了专门赞美太湖的歌曲——

《太湖美》，不由得哼了起来："太湖美呀太湖美，美就美在太湖水。水上有白帆，水下有红菱……"这是我第一次在爸妈面前唱歌，尽管自觉唱得不怎么好，爸妈还是热烈鼓掌，连说"这歌好听"。见爸妈手扶栏杆，低头观湖水，抬头望群山，兴致很高，我便主动给二老介绍起太湖周边的主要城市。当我手指湖西，告知湖州就在对面，我们跟哥只是一水之隔时，妈妈忙问："离这有多远？湖州是否紧靠太湖边？……"当我说起太湖水面还是部队坦克训练场时，爸爸深感吃惊："真的呀？坦克那么重还能在水上开？"爸妈的提问我一一作答，他们都很满意。太湖之行，虽然时间短暂，但爸妈都觉得长了见识，十分开心。离开时，我们举起相机，留下了那美好的瞬间。

苏州虽美，于妈妈而言，远不及儿子在她心目中的位置。她抓住我的手说："乖贵，景色再好，一看而已，我们明天到你哥那里去。"考虑到妈妈思儿心切，原本再游览苏州园林的计划只好取消。翌日晨，我们驱车直奔湖州。

湖州是太湖边唯一因湖而得名的城市，距今已有2300多年的历史，风光旖旎，山水清丽，鱼米丰足，享有"苏湖熟，天下足"的美誉，更有"行遍江南清丽地，人生之合住湖州"之佳话。一脚踏进湖州，住进哥哥家中，每天都能见到哥哥,妈妈觉得这比看什么美景都开心。哥哥尽管军务繁忙,总是尽可能地抽出时间多陪陪爸妈。每当哥牵着妈妈的手,漫步营区大院,边走边聊旧日往事的时候,妈妈特别开心,觉得那是最幸福的时光。记得一天晚饭后,哥对妈妈说:"我平时很忙,少有空闲,今晚我们陪您逛逛商场吧。"从营区到湖州大厦,哥哥始终牵着妈妈的手,一路轻声细语,说笑不停。上电梯时,妈妈有些紧张,她第一次见到不停滚动的电梯,抬起的脚不敢踩上去,只得收回来,我和哥哥赶紧一前一后搀扶她上了电梯。站稳后,妈妈好奇地说:"这真是蹊跷啊,不挪步也能爬上楼。"在服装展柜前,哥哥要给妈妈买衣服,妈妈一边看一边细听售货员报价。当听到每件衣服都要上千元,甚至几千元时,妈妈轻声对我说:"这里的衣裳是金子做的呀,要卖这么贵,在老家,一百块钱买一套,穿好样的。"并对哥哥讲,"文泉呀,衣裳不要买,家里有的是,穿不掉。"妈妈一生节俭惯了,她舍不得花孩子们的钱。

几天后,我见天气尚好,提议到杭州看看。

"江南忆,最忆是杭州!"来杭州,自然是奔着西湖美景而来。因爸妈都很尊崇英雄,对岳飞抗金的故事又曾有耳闻,我们便首选岳王庙。岳王庙依山傍水,绿意盎然,景色秀丽。厅堂内图文并茂,蜡像栩栩如生。爸妈每到一处都驻足观看。来到岳飞墓前,只见秦桧等四个奸臣(铸像)面墓而跪,反剪双手,表情沮丧。墓门石柱上镌刻着"青山有幸埋忠骨,白铁无辜铸佞臣"的楹联。二老注目很久,爸爸若有所思地说:"历朝历代都有忠臣奸臣,忠臣流芳百世,奸臣遗臭万年。"我说:"岳飞成为英雄,除他自身努力外,与他良好的家教也是分不开的。岳母姚太夫人教育岳飞从小立志,长大报国。当金人屡屡犯境,国家危难之时,岳母深明大义,送子从军,从小就教育孩子,并在岳飞背上刺下'精忠报国'四个大字。"妈妈由衷地说:"岳飞妈妈不简单。"我附着妈妈的耳朵边说:"妈妈,您也不简单呀。从小您就教育哥哥要'走到前面',还借高利贷供他上学。蒋介石叫嚣反攻大陆时,您又送子参军。如今,哥哥成为一军之长,肩负实现祖国统一大业重任,您的功劳也不小呀!"妈妈笑着说"我和人家不能比"。

游完岳王庙,我们又驱车到苏堤。有人说,来西湖,不踏上烟柳繁花的苏堤,就不能真正赏尽西湖的丽姿。那天有点风,我怕妈妈累着,于是就选择"西湖十景"之首的"苏堤春晓"以及"花港观鱼"两个景点。

漫步苏堤,仿佛踏入人间仙境。但见苏堤联通内外两湖,湖面碧波荡漾,游船点点;湖边柳丝摇曳,秀色无边。远处山色苍翠,风光无限。堤边围植桃柳、樱花、芙蓉等景观花木,吸人眼球。堤上六桥,起伏有致,形态各异,历千年风雨,古风犹存。整个苏堤好像一幅浑然天成的山水画卷,令人流连忘返!妈妈说:"哎呀,我都觉得眼睛不够用,哪里都好看,哪里也看不够。"爸爸一边称奇,一边又迷惑不解:"这里不是江苏,怎么叫苏堤呢?"我笑着告诉爸爸,当时有一首渔歌唱道:"南山女,北山男,隔岸相望诉情难,沿湖要走三十三。"这首歌是说,西湖南面的山与北面的山相距甚远,男女谈婚论嫁要绕道三十多里,很不方便,当时杭州知府苏轼为便民出行,遂用疏湖的葑泥筑成了长堤,后人为纪念他称为"苏堤"。妈妈随口称赞"这人是好干部",爸爸也连连点头表示赞许,并有所感慨地说,历史上凡能为老百姓办实事的干部,口碑都不会差。

　　来到"花港观鱼"景点时,二老一边给鱼群撒食,一边观赏鱼儿来回游动。妈妈第一次见到这么多金鱼、红鱼和锦鲤鱼等多色鱼种,说:"这些鱼真好看,跟人好像有感情,不是见人就跑,而是见人都往这里来,好像知道我们要喂它。"

　　游完景点后,我们还到老街清河坊品尝了当地的美食,酱鸭、醋鱼、定胜糕、三家村藕粉等,一饱口福。这里古旧的店铺,老巷的风情给爸妈带来了另外一种愉悦。

　　回到湖州,妈妈经过体检和一个多月的住院治疗,病情稍好一些,她又惦记起文芳家的林凤,还想着文芳在家忙不过来,回去也好帮帮她。

  这次旅行是妈妈一生见过的最大世面,也是我工作之后与妈妈相处最长的一段时光。每每想起,倍感温馨而美好。没想到,后来妈妈的身体越来越差,那次旅行竟成了她一生中唯一一次、也是最后一次旅行。如今爸妈不在了,旅照犹存,可惜"此情只待成追忆",无奈思切泪空流。

(作者系叶珍长女)

最后一次谈话

朱文俊

人们都说女儿对妈妈最亲,妈妈有什么心里话,总爱跟女儿唠叨。还真是的,我是家中长女,我们母女在一起的时候总有说不完的话和事。每次和妈妈拉家常,都很轻松愉快,唯独2002年冬天的那次谈话,让我心情沉甸甸的,现在回忆起来仍会伤感。

妈妈的最后十年是在病痛中度过的,几十年超负荷的辛劳,使妈妈晚年身体一直不好。哮喘、咳嗽始终缠绕着她。每次发作我都请假到她身边陪伴。2002年冬天,妈妈的病再次发作,比以往更加严重,不仅咳喘不止,还大小便失禁,卧床不起。我再次请了长假去照顾她。根据妈妈的病情发展状况,我有一种预感,妈妈和我们在一起的日子不会太多了。为多尽一点孝心,我更加努力地服侍好她,每天多次为她擦洗、按摩,帮助她适当运动,更多的是与她进行思想交流,设法让她有个好的心情。每次忙完之后,我就拿个小凳子坐在妈妈的床沿边，拉着她的手一边按摩一边聊天，在那一个多月的日子里，我们聊得可多了：有时政要闻、有开心故事、有电视报道，但谈得最多的是老家的人和事、房和地，尤其是我们兄弟姐妹几家的生活状况和第三代人的成长进步，这些都是她最爱听的，也是她最关心的。有时候重复再讲她仍然听得很入神。她常拉着我的手说："乖乖，你是妈的欢喜团（方言，意指高兴的源泉），有你在身边我一点不寂寞，每次你一来我的病就觉得好三分。"有一天，她突然发现我也生着病，而且病得不轻，她情绪很低落，第二天就赶我回家，说："我已是八十多岁的人了，你的路还很长，回家把病看好了再来。"与此同时，她可能觉得自己不行了，担心我们母女没有谈话机会了，于是她紧紧攥住我的手，我们又进行了一次长谈。与以往不同的是，每次都是我讲她听，这一次她要我听她说，并强调叫我记住。那次妈妈讲得很多，细细想来大约有这么几个方面：一是我们家出了哥哥这么个大官不容易，他工作太忙，没有特殊事不要干扰他。二是让我把林凤当闺女待。她说："我最不放心的是林凤，你就当她是你亲生的闺女，好好照顾她。"三是不放心文兵一家子。说："文兵两人都下岗，两个孩子读书花钱多，你是做姐姐的，懂的事情多，凡事替他多把关。"第四是妈妈讲得最多、语气最深沉的父亲的养老问题。她说："你们几个都很孝顺,但各人有各人的工作,各家有各家的困难,照顾老人哪能面面俱到,你孩子少,又不在身边,你要多抽点时间照应你爸,让他过到一百岁。"同时,她还说:"有你们,有这个家,我知足了。"听着妈妈的叮嘱,我越听越不像平时的母女交心,越听越觉得像是给我交代遗嘱,我的眼泪夺眶而出,忙说:"妈妈,您别说这些,您会没事的,现在医疗条件这么好,哥哥会想办法把您治好的。"妈妈说:"生死祸福命注定,哪能事事如人愿。"果然,妈妈的那一次嘱托,真的成了我们母女的最后一次谈话。

当我再次看到妈妈的时候,已是她生命终点的前一天,那时候,妈妈思维依然清晰,但已无法交流,从妈妈的表情和眼神中,我仿佛觉得她在提醒我上次的谈话一定要记住。如今十几年过去了,父亲也已百年仙去,我已基本上兑现了妈妈的嘱托,望妈妈宽心安息!

(作者系叶珍长女)

送 军 粮

郑余华

神州问鼎谋淮海,一战输赢见两端。
千万绞盘糜血肉,万千轱辘碾哀叹。

淮海鏖兵举世闻,枪林弹雨度晨昏。
尸山血海司空见,嫡系王牌一律吞。

这是两首描写淮海战役诗篇中的锦句。它写出了淮海战役的决策意义,波澜壮阔的场景,马革裹尸的惨烈和动天地惊鬼神的气度,也写出了"中原决战气如虹,运筹帷幄建奇功""千金难买军人笑,'总统'终于挂泪痕"的最终结局。在这场纵横捭阖的博弈中,岳父朱建成就是那"万千轱辘碾哀叹"的人之一。

中国共产党领导的人民军队与国民党军鏖战了二十年终于迎来胜负拐点。1948年秋,人民解放军已结束了辽沈战役,全歼东北境内的国民党军,东北野战军迅即入关；济南战役也即将胜利结束，华北战势一片大好。在此大好形势下，粟裕于1948年9月提出发起先取两淮（淮阴、淮安），再克海州的"小淮海战役"计划，经中央和军委批准，于11月6日拉开战役序幕。战役打响后，敌军退缩徐州，总前委根据中共中央和中央军委关于"歼敌于徐州之外围和阻击徐州之敌南逃"的指示精神，敌变我变，对战役计划立即作了重新调整和部署，由此，仗越打越大，小淮海战役演变成了大淮海战役。

国共双方都很明了淮海战役（国民党方面称徐蚌会战）是关乎生死的大决战，为此国民党先后调集精锐之师八十万，解放军也调集华东野战军、中原野战军和地方部队六十万人。从兵力、装备、资源来看，解放军处于劣势状况。如何以此六十万人去战胜国民党的八十万精锐之师？这不仅需要胆量、决心和勇气，更需要措施和实际行动。总前委根据中央和军委指示，坚决贯彻毛主席人民战争的思想，向战区周边各省的人民发出"全力支援前线，一切为了胜利"的号召。于是一场空前绝后、举世无双的后方支援前线的人民战争就此打响。

"兵马未动，粮草先行。"六十万大军加上一百多万民工每天需要消耗粮食三百万斤左右，而战场区域内的大部分地区原先都是国民党重兵驻扎的国统区，人民解放军在战场区域内没有系统的组织机构和人民群众支前系统，所需粮草、弹药等物资仅凭自带、自筹和战斗中缴获是远远不够的，主要靠后方组织运送。中共中央和中央军委早有预判，早在一个月前就号召解放区人民大力筹粮筹物支援前线。

动员令传到我们家乡，早已获得翻身解放、分得土地的老区人民纷纷响应，男人踊跃报名参加支前队伍，女人们不分白天黑夜拐磨、烙饼、缝军衣、做军鞋。岳母虽是十月怀胎即将临产之人，仍然和其他妇女一样赶制支前物资，她找出自家的旧衣、旧布、旧被单用以糊骨子（俚语。用糨糊把数层布料粘在一起，晒干后制作鞋底、鞋帮），做军鞋，拿出面粉烙饼……尽管腿肿腰酸、气喘疲惫，却全然不顾。

1948年11月中旬，区委号召青壮年组建民工运输队送粮上前线。一贯积极要求进步，努力争取入党的岳父，一心想在战火中接受党的考验。但妻子分娩在即，他走了家中无人照应，尤其是农村医疗条件十分差，产妇只能在家里接生，这让他十分为难。岳母看出了他的忧虑，主动劝他："你放心去吧，我能行。解放军为老百姓出生入死去打仗，不能让他们饿肚子，你们去送军粮也就是送胜利，只有解放军打胜仗，共产党坐天下，我们才有好日子过，孩子们将来才有好光景。"在岳母的一再劝说和坚持下，岳父最终狠了狠心踏上了支前的路。岳

淮海战役支前

母深知丈夫远去的地方是炮火连天、生死难卜的战场，所以自从送走了丈夫，她那颗忐忑的心一直悬着。天天朝着支前队伍远去的方向眺望，盼望丈夫和民工们早日完成任务平安归来。

支前的路并不平坦。开始途径周集、高沟、泗阳等地还算顺利，因远离战场，没有干扰，一切按计划推进，尽管天寒地冻北风似剪刀，但民工们却脚底生风汗湿衣背，人人争先。过了泗阳地境，支前队伍越集越多，有身背的、肩挑的、驴驮的、牛拉的，更多的则是独轮手推车。一条条蜿蜒曲折的土路上，无数支车队一路西行，首尾不见，蔚为壮观。到了宿迁地段已隐约听见炮声，此时天公不作美，下起雨来，道路泥泞，泥巴堵实车轮，粘脱布鞋，且一步一滑，每前行一步都很艰难。带队干部不断用红军长征的故事和前方战士浴血奋战的精神鼓舞民工士气，民工们也牢记家乡亲人嘱托，怀着必胜信念，努力前行。再往前走更加艰难，主要来自空中威胁。冬季的苏北平原没有了青纱帐的掩护，庞大的民工队伍敌机在空中一览无遗，敌机欺负民工没有高射武器，不断地对支前队伍进行轰炸，俯冲时飞得很低，像是贴着头顶而过，一梭梭子弹和炸弹在道路、沟崖、田野上掀起阵阵尘浪，令人胆寒。每次敌机来袭，民工们都机警地利用沟渠、河坡、弹坑或草垛作掩体，保护自己和车辆、粮

389

食。敌机一过赶紧检查粮车，做好伪装，乘隙前行。

在与敌机紧张的周旋之中，岳父竟然还有一次意外收获。在一次空袭中，岳父迅速掩藏好粮车，敌机已到近前，他一个筋斗翻入弹坑，敌机走后，他拍拍身上的尘土准备启程，突然发现坑口有一支钢笔，便顺手捡起放入衣袋。再次休息时，取出细看，那是一支黑杆自来水笔，晶亮的挂钩末端有个圆珠珠，拧开笔套看，整个笔头呈黄色，笔尖上也有一个小圆珠。经识字人辨认，那是一支很难得的"关勒铭"金笔。这意外收获让岳父喜出望外，并联想颇多：他很小的时候，父亲身体不好，不能负重，但识些字，擅言辞，在社会上做"资格"（相当于现在的民间律师）。凭做"资格"挣点小利，加上田间微薄收成能勉强维持生活。到他上学的年龄，父亲决心让他读书识字，以每学年一斗小麦为学费送他到洪南村张二先生家念私塾。那时候，他梦寐以求的是能有一支漂亮的自来水笔。刚念一个学期，父亲的病越发严重，家里已无力承担每年一斗粮食的学费，他便就此辍学，想有钢笔的梦想也就此成为泡影。今天意外获得如此名牌好笔特别高兴。心想：儿子明年就该上学了，我要把这支笔作为上学礼物送给他。想到此，他一脸的灿烂，预想着儿子收到礼物时的兴奋样子。那些天他一直沉浸在兴奋之中。

接下来的一段日子里，越接近徐州枪炮声反而越稀疏下来，但飞机对支前队伍的轰炸仍然频繁，民工们前进的路依然艰难。不久从退下来的伤员口中得知：解放军打了胜仗，敌人向西跑了，我们的部队正在全速追赶逃敌。前方胜利的消息极大地鼓舞了民工，车队前进的速度进一步加快。但战场形势发展很快，负重的民工车队怎么也赶不上解放军追击逃敌的步伐，沿途设立的粮站、物资中转站被远远地抛在了部队的身后。岳父他们原先的目的地已成后方，他们只得听从指示，尾随大军继续前行。在最后的那段日子里，情况更加复杂，国民党军撤退混乱，解放军追击神速，两军之间犬牙交错，不少投诚的国民党军和反正俘虏来不及更换衣帽就投入战斗。此时的民工们已不知道自己的目的地在哪儿，也分不清穿黄军服的哪些是敌人，哪些是反正过来的自己人，只能紧随带队干部令行禁止。大约在距离徐州百里左右的一个中转站，岳父他们终于接到上级指示：在此卸粮回家。一阵忙活交了军粮之后，民工们如释重负，脸上挂满了完成任务和取得胜利的喜悦。此时岳父一摸口袋，原先捡到的金笔不见了。他摸遍全身衣服，翻开所有随身物品终究未能找到，这让他十分懊恼。直到耄耋之年谈及此事，还流露出深深的惋惜。

不久传来了解放军大获全胜的消息。这天大的喜讯深深地掩盖了丢笔的遗憾。

淮海战役人民解放军以损失十三点五万人的代价，

歼灭国民党军五十五点五万精锐之师。蒋介石的嫡系主力基本被歼。人民解放军与国民党军的力量对比第一次实现反超。解放军掌控了长江中下游以北的中原华东大片区域，为随后的渡江战役打下了良好的基础，也从根本上动摇了国民党反动统治的基础。正如诗人所云："'总统'终于挂泪痕。"

淮海战役的胜利是毛主席人民战争思想的伟大胜利。据华东工委统计，整个战役期间共动员和组织支前民工达五百三十四万人，与解放军参战兵员之比达到九比一，这是淮海战役以少胜多的政治基础、经济基础、人力基础。正如陈毅元帅名言："淮海战役的胜利，是人民群众用小推车推出来的。"就连被俘的国民党军官也很感叹地说："你们的部队打到哪里，老百姓拼死支援到哪里，我们的部队每到哪里，老百姓躲得连人影都不见一个，还把粮食全都藏起来。"这足以证明，人心向背是战争胜负天平上的重要砝码。淮海战役作为以少胜多和人民战争的范例永载史册。

这场波澜壮阔的人民战争，岳父是亲历者，他的感受比我们深刻得多。几十年来，每当谈及此事，他总是激动和自豪溢于言表，因为这是他人生中最辉煌最绚丽的一页。

（作者系叶珍长女婿）

春荒里的春天

郑余华

岳母是个厚德至善的人,不论谁家有困难,她都慷慨相助;凡是对生产队集体有益的事,她都全力支持,带头去做。

从1960年至1962年,连续三年特大自然灾害,干旱水涝交替发生,虫害遍野,庄稼连年歉收,家家食不果腹。几户人家春节一过就揭不开锅了,老人饿得脸肿、腿肿,小孩饿得哇哇直哭。岳母见了很不忍心,尽管自家也很困难,还是从有限的口粮中挤出一部分玉米、黄豆和山芋干接济他人。

然而一家之力杯水车薪,帮得了少数帮不了多数人,解决一时困难解决不了长久困难,有的人家已经关门上锁外出讨饭,不少人家也开始盘算着如何外出谋生。作为政治队长的岳父对此十分担心:那些特困户能否渡过春荒?春耕春种即将开始,劳动力都走了谁来种地?春天不播种秋天无收成,今冬明春吃什么?农民长期交不齐公粮反而吃国家救济粮，这样下去怎么得了？他辗转反复睡不着，跟岳母商量：怎样才能把劳动力留下来，把秋熟作物种下去，同时要解决特困户的实际问题，不能饿死人？岳母很支持岳父的工作，建议干部、党员要开会统一思想，共渡难关。队委会上，岳父强调要让社员们知道，他们并非孤立无援，有组织和集体在关心他们、帮助他们，让大家树立起信心，大家都很赞同岳父提出的具体意见。接着，大家分工包干，挨门逐户调查摸底，在此基础上把全队几十户人家分为贡献户、自保户和救济户三类，决定抓两头保中间分别做工作。一是自家带头，并动员贡献户发扬集体主义互助精神，舌尖省粮，挤出部分口粮资助困难户。在那粮食贵如金，保命最要紧的饥荒之年，要从各家口中取粮，不是件容易的事。但中国的农民很朴实很善良，经过做工作，他们都很乐意拿出部分口粮。尽管有多有少，但聚集起来确实能解决一些问题。这对干部是一份支持，对受救人家是一份感动。二是做好特困户的工作。指出：有干部吃的就有你们吃的，只有留下来生产自救才有希望。同时把筹集起来的救济粮公开合理地发放给他们，再把生产队集体留存的粮食，除留足种子外，也分发给相关特困户，特别强调各家各户要以自救为主，引导他们挖野菜、刨芦根、抹树叶，并教他们如何食用野菜、槐树花、山芋藤、萝卜缨等代食品。对自保户动员他们自力更生，克服眼前困难；参加生产队集体会战。在全队春耕动员大会上，岳父很自信地说："我们要发扬自力更生精神，与天斗，与地斗，我就不信土地里刨不出粮食；人心齐泰山移，只要大家劲往一处用就没有过不去的坎。"

经过周密动员部署，大部分劳动力留住了，各种农作物得以适时播种。但三分种七分管，要有好收成大量的管理工作要跟上。为此，岳父全身心地投入到组织社员加强田间管理之中。他每天天刚蒙蒙亮就背起粪箕去大田，一边拾粪一边巡查每一处田块，哪块地要锄草，哪块地要施肥，哪里要挖沟，哪块地要补苗，哪件事需要多少人，安排谁去做合适，做到心里一清二楚。当社员集合出工时，他亲临现场对全天的农活一一作出合理安排，既不窝工又职责分明。他特别注重农活质量，指出：人误地一时，地误人一年，各项农活都要经得起检查。

岳母对岳父的工作全力支持，生产队集体的事她走在前干在前，处处做表率，用自己的行动去影响和带动别人。薅草时别人一趟薅四尺宽，她一趟薅五尺宽；抬粪时她把扁担上的绳子往自己身边拉……每天还协助干部把好农活质量关。在家里，她承担起全部家务活，让岳父有足够的时间和精力去研究、指导集体生产。

苍天护佑勤奋人，半年辛苦终有报。秋天果然获得好收成，亩产由原来的三四百斤增加到五六百斤（当时算是高产了）。不仅交了公粮，全队人家从此不用拖儿带女外出讨饭了。有了这一年的好收成，加之岳父耕、犁、锄、耙各项农活样样在行，且做事严谨，处理问题公正合理，使得他在干群中很有威信，组织和指挥生产更得心应手。

从那以后，一队的庄稼长得一年比一年好，社员的收入也逐年提高。周边各队还来参观学习，县里还在这里召开生产现场会，红旗一队成了农业生产上的一面红旗。岳父成了先进生产者。村里一位老农感慨地说："要不是朱二爹朱二奶带领我们生产自救渡过了春荒，就没有我们红旗一队的今天，二老的无私奉献，对我们红旗人来说就像那'春荒里的春天'"。

（作者系叶珍长女婿）

望

郑余华

望是一种心情,是一份牵挂,是一种心灵的感应和内心的呼唤。这在岳母对家人的情感上体现得淋漓尽致。

1948年冬天,淮海战役期间,为了支援人民解放军打胜仗,她不顾十月怀胎的艰辛和即将分娩的特殊情况,毅然支持岳父参加民工队伍支前,她深知岳父要去的地方是炮火连天的战场,每一个参战军民都将接受生与死的考验。所以送走了岳父,她每天朝着队伍远去的方向遥望。那望中带着忐忑,饱含牵挂和企盼,那望中有平安和胜利的祈愿。直至岳父完成任务平安归来。

在响水农村生活的几十年中,岳母是出了名的家庭养猪能手,为了能卖个好价钱她常叫岳父到灌河北边的集镇去卖猪。每次出发时她总是左叮咛右嘱咐:"上船下船要小心,卖完早回家。"晌午时分早早烧好中饭在路边等候。等呀望呀!有时等到中过西(俚语,下午两三点钟),直到望见岳父回来的身影才赶紧回家盛饭上菜。

文泉小时候上学读书,她每天站在屋东头目送儿子去上学。快到吃饭时,她总是提前远望文泉上学的路,希望能准时望到他的身影。文泉上了中学到响水镇上读书,走的那一天,她招呼儿子要"走在前面",并目送渐去渐远的身影,直到望不见。在以后的日子里,她明知儿子不能每天都回家,但她总爱张望通往响水的路,因为那是儿子远去的方向。逢到星期天,估计儿子能回家,一天能望许多遍。

文泉哥1961年当兵以后,连续五年没有回家,她非常想念,想急了就独自一人站到屋西头一边望远方一边抹眼泪。站久了便回屋干活,用干活来冲淡思念与不舍。

1971年文俊去山东工作,她同样要亲自送上远去的路,直至女儿走远望不见。1974年,听说文俊要从山东回来探亲,她高兴得几天没有睡好觉,天天到大路边张望。终于有一天望到了文俊回来的身影,一路小跑迎出去很远很远,口中还不停地唸叨:"乖贵,乖贵……"吃饭的时候,她守着饭菜不动筷,目不转睛地望着文俊的脸,那目光中饱含着无尽的疼与爱。文俊给她夹菜请她吃饭,她说:"乖贵,你多吃点,妈早就喜饱了……"

二十世纪八十年代,文芳、文兵也相继参加工作,后来被她视为掌上明珠的孙女二庆也进城读书离开了她身边,这更加增添了她对儿孙的思念,每天有空总是朝着儿孙们远去的方向眺望,明知望不见孩子们,但每天总是这么望了又望。在那千盼百望之中,折射出她对子孙们无尽的思念和疼爱。那些年,无论是望到哪个孩子回来,她都喜极而泣,泪湿衣襟。

九十年代末,爸妈的身体大不如前,我们常把他们接到盐城来住一住,调养调养身体,但她总是闲不住,早早地把饭烧好,估计快下班时,提前站到窗口等我们。等呀,等呀!一旦望到我们回来的身影,便提前把门打开,等着我们进屋。文泉哥调南京工作以后,为尽孝心把父母接到南京生活,已是耄耋之年的他们心里装着的仍然是儿女、子孙、亲情。每天都要亲眼望着文泉上车,再目送车子远去。下班时,总是提前在窗前守望。一听到车子响便说:"回来了,回来了!"有时还出屋迎接。那一刻是他们最最开心的时候。

望不仅仅是一种情感,一份牵挂,也是一种认知,一份期盼。岳父岳母跟中国千千万万的父母一样,望子成龙,望女成凤。二十世纪六十年代,是新中国成立后最困难的时期,许多农家子弟被迫辍学,尤其是女孩,入学率不到5%。岳父岳母站得高望得远,宁愿自己千辛万苦,也要把几个孩子都送进学校,全都读到高中以上。

他们认为：自己吃了一辈子没有文化的苦，现在再苦也不能苦了孩子。他们跟文俊、文芳讲：男孩女孩都要有文化，你们一定要好好念书，只有你们个个成人成才，我们才有指望，我们这个家才有希望。正是他们这种对子女的期盼，对未来的守望，才有了我们今天的幸福生活。

两位老人家用毕生的精力守望着这个家，守望着子孙后代，如今虽已驾鹤西去，但我们始终觉得他们依然在守望着我们，护佑家家幸福吉祥，人人开心快乐。他们就像一尊守望的雕塑，永远矗立在我们心中。

（作者系叶珍长女婿）

评　理

朱文兵

人们常说："邻里和睦，生活丰富；邻里反目，孤单无助。""邻居好，赛金宝。"邻里关系很重要，远亲不如近邻。邻里友善互助，是中华民族的传统美德，应该代代相传。

当年爸爸在昌盛是一位有德行、有能力、有威信、深受当地群众敬重的人，有人说"朱二爹是贤人"，谁家要是有事情，总会找他讨个主意。邻里街坊有些小矛盾小冲突，要找人评理的时候，也会请朱二爹来说一说，评评理。因为爸爸做事热心，处理事情公道，在乡亲们的眼中，他是值得信赖的人。他熟悉情况，说话也更接地气，矛盾双方也易于接受。

爸爸不在家时，来人就先给妈妈唠叨唠叨，妈妈也设身处地劝说劝说，使来者冷静下来，表示要心平气和把矛盾处理好。

在人际关系中，纷争是免不了的。人们常说，牙齿和舌头还有打架的时候呢。农村矛盾,大多发生在家庭内部或者邻里之间,原本和谐的家庭关系、邻里关系,因为一时的金钱利益或是其他原因,而产生嫌隙甚至闹得不可开交。儿媳和婆婆拌嘴吵架,邻里之间因为盖个土房闹纠纷,说到底也离不开"情"与"理"。这时候村里的干部就要出来调解,爸爸作为生产队长、大队支委也责无旁贷,一般情况下只要是爸爸出面,问题和纠纷就会妥善解决,因为大家相信爸爸公平、公正,而且说出的是真情,讲出的是道理,总能让大家服气。

"朱二爹,还得请您出面,看看到底谁有理?""朱二爹,这两口子吵架,您来劝劝吧!""朱二爹,田里没水了,快来想想办法吧!"在村里,这样的"求助"已经屡见不鲜了。

记得有一次,两个村民因宅基地闹纠纷,争执不下,便请爸爸去"评理"。爸爸心里明白得很,一来就找到关键所在:过去的事谁也没有证据,东说东有理,西说西有理,要解决问题,只能依照现状,参考过去,各方都要让一点,并且"立下字据,明确责权,永不纠缠"。爸爸说,过去有人讲过"六尺巷"的故事,我们今天就不能有六尺巷的善举吗?在爸爸的调解下,双方得其所得、让其所让,握手言和。

爸爸当年调解了很多起邻里矛盾。他总说,许多矛盾纠纷,往往都是由一些鸡毛蒜皮的小事引发的,如果调解处理不及时,就会酿成大的矛盾纠纷;要让当事人明白我们的苦心,然后晓之以理、动之以情;用真情化解矛盾和冲突,用温暖调解矛盾,当好群众工作的"公证员"。

爸爸当年充当了调解邻里矛盾的角色,许多人认为,他就像现代农村的乡贤。"乡贤",是可以用来教育、激励后代的榜样人物,从他们的身上能够看到有贤才良德、会做工作的人在农村的重要性。他们就像纽带,一边连着普通百姓的生活,一边连着基层农村的稳定。让这样的乡贤参与基层管理,能发挥积极而巨大的作用,百姓间会更加和谐,日子也会过得更好。

"乡贤文化"是一个地域的精神文化标记,它根植乡土、贴近农民,是连接故土、维系乡情的精神纽带,更是探寻文化血脉、张扬优良文化传统的一种精神原动力,应该积极提倡。

(作者系叶珍次子)

一粒不能拿

朱文兵

交公粮对我们这一代人而言，真是记忆深刻。当时有一句传播度很广的激励农民生产积极性的话："交够国家的，留够集体的，剩下都是自己的！"交给国家的，即是我们所俗称的"交公粮"。

二十世纪六七十年代人民公社时期，每年夏秋两个季节，生产队都要到本公社的粮管所交公粮，夏季交麦子，秋季交苞米、黄豆和棉花等。

农民们在场院里将辛苦耕种一季的粮食，经过收场、扬场、装袋、过磅一番忙碌，最后装上小推车。当时装麦子用的是麻袋。一麻袋能装一百八十斤，一辆小推车推两麻袋，前面有人拉，后面有人推（也有个别人用拖拉机送到粮管所）。每辆小推车前头，插上两面三角形小旗，上面写着"备战备荒为人民""誓夺夏粮大丰收""向党献爱心""丰收不忘共产党"等口号。小车队二十多辆车一顺溜排开，显得蔚为壮观，两旁的人群欢声不断,笑语连连。到了粮站,送粮的、收粮的、质检的、干部现场视察的,早已人山人海,沸沸扬扬。大家都在等着把优质公粮交给国家。

在那时,交公粮是一件非常严肃的政治任务,不得有半点马虎,但也有个别干部,心生贪念,看着满仓库的粮食,想利用自己的权力,多弄点作为自家口粮。

一日晚,有个粮管员,个人想私拿公粮,又怕人知道,便悄悄先给爸爸送点公粮作为"试探"。爸爸问清原委,严肃批评教育了这个保管员,告诉他集体的粮食一粒不能拿,拿了就是侵害群众的利益,拿了就是犯错误。当事人立即作了诚恳检查,表示下次再也不敢。爸爸说,谅你是初犯,但绝不允许有第二次。事后,妈妈鼓励爸爸,你是身正不怕影子斜,你做得对!

爸爸不是大干部,但是个老干部。他一贯公正廉洁,不谋私利,从来不拿公家的一针一线。他原则性强,有人却说他"太古板",他知道后说,原则就是原则,原则不能做交易,如果你给我好处,我就给你好处,丢掉了原则,那就不适合做共产党的干部。

有一年,家中堆着要上交的粮食,在吃了上顿无下顿、只能野菜充饥的情况下,我们小孩肚子饿得咕噜咕噜叫,爸妈叫我们去喝几口水填填肚子,也绝不让动公家的一粒粮。

爸妈经常教育我们说，靠自己勤劳的双手过上好日子，就是苦一点，累一点，也值。有了困难，要积极面对，敢于战胜，绝不能搞歪门邪道，这样一辈子才能无愧于心，无愧于民。

党始终教导干部，要以廉洁取信于民，秉公赢得民心。爸爸当年就是这么做的，赢得了当地群众的好口碑。放眼当下，自觉抵御形形色色的各种诱惑，切实在廉洁自律上作出表率，确是共产党永葆先进性和纯洁性的重要课题。

(作者系叶珍次子)

锅里·碗里

朱文兵

"锅里有,碗里才有。"这是妈妈的至理名言,是教育我们的嘴边话,是影响我几十年的教诲。

二十世纪六七十年代,农村是社会主义集体所有制,生产队是最小的行政单元。土地除了宅基地外,每人留有二分田作为自留地、菜园子,其余的土地一律归生产队集体耕种。收获的粮食先交足公粮,再留够集体,剩下的按人口和贡献分配给每家每户。

那时爸爸是生产队长,为了丰收,绞尽脑汁挖掘增产措施。除清沟理墒,开河治水,精耕细作等传统措施之外,他把深翻黑土和开辟肥源、广积肥料作为增产稳产的主要措施。在爸妈的号召和带头之下,一场广积肥的行动在全队展开,扒河淤、捞水草、挖塘泥、铲草皮、割青草、种绿肥、沤制草塘泥等措施多管齐下。妈妈是村里有名的积肥能手,我们家积造的肥料在全队名列前茅,尤其是妈妈积造的猪脚肥不仅数量多而且质量好。

向生产队交肥时,妈妈把家里最优质的猪脚肥、厕所里的人粪肥,全都交给了生产队。那时,我见了不理解,悄悄跟妈妈说:"为什么好的肥料全都交给生产队,留些放到自家地里不好吗?"妈妈思量片刻对我说:"乖乖,你还小,有些道理你还不太懂。打个比方说,大河有水小河流,锅里有了碗里才会有。好肥交集体,队里丰收了,家家户户才能多分粮,年终决算才能分到钱。如果家家好肥自家用,劣质肥料交集体,或者没有肥料交,大田产量上不去,不仅国家征购任务完不成,各家分得的口粮也就少,生活也就没保障,这个道理你长大了慢慢就会明白。"听了妈妈的一席话,我心中有所感悟:爸爸当队长,整天顾不了家,妈妈里里外外一肩担,吃了很多苦,受了很多累,还是全力支持爸爸,这正是先为了"集体的锅"。

榜样的力量是无穷的,农民是朴实善良的。在爸妈的号召和影响下,各家也都把优质肥料交给集体。俗话说,庄稼一枝花,全靠肥当家。有了充足的肥料,土壤得到有效的改良,加之合理的管理,一队的庄稼越长越好,年年丰收,社员的工分值(每十分工的现金价值)年年上升,高至一块二角钱一个工,是邻队的双倍还要多,家家不缺粮,年终还能分到钱。这正好印证了妈妈"锅里有碗里才会有"的那句话。

妈妈的这句话，让我时刻鞭策自己，要爱国家、爱集体、爱岗位，爱身边的每一个人。我八九岁时以爸妈为榜样爱集体，上学途中见到牛粪，随手捧到生产队的大田里，做得久了，习惯成自然。在我三年级的时候，我的言行被作为好人好事向学校和大队作了汇报，那是学雷锋学"毛选"的时代，那年我被评为学校的"学雷锋积极分子"。在那全民学"毛选"和读毛主席的书、听毛主席的话、做毛主席好学生的氛围中，我熟背《为人民服务》《愚公移山》《纪念白求恩》等毛主席著作，以雷锋为榜样，关心集体，帮助他人，克己奉公，做好事不留名……后来被评为学习毛主席著作积极分子，多次到大队、公社和县里的会议上作事迹报告。

参军以后，我把妈妈"锅里有碗里才会有"的大局思想，应用到加强集体主义观念，全面加强部队建设，开展比、学、赶、帮、超的活动中去。不断增强集体荣誉感，把提高个人素质和部队全面建设联系起来，处处做表率，受到首长和同志们的一致好评。当兵第一年被评为优秀共青团员，两年后光荣地加入了中国共产党。当班长以后，所在班多次被评为先进集体，1982年还荣立了集体三等功。

妈妈"大河有水小河满"和"锅里有碗里才会有"的思想理念，不光那个时代有用，在物质生活已很丰富的今天，依然很有必要。是教育和引导我们树立全局观念，正确处理局部与全局关系的准绳。如今妈妈走了，留给我们的是金子般的精神财富，像一座灯塔，指引着子孙们前进的方向。

（作者系叶珍次子）

疼 爱

郑 鹏

我生于1979年，外婆是迎接我来到人世间的第一人。

1979年夏天，外婆听说妈妈产期将至，早早地备好一大篮馓子，并亲手做了许多白面卷子，在外公的陪同下提前来到盐城。就在当天下午，还没等外婆安顿下来，也没等妈妈下班，我便提前一个多星期急匆匆地想要出世。听说妈妈已在去医院的路上，且羊水已破，外婆急忙一路快跑往医院赶。那时条件很差，没有私家车，没有出租车，没有公交车，工厂也没有机动车能送产妇到大医院，只能在职工医院分娩。厂医院条件简陋，技术力量薄弱，妈妈又患有妊娠高血压，爸妈和外婆思想压力很大，加之妈妈孕期营养不良，体质很差，产前又一天也没休息，再加未吃晚饭体力不支，所以整个产程十分艰难。我和妈妈的安危以及对女儿的疼爱使外婆忐忑的心一直悬着。从妈妈上产床到我的出生整整十个小时,其过程对妈妈对外婆都是难耐的煎熬。这期间外婆和爸爸一直站立在妈妈身边,一个抓住妈妈的左手,一个紧握妈妈的右手,随着妈妈使劲的节拍同妈妈一齐用力加油。妈妈的汗水浸湿了头发,外婆脸上的汗珠也不停地往下落,手和身体阵阵发抖。在妈妈阵痛的间隙,外婆还强装镇静俯下身子宽慰妈妈:"乖贵,女人生孩子都是这样的,思想放松,快了,再忍一忍就好了。"凌晨,我倏然降临人间,此时的外婆如释重负,脸上终于露出轻松的表情。可是过了一会儿仍不见我动弹和啼哭,值班医生又叫爸爸快去找另一名医师(爸妈事先从市一院请来的妇产科主任医师),此时的外婆一下子又紧张起来,眼泪都出来了。在两位医生的救护下,我终于哇的一声啼哭,换回了外婆喜悦的笑容。此时此刻,外婆站了十个多小时没有歇息,加之过度紧张,身心疲惫,但高兴让她忘了疲劳,从产房到病房一直为我和妈妈忙前忙后,显得兴奋而有精神。当她安置好我和妈妈之后,叫爸爸快去给外公报喜报平安。那一夜外公也彻夜未眠,一直坐在客厅守候。当听到我们母子平安的消息,喜上眉梢,自言自语地说:"我有外孙孙了,我做外公啦!"

我们在医院住了一个多星期,因为妈妈从山东调到盐城时间不长,一直借住在亲戚家中,没有属于自己的家。我出生后爸爸与厂方几经交涉,厂里出于照顾给妈妈安排了一间带走廊的大房子,十八平方米(厂方规定母子宿舍为九平方米)。为了方便,爸爸将其隔成里外两间,里间住人、储物;外间烧饭,摆放饭桌、板凳、煤球、水缸等等,还要摆放一张小床。十八平米的房间被摆布得满满当当,在这狭窄的空间里,外婆每天早起晚睡为我和妈妈服务。后来妈妈对煤气过敏,屋里不能烧饭,无奈之下,爸爸找来碎砖,弄来泥浆,自己动手在走廊里建起一平米的小"厨房",煤球炉子放在"厨房"里烧,外婆站在"厨房"外面炒菜做饭。更艰难的是:家里没有自来水,烧饭及洗刷用水都要到几十米外的公用水池去提,人多时还得排队,提满一缸水要耗费多时,有时汗流浃背。那个年代家里没有空调、没有电扇、没有洗衣机,也没有电饭煲等电器炊具,全靠一只煤球炉蒸、煮、炒、炖,一旦熄灭重生,费时费神,有时被熏得眼泪巴叉的,在如此简陋的条件下要照顾好产妇是件很辛苦的事。当时又正值盛夏,外婆白天忙忙碌碌汗湿衣衫,夜里还要用羽扇轻轻地为我和妈妈扇风、驱赶蚊虫。虽有爸爸做帮手,但外婆每天仍然很辛苦。

当我刚刚满月的时候,爸爸回了部队,外婆决定带我和妈妈回昌盛老家。那时老家有习俗,姑娘生孩子满月后娘家人要带回去"躲尿汪"。回到农村老家,外婆做起事来轻车熟路,得心应手,把我和妈妈照顾得十分惬意。原本胎膘不好的我也很快健实起来。外婆虽然整天辛苦忙碌但觉其乐融融。不经意间我们在老家已有半月,善解人意的外婆突然想起我已出生一个半月,爷爷奶奶还没见过我,叫外公把我送过去让爷爷奶奶看看。第二天,外公用自行车把我和妈妈送去爷爷家。昌盛到王集这段路还好,尽管全是土路,但路宽较平,外公不算太吃力。王集到太平村之间,有五里空旷之野,其中沟河纵横,没有专修的人车道路,只有行人顺着沟旁河岸随意踩出的小路,在这样的路况上骑车带人很吃力,而且紧张。当我们走到一条东西向大河边时,外公的自行车明显不听使唤,左右摇晃,外公竭力控制,最终前轮还是滑进车辙,连车带人被重重地摔在河沿上,差一点滚入河中。当时可把外公吓坏了,急忙爬起来去扶我和妈妈,问摔着了没有?幸好在妈妈的保护下我安然无恙,妈妈也无大碍。接下来的路,凡是靠河、过沟外公再不敢骑行,视路况走一段骑一段,好不容易把我们送至爷爷家。三天以后,外婆想我了,又叫外公把我们接回去。一到家便把我抱入怀中,叫妈妈讲那天摔跟头的事。几天后妈妈的五十六天产假到期,便收拾行囊准备回厂上班。听说回去后我将被送入厂托儿所,早出晚归,因为我太小,担心我在托儿所受苦,外婆的眼泪在眼窝里直打转转。那是我第一次与外婆一起生活，也是我与外婆相处时间最长的一次。

　　第二次再见外婆我已两岁多。外婆说她很想我，叫妈妈带我回昌盛过年。正巧爸爸休假，我们一家三口一起回老家过年。冬天的风无孔不入，四个半小时的车程大巴车门窗四处透风，王集到昌盛又顶风，当天半夜时分我便发起高烧，外公外婆不敢怠慢，连夜找来人力板车，用棉被将我和妈妈裹实，叫表舅王崇德拉我们去南河卫生院。出发时外公交代，过年期间卫生院夜里不一定有医生，叫爸爸和表舅直接去找公社主任陈乃新。陈主任听说是红旗朱二爹的家人立马起床陪我们一起去医院，并亲自找来院长，直至我检查完，挂上点滴，又交代给医生才放心回家。当时没有电话，无法告知家人放心，那一夜外公外婆又是一夜未眠。新春佳节本是家人团聚、轻松愉快之时，可我又让他们担惊受怕了。

　　第三次回老家我已四五岁。那时的我天真活泼，人人喜爱，又经妈妈一番打扮，衣服合身得体，鞋帽全新，一看便知我是来自城里的娃娃。所以我一进村，家人和邻居们都围拢过来，我成了他们的主要话题，那些妇女们都说：乖贵，你看人家这孩子长得像画画上的洋娃娃似的。听着众人的夸赞，外婆的脸上一直挂着灿烂的笑容。那时的我对认识世界有着强烈的欲望，对老家一草一木、一水一桥、鸡鸭鹅、猪狗猫样样感兴趣,尤其是邻居家的小山羊,温顺可爱,咩咩的叫声常吸引我拿着青草或菜叶去喂它,逗它,就连撒落地上的"黑豆"也觉新鲜。当小羊再次"撒豆"的时候,我小心翼翼地捡起一把,捧到妈妈和外婆面前,说"豆豆、豆豆",外婆大腿一拍,扑哧一笑说:"乖贵,这不是豆豆,是羊屎,是小羊拉下的便便。"接着拿出几粒黄豆,说:"这才是豆豆,这是黄豆,也有青豆和黑豆。羊屎比豆粒大,手指一捏就碎,豆粒小一些很硬,手指捏不碎。"听着外婆的指教,觉得外婆有知识什么都知道,所以凡有不懂的事都跑去问外婆问妈妈,她们不厌其烦,一一解惑。那一次我觉得学到了许多知识,有的现在还有记忆。

  后来外婆搬到了小尖,我也上学了、工作了,相见的次数很少,尤其是当兵以后,有时几年见不着。小时候外婆对我的关心集中体现在对我的疼爱,长大以后则集中体现在对我成长的关注。每次见面总是拉着我的手从生活、学习到工作都要详细地问个遍,对我的每一点进步都很高兴。即便我不在她身边,我也始终是她和爸妈关注的话题。诸如:长多高啦?学习怎么样?工作训练紧不紧张?等等。

  外婆到了晚年似乎对我们"四大"(大治、大鹏、大会、大伟)更加思念,希望我们能经常出现在她的身边,她常跟妈妈讲,我每次见到"四大"会感觉病好很多。那时我在蚌埠学习,有空就去看她,每次见面她都特别开心。2002年秋天,外婆的病已很重,可能预感到了什么,她跟妈妈说:"我想大鹏了,叫他抽空来给我看一眼。"那次见面外婆除了询问我在军校的情况,还关心我的婚姻问题,问我有无对象,说等病好了她给我介绍,遗憾的是外婆未能等到兑现诺言。后来外公接着外婆的遗愿帮我挑选女朋友,虽然最终也未能如愿,但两位老人家对我的关爱我永远铭记在心。

  2003年元月5日,我又接到妈妈的电话,妈妈刚说出外婆两个字,我的第一反应是外婆又想我了。可接下来听到妈妈在不停地哽咽,我立即意识到是外婆离开了我们。我立马请假直奔南京。那一天我未能见到外婆,更没听到叫我乳名的呼唤,灵堂上我只能对着外婆的遗像鞠躬流泪。告别的那一天,我走进吊唁大厅,沉重的哀乐和对外婆的怀念交织在一起,像尖刀扎心。唯一让我们全家人稍有宽慰的是:躺在花丛中的外婆一点不像逝去的老人,而是像在熟睡。其面容非常安详,很自然。告别仪式结束后,我们全家人一齐扑向外婆,哭声盖没哀乐。我和小舅、大治护送外婆最后一程,半途中全家人又追赶上来紧紧地抓住外婆不肯放行。大舅将外婆从头到脚又抚摸一遍,妈妈和小姨的哭声撕心裂肺,那一刻在场的人无不泪如雨下,仿佛天也在悲哀哭泣。当炉门开启,我们目送外婆进入"升天炉"的那一刻,我的心剧烈颤抖,心想:这一回外婆真的走了,永远地离开我们了。悲痛和不舍的泪水再次化为倾盆雨。在那短暂又漫长的等待时间里,我想了许多:想到了外婆对我的疼爱;想到了人从哪里来终将哪里去,来去的几十年间怎样做一个像外婆一样平凡而伟大的人;想到了孝敬老人莫迟缓,有一份心敬一份意,否则将会留下"我欲煮肉喂母母不在"的遗憾。

　　一晃快二十年过去了,这些年外婆对我的好,无论是妈妈的回忆还是自己的感受,我都铭记在心。外婆的精神和疼爱给了我巨大的动力,激励我不惧困难和风雨,永不停歇地奋勇向前。

(作者系叶珍外孙)

神奇的口袋

林大会

小的时候,总盼望着自己快快长大,这样的话,就可以像大人一样"自由"了:口袋装着自己喜欢吃的东西、什么时候想吃了就拿出来吃两口,再也不用占舅爹舅奶的"便宜"了。

刚记事的时候,舅爹经常带我出去串门,临出门前都会从上衣口袋里掏出一块冰糖放我嘴里,我就直接嚼,还没走到邻居家就吃完了,立马伸手到舅爹口袋里去抓。舅爹就说:"大会啊,冰糖要放嘴里慢慢化,直接嚼的话,太甜了,对牙齿不好。"说着,又拿一块放我嘴里,我学着慢慢化,到了邻居家还有小半颗在嘴里。还有,我每次正要"欺负"二姐,舅爹总会准时出现。"大会,到舅爹这儿来。"说着他就从口袋里拿出一块冰糖放到我嘴里,问道:"甜不甜啊?"我点点头说:"甜,特别甜。"舅爹乐呵呵地说道:"甜就好,你小,姐姐大,不能欺负姐姐。"这种"手法"屡试不爽,有时我也会当着舅爹的面假装要欺负二姐,这样的话,又可以吃糖了。

　　上小学的时候,懂事了,不能总是靠欺负人来获得战利品吧,要靠赢得舅爹舅奶的欢喜,得到自己想要的。有段时间里,有事没事就往老人家的房间跑,与他们又是抱又是亲的,有时还给他们揉揉敲敲肩膀,弄得二老满心欢喜。有一次放学回来,我肚子饿得咕咕叫,一进家门直奔他们房间。"大会来啦!"舅爹正斜靠在床上,闭目养神,被我的开门声吵醒了。我走近舅爹,推了推他:"舅爹啊。"舅爹说:"大会,放学回来啦。""嗯,舅爹啊,我饿了。"舅爹皱了一下眉头,说:"你等会啊。"只见舅爹起身,把挂在椅子上的外套拿了过来,又从口袋里拿出几块小糖(叫小儿酥,那时不知道是什么糖,还是用油纸包裹着的),说:"先垫垫肚子。"

　　不一会,舅奶从厨房里过来了,听说我饿了,立马到里屋去,拿了一个包装很精致的盒子,说:"来,大会啊,上回你大舅托人带了些好吃的东西,你尝尝。"只见盒子里整齐地排列着许多金灿灿的小圆球,我剥开一看,原来是巧克力,我长这么大,还是第一次见到这样包装的巧克力。直到我上了高中,从大姐那才得知这是一个名牌巧克力,叫"费列罗"。那一次,我吃得很满足,也很甜。我记住了,以后只要我饿了,我都去找舅爹舅奶,因为他们像变魔法一样,总能从口袋里掏出好吃的糖。

有一次,舅奶从外面回来刚进门,我立马就迎了上去,一顿撒娇。"大会啊,快快松手,舅奶年纪大了,吃不住你这么皮。"接着舅奶就从口袋里掏出一块印花掉得差不多的手帕,但是包裹得很严实也很鼓,就像大春卷一样。我就眼巴巴地看着,心想,这是什么东西啊,恨不得立马把手帕抢过来,抖一抖,看看到底会掉什么东西下来。只见舅奶不慌不忙地一层一层地打开,终于露出原形了,又是金灿灿的巧克力。"晓得你喜欢吃这个,上次留了几个下来,一直收着,等你哪天表现好了,拿给你吃。"舅奶笑着说道。这次的巧克力,感觉比上次装在盒子里的更软了,也更加甜了。

1999年,我上初中了。这年的冬天,我们一家子到南京城里的舅舅家陪舅爹舅奶过年。大年三十那天晚上,吃完年夜饭,我们几个小孩围坐在二老身边,舅奶从口袋里掏出了手帕,还是我印象中的那块手帕。我心里想,舅奶,我长大了,不喜欢吃糖了。舅奶还是像当年一样,不慌不忙打开手帕,只不过动作比以前更慢了,我也不像当年那么迫切地想知道里面装的是什么,更有耐心地等待了。只见手帕里面叠放着整齐的、崭新的钱。"这是给你们的压岁钱,你们全长大了,就给点压岁钱,你们需要什么自己去买。"舅奶边打开手帕边说道。在一旁的舅爹也说道:"大会,长大了,想吃什么糖就自己去买啊!"自己当年的小心思,一点一滴都在二老的心头上,也一直记在他们的心中。

　　后来,就再也没有吃到过舅奶给的巧克力了!上大学的时候,有一次,我到南京去看望舅爹,刚进屋,舅爹就从口袋里掏出几块小儿酥给我:"大会啊,这个是好糖,过年的时候你大舅妈拿过来的,你尝尝看!"我非常惊讶,这么多年过去了,舅爹还记得那个爱吃糖的我,只不过包装从油纸换成了塑料纸。我的好奇心促使我一定要问个明白,舅爹的口袋里为什么总会有我想吃的糖呢。舅爹摸着我的头,说:"晓得你喜欢吃糖,小时候你调皮,随身带点糖,用糖来哄你,现在养成习惯了,还是随身放点糖,就想着,你一来,我还能拿点东西给你吃吃!"听得我热泪盈眶,激动得无以应答,心里默默地祝福着舅爹长命百岁。

　　两位老人小小的口袋装的不仅仅是糖,更是对儿孙浓浓的爱意。从冰糖、小儿酥糖、巧克力糖,糖不断在变,变得越来越好,变得越来越甜,不变的是,两位老人对儿孙的感情一直是那样深厚,而我们一直被这浓浓的爱包围着。

(作者系叶珍外孙)

卷　六

人生金字塔是一步一步"登"上去的,没有直升飞机,也没有高空索道可以替代。

读懂《叶珍》可知强,读透《叶珍》可自强。无疑,叶珍是强者。她那永不停歇、自强向上的精神,感染了整个家庭,也必将感染代代子孙。

好男儿当自强

朱文泉

一日早晨刚醒,我揉揉眼对妈妈说,夜里外面有人哭,妈妈说是的。我又要问,妈妈说她要去做饭,叫我再睡一会。

早饭时,爸爸拾了一筐粪回来,洗完手脸就吃饭了。我问爸爸夜里为什么有人哭呀?爸爸抬起头看我很认真的样子就说,那人好喝酒,喝醉了就会哭,夜里不知道抬脚过桥,就倒在桥头,连哼带哭闹一夜。

这个人是谁?爸爸说小孩不要问大人事。后来我知道了是谁,但我也不乱说,因为这是人家没面子的事。

逢年过节,或谁家有婚嫁喜庆要杀猪宰羊,我们小孩会跑去看热闹。我发现这个人多数也在场。他很"勤快",帮助逮猪、吹猪(把猪杀死后割开后爪皮,用嘴贴紧往猪肚子吹气)、捶猪(用木棍捶打猪的全身以利空气充盈、便于拔毛),外场活干完了,就帮着抱柴烧火,吃饭时他并不上酒桌,待客人散席后,他还要清理一番环境,最后坐下来"打扫战场",边吃边喝主人留给他的酒,主人很欢迎他来帮忙,他也乐得一个酩酊大醉。

一年端午节,爸爸照例在门上插几束艾叶以驱邪避蚊,在我的肚脐上涂抹几滴雄黄酒以避蛇咬,尔后坐下来吃粽子、喝雄黄酒,纪念屈原。

爸爸喝了两小盅,就笑着对我说:"小大也喝一口"。

我说:"不喝。"

爸:"来,就喝一口!"把酒推到我面前。

我即推开说:"你不是说喝酒没出息么?"

妈望了望爸说:"别逗了,他害怕!"

爸:"过节,在家少喝点是可以的,但在外不能常喝,更不能喝醉。人家杀猪,贴上去打杂混口酒菜也就罢了,但喝醉了在外面又哭又闹丢人现眼,人家会瞧不起的。还有人更不像话,好吃懒做,到处寻酒喝,喝醉了回家就吵架、打老婆,这样的二流子哪来的出息!"

妈望望我:"小大长大有出息,不喝酒。酒是穿肠的药,喝醉酒等于吃毒药!"

爸妈的话给我印象很深。后来我上学、当兵、提干,到师部工作后,又听到关于酒的话题。一次,有师首长听到反映说:谁谁谁,有酒必喝,一喝必醉,一醉必说,一说必乱。后来干部考核,果真影响他的提升,应了寇准"醉发狂言醒时悔"的那句名言。

再后来,我到军、军区做领导工作,听到的、看到的、遇到的此类事就很多了,古代的、现代的,大人物、小人物酒醉误事的故事都有。

古的只说一文一武一贤:

李白,自称酒中仙。诗扬天下,光耀千年。因才入翰林,而因酒误事而被贬出京,最后因饮酒过度,六十二岁时醉死于宣城。亦说于当涂江上酒醉捉月、溺水而亡。

张飞,被誉"万人敌"。武功盖世,勇不可当。因鞭挞两部将引发仇恨,一日酒醉酣睡,被部下用短刀杀害。

刘伶,酒疯子,竹林七贤之一。因无所事事被罢官,有说病死,亦说因酒醉而猝死。其放荡不羁无以复加。一日,裸坐屋中,有客问之,答曰:"我以天地为栋宇,屋室为裈衣,诸君何为入我裈中?"意思是天地是我的房屋,屋室是我的衣服,你钻到我的裤裆里干啥?此贤者,非贤者,耻也!

现代的就不用细说了。喝酒醉死的,睡觉呛死的,掉桥下淹死的,喝酒犯浑被打死的,更可怜者,有被酒色引诱拉下水蹲牢房的、出卖情报投敌被枪毙的……不一而足。

"好男儿,当自强。莫嗜酒,莫醉狂。酒是穿肠药,莫自伤,莫上当。"这是年幼时留下的印记。几十年来经

427

年累月，初心不改，相反拒酒心更坚、"愿"更浓、"光"更烈，视为禁区，不可触碰也。

听妈妈讲，我的亲舅舅英年早逝。而舅家与四个堂叔伯舅家屋宇相连、关系密切。大舅叶贯功，长子叶桂华和我是亲密的发小，一同上小学、读中学，又一起入伍、一起提干，后来我在坦克七团当团长，他在机械化团当政委。因部队转隶他提出转业，任盐城一个大企业的党委书记，创造和保持了多年的先进。

二舅叶贯成，三舅叶贯山，四舅叶贯俊都在家务农。

二舅生产上是一把好手，赌场上又是高手。他智力过人，能掐会算，打麻将总是赢得多，输得少。

一日，妈妈对我说："乖乖，今晚河西某家有赌场，妈煮了50个鸡蛋、鸭蛋，晚上过去找你二舅给他们吃，鸡蛋三分钱，鸭蛋五分钱。"我不愿去，妈说："去呐，能卖一两块钱，好给你过年做件新衣裳哩。"

天黑定以后，按照妈妈的吩咐，我不情愿地挎着篮子踏过小木桥、走过石板桥，到了河西某人家。得到允许后，走进堂屋右拐，撩开门帘进了东房屋，此间不大，一张床、一床被，床头一个旧木箱，剩下的空间就是一个方桌，几条凳子，靠桌的人坐着、其余的站着，里外三层足有十七八个人，罩灯暗、空气浊，让人有点喘不过气来。我看不到里层的二舅，但听到了他的声音，我只好先把篮子放在床上靠里边,拉拉被子作些遮挡,心里有点害羞。过了一会,我试图告诉二舅,好不容易挤到他后面,他的眼睛盯着麻将并不理我,我扯了扯他的衣服,他还是顾不上我。我只好又退到大人后边等着。我坐在床边,心想大人们也怪,外面堂屋这么大,偏要挤到里屋干什么?这麻将怎么这么神奇,弄得大人们神魂颠倒,场内叹气、懊悔、跺脚、大笑,场外借钱、讨钱、私下要价,乱成一锅粥。

　　大约二更时分,我的眼皮直打架。我按捺不住了,明天还要上学呢。我大着胆子拨开几人,告诉二舅:"我妈煮了一篮鸡蛋……"二舅很高兴:正好肚子饿了,快拿过来分给大家吃。我急忙分发鸡蛋,还未来得及收钱,突然"砰砰、啪啪"枪响,又乱成一锅粥:有灵敏者喊"抓赌队来了",大家一窝蜂往口袋抓钱,东家赶紧进来收"抽头"、藏麻将,腿脚快的往外冲,警察一面吆喝停下来,一面往空中放枪,有的装做干部边喊"抓赌、抓赌"边往外面冲,有的跳上床,扔下我的篮,掀开箱子往里钻,钻不进,又掀开花被子裹住身子扮东家,一想不对,干脆头顶被子往外跑,二舅"久经沙场"抓住我的手贴着墙不动,抓住间隙一闪出了房门,趁两个警察冲进东屋,又一闪出了大门,趁夜暗、顺东墙边跑到河边趴下,眼看着警察追着人流往嵇家南大塘芦苇荡跑,二舅说"走",穿过

429

石板桥,跨过小木桥到了家。

妈妈可吓坏了。站在门口,一把抱住我说:"人回来就好,人回来就好!"我感到没完成妈妈的任务,一边哭一边说:"鸡蛋没了,钱也没了。"妈妈说:"我再喂,鸡再下。"那一天晚上,砰砰啪啪不停有枪声,直到早半夜才消停下来。后来听说有机智者,天刚亮到大塘、野地拣了好几块钱哩。

几日后,爸爸说那天晚上是区干部带队抓赌的,这几个月赌疯了不得不抓。后庄有一男,一年的钱输光了不算,还欠了一屁股债。还不起,债主纠集人到他家扒房子,一看他老婆长得不错,就说房子不扒了,你把老婆租给我用三个月,债我也不要了。那老婆性烈,一听这话火冒三丈,到屋里摸了一把菜刀冲出来,就要往那债主身上砍,口里还骂着:"我叫你租用,我叫你租用!"

这话当时只当笑话听,而爸爸板着脸说这是真事,并强调赌博是万恶之源,有输光了财产,老婆投河,妻离子散的;有赌博成瘾,疾病缠身,当场死在赌桌上的……赌博生贪欲,生懒惰,青年人一旦染上恶习,必定毁掉前程,你要记住。

赌博是社会的毒瘤,古今有,中外有。2000年,我随一位军队领导出访北非三国(阿尔及利亚、突尼斯、摩洛哥),顺访丹麦、马来西亚,最后一站住在马来西亚云顶酒店。这个酒店内设赌场,是世界四大赌场之一。赌场背后的老板是林梧桐(福建安溪人),他晚上设宴款待,陪同看一个短片(林的创业史),尔后陪同我们参观赌场。这个赌场很大很阔,分为三等,普通赌场、豪华赌场(包间)、顶级赌场(凭会员证50万马币)。我们参观了普通赌场,豪华赌场一带而过。普通赌场各种赌法都有,我看不懂也不好问。这位军队领导在一个赌桌前驻足,我也往桌上瞅了瞅。赌桌上画满了若干方格,并编上号,投注者把专用币投到方格里或十字上,一阵摇标之后,庄家付了几个中标的,其余未中的,庄家伸竿子全部刮入金库中……显然,这一刻最有刺激感的是庄家,最想挽回的是输家,如此轮番,笑的掉眼泪,哭的更悲凉。

晚上,下榻的酒店熙熙攘攘,无法入眠,其实也不想入眠。我回忆着云顶的赌场和家乡的赌场,真有天壤之别,但本质是一样的,都想赢钱。都想赢,谁输呢?十赌九输。

我回味着爸妈的忠告:好男儿,当自强。莫赌博,莫轻狂。赌是无底洞,输妻儿,羞爹娘。

一日,爸爸带回家一只河蚌,对妈妈说这是好东西,放在碗里淌点水,能治小孩口腔溃疡,随后就放到门外的水缸里。这家伙两片壳子硬硬的,高兴了就张开,伸出大舌头,长长的,厚厚的,白白的。我很好奇,经常趴在水缸上用筷子戳它的舌头,一戳它就缩进去。当它确信没有威胁时,才慢慢把舌头伸出来。

有一天中午,我正趴在水缸上戳蚌舌头,突然"砰"的一声枪响从我后脑背飞过,屋里做饭的妈妈立即跑出来,问哪来的枪声?这时我才站起来说不知道,就觉得有一股风从后脑背穿过,妈妈顺势一看发现我后面的墙上有一个小洞,就用手指抠掉土,把子弹头抠了出来。妈妈一转身,发现南圩堤(一百多米远)上有几个黑狗队,其中一个正向我们端着枪,妈妈急叫一声"快回屋",把我拉了进来。"乖贵,多危险!妈吓出一身冷汗。"

我没有完全意识到这个危险,就问妈妈他们是什么人?

妈:"那是黑狗队!"

我:"什么叫黑狗队?"

妈:"就是拿枪的汉奸。"

我:"什么叫汉奸?"

妈:"汉奸,就是帮助日本鬼子干坏事的中国人。"

我:"那为什么不消灭他?"

正好这时爸爸回来了。妈妈告诉他事情的经过,爸爸甚是后怕,连说:"万幸!万幸!"

爸爸告诉我:"黑狗队、二鬼子、伪军都是汉奸,他们是日本鬼子的走狗,干尽了坏事,这些血债迟早是要清算的。"

我:"那为什么现在不算呢?"

爸:"这不!日本鬼子刚打完,国民党又开始打共产党了,有的汉奸黑狗队投奔了国民党,现在倒狐假虎威、逍遥法外了。"

我:"那怎么办?"

爸:"国民党军队多,但那些当官的都是为自己,共产党军队少,但能打仗,老百姓拥护,黄(克诚)三师在这里就很得人心。"

妈:"听说国民党军官穿皮鞋,大小老婆好几个,共产党新四军干部穿草鞋,不拿群众一针一线……"

爸:"这天下迟早是共产党的!你长大了,有权了,要学共产党为老百姓做事。"

我:"我长大了,首先要打倒黑狗队和那一帮汉奸。"

爸:"那不用你管,共产党掌权那帮人都跑不了。"

我:"那我干什么?"

爸:"中国地盘大,外国人都想割一块、占一片,东洋鬼子、西洋鬼子都很坏,都想占,都把老百姓害苦了。日本鬼子罪恶滔天,杀害了上千上万的中国人,这个仇恨不能忘。你长大了要保国家、保人民,不受二茬罪。"

晚上,睡不着。想起了两年前跑反躲在玉米地里,

433

爸爸讲的那些日本鬼子惨无人道：日本鬼在堆沟、陈家港登陆抢占响水口,到处安据点、修碉堡、筑炮楼,他们下乡抢东西,动不动就烧光、杀光、抢光,见老头子和残疾人就杀,说他们光吃粮食活着没用,见到妇女就干坏事,甚至连老年妇女也不放过。有一次从响水出发偷袭六套,一次就杀害无辜百姓一百零八人,见到小孩就用刺刀挑,往河里扔,将小孩子当活靶子打……啊,我一下子明白了,今天中午黑狗队不就是把我当靶子了吗？想到这里不是怕,而是恨……

好男儿,当自强。快长大,保国防。立下终身志,为国家,斩豺狼。

几年后上小学,夏汉卿老师问我叫什么名字？我说小名叫小大新,大名还没起,老师不知怎么登记我,我说就叫"朱有权"吧,老师一听笑了,连说:"好好好,有权好,有权好!"后来涟水老家来人说家谱是"文"字辈,就改成"朱文权",考响中发榜时,不知哪位老师把"权"写成了"泉",从此我就成了"朱文泉"。尽管名字改来改去,但我的报国之志终生不改,我在军中服役半个多世纪,为的就是保国家,斩豺狼。

(作者系叶珍长子)

草　屋

朱文俊

我们老家原有三间草屋，坐北朝南，中间是厨房兼客厅，东西两间是卧室兼仓储。那是爸妈1948年修建的，是我们兄弟姐妹出生的地方；也是我们童年成长、玩耍和接受启蒙教育的地方，是我们赖以生存的家。然而1965年秋一场突如其来的龙卷风袭击了我们老家昌盛村。风力中心所到之处树倒屋塌，我们家是全村受灾最重的一户。

那天爸妈正在四十亩（地块名称）干活，我在家看护弟妹，帮做家务。突然间天色昏暗下来，抬头看东北方向，飞沙走石天地相连，一个巨大的风柱滚滚而来，我来不及收场（屋外晒粮）赶紧拉着弟妹向屋里跑，一边关门插门，一边用身体把门顶住。猛然间呼的一声，黑风裹着泥沙杂物破门而入，把我们掀翻在地，顷刻间，客厅和西头房的屋顶全部被旋上了天空，连同墙上的奖状等被卷得无影无踪。几乎同时，轰隆一声巨响，后墙坍塌。

在那一刹那，我们全都吓坏了，弟妹哇哇大哭。稍一定神，我赶紧抱起弟弟，抓住妹妹，躲到门后的墙角处，姐弟三人缩成一团。不久，远处传来爸妈的呼喊声："二子、小二子……小五子……"

妈妈气喘吁吁地跨进门，第一眼没有见到我们便慌了神，眼泪都下来了，后来看到我们都蜷缩在门后，才放下心来，嘴里还反复念叨："吓死我了，吓死我了。"她一边拉我们起来，一边安慰说："乖乖，快起来别害怕，妈妈回来了。"当时我从她拉我的手上能感觉到妈妈也在发抖。还是爸爸沉着冷静，他环视一下家中现状，发现残存的东头房还能遮风挡雨，便对妈妈说："先把孩子安顿进去，再把粮食、衣服收拾进东头房，我去查看一下别人家的情况，安排他们自救和互救，完了马上回来。"那天我们全家人挤在堆满杂物的东头房对付了一夜。第二天早上，父母就带领我们依托东山墙搭建一大间临时草棚，忙活一整天，总算是把"新家"安顿好了。

接下来怎样重建新房迫在眉睫。那时家里很穷，没钱盖瓦房，只能盘算如何盖草屋。父亲日夜筹划，和妈妈反复商量，最终确定在原址新盖三间草屋，另盖一间厨房。采用碎砖垫基、黏土夯墙、芦柴拍顶、茅草做脊；年前备料、开春动工，抢在梅雨之前落成。方案确定后便抓紧实施。农历十月茅草成熟，父亲前往东滩选料、购买、运回、堆垛、封顶备用。11月新柴(芦苇)上市,父亲因队里事多走不开,叫我到几十里外的滨海去采购。要买两种柴:一是笆柴(编织房顶芦柴笆),二是拍顶柴(切成段代替茅草铺屋面。比草更牢固)。父亲交代:"笆柴要长,稍粗点,挑水中生长的,岸边柴质地泡不结实,且根部弯的多打笆不理想。拍顶用的柴要匀称,细一点,也要水中柴,水中长的柴壁厚、坚韧、耐腐。"那年我十六岁,从未出过远门,头一次办这样的大事心中忐忑,决定去找小姨父,请他陪我一起去。在姨夫的帮助下,我顺利地完成了选购,又当即雇请了人力拖车,把几十担柴一次运回家。父亲见后非常满意,我也觉得很有成就感。

  第二年春天,新房开建,远亲近邻都来帮忙,他们感激父母的恩德,许多人家困难的时候,母亲都曾慷慨相助;父亲一根银针(针灸)无偿服务方圆几十里,哪家有病人,不管白天黑夜,有求必应,风雨无阻。所以我们家有事大家都不请自到,但是盖泥草房是个艰辛而又复杂的过程,先是取来泥土普遍垫高屋基,然后灌水,用牛拉石磙反复碾压,直至地基坚硬。为不误生产队使用耕牛,父亲每天五更就起来碾屋基。起墙更复杂,要事先取回上等黏土,加水泡透再加入适量碎干草(或麦秆、谷壳等),然后经人工或人、牛一起反复踩踏,直至生土变

"熟"泥,再把熟泥切成块,粘上坚韧麦草后,垒叠成墙。垒到一米高左右时,进行切边整理,形成第一遍基础墙。等第一遍墙干透后,用同样方法在上面加第二遍、第三遍。整个墙框分三次完成,历时两个月左右。为使墙体更密实、更牢固,每次起墙后还必须鞭墙,当墙体半干时用草绳缠在棍棒上,对墙体里外进行反复鞭打,鞭打次数越多,墙越结实。为此,妈妈每天早上天刚蒙蒙亮就喊我一起鞭墙。尽管鞭墙很累人,但心中充满希望,美好的憧憬激励我们越干越欢。打好墙框还要做山尖,父母带领我们用同样的熟泥制成厚、宽、长分别为十五公分,二十五公分,三十五公分左右的大土坯,然后在众人的帮助下,用土坯在墙框两头的山墙上砌成等腰三角形的屋山尖,到此整个墙体部分全部完成。

上梁盖顶是最重要的环节,那两天家里请了好多人,有的打笆,有的涮草,有的和泥,有的布梁,里里外外热热闹闹。上脊梁时放鞭炮、撒粽子和圆糕,一派喜庆气氛。邻里乡亲和路人都上门道喜,人人欢声笑语,喜气洋洋。

晚上送走了客人,父亲仰视刚落成的新屋,显得很高兴和激动,他回顾近一年来的艰辛深有感慨地说:"坏事可以变成好事,事事在人为……眼怕手不怕,困难吓不倒英雄汉……"母亲忙了好多天显得很疲倦,父亲过去安慰她:"累了吧?这些天你太辛苦啦!"妈妈回应说:"吃得苦中苦才有甜中甜,新房盖好了,我高兴……"

那三间草屋倾注了父母太多的心血,多少年来老人家对其一直深怀念意,即便在弥留之际还希望能回老家看看。

如今五十多年过去了,草屋已经不在,父母也已仙逝,但每当想起那冬暖夏凉的老屋,便觉得那是我们的家,我们的根在那儿。

(作者系叶珍长女)

黑色的 1963

朱文俊

欧洲有"黑色星期五",那是一首禁曲,美国有"黑色星期五",那是形容商家获得巨大的利润,他们是视赤为亏,以黑为赢,而黑色的1963是指这一年我们家的不幸之年,是妈妈痛不欲生的一年。

那年端午节前夕,十一岁文兰妹妹突然身体不适,起初以为是重感冒,没重视,几天后症状不减,爸妈赶紧请了当地的医生上门诊治。挂吊瓶时,五百毫升的盐水挂了一半,医生便起针说明天再挂。

第二天早上,我从窗台上拿过半瓶盐水,迎亮摇一摇,发现水里有絮状物,便问医生,这是什么?他说不碍事能挂,刚挂了半小时,文兰口吐白沫,头往后仰,十分痛苦,后经抢救无效离世。

前几天还在挑菜拾草活蹦乱跳的女孩,突然间就这么走了,这让全家人无法接受,尤其是妈妈整天茶饭不思、精神恍惚,以泪洗面。看着她一天天憔悴下去(那时她已身怀六甲),我的心情无比沉重,我想写信给哥哥,妈妈不让,说会影响他工作。我不知道如何排解妈妈的悲伤,只知道使劲地干活,以减轻妈妈的家务负担。

好不容易熬过了三个月,终于盼来了六弟的诞生,我们期盼着新生命能给妈妈带来好心情,可是六弟的降生,是妈妈生我们兄弟姐妹中最艰难的一次。

分娩那天由大姑妈接生,我当助手,起初我们把妈妈扶坐在马桶上,几个小时后妈妈体力不支,坐不住了,我们赶紧把她扶到床上。又过了几个小时,妈妈两次昏迷,大姑妈说这样下去很危险,便叫我紧紧抱住妈妈,使劲抵住她的后背,由她采取果断措施。那一刻,我真的理解了妈妈说"儿奔生、母奔死"的含义。

不知过了多久,六弟终于降生了,妈妈也转危为安,我一直悬着的心终于落地。听妈妈说,六弟是我们兄弟姐妹中最漂亮的一个,他们很喜欢,妈妈的脸上又有了微笑。可就在六弟出生的第十天,爸爸去二队开会,我去大田里采摘干枯玉米叶准备烧午饭,突然邻居家林二急促地跑来叫我,说舅奶叫你赶快回家,我撒腿就往家里跑。进门一看妈妈抱着六弟坐在客厅里,右手拇指掐住六弟人中,六弟脸色青紫。妈说:"快去叫你爸。"我转身就往二队跑,当我一口气跑到二队会议室时,累得一句话也说不出来,只是用手指着家的方向,爸爸立刻意识到家里出事了,他说了句"你们继续开会"便往家里跑。此时我再也跑不动了,等我赶到家时,六弟已经没了。此时妈妈已哭成泪人,双手紧紧搂着六弟不肯松手。她身体本来就极其虚弱,又遭如此打击,使她几次眩晕。

当程二舅爹从她怀中抱走六弟时,她抓住六弟的小包被痛不欲生,我站在妈妈的身边,眼泪哗哗地流,却不知道如何分担妈妈的痛苦。爸爸看妈妈悲痛欲绝的样子,怕再发生什么不测,忙过来开导妈妈:"你不要太难过了,身体要紧,这孩子来了又走了,说明他本来就不该是我们家的孩子,就当他走错门了,让他去吧。"

邻居们也纷纷过来劝解妈妈,陪她散心,韦兰珍抓住妈妈的手说:"舅奶啊,您还在月子里,要想开一点呀,可不能把自己身体憋坏了,家中里里外外还要靠您支撑呢,您可不能垮下啊!"话是这么说,可对妈妈而言,十月怀胎历经艰辛、分娩时饱受折磨九死一生,哪能说放下就放下呢?妈妈尽管心里悲痛,但很坚强,她没有被不幸所击倒,每天照样早起晚睡,忙里忙外。有时一边流泪一边干活,她是用干活来冲淡和排解心中的痛苦,她是在努力使自己从痛苦中解脱出来。

时间是服良药,能让人慢慢淡忘过去。经过三个月的煎熬,妈妈终于从悲痛中解脱出来,然而又一个不幸接踵而至,大伯突然去世了。

大伯孤身一人,跟我们家一起生活。爸妈和我们兄弟姐妹是他唯一的亲人。后来我们兄弟姐妹多了,房子也不够住了,大伯在干部的动员下住进了大队敬老院。1963年中秋节,爸爸亲自去接他回家吃团圆饭,饭后大伯和爸爸在里屋谈心,我亲耳听见大伯说:"敬老院我不想去了,那里住的老人中数我岁数小,各种杂务事都叫我一个人干,很辛苦,尤其是敬老院的某某人和一个女职工有暧昧关系,我无意中看到不该看的事情,从那时起,他们对我的态度很不好,所以我想回家来住。"爸爸沉思片刻说:"家里人口多了,孩子也长大了,现在家里不好加床。家务事也越来越多,将来你岁数大了,我们怕没有精力照顾你,你现在出来,将来再进去怕是不易,敬老院毕竟吃、住、照应有人管。你先回去,回不回来住我们再从长计议。或等来年盖了小房子再回来。"不久便传来噩耗,大伯自缢身亡。对此突如其来的不幸,我们全家人难以接受,再次沉浸在悲痛之中,尤其是爸爸,除了极度的悲痛,还有深深的自责和难以排解的疑惑。自责的是:如果当机立断采纳大伯的意见,让他回家来住就不会出事。这让爸爸不能原谅自己。同时,大伯的不幸是自己想不开而自缢呢,还是被人所害?疑点重重。大伯天性耿直,遇事思想不会转弯,对自己看不惯的人和事会直言不讳地说出来，所以敬老院的领导并不喜欢他，加之爸爸看过出事现场，他的住所低矮，不具备自缢的高度，有可能是别人布置的第二现场。因一时找不到证据，当时又不知道怎样维权，爸爸心中那团火无处发泄。百般无奈之下，我把爸爸的疑虑写信告诉在部队的哥哥。信发出后，一直没有等来哥哥的回信，后来哥说没有收到这封信。以往的信哥都能收到且有回音，唯独这封信收不到，这让爸爸心中更添疑云。他推断有人早有防范，提前预谋扣下了那封信。那段时间爸妈的情绪坏到极点。妈妈为大局和长远考虑，只得强忍悲痛劝导爸爸："事已至此，自责无用。真有隐情坏人终有恶报，为自己，为孩子，为大伯，你现在都该振作起来……"

一年之中，家里接连失去三位亲人，当时的悲痛气氛和凄凉，连我们几个孩子都失去童年的快乐，现在想起来还令人伤感。但爸妈为了我们，为了这个家，他们选择了坚强，艰难地挺了过来。

回忆妈妈的一生，在痛苦中，她选择坚强，在困难中她选择拼搏，在贫困中她选择知足，在顺境中她选择谨慎，在逆境中，她选择忍耐，这种意志品质是当今的年轻人无法感受和体会得到的。几十年中，每当我们遇到困难的时候，妈妈总是劝导我们："人生多坎坷，有信心、有勇气，就没有过不去的坎。"

爸妈一生中的苦与乐、言与行,都从不同的角度影响着我们的成长,正是这种优良的家风,让我们在成长的道路上稳步前行,受益终身。

感谢爸妈留给我们及后人这些宝贵的精神财富。

(作者系叶珍长女)

一双尼龙袜

朱文俊

1964年春天,三年困难时期刚过,国民经济还未恢复过来,农村老百姓仍然很穷,大人小孩对衣着都不苛求,能温饱就已经算是很奢侈了。那时候,无论男孩女孩能穿上袜子的是少数,就是有也多半是手工缝制的土袜子,穿洋袜子的少之又少,能穿上尼龙袜子的更是百中挑一。

一天中午,妈妈又一次来到我们学校(响水南河中学),她笑眯眯地从兜里拿出一双尼龙袜递给我说:"妈给你买了双尼龙袜,你看看喜不喜欢?"那是一双水蓝加白条子的尼龙袜,看上去既庄重又鲜亮,我打心眼里喜欢,可转念一想,一双尼龙袜要两块多钱,多贵啊!妈妈在生产队干一天活挣七至十分工,每十分工折合人民币五六角钱,一双尼龙袜是妈妈好几天的工分值。想到这儿我对妈妈说:"我没有说过要买袜子呀,您怎么想起来给我买这么贵重的袜子?您和爸爸能供我们读书已经

一双尼龙袜

很不容易了,有没有尼龙袜穿并不重要。"妈妈说:"乖贵!在妈的心里我闺女儿子走出去不能比别人家的孩子差,人家穿着俏刮我们也不能寒碜。"

在和妈妈交流中我了解到,原来妈妈上次来校时看到,跟我同宿舍的一女生脚上穿的是水蓝加白条尼龙袜,很好看。在回去的路上一直盘算着,一定要想办法给我也买一双,于是她特意从家里背了几十斤山芋干到集市上卖了,到供销社给我买了那双尼龙袜,又急匆匆地来学校送到我的手上。听了妈妈的叙说,我非常感动,因为我知道:妈妈的手里没有零用钱,山芋干是家里的主要口粮之一。而且一双尼龙袜至少要三十斤山芋干,要一百多斤山芋经过刮皮、晒软、刀丫、晒干、收取、剥开等多道工序才能完成。山芋收获季节,妈妈经常忙通宵,双手总是裂开很多口子,裂口深的还往外冒血。想想这些,我当时真的落泪了,不知道怎么感谢妈妈。

那双尼龙袜我一直舍不得穿,只有星期天回家时,才特意穿给妈妈看,让她老人家高兴。

参加工作以后,我把那双尼龙袜一直带在身边二十多年,后来可能是搬家的缘故再也找不到了,但妈妈对女儿的那份挚爱一直留在我的心中。

(作者系叶珍长女)

花 瓷 盆

郑余华

一年一度的评奖、获奖、领奖,对岳父岳母而言,已不是什么新鲜事。因为每年评比先进,二老当选已无悬念。偶尔年份榜上无名,也是自己一再推辞把名额让给了其他人。

每年评选先进之前,岳父母总是达成一致意见:评奖活动是一种激励措施,岳父当政治队长,自家人够获奖条件而不拿奖更有说服力,让其他表现好、对队里有贡献的年轻人获奖比我们自己获奖意义大。所以每年的评比会上,岳父岳母总是反复推辞,恳请大家不要选自己,应该让那些成绩突出、进步显著的年轻人登上光荣榜,使评先活动更具广泛性和激励意义。尽管如此,几十年间,岳父岳母所受到的表彰奖励还是最多的,不仅有生产队的、大队的,还有公社及县政府的。这些当先进或奖励的往事早已渐渐淡出人们的记忆,但有两件事家乡的老人们至今还记忆犹新。

1964年,滨海县(当时响水隶属滨海县)召开"三干会"和先进集体先进个人表彰大会。岳父作为基层干部和先进个人去县城开会和领奖,考虑是到县里去开会,还将上台领奖,特意穿上一双新布鞋。由于新鞋偏紧,挤脚,来回一百多里路走下来把脚给磨破了,没有及时清洗包扎,又沾上了水,结果感染化脓,影响走路,只得到南河卫生院挂水消炎。谁知发生药物过敏反应,满脸冒火,大汗淋漓,全身捂寒,胸闷气短,十分吓人。所幸抢救及时,才保住一条命。此事震惊了全队的人。有人说:"多危险啊,万一有个意外,怎么得了?他是全队的领头人,靠他带领咱们打翻身仗呢。"也有人说:"二爹呀,路费能花队里几个钱,何必要这样刻薄自己呢?"岳父淡淡地说:"全队几百人,我是当家的,管好一个队不容易。只有自己处处做表率,才能说话有人听。"

与此相似,二十世纪七十年代初,岳母被评为响水县农业生产先进个人,要去县城领奖,路程单趟三十多华里。生产队干部考虑她从小裹脚路难走,建议队里出钱让她从双港乘坐机动船(群众称为"小火轮")到响水,这样来回能少走四十里路。有岳父徒步百里去领奖的先例摆在那儿,岳母当然不愿破例,婉言谢绝了生产队干部的好意,坚持步行去县城。小脚走长途肯定很辛苦,但岳母说心里高兴不觉苦。那个年代颁奖侧重精神鼓励,至于奖品多为茶缸、毛巾、背心、肥皂等小礼品,有的还印上个大红"奖"字,物虽薄,但意义重。这一次却不同,岳母从县城背回来一只大花瓷盆,这可是个分量不轻的大奖。邻里乡亲们听说岳母从县里得了大奖,都争着前来祝贺,也想来看看那个花瓷盆。顿时,花瓷盆被当成了宝物,你摸过来,他摸过去,都说"真好看",都想多看两眼。还有的说:"只有朱二奶才配得上这样的大奖品。"岳母对花瓷盆倍加爱护自不用说,平时舍不得用,只有过年过节或有客人时才拿出来使用。这是荣誉的象征,全家人一直珍爱收藏。

(作者系叶珍长女婿)

爱　好

朱文芳

记忆中,母亲的大半生好像除了劳动、还是劳动。

那时候,农村人还谈什么爱好?吃饭穿衣就是中心工作。像母亲这样的人,整天被家庭所累,要忙家里的活,还要忙田里的活;要带孩子,还要带孩子的孩子。业余爱好,对于那时的她来说,压根儿从来没想过。

1984年,母亲随我们一起到小尖。在当时,这里也算是个繁华的商贸中心,周围的响水县城和滨海县城都到这个小镇来批发商品。二十世纪九十年代初,这里的生意做得很大,特别是上午最繁忙。下午大多没什么事,老头老太闲来没事就打打麻将、玩玩纸牌。离开了土地的母亲一下子来到商业小镇,发现没有了自己的"用武之地"。偶尔待在家里还行,时间久了,总觉不是个办法。我们怕母亲闲得着急,也常常开导她去相相眼,打发打发时光。这么大年纪,也该享享清福了。母亲也觉得闲得慌,闷得慌,也想找个寄托。渐渐地,也就

"相"上了，别人鼓动鼓动居然能"单独作战"了。就这样打麻将、玩纸牌成了母亲生活的一部分，也成了她老人家晚年的一种爱好。母亲有事做了，我们做子女的也就放心了。

母亲打麻将、玩纸牌，主要是娱乐，消遣，中间也夹杂些小"刺激"。有点刺激，打起来就会很认真。起初是二分一个，五分一个，后来就一角一个，总体上也就是三五块、七八块左右输赢。母亲打麻将、玩纸牌还有个特点，就是经常赢，没怎么听说她输过。人家都说："朱二奶打麻将很认真，很专心，从来不犯同样的错误。"

母亲打麻将、玩纸牌赢点小钱，最开心的还是我家的小孩。每次只要知道外婆打完麻将回来，大会、小凤总会探探情况，每次都能解决一些"实际问题"。母亲也乐得与孙子孙女们一道分享"胜利的果实"。我总也忘不了母亲给孩子们分钱时的情景：她总是动作轻轻地把手伸进口袋里，慢慢地掏出手帕，一层一层地剥开，里面全是分票和角票。然后看着大会、小凤，思考着，再把钱一张一张地拿给他们。一般不给多，最多也就一块钱。临走时，还忘不了关照一声："大会子，不要乱花，不能打游戏，买一些学习用品。"母亲常听人讲，小孩子打游戏机，成绩会下降。孩子们也只是象征性地点点头，其实根本没有听，而是在盘算这一元钱怎么去花。

与农村老人稍微有点区别的是，到了晚年，母亲养成了锻炼身体的好习惯。自从得了气管炎后，母亲身体常常不好。特别是到了冬天，到盐城、徐州、湖州时，大哥、二姐就经常劝母亲要注重养生，早晨出去锻炼锻炼身体。他们也经常会带她一起去晨练。一来二去，母亲还学会了做气功、做按摩，这种习惯一直坚持到她走完生命的最后里程。

听二姐文俊讲，就是在她身体极其虚弱的时候，她都没有忘记锻炼身体，每天坚持下床走走。自己做不动，还叫二姐她们给她按摩按摩。

（作者系叶珍二女）

心　愿

林宝付

　　老辈人一向安土重迁,故土难离。岳父祖籍为涟水高沟镇。因洪水灾荒父辈迁离高沟,辗转灌南、滨海一带,最终在响水南河三合兴落脚,到岳父这一代,已逾三代了。他在三合兴几十年如一日勤奋工作,从1953年做互助组长开始,以后做生产队长、政治队长、大队支委,直到1983年退下来整整工作了三十年。在他的努力下,穷队变成富队,成了翻身队、红旗队。他人缘好、威望高,还当上了生产先进工作者。为什么到六十多岁了还要搬到小尖来呢?

　　听岳父讲,1982年春节,文泉大哥从徐州回老家探亲。

　　当时的农村不像现在村村通了水泥路,还是车碾人行踩出来的土路,既没有石子砖子的路基,更没有经过压路机压实。南河属黏性土壤,就是我们说的"油泥地"。路面坑坑洼洼,雨水一浸,泥泞不堪,一脚踩下去,拔脚都十分吃力,而且特别滑,稍不留神就滑倒。至于行车,开快了刹不住车,撞着行人或前车,或容易转向滑入河沟;开慢了,在泥泞地里歪来歪去,极容易陷车熄火。

文泉大哥回家时刚好下雨,路面湿滑无比,驾驶员看看路上没有人,为防止陷车便加大马力,在转弯时,车子控制不住一下子就滑到沟里了。虽然人没受伤,但是坡陡路滑,要把车子拖上来还是很麻烦的,后来邻居看到后主动前来帮忙,前拉后推才把车子拉上来。

这件事使岳父母萌生了一个想法。老人家说:按照当时的条件,当地想铺路根本就不可能,不要说老百姓没钱,政府也拿不出钱来。而几个子女基本上都在外地工作,逢年过节回家假期有限,要是能搬到交通方便的地方居住,能给他们带来许多方便。

恰逢1982年县里为繁荣乡镇经济鼓励农民进城,农民把户口迁到乡镇三百元一人,到乡镇建房宅基地二百元一间,可以保留原承包地不变。小尖的地理位置得天独厚,四通八达,南来北往都很方便,而且离南河也近,岳父想,自己年纪也大了,在村里再干下去也力不从心了,于是征得岳母同意后,1983年春天到小尖购买了六间宅基地。

买到宅基地还要跑建房手续,虽然当时不像现在这么严，但是门槛多，手续烦，常常是好不容易跑到那，不是办事的人不在，就是缺什么东西又得跑回来，六十多岁的老人，从南河到响水骑着自行车，跑了十来次都毫无进展，多亏时任县委组织部副部长的张长海协调，最终办好了手续。

从1984年初开始施工，到1985年底竣工，前后五百多天，老人家除了农忙时抽空回南河帮岳母侍弄几亩责任田外，其余时间全泡在工地上，砖头到了卸砖头，水泥到了卸水泥，黄沙到了卸黄沙，为了省点人工费，凡是自己能做的绝不花钱雇人。晚上住在临时搭起的油布棚里，一住就是近两年，夏天蚊虫肆虐，冬天寒风刺骨，老人家从不向小辈说一声苦。

砖头砌墙前要浸水才能"焊"得牢固，当时不通自来水，老人家就到二三百米外的水塘去挑，一个来回就是一里多路，一挑就是几十担。一担水少说也有七八十斤，浇一次砖头就要挑四五十担，我们现在空手走几里路就累得不行，老人家六十四五岁的年纪一次就走五六十里路，而且还要挑三四吨水，这是多大的工作量啊！可老人家从不嫌累，干劲十足。除了浇砖头要水，楼板浇铸完拆了模板也要浇水保养，而且要保养好几天，一天要浇两三次，一层就是一百六七十平方，浇一次又要几十担。仅仅这两样老人家就挑了不下一百吨的水，还不算搅拌水泥砂浆要用的水。单单挑水一项老人家为到小尖建房就付出了如此巨大的艰辛,整个建房中老人家吃了多少苦可想而知,每次想起这些我都很感动。

是什么力量支撑着二老付出如此艰辛却从不退缩?是人老了就闲不住吗?谁不想过安逸的生活,饭来张口、衣来伸手?是长期劳作养成的习惯吗?有几个农村老人到了六十多岁还在不顾身体拼命干活?是为了省几个钱吗?当时的人工成本并不高,况且当时我们都有了工作,建房的钱还是有的;我曾经问过老人家,盖房子时哪来那么大的劲头?岳父说,我和你岳母都有一个心愿,这边的房子早一天盖好了,子女来看我们就少吃一回苦。没有深情的告白,没有华丽的词藻,也没有透彻的哲理,一个愿望"早",一个目的"少",把对子女的关怀全部融在了朴实的言语里了。

我们这辈人最能够理解老一辈人的做法,父母长辈对子女后人的爱从来不会挂在嘴上,也许直到老去都没有对子女说过一句我爱你,甚至还可能在你的成长过程中对你百般挑剔。但为了子女后人,他们愿意付出一切,能让子女享受到哪怕一点点便利,自己吃再大的苦、受再多的累也毫无怨言。血浓于水,亲情是无法割断的根。

从建房这件事上,我再次看到了老人家的辛劳与勤俭、善良与伟大,对子女的爱之切、亲之深,留给后代的家风举之实、义之重。良好的家风对一个家庭、家族的兴旺发达,对社会对国家的贡献是无法用金钱来计算的。但良好家风的形成不是一蹴而就,需要几代人甚至数代人的薪火相传,我们应该向岳父母学习,从努力做合格的父母开始。

(作者系叶珍二女婿)

两个名字

朱文兵

名字,是人生的第一标识,中国人极为重视。

旧社会达官贵胄、富家望族、书香门第,其不分男女都有名字。但广大底层妇女就没有那么幸运了,她们没有正规的名字,只有简单的符号,出生后排行老大、老二、老三、老四,出嫁后夫姓、父姓加个氏就行了。于是张李氏、王周氏、马刘氏、赵王氏、李陈氏……家家都是"氏"。

新社会了,母亲打起了"小算盘"。

一日,母亲讲:"全国解放了,穷人作主了,男女也平等了,男人都有名字,我也该起个名字。"

父亲笑着说:"朱叶氏不就是个名字嘛,还要起什么名字?"

母:"朱叶氏是旧社会起的,留有旧社会的痕迹,是封建残余。新社会反对男尊女卑,妇女能顶半边天了,半边天怎么会连个名字都没有呢?"

父:"说的也有道理。那叫什么名字好呢?"

母:"我得自己想想。"

几天后,母亲说:"现在小姑娘起名字,都是花呀草呀,红呀兰呀,我不能起这样的名字,我起名字主要是想说共产党好,新社会来之不易,要格外珍惜。"

父:"那也不能那么长吧!"

母:"不长,就一个字——'珍',叫叶珍。"

第三天,农业生产合作社表扬劳动先进分子,"叶珍"这个名字第一次在众人耳边叫响,大家你看我、我看你,原来"叶珍"是"朱二婶"啊,接下来就是一阵掌声。这掌声庆贺着妇女的彻底解放,也标志着妇女们创造新生活的开始。自此,有几个与母亲年龄相仿的人也有了自己的大名。

母亲心里强烈渴望、奋力追求,还想得到另外一个名字:中国共产党党员。

她在默默努力多年之后,一次生产队会议结束回家的路上,母亲对父亲说自己想入党。

父亲说:"现在不是很好么,为什么还要入党?"

母亲说:"入党光荣啊,入党可以为集体做更多的事情,我们是旧社会受过苦难的人,特别感到共产党好,入党就是跟党走啊!"

父:"入党是有条件的,不是想入就入的。"

母："那你给我讲讲哪些条件,我努力啊!"

父亲那天很耐心,给母亲讲了不少共产党人的故事,开列了不少条件,母亲也很兴奋,后来母亲告诉我,那一天晚上高兴得几乎没有睡着觉。

半年之后,母亲又提出入党问题,父亲说不要心急,等年把再说吧。

又过了一年,母亲被评为劳动能手,到队里领了奖,母亲回来后,第三次提出入党。父亲很犹豫,没有明确表态。

母亲："入党是好事,又不是坏事,你怕什么?你说的条件,我觉得都够。跟党走,我做到了。我也学毛主席著作,'老三篇'大部分我也能背上,张思德、白求恩、老愚公我都知道,白求恩我学不上,我不懂医,愚公移山不怕困难我能做到,张思德叫干啥就干啥我也能做到。"

父："光这些还不够!"

母："积极参加劳动,当先进我做到了。热爱集体,大公无私我也做到了。优质肥先交集体,囤在家里的集体粮一粒不动,队里要求怎么做,我就怎么做,这些条件还不够吗?"

父："这些方面你做得不错,但是你文化低……"

母亲有点着急,打断父亲的话："文化低我可以学,我不也经过扫盲了么,没听说过文化低就不能入党啊。"

父亲望着母亲迫切的样子,叹了一口气说:"唉,这都大半辈子的人了,还像年轻人似的,我实话对你说吧,上级有要求,要培养发展年轻人入党,使农村的事后继有人。你年纪大了,不可能列入培养对象,我又是队干部,不好张这个口,防止人家攀比说闲话……"

母亲停了一会,没有吭声,无奈回屋休息了。

几日后,母亲说:"我想了几天想通了,入不入党反正也不影响我吃饭干活。我年纪是大了,应该让年轻人入,不给队里为难。"

父亲高兴地说:"你这就对了,还真像个党员!"

"你还夸皮呀!吃不到馒头叫我闻闻香是吧!"说完母亲也笑了。

就这样,母亲未能跨进党的大门,成了一生未了的心愿,但她后来回忆这件事时说,我们家儿子媳妇、女儿女婿、孙子孙女这么多党员,我也心满意足了,无怨无悔。

(作者系叶珍次子)

完 美

朱庆庆

八一节回家,爸爸交给我一本书,叮嘱我:认真阅读,写一篇不少于 2000 字的纪念奶奶的文章。我睐了一眼,是一本粉色封面的《叶珍》(奶奶的名字)(初稿),汇集了爸爸姑姑叔叔等人对于奶奶的回忆、感恩,里面也有几年前我写过的一篇短文。有关爷爷奶奶如何含辛茹苦把几个儿女拉扯大培养成才的故事,我已在饭桌上听爸爸讲过很多次,受感触的同时,我也有些麻木,觉得那个年代已经离我们太远了,和我们今天的生活没多大关系。虽然我口头上答应爸爸写这篇文章,但内心并不是很重视,于是这本粉色封面的书就静静地躺在我的书桌一隅,偶尔翻一下目录,心想等我不忙的时候再看吧!

过了大概一周,我又回爸妈家。爸爸问我文章写得怎么样了,我说动笔了,但有点写不下去,因为我和爷爷奶奶相处的时间确实非常有限,想对他们说的话已经凝聚在几年前写的那篇文章里了。爸爸问：那本书有没有认真看？我有些敷衍地答道："看了几篇了，很感人。写文章必须是有感而发，我和爷爷奶奶之间的故事太少了，真的写不出来，硬写会显得虚假。"爸爸显然有些不高兴了，他严肃地对我说："大庆啊，做人一定要说话算数，你答应我的事情就要努力去做到。不要小看这本书，你认认真真读下去，就会知道爷爷奶奶这辈子是多么不容易，没有爷爷奶奶，哪有我们这一大家子，我们一定要感恩啊……"

看着老爸失望的神情，我很内疚。回到自己家第一时间就摊开了这本被爸爸视若珍宝的《叶珍》。没想到，我一口气读了几十页，爸爸姑姑叔叔们的一篇篇文章深深吸引了我，令我好几次鼻子发酸眼角发热，奶奶在我脑海中的形象也渐渐变得清晰起来。奶奶个头不高，齐耳短发，慈眉善目，我们相处时她总是笑眯眯地拉着我的手，重复最多的两个字就是"乖乖"。奶奶搬到南京居住时已经是八十岁的老人了，而我又旅居国外，每年回来探探亲，也就两三个星期。和奶奶交流时我要深度发掘老家方言功底，所以有点费劲，聊天一般十到二十分钟肯定结束。奶奶在我心目中就是典型的中国劳动妇女形象，没什么太特别的地方。看了这本书我才真切地体会到爸爸为什么一说起奶奶就充满感恩、不舍和歉疼,奶奶瘦小的身躯曾经承担过多少困苦和责任啊!

奶奶并没读过几天书,但对孩子的教育却从不放松。爸爸有一首五绝是这样写的:"青灯照黄卷,花落玉盘边。他日传胪报,酬功焰在先。"意思是,爸爸小时候晚上写作业,那时农村还没有电灯,奶奶会按时把小煤油灯点亮,还不时用火柴棒挑挑灯头的灰,让油灯的火焰更加明亮。奶奶对爸爸说,别看油灯小,我儿将来能做大事。今晚耗一盏油,明晚耗一盏油,我儿的本领就一天一天提高了。爸爸争气,后来考上了省重点高中,爷爷奶奶最后是借了高利贷把儿子送进了响水中学。

1961年秋,蒋介石正密谋反攻大陆,爸爸高中没读完便应征入伍。爷爷担任生产队长顾不上家,奶奶带着不满十岁的二姑起早贪黑、种地、打野菜、拾粪、喂猪,甚至像男人一样爬到屋顶去修漏雨的房子,还裹着年幼的四姑去夜校学识字……奶奶一个人挣的工分抵得过一个半壮劳力,就算是拼死累活,也经常填不饱几个孩子的肚皮,更别说她自己了。有一次,姐妹几个实在饿得不行了,围着生产队存在家里的公粮囤子绕圈子,恨不得抓起一把粮食塞到嘴里,正当姑姑摞起两只凳子准备伸手去抓粮食时,被刚从田里干活回到家的奶奶发现了,奶奶大惊失色:"要死要死,快下来!谁让你们动公家的粮食的?让你爸爸知道,谁都逃不掉一顿打!"看着可怜巴巴、面黄肌瘦的孩子们,奶奶于心不忍地说,"乖乖,我知道你们都很饿,可是你们想想,庄上这么多人家,生产队为什么把粮食存在我们家,就是看中我们诚实守信,我们一定不能失去大家的信任,知道了吗?"从此几个孩子再也没打过那粮囤的主意,实在饿得不行了,就紧紧裤带舀碗水喝。春种时节,公粮上交过秤,存在家里的粮食一斤未少,受到全村人的一致赞扬。

奶奶文化有限,但眼光远、明事理。爷爷有次把辛苦攒了好几年准备做些小买卖的一百二十元弄丢了(一百二十元在那个年代估计相当于现在的十几万),看见爷爷自责地吃不下饭、睡不着觉,奶奶便宽慰爷爷:"人非圣贤孰能无过,现在懊悔钱也回不来。钱是人苦的,别跟身体过不去,孩子们个个孝顺,以后我们不会缺吃少喝的,就别老想这件事了……"其实我能想象,奶奶心里也一定心疼得要命,据姑姑说,奶奶曾经有整整十年都没穿过一件新衣服,这一百二十元真的是从牙缝中一点一点省出来的。在乡邻们的眼中,"朱二奶是搂草撵兔子,摔倒还想抓把草的人",可见奶奶是多么辛劳、要强,为了家人的温饱,为了儿女的学费,真是吃尽了苦头,熬干了精力。

四姑在一篇回忆中写道,她十多岁的时候,爸爸和二姑已在外地工作或者求学,家里的农活大部分落在了奶奶和四姑身上。忙了一整天，肚子饿得咕咕叫，家里仅剩的一点干粮要省给为生产队日夜操劳的爷爷和正在长身体的小叔，奶奶和四姑只能多喝几碗稀粥，走起路来能听到水在肚子里咣当咣当响。可是再穷，奶奶也不愿意自己的儿女在别人面前显得寒酸。奶奶有次去给上中学住校的二姑送日用品，看见县里的孩子脚上穿着鲜亮的尼龙袜，二姑的土布袜子显得很落伍。奶奶看在眼里，记在心头，回家背了几十斤山芋到集市上卖掉，给好学懂事又开始懂得爱美的二姑一个大大的惊喜和感动。那双袜子的价钱在当时相当于奶奶拼命干活挣上好几天的工分，所以二姑一直舍不得穿，在身边珍藏了很多年。

到了二十世纪八十年代末，爸爸已经是解放军高级干部，我的爷爷奶奶也从生活了大半辈子的南河老家搬到小尖镇上和四姑一家一起生活。为了补贴家用，也为了让几个孙子孙女经常有点小小的惊喜，六十多岁的奶奶让四姑去批发棉布，自己在家制土糨糊，做出针脚密密的鞋垫在镇上出售。奶奶做的鞋垫物美价廉，遇到特别穷的人，奶奶会把鞋垫白送给人家。虽然日子不宽裕，但爷爷奶奶对爸爸从来是报喜不报忧，怕给爸爸增加负担，影响工作。

奶奶生命的最后几年住在南京。虽然苦了一辈子，身体很虚弱,连说话的声音都很轻微,但每到爸爸下班的时辰,奶奶就会抖擞精神,坐在床边眼巴巴地望着窗外,等着她心爱的儿子回家;奶奶手上总是戴着一只黄灿灿的金戒指,那是二姑买给她的心爱之物,就如同她为二姑买的那双尼龙袜一样珍贵;虽然已是丰衣足食,但奶奶仍然舍不得吃穿,把爸爸买给他的外套省着留给老家的外孙女;想起奶奶向我招招她那粗糙却温暖的手,从怀里摸出一个热乎乎的小红包,说是给我的压岁钱……我的眼角又一次湿润了。我觉得欠奶奶很多很多,我从来没给奶奶买过一瓶护肤品、一件新衣裳,也没给奶奶梳过一次头,擦过一次背,从来没有认真思考过奶奶也曾经是个年轻美丽的姑娘,只是她生长在那个贫穷的年代,未能充分享受青春的韶华,而过早地挑起家庭生活的重担,她把自己的一生奉献给了这个家,奉献给了子孙后代!

子欲孝而亲不在,是子孙们的最大遗憾,奶奶自立自强、奋发向上,人生别样的完美,又让子孙们足以为豪!

(作者系叶珍孙女)

无声的命令

朱大治

和奶奶相处的二十五年里,是我从幼年到少年,再到青年的转折期,也是性格的塑造时期,也许正是奶奶的心血教诲,对我的人生观、价值观的形成,乃至一生好习惯的养成有着至关重要的作用。

其中,体悟最深的便是勤劳俭朴、用心持家。

奶奶常说:"新三年、旧三年,缝缝补补又三年,一件棉袄正常穿九年。"在奶奶的影响下,我从小逐渐懂得"成由勤俭败由奢"的道理,也养成了节俭的好习惯。据爸爸讲,我小时候铅笔总是用到快握不住了,还舍不得丢掉。是啊,我那时想,铅笔头分为上截和下截,下截又分为上半小截和下半小截。如果每半小截都把它用足,一年可以省好多铅笔!用铅笔如此,用其他物件不也一样,这不就是奶奶要求的节俭嘛!所以我每次到最后半小截快用完了,还是舍不得扔,铅笔头虽小,但节俭的精神却意义重大。

奶奶常说:"宁将有时想无时,勿将无时想有时。""吃不穷、穿不穷,计划不周一世穷。""要省,省在囤尖上!"一个穷人家若能精耕细作,种好庄稼,又能勤俭持家,就会逐渐富裕起来。反之,好吃懒做,就是大地主也会破落下来。

今天,我长大成人了,看到的社会现实多了,也真切体会到奶奶教诲的正确。居家之道唯有崇俭方可长久,无论是大家庭还是小家庭,也无论是读书人还是种田、做工、经商,凡是勤劳、艰苦、节俭的人家,无一不兴旺;相反,凡是骄奢浪费、懒惰懈怠的人家,也无一不衰败。奶奶传给我们勤劳、俭朴的家风,是我们家族永远兴旺的精神财富和不竭动力。

我在旅团工作时,上面千条线,下面一根针。千头万绪、点多面广,比管理一个家庭复杂得多、严密得多,但我始终将奶奶的话记在心里、践行脚下,既抓住大的方面,又管好小的方面,努力像奶奶那样当好"管家"。不论在哪个工作岗位,我都坚持勤俭节约,精打细算,努力当好一个单位的"当家人",当好"金算盘""红管家"。

作为一名军人,我要带兵打仗;作为一名领导,我要精于管理。那些年,我秉持一个原则,财力物力向打仗聚焦,让每一分钱都化成战斗力。只要与打仗有关的事,我大胆投入,与打仗无关的事,一分也不花,大力压缩行政性、日常性开支，真正把经费管出效益，管出战斗力来。

其次，要求我们学会做人，养成诚实的好品行。

小时候，奶奶常告诫我们，小孩子不能油嘴滑舌，"鬼大牛吹"。待人要谦虚，谦受益，满受损，不能"处头铲脑"，当瓮筒子；做人要低调，要学会尊重人，尊重人就是尊重自己；交友要谨慎，与比你强的人交朋友，才能看到自己的差距，增强上进心，切忌交酒肉朋友，吃吃喝喝，玩物丧志，容易被拉下水，交一个坏友，可能会毁掉你的一生；人要有学问，不然人家就看不起你，而学问、本事都是学来的、干出来的，所以人要干到老、学到老，一辈子甘当小学生，才能是个大学生。奶奶的话语，虽然没有多深理论，但总是情真意切，句句在理。

回想自己的成长经历，正是得益于奶奶的教导，始终以"小学生"的心态，低调做人，积极做事，学文化，学打仗，苦干实干，才逐步走上并适应当时的旅团主官岗位。在实践中我也体会到，越是正视自己，越能看到自己的不足，越能保持清醒头脑，警钟长鸣，永不懈怠。

再次，人要有精神，始终走在前头。

爸爸告诉我，他考上了响水中学，报到时和几个同学边走边玩，奶奶特意在后面喊"小大子，要走在前头"，爸爸赶紧走到前头去，但当时并不理解其意义，后来慢慢领悟了,这不光是走路,而是对爸爸人生前程有一个殷切的期望。我也问过奶奶,奶奶说:"当时是提醒,要做人前人!"奶奶略停了一下,换个口气说,"我大孙子也要做人前人。做人前人,必吃苦中苦。懒痨鬼,玩意账,不可能有出息!你要以你爸为榜样,勤奋刻苦,奋发向上,持之以恒。"

奶奶"走在前列"的思想,在爸爸身上得以实现,也影响着我的军旅人生。当营长,我抓战备训练,处处以身作则,以临战状态、一流标准抓建设,见红旗就扛,见第一就争;当团长,我抓实兵演习,时刻钻战谋战,以招之即来、来之能战、战之必胜的标准,练兵备战;当旅长,我以更加强烈的紧迫意识和使命意识,抓战备抓演习,尤其是首次率队代表中国军人出征俄罗斯,参加国际军事竞赛,力拔头筹、荣获奖章,为国争了光。

现在,我虽然转换岗位,但奶奶倡导的"走在前列"精神,仍然时刻激励着我,它如春风化雨,融入我的血液,滋养我的生命,它如我终生的心灵指南,是一道永远执行的无声命令!

(作者系叶珍孙子)

"简"中有乾坤

朱大治

世界万物在萌芽、发生时,都是比较简单的、不复杂的,可谓"至简",但随着其漫长的发展、衍化又变得很深奥、很繁杂,可谓"至繁",正如老子所言:"万物之始,大道至简,衍化至繁。"

老子认为大道理(基本原理、方法和规律)是极其简单的,有时一两句话就能说明白,比如人生很简单,就是生、死两字,赤条条来,赤条条去,但如何生和死就复杂、深奥无比了。

人生"至简"当然好,但"至繁"了呢,那就得追求"至简",其方法就是删繁就简,以简驭繁。

吾以为,简者,至少可析为三:

一是简朴。朴,素也,淡也,无须修饰也。想想我的爷爷奶奶,正是如此。他们在昌盛老家几间土房里,淡淡疏疏生活了几十年,"一箪食,一瓢饮",安贫乐道,保留着内心的淡然和从容。每天天不亮,奶奶就起床,做饭,扫场,喂猪,然后再赶到田里劳作。晚上,拐磨、备好明日的三餐,纳鞋底、缝补衣服、照料孩子温习功课,如此循环往复,忙碌、平淡、朴实,与世无争,但却充满希望,自得其乐。家里用水,是从远处的池塘一桶一桶抬到水缸里,再用明矾净化,节约用水自不必说。爸爸在《温馨的瓦罐水》一文中写道,早上锅膛的余火把瓦罐里的水煨热后,全家人用来洗手洗脸,尔后再放入锅膛里煨着,早饭后再掏出来洗抹布、擦桌子,待水凉透后再浇到菜地里,洗脸、抹桌、浇菜一水三用,一点都不浪费。吃饭的时候,要是掉了一粒米、一块馍,爷奶总是捡起来吃掉,并教导我们一饭一粥都是用辛勤汗水换来的,应当倍加珍惜。

搬到南京后,生活好了,但爷爷奶奶仍然保持着简朴的生活作风。他们不追求享受,不希望"至繁",爷爷继续使用老家带来的老三件:喝茶用的白色陶瓷挂耳矮杯、泡药酒用的罐子、喝药酒用的小酒杯;爷爷九十岁时腰不驼,背不弯,走路稳健踏实,入冬以后,则戴上褪色的藏青呢帽,带着爸爸从老山前线带回来的拐杖。它们陪伴着爷爷经历了春夏秋冬,走过了风霜雨雪,自始至终以简驭繁,简单快乐。奶奶亦如此,穿得简朴,吃得清淡,喜于宁静。

我在部队工作时也有一种体会,就是"五多"缠绕,文山会海、会会表态，迎来送往、喝酒招待，形式主义、官僚主义互相掩盖，唯一的出路就是追求至简、删繁就简，把机关和部队从"至繁"中解放出来，集中精力抓战斗力建设。

新中国成立初期有一首歌唱得好："节俭是我们的传家宝……千日打柴不能一日烧。"大家都把简朴当成做人干事的一条行为准则。雷锋在工作上向积极性最高的同志看齐，生活上向水平最低的同志看齐，就是上世纪简朴精神的典型代表。

简朴，不慕荣华。一杯茶的清香，一首歌的旋律，一阵鸟鸣的婉转，远离喧嚣和纠缠，走向超然。

简朴，不贪高远。宁静的修养，优雅的气质，高尚的境界，远离进退得失的烦恼和干扰，走向坦然。

简朴，不图享受。淡泊中的充实，努力中的快乐，知足中的知福，远离灯红酒绿的引诱和迷惑，走向淡然。

二是简捷。捷者，快也，速也，战胜、所获也。我理解最重要的就是：做事要快，只争朝夕；治事要简，简单明了；方法要捷，保质增效。

比如，山芋丰收了，堆在门前大场上像小山似的，通常要把储到地窖里的，大小不整、破皮半截的挑出来，其余大部分都要晒成山芋干子，这个工作量很大，如果按部就班，需要好几天才能丫出来、上架晒。听姑姑讲，奶奶不是按部就班,而是争分夺秒,昼夜突击,一般两个晚上就上架,几个好天就晒成了。有一年我们家的山芋干晒好了,后面来了连阴雨也不受影响,有不少人家山芋干没晒干都霉掉了。奶奶的信条是,早做晚做都得做,趁着好天抢着做,万一碰上连阴雨,磕头后悔也无用,此其一"做事快"。

听爸讲他考上初中时,报到的前一天晚上,家里还没凑齐二十二元的学杂、书本、伙食费,要上学只有一条路,到前王姚庄借高利贷,而爷爷犹豫不决,奶奶却说高利贷不用怕,明年我多养一头猪就还上了。

二姑考上初中时,爷爷怕奶奶一个人劳动吃不消,不打算让姑姑去上学了。奶奶说小孩前程事大,我累不着,早起点、晚睡点,活就出来了,此其二"治事简"。

我们朱家人也包括邻里,都知道奶奶会养猪。窍门是:肥猪贵了不养肥猪,赶快改养母猪;母猪(仔猪)贵了不养母猪,赶快改养肥猪。为什么呢?因为肥猪贵了容易驱动家家都养肥猪、不养母猪,这样市场上就会出现肥猪多了、价格下跌,养母猪的少了、仔猪价格上扬;同样道理,仔猪贵了又驱动人们都去养母猪、不养肥猪,市场上又会出现仔猪多卖不出去,而肥猪少了、价格又要上抬。奶奶抓住这个规律,不去跟风追赶,而是超前预测,打好"时间差",赢得主动仗,此其三"抓规律、保收获"。

三是简别。别,辨也,识也,检查自省也。

法国作家罗曼·罗兰说过:"生命不是一个可以孤立成长的个体。它一面成长,一面收集沿途的繁花茂叶。每一分每一寸的日常小事,都是织造人格的纤维。"这说明人的成长不是孤立的,他的人格纤维的织造与环境密切相关,可能遇到繁花茂叶,也可能遇到荆棘杂草,因此要注意辨别、识别、自警。

爸爸曾经讲过,二十世纪四十年代,蒋介石发动内战,对解放区实行全面进攻,人民解放军机动北撤,一些青年人以为共产党不行了,极少数人抢解放区的银行,跟着国民党跑了。爷爷那时也是青年人,他不相信一些人的蛊惑,认为抢银行犯法,跟国民党跑是改变立场、变节犯罪,他辨别了方向,站稳了立场。那些抢解放区的银行、跟国民党跑的人,后来被抓住,有的被枪决、有的被判刑,不难看出,学会辨别方向是人生最大的"简"。

二十世纪五六十年代末"大跃进"时期,浮夸风盛行,有些地方鼓吹"人有多大胆、地有多大产",爷爷作为生产队长保持应有的沉默,不去跟风虚报;大炼钢铁,要求砸锅卖铁,爷爷他们认为放开肚皮吃饱饭不可能长久,因而砸小锅、不砸大锅,给社员们留下一口饭碗。结果跟风吹牛、无情砸锅不计后果的地方,出现讨荒要饭、饿殍遍野的惨状。干部识别大是大非、好坏丑恶的能力,关系百姓的生存命运,可谓又一大"简"。

人间有繁花似锦,亦有污泥浊水,有真善美,亦有假恶丑。因此，人不是生活在真空里，要时刻自警自厉，检查自己是否慎言、慎行、慎独，是否耐得住寂寞、守得住心神？是否常怀律己之心、杜绝贪欲之害？

爷爷任农村基层干部几十年，在这方面给我们留下了宝贵的精神财富。他懂针灸，无偿为老百姓服务，无论酷暑严寒、白昼黑夜，只要有病人随叫随到，不收一分钱，不要一粒粮，尤其夏天突发病人多，有时不得不连轴转也毫无怨言。丰收之后，逢年过节，有些人出于各种原因想送这送那，爷爷能守住底线，不为利益所动，一律拒收，树立了一生廉洁的形象。

爷爷曾对我说过："大孙子，你长大要记住'人脸'最重要。孔圣人一日三省，为的就是一张脸，一个好名声。你将来不管做官不做官，都要重视名声、口碑。"爷爷的话对我很管用，我在部队工作时，无论在营、团、旅哪个岗位上，都谨言慎行，老老实实按规矩办事，把"三省吾身"当成习惯，化为自觉。

现在我转到地方工作了，灯红酒绿诱惑多了，我要保持清醒头脑，时刻辨别方向，识别好坏，不为诱惑所动，日夜惕厉，不负祖辈、父辈的养育之恩，不负党的培育之恩，不负妻儿的所期所盼，保持内心世界的朗朗乾坤。

(作者系叶珍孙子)

自己包的饺子吃着香

林 静

外婆是一个没有太多文化、但却十分心灵手巧的人。虽然她已离开我们快二十年了,但每每想起外婆做出的吃穿用物,总会莫名感叹。

身上穿的上至衣物缝补、下至鞋垫糊作,自不用说,最让我无比叹服的是她包出的包子、饺子之类的食品。外婆包出的饺子看上去总是那么细巧精致,捏出的每一道褶皱几乎完全等距。摆在簸箕里,饺子的边沿俊挺着,看着就赏心悦目。时至今日,我仍然觉得自己包出来的饺子远远没有外婆当年包出来的好看。

之所以对外婆包的饺子印象异常深刻,可能是因为我至今仍未模仿出印象里外婆当年包的饺子,也可能是因为心里永远记得小时候吃饺子时,外婆对我说过的那句让我受用终身的话。

那时,我已经在读小学三年级。有一天家里包饺子吃,我如往常一样喜欢往桌上凑,总想着自己要亲手包几个。妈妈看我笨手笨脚的样子,就想让我走开,可是外婆却对妈妈说:"小孩子好奇心重,就让大静包几个玩玩吧。"在外婆的支持下,我终于如愿以偿。我一如既往地模仿着外婆包的饺子,也一如既往地失败着:我包出的饺子和外婆包的饺子放在一起,立刻相形见绌。幸好,外婆在旁边对我说:"大静经常包包,肯定会越包越好的!"于是,我继续包了几个,然后被妈妈赶离了桌子。

等到吃饺子的时候,妈妈有意捞了几个我自己包的那些奇形怪状的饺子在我碗里,假装没好气地说:"尝尝你自己包的饺子吧!"我先吃了一个不知是外婆还是妈妈包的饺子,然后又吃了一个自己包的饺子,咂巴着嘴仔细品了品,怎么感觉自己包的饺子更好吃呢?接着继续吃了几个,煞有介事地对比着,依然是那种感觉。于是,我对外婆和妈妈说:"我包的饺子虽然丑,但却好像比你们包的好吃!"妈妈笑了笑没做声,外婆却在旁边说道:"那是肯定的,自己包的饺子吃着香!"

也许,外婆并不是刻意想对我表达这句话背后所隐含的深意,但外婆的话却让开始学习写作文的我捕捉到了,并牢记在心里。因为那时,这句话被我和刚学的一句名言——"一分耕耘,一分收获"联系在了一起,让我印象极为深刻。

后来,外公外婆随舅舅搬到了南京居住,高中毕业后我也刚好来到了南京上学。有一次周末去看望外公外婆,在吃饭的时候聊到我的学业,外婆对我说要好好学习,不能依赖别人,通过自己努力取得的成绩才是最值得骄傲的。听着外婆的话,我的脑海里立刻闪耀出多年前外婆说过的那句话——自己包的饺子吃着香!

是啊!每个人在成长的道路上,迈出的每一步都会充满收获的喜悦,这种喜悦最动人之处莫过于收获来自自己的奋力而为。外婆的话成了激励我不断进取的人生信条。

(作者系叶珍外孙女)

永不言累

李 远

我未曾见过奶奶,但是从长辈们的言语和文字中,我领悟到她对伯伯、姑姑们和岳父母的影响。最让我印象深刻的便是她一年四季,从早到晚忙碌不停,却始终积极乐观向上,使人切实感受到她身上那种永不言累的精神。

爷爷是一家之主,但他同时也是生产队干部,整天忙于队里工作,难以顾及家里的事务。在那个生产力低下的年代,男人是一个家庭的主要劳动力,但是在朱家,奶奶才是家里干活最多、承受最多、付出最多的人。"早起三光,迟起三慌。"奶奶天未亮就起床,打扫庭院、归整家什、生火做饭,样样有条有理,纹丝不乱。拐磨、担水、劈柴、一日三餐,一力承担;养猪、积肥、种菜,四季轮回,一刻不停;自留地、公家田,收、割、刨、种,样样争先;就连盖房子、披墙(墙上挂麦秸)、摞草垛、起猪粪等重活、脏活、险活,她都从不畏惧、从不言难。

养猪积肥。奶奶养猪心里有个谱,她能预测行情,打好时间差,肥猪、母猪轮流养总是能赚钱,养猪的同时搞积肥,青稞杂草、沟塘淤泥、菜根树叶、生活垃圾与猪粪、猪尿、雨水一起沤,垒堆发酵制成优质肥料,既可家用又可换工分,谋求效益最大化。奶奶每年积造的猪肥、绿肥能比人家多几倍,仅此项一年可挣六七十元,这在当年算是可观的收入。

夏收夏种。夏收夏种是第一个大忙季节,除了安排好自留地的收种工作,还要完成集体的收割耕种任务。由于爷爷忙于生产队的工作,家里分到的收种任务全落在奶奶的肩上。为了抢时间,奶奶有时就带着四姑和岳父去大田一起干。有一次割麦子,四姑他们开始觉得很新鲜,但割了一阵之后,就觉得浑身不自在,腰酸、腿酸、胳膊酸,再割一阵子,看着望不到头的麦子,四姑说:"妈,这地也太大了,割麦子也太累了。"奶奶说:"不能怕累,还不到7点钟呢,慢慢割,总会割完的。"奶奶看看四姑不耐烦的样子,就叫四姑和岳父休息一会,再去捆麦子,自己一个人继续往前割。当看到奶奶衣服湿透、脸上的汗珠啪啪打在地上时,四姑和岳父感动了,拿起镰刀冲上去和奶奶一起割,三个人干到中午当天的麦子就割完了。吃过中饭后,又一起把割好、捆好的麦子往生产队大场上推,一直干到晚上才收工。四姑说:"累死了,累死了。"并问:"妈妈你怎么不累?"奶奶笑着说:"傻丫头,妈怎么不累!累也不能说,越说越累。你不怕累,累就怕你!"

秋收秋种。田家少闲月,五月人倍忙,其实秋季人更忙。比如收山芋就是很累人的体力活。为了提高劳动效率,生产队把任务分到各家各户。奶奶就带着四姑到地里,先用镰刀从根部把山芋藤挑起来,左手握紧后,右手转刀割藤,再用力一扯,把扯下来的藤子拖到地头堆起来。接着就用铁爪子刨山芋,小窝二三个,大窝三四串,加起来能有五六斤、八九斤。刨一段,堆一垛,从早上刨到下午两三点,尔后再用独轮车往家门口场上推,田间小路坑洼不平,母女俩一推一拉甚是费劲,一直推到晚上七八点钟,才把所有刨出来的山芋推到家里。晚饭后紧接着就分拣,除了留吃的、窖藏的,其余要刳掉皮,晒软后再"丫山芋"晒干。当晚主要是刳皮,刳到半夜,四姑建议奶奶明天再干。奶奶说:"明天还有明天的事,刳完趁着好天晒干,不然遇到雨天再一冻就烂了。"刳着,刳着,四姑打盹了,奶奶也打盹了,爷爷忙完队里的活也回来了,爷爷帮着奶奶一起刳,到天亮,已经完成过半,剩下的早饭后继续刳……奶奶就是这样,日以继夜,夜以继日,与时间赛跑。"今天再晚也是早,明天再早也是迟。"体力与农活比拼,她相信农活再多拼能赢,勇能胜。

　　巧度荒年。农村本来就苦,遇有洪涝旱灾就更苦了。爷爷是生产队的顶梁柱,要组织社员千方百计度过灾荒年。奶奶是家里的顶梁柱,要精心筹划苦日子怎么过。孩子吵吵要吃饭,猪也饿得嗷嗷叫,怎么办？奶奶挎上篮子带着孩子挖野菜、打猪草,打满了回来,猪吃笁草,人吃野菜(酸溜之类的野菜与山芋干、些许黄豆、豆沫一锅煮,每顿吃一点,一锅吃一天),刷锅洗碗水统统倒入猪食缸。家有多少粮,每天吃多少,都得按计划来,孩子喊饿就叫去喝水。人们会问灾荒年哪来黄豆呢？这里还有个故事:一日,奶奶发现豆秸垛下有豆粒子,豆秸下部有的还有豆荚子,虽然很瘪,但也是宝贝,奶奶索性把豆垛通通摊开,反复翻晒拍打几遍,竟打出二十来斤黄豆。这是救命的豆子,有了它煮山芋干渣子就好吃多了,但你可知道,为了这次"复收",奶奶用了两天多时间,手上戳了好几道血口,满脸都是疲惫,但她高兴,虽累犹甜。

　　一日,家庭聚会时,大家感叹奶奶像个铁人,一年三百六十五天从不知道累,也未喊过累。

　　四姑:"从不喊累是真,不知道累是假。妈妈曾经说我是傻丫头,妈妈怎么不知道累呢,但是不能说,说也没有用。"

二姑："要是说了,爸爸就得回来帮她,那就影响生产队的工作,爸爸主外,妈妈主内,再苦再累,他们都看成是自己的责任担当。"

岳父："我当过兵知道,一日行军一百里是累了,但连长喊:'累不累?'大家齐声:'不累!''不累唱个歌!'两个歌一唱,还真的就不觉得累了,这叫什么？这叫精神,人是要有一点精神的,妈妈就有这种精神!"

二姑父："人都有念想,有念想就有希望,就有盼头,岳母全力支撑这个家,就是盼着儿女有出息,今天苦和累的付出,明天就会有幸福的回报,所以有了这个念想,就不计较那些苦和累了。"

二姑："妈妈有意无意也是给我们作榜样,我们不都像爸妈那样敢于'拼'嘛。"

伯父："你们说得都很好。妈妈其实是很累的。我小时候就亲历过,妈妈忙过大年三十忙初一,初一上午应酬人,午饭后必然睡觉,一边睡一边哼,翻个身还是哼,下午晚上连着睡,晚饭也不吃。起初我还有点怕:'妈妈怎么老哼呐?'后来知道了,那是妈妈在恢复体力,是'排累'。平时呢,妈妈只能靠下雨天、不下地干活了,美美睡上一大觉,睡醒了,精神又来了!"

伯父向我们大家巡视一周,然后站起来说:"的确,人是要有一点精神的。没有'头悬梁、锥刺股'的精神,哪来孙敬、苏秦的一番事业;没有'铁脚板'的精神,哪来两万五千里长征的胜利;没有科学家敢为人先的创新精神,哪来的'两弹一星'!"

伯父意犹未尽,又加重语气强调:"就我们这个家庭而言,'永不言累'就是一种精神发光体,它照亮了我们全家人前进的航程!"

长辈们讲得十分精辟。我们这些晚辈,要将这种永不言累的精神代代相传、发扬光大,用奋斗的汗水去助力社会的发展,国家的强盛,去获取个人和家庭的幸福。

(作者系叶珍孙女婿)

"四大"谁大

朱恒毅

爷爷一生做事深思熟虑，为人谨慎低调。自己多次被评为先进分子，生产队被评为红旗队、先进队……对这些荣誉从不挂在嘴边，更不允许家人张扬。唯有一件事爷爷掩饰不住内心的喜悦：小时候，爸妈带我到小尖看望爷爷奶奶，爷爷带我和大会出去溜门，遇熟人问："朱老太爷，这两小是谁啊？"爷爷高兴地告诉他："这是孙子，小儿子文兵家的，叫大伟。""这是我外孙，四闺女文芳家的，叫大会。""啊，这是两个大啊。"爷爷则不慌不忙、伸出右手四指说："不，我们家有四个大呢。"熟人饶有兴趣，便问："那您家有哪四个大呢？"爷爷说："我有四个大孙子，大伟、大会、大治和大鹏。大治是大儿子文泉家的，大鹏是二闺女文俊家的。"在场的人感叹地说："您老人家真有福气啊！"爷爷连连点头说："哪里哪里，托福了，托福了。"

这"四大"，奶奶也经常念叨："'四大'，'四大'，看你们到底谁最大！"

奶奶的话我似懂非懂。心想这还不明白，大会（1986年11月生）比我（1993年9月生）大七岁，大鹏（1979年7月生）比我大十四岁，大治（1977年2月生）比我大十六岁，那肯定是大治哥最大。

2000年春节，爸妈带我到南京看望爷爷奶奶，并在那里过春节。见到大治哥，他已经在南京国际关系学院读硕士研究生了，奶奶把他当作"四大"的领头羊，自是由衷地夸奖一番，于是我朦胧感到"谁最大"与文化有关。我那时才上小学一年级，大会刚上初中，大鹏上坦克学院，那还是大治哥文化最高、"最大"啊！

后来长大了，我读完中学，考上职业技术学院，我慢慢领悟到奶奶"谁最大"的含义，并不是指年龄，也不单指文化，而应该指"本事大，对国家社会和家庭的贡献大"。除此，还暗含着三层意思：

首先应该有开展比赛、鼓励竞争之意。小时候，奶奶讲过兔子和乌龟赛跑的故事，兔子跑得快，乌龟远远落在后面，兔子想恐怕我睡上一觉，乌龟也赢不了我，于是就在树下一躺，真的睡着了。乌龟虽然爬得慢，但一直没有停下，当它爬到终点时，兔子才刚刚睡醒。奶奶告诉我，人的一生都在跑道上，"不怕慢就怕站"。要学乌龟努力前行、一刻不停的精神，不能像兔子那样盲目自满、走走停停，输掉了人生。

奶奶讲的故事，就是启发我们兄弟四人要在人生道路上"赛跑"，心中要有"比"的默契，互相学习，取长补短，争取每个人都是胜利者。大治哥带队参加俄罗斯国际军事比武取得优异成绩，个人还获得俄罗斯铁十字奖章。大治哥荣立过一次二等功、三次三等功，说明同辈人中是佼佼者，是走在前列的。大鹏、大会也都荣立过二次三等功，他们也是佼佼者。我虽然还无寸功可言，但我有年龄优势，我已考取电力二级建造师证书，正在准备电气一级建造师的考试，我已开始起跑，我的正能量会逐步释放出来。

其次有见贤思齐、见短思戒之意。奶奶对我说过"尺有所短，寸有所长"，见我没完全听明白，又解释说"十个指头有长短，长有长的好处，短有短的用处"。我们兄弟四人，年龄不同，经历不同，秉性脾气也有所差异，优长和短处也各不相同，只要把长处发挥出来，把短处补长，我们的本领就能变大。这就要求我们努力做到见贤者则思齐，见不贤者而内心思戒，每天进步一点点，就可以积跬步以至千里，汇小溪以成江海。

奶奶还讲过人分三等，一等人自成人，二等人说说教教就成人，三等人打死骂死不成人。奶奶也常夸大治、大鹏、大会哥聪明能干，吃苦耐劳，严格要求自己，也讲过一些孩子撒谎调皮、打架斗殴,屡教不改。我理解三个哥哥就是一等人,是贤者,屡教不改的人就是三等人,是不贤,我应该向三个哥哥学习,做一等人,经常从内心反省自己,以三等人为戒,自觉把自己磨砺成对社会有作为者,有"大伟"者。

再次有长远谋划、长期奋斗之意。我爱好体育运动,喜欢射箭和登山,我对登上珠穆朗玛峰的英雄非常崇拜。他们为了登上珠峰要进行缜密谋划,周密准备。他们有一句经典叫"怕死的人,才能登上珠峰",因为怕死才会去充分准备。有一位六十六岁的老妇先后登上各大洲的最高峰,学会使用冰镐、冰爪等多种攀登装备,提高了体能,积累了经验,才来登临这个世界最高峰。据说没有登临过八千米以上高峰的,是不允许来登临珠峰的。有的登山者每天体能锻炼的强度,相当于每天爬十趟以上三十层摩天大楼;他们根据自己的情况或任务的需要选择路线,选择难度相对较小的南坡,或是选择难度较大的北坡,无论选择南坡北坡十九条路线中的哪一条,都要控制好节点,通常要选择五六个营地进行休整、补充、适应性准备,有登山者在登上珠峰前,在最后一个营地还进行长达半个月适应性训练,尔后才一举登临;还要锻炼坚强的意志,敢于挑战风险,勇于跨越死亡之坎,对高原反应、冰雪严寒、狂风嘶吼等一道道鸿沟都要战而胜之,才能迈步凌绝顶,昂首云天外。据不完全统计,六十年来有五千人成功登顶,亦有三百人遇难,他们多是初次登山者,经验不足,缺乏统筹谋划,又缺乏充分准备。

登山如此,实现人生目标亦如此。几个哥哥告诉我,他们都有人生目标,大治是努力工作,快乐生活,培养子女,幸福美满;大鹏是顾大家、爱小家;大会是做一个对社会有用的人,经常梦想着自己哪一天有能力、有本事了,可以造福一方;我的人生目标是当工程师,做个有作为的公司经理,让公司不断发展壮大。这些目标,看似平常,并不惊天动地,但要实现它并不容易,因为它是人生的"珠峰",必须进行长远谋划、锲而不舍长期奋斗。要从自己的实际出发,正确选择实现人生目标的途径,要控制好求学、求职、升迁进退、婚姻、家庭、子女教育等重要节点,跨越金钱、美色、逆境三大陷阱,拼意志,拼吃苦,拼耐力,勇往直前登上心目中的"珠峰",实现人生的价值。

后浪奔涌,未来可期。"四大"到底谁最大?答案不在现在,在未来长期的奋斗中。

(作者系叶珍孙子)

太奶打"老虎"

朱箫羽

我小时候,妈妈在央视上班,爸爸在部队,我就跟爷奶一起生活。心里想妈妈了,我就叫奶奶画小鱼,我问:"小鱼也想妈妈吗?"奶奶知道我的心思,晚上就给我讲美人鱼的故事。

我跟奶奶在院子里捉迷藏,突然空中发出"嗡嗡"的声音,我说:"奶奶、奶奶,天上有飞机、天上有飞机,妈妈在飞机上,回来看娃娃了。"奶奶说:"娃娃真乖,再有两天妈妈就回来看娃了。"

幼儿园教唱歌,我回来问奶奶,那"两只老虎"为什么一只没有耳朵,一只没有尾巴呀?"是啊,为什么没有耳朵和尾巴呢,是不是做错事啦?"奶奶笑而不答。我央求奶奶,奶奶说你还小,听不懂。我就噘起嘴巴,奶奶看我不高兴了,就说:这两只老虎啊,是哥妹俩,它们请求老虎村的族长同意它们结婚,这是违反"兄妹"不能结婚规定的,族长生气了,就下令割掉哥哥的耳朵、妹妹的尾巴。

晚上,我恳求奶奶再讲个老虎故事,并答应听完就好好睡觉。奶奶说就讲个狐狸斗老虎吧:一只老虎抓住一只狐狸,狐狸对老虎说:"我是天帝派来当百兽之王的,你要是吃了我,天帝就会惩罚你。"老虎问:"你当百兽之王,有何证据?"狐狸说:"你若不信,可随我到山林中走一走,我让你亲眼看看百兽对我望而生畏的样子。"于是老虎就让狐狸带路,自己尾随其后。

森林中的野兔、山羊、花鹿、黑熊等各种兽类,看见老虎来了,一个个都吓得夺路逃命。转了一圈之后,狐狸洋洋得意地对老虎说:"你看到了吧,森林中的百兽,谁不怕我?"

老虎并不知道百兽害怕的正是它自己,反而因此相信了狐狸的谎言。狐狸躲过被吃的厄运,还在百兽面前抖了一回威风。后人把这个故事浓缩为一个成语叫狐假虎威。

那一段时间盯着奶奶让她讲了不少关于老虎的故事:武松喝了十八碗"透瓶香",独自登上景阳冈,一根哨棒打死一只大老虎。

东北虎阿弟被人射杀受伤,守山林的阿哥治好它的伤,后来阿哥被一群狼包围了,阿弟又拼命与狼搏斗救出阿哥。阿哥离开山林后,阿弟又被人设陷阱捕捉,阿哥知道了又回来救出阿弟，但阿弟对阿哥产生误解，从此开始伤人了。

华南虎，是十大濒危动物之一，除了在少数动物园能看到它，中国大陆已无踪迹。它是虎中游泳之王，比大熊猫还珍贵，全世界只有一百一十只，人类要保护动物，和大自然友好相处啊。

五岁半时，爷奶带我到东北旅游，顺便看望姥爷和婆婆。某日晚，我跟奶奶说老虎故事我都听过了，再讲一个新的吧。奶奶想了想说："那我就讲'太奶打老虎'的故事吧。"我屏住呼吸仔细地听。奶奶说："太奶，就是你爸爸的奶奶。"太奶小时候没有上过学，后来参加识字班，跟着老师学认字。先认汉字一、二、三、四、五、六、七、八、九、十和阿拉伯数字1、2、3、4、5、6、7、8、9、10，再学"记工分"三个字；接着学"人"字，老师说"人"是拉开的两只手，太奶想了想说"人"的两条腿不也是拉开的嘛，逗得全班哈哈大笑；老师说好多人家养了羊和牛，这个"羊"字，上面"两笔"是羊的两只角，下面"三横"是羊的头，中间"长竖"是羊的脊背和尾巴；而"牛"呢，向左的"一撇"是牛的角，"两横"是牛的头，"长竖"是牛的脊背和尾巴。"大家还有什么疑问？"老师要大家发言。太奶用手在腿上画来画去，不解地说："牛也是两只角，怎么写成一只角，羊的头是'三横'，牛的头为什么是'二横'，这样对牛不公平！"老师说："可能从侧面看就是一只角，造字的人可能喜欢羊，就多给他一笔。"太奶说："这造字的人也有亲疏啊！"

学到《百家姓》。老师说"朱"是大姓，由"一撇"和"未"字组成，叫"未撇"朱……太奶刚学过"八""牛"字，太奶说"未撇朱"听不懂，我看就叫"八牛朱"，又好听、又好记，大家一边笑、一边鼓掌，老师称赞太奶："脑子灵，活学活用。"

由于家务繁忙，太奶上夜校次数少，就叫文俊二姑在家教她，把生字写在墙上，饭前学饭后学，忙家务插空学，半年下来，太奶也认了几百个字……

"奶奶，这不是太奶学认字吗，没讲打老虎啊！"我急着问奶奶。奶奶笑着说："乖也，一个生字就是一只'虎'，是拦路虎，太奶一天认得十个字，就是打倒十只拦路虎。再过两年你就上学了，也要学习太奶打老虎的精神，不放过一个拦路虎，遇到一个打一个，遇到两个打一双，这样拦路虎就不敢出来了，你的成绩就会很优秀，书读好了本领就大，将来就能为国家做大事。"

（作者系叶珍重孙女）

附录一　中国平凡母亲之功效研究[①]

南京大学　翟学伟[②]　　南京师范大学　罗戟[③]

一、引子

无论在中文还是西文中,"母亲"一词通常用来形容"大地"或者"祖国",以表示其伟大[④]。可这样的伟大又不在于她做出什么惊天伟业,而仅仅是默默地承载与守护。虽说以母亲来形容大地或祖国只是象征性表达,但能做这样的比喻依然体现着母亲所具备的功效。

可遗憾的是,人们对这一功效的认识往往是感性的

---

① 此文为2021年度江苏省社会科学基金项目"中国文化视域下的母职与家庭承担研究"(21WTD001)结项成果;2016年度国家社会科学基金重大课题"儒家道德社会化路径研究"(16ZDA107)之阶段性成果之一。
② 翟学伟,南京大学社会学院教授,社会学系主任。
③ 罗戟,南京师范大学美术学院教授,摄影系主任。
④ Rima D. Apple & Janet Golden (eds.). Mothers and Motherhood: Readings in American History[C].1997:3-4.

并伴有文化的差异，比如中文中的母亲隐含了亲切温暖的、历经磨难的、含辛茹苦的、胸怀宽广的、任劳任怨的、忍辱负重的、充满爱意的等等。近来，有一段网络视频旁白是这样形容母亲的：

在这个世界上，有一份职业叫母亲，我们与她朝夕相伴，却忘记了她照顾我们不分昼夜，比谁都辛苦，然而却是没有工资的人。她被要求二十四小时待命，时刻保持工作不停歇，大部分时间都站着，还要具备出色的谈判和人际交往的技巧，要懂得医学、金融、烹饪和艺术，且身兼数职。她有时还要熬夜甚至彻夜不眠，一年三百六十五天没有休假时间，要做好放弃自己生活的准备。这样的一份职业似乎没有人会应聘，但在全世界却有数十亿人在做。

这类具有文化意义的感性认识恰恰说明，母亲的功效在很大程度上并没有进入研究者的视野，而更多来自生活与文学。这样的生活体验大致有两个方面：一是在每个人自身的成长过程中，没有父亲尚可存活，但没有母亲，存活几乎是不可能的。即使母亲未必亲生，也还是需要类似母亲般的照顾；而从人类社会发展史来看，没有父亲的年代是可能的，但没有母亲的年代是不可能的，所以每个来到人世之生命都自然会体验到母爱，这在大背景上也构成了人类曾有过的母系社会（尽管学术界对此还在澄清中）；二是因为各人生活条件的差异性，当有的人对自己母亲认知受限时，他对母亲的感知还可以靠对周围人的观察或对文学作品的阅读来获得。文学作品是指故事、小说、戏曲、诗歌、散文等，现在还要加上电影和电视剧。虽然这些作品可以虚构和渲染，但其真实性也来自个人自述，后者也往往是学术意义上的口述史。

再次，即使社会学会研究到母亲，但由于社会学是舶来品，造成了该学科在引进的同时总离不开那些看起来根深蒂固的理论、概念、方法和内容等，也就是说，如果西方不研究的，即为社会学不需研究的；西方教材怎么说，即为社会学内容怎么说；西方用什么方法，即为社会学确定用什么方法，造成母亲的研究也随之离不开西方的视角和理论。那么西方社会学是如何讨论母亲的呢？其实这一点同西方社会文化有关，即在这样的文化和社会中，母亲的话题连接着个体。由于个体性被假定为社会学研究的出发点，进而导致他们对母亲的认识大致体现为两种视角：一是从性别角色角度探讨母亲认同的过程，这一过程是由于女性个体因为怀孕而需要发生对母亲身份的转化，这样的转化包括一个人需要从认知、情感与意向上看一个母亲是如何成长的，其中的核心问题是在独立女性和好母亲之间所形成的张力乃至于抗争，其西方代表作有西蒙娜·德·波伏瓦（Simone de Beauvoir)的《第二性》[1]和以色列社会学家奥尔娜·多娜丝(Orna Donath)与玛格丽特·崔宾·普拉斯(Margret Trebben-Plath)合作的《后悔当妈妈》[2];二是在个人社会化框架下的亲子关系,其重点即为什么样的家庭互动模式会产生什么性格的儿童并影响到他的未来(双亲的管教模式)[3]。这点在社会学和心理学中都有一些重要的理论,其中以精神分析理论影响最大;而人类学的研究则一度认为,在特定文化中,一旦这样的教养方式具有了普遍性,那么国民性就会形成,这就是人格与文化学派。总而言之,这些研究让我们看到角色认同或者亲子关系是西方社会学的重点,其要义均为独立女性和母亲角色之间的紧张,或者母亲与孩子之间在抚养和重回女性之间的紧张。在后者中,母亲通常被当成影响儿童发展的一个自变量,即父母如何促成儿童的自我意识、独立性乃至于青春期反叛,而她自身也许要从母亲身份中重返女性的自我等[4]。另一种从中延伸出来

---

[1] 西蒙娜·德·波伏瓦:《第二性》,郑克鲁译,上海:上海译文出版社2015年版。
[2] 奥尔娜·多娜丝、玛格丽特·崔宾·普拉斯:《后悔当妈妈》,林佑柔译,台北:光现出版社2019年版。
[3] 佟新:《照料劳动与性别化的劳动政体》,《江苏社会科学》,2017年第3期,第43—54页。
[4] 肖索未:《严母慈祖——儿童抚育中的代际合作与权力关系》,《社会学研究》,2014年第6期,第148—171页。

的话题同样来自个人主义的影响,即由个人自我意识和青春期的作用,会引发青少年的自我认同和性别选择的意向性。这是一种性别研究导向。在这样的思考框架中,许多社会学研究非常重视"性别"的对立性研究。虽然母亲是女性中的角色之一,但性别讨论更侧重于男女关系、男女平等、性取向与女权主义方面[1]。也就是说,在他们讨论男女关系的理论中,母亲对应父亲,即表现为母权与父权之争,从而导致社会学研究总是围绕男性和女性的社会地位,比如家庭中的妻子地位,社会上的男女平等和同工同酬,尤其是在现代社会,妇女权益如何保障和女性如何独立等问题[2]。于是,有关母亲自身的研究鲜见[3]。现如今,家庭社会学中兴起了一小股对"母职"的研究[4],但这一议题主要是讨论全职或半职母

---

[1] 俞彦娟:《女性主义对母亲角色研究的影响——以美国妇女史为例》,《女学学志:妇女与性别研究》,2005年第20期。
[2] 金一虹:《社会转型中的中国工作母亲》,《学海》,2013年第2期。
[3] 卜娜娜,卫小将:《劳累、拉扯与孤单:"老漂"母亲的母职实践及回应》,《妇女研究论丛》,2020年第6期,第56—67页。
[4] 杨可:《母职的经济人化——教育市场化背景下的母职变迁》,《妇女研究论丛》,2018年第2期,第79—90页;林晓珊:《母职的想象:城市女性的产前检查、身体经验与主体性》,《社会》,2011年第5期;陶艳兰:《流行育儿杂志中的母职再造》,《妇女研究论丛》,2015年第3期,第75—85页;陶艳兰:《养育快乐的孩子——流行育儿杂志中亲职话语的爱与迷思》,《妇女研究论丛》,2018年第2期,第31—45页。

亲的生活方式、怀孕、生育及抚育方式,显然与我们这里要说的母亲功效,完全不是一回事。

二、研究视角与方法的形成

当现有的社会学(包括家庭社会学)缺乏对母亲功效之研究时,我们逐渐意识到那些看似被社会学所框定的内容背后其实受制于文化力量的主导,而被个人主义文化所忽略的部分也许正是中国文化的脉络中应该关注的重要议题,比如有不少海外中国学研究者(以史学家为主)及人类学家就发现中国妇女在概念表达、社会与家庭地位及公共领域中的作用,不能放在西方性别研究框架中去考察①。正如曼素恩(Susan Mann)所言,西方学者:

……会对中国人在家庭生活和公共生活之间

---

① 详见罗莎莉:《儒学与女性》,丁佳伟、曹秀娟译,南京:江苏人民出版社2015年版;高彦颐:《闺塾师:明末清初江南的才女文化》,李志生译,南京:江苏人民出版社2005年版;朱爱岚:《中国北方村落的社会性别与权力》,胡玉坤译,南京:江苏人民出版社2004年版;曼素恩:《缀珍录——十八世纪及其前后的中国妇女》,定宜庄、颜宜葳译,南京:江苏人民出版社2005年版;伊沛霞:《内闱:宋代的婚姻和妇女生活》,胡志宏译,南京:江苏人民出版社2004年版;季家珍:《历史宝筏:过去、西方与中国妇女问题》,杨可译,南京:江苏人民出版社2011年版。

构建出的关系感到相当吃惊,而这个关系是儒家的核心思想之一,也就是平时争论的框架,在盛清时代,"内""外"——女性的内部空间和男性的外部空间——之别,颇不同于西方用来划分"家庭的"和"公众的"两个领域的界线。相反,盛清时代关于"别"的原则倾向于强调,道德的自主性与权威集中体现在家内妻子和母亲的身上,她们又是丈夫和儿子在外取得成功所必须依赖的。所有这一切都是一个家庭制度的组成部分,这个制度构成了一种无间的、一元的社会秩序。以家庭为中心,以王为治疆域①。

古代的中国女性地位在现代社会也得以延续。其讨论的方式也在向社会学转移,比如作为人类学家的费孝通在民国时期完成的《生育制度》一书就希望在讨论人类一般生育方式的同时也带进对中国文化的见解。可真正能够给我们这一主题提供研究框架的,当属美国华裔人类学家许烺光(Francis L. K. Hsu)。虽然许烺光没有把女性当作专门问题来研究过,但他所建立的研究视角和方法却富有启发。许烺光认为,许多人类具体

---

① 曼素恩:《缀珍录——十八世纪及其前后的中国妇女》,第16页。

现象的研究可以是泛文化的研究。泛文化的意思不是随随便便谈论文化,而是应当关注文化的整体性,也就是说,看起来一个社会中都展现着不同的文化特征,但这些分散的文化特征最终都会有一种整体性的预设。那么,这样的预设如何建立呢?有两个途径值得重视:一是两人关系组合,也叫"轴"(dyad);一是亲属制度。有了这两条路径,我们便会对被西方文化淡化掉的母亲形象产生新的认识,比如以美国为例,其文化看似凌乱,但其基本假定是:

一个人所最关心的是他自己的利益——自我实现、自我发展、自我满足和独立。这些利益较任何团体的利益均为重要[1]。

从这一假定出发,那么便可以解释西方人认为每一个个人都有自己发展的需要,而不是为着他人发展而考虑的。其亲属关系也就成为"夫妻轴"。夫妻关系是一种契约关系,每一个人都在这样的关系中构造自己的家庭,同时也意味着彼此平等的和自主性的建立,但中国人的生活不在这样的假定中。中国文化的基本假定是:

一个人最重要的义务和责任是对父母的义务和责任,它比其他任何的利益(包括利己)更重要,充分表达

---

[1] 许烺光:《文化人类学新论》,张瑞德译,台北:南天书局1990年版,第112页。

于外显的行为便是孝,孝是一个人报答父母生育和养育之恩的方式①。

从这个假定出发,中国人的生活所寻求到的两人组合是"父子轴",它是血缘组合,并构成了等级的和互相依赖的关系。虽然以上两种基本假设都会产生家庭,但由此形成的社会结构和文化内容却出现了分叉,比如中国家庭受父子关系的主导开始系谱化,出现了扩大的家庭或者几代同堂的现象②,而西方的家庭则偏向维持核心家庭,然后从中不断分裂出各自的核心家庭。当然,在许烺光的这一研究框架中,一种便于理解母亲功效的思路虽呼之欲出,或者隐含为何母亲角色在中国文化中会成为主题,而西方文化很难,可毕竟许氏这一框架没直接讨论母亲本身,或者将母亲连同父亲放在一起看待。这是本文需要进一步挖掘的。或许,在许氏的文化比较研究中,"父子轴"中的母亲地位是次要的,其重要性须等到他在研究日本文化时才能凸显出来。也就是说,日本文化看起来受中国古代文化影响,似乎采用了父子轴,但该社会家庭更为现实的两人组合是"母子轴"。这是因为在日本文化中,母亲在孩子的成长中扮

---

① 同①,第96页。
② 翟学伟:《"孝"之道的社会学探索》,《社会》,2019年第5期,第154—155页。

演着主导作用①,理由是日本人具有非常明显的男主外女主内的家庭分工。虽然这一说法未必那么确定,但我们这里需要为许烺光理论辩解的是,他所给出的研究整体文化的路径并不是说有了父子关系就没有母亲的作用,也不是说西方家庭中有了夫妻关系就没有母亲的作用,更不是说日本家庭中有了母子关系就没有父亲的作用,而是说任何文化中的一系列原则中都是有优先原则的。

从以上讨论中,我们大致可以寻求到的研究方向是,对于母亲的研究不容易发生于个人主义文化的社会,即使发生,也非重点,它相比较于性、爱情和婚姻,是一个很小的话题。可对于互相依赖的社会文化而言,讨论母亲的作用是非常重要的;互相依赖的文化在其内在的社会结构方面往往是纵向性的,这构成了一种家庭成员等级上的责任和义务关系,从而导致在生活方面,亲子关系的紧密性增加,感情提升并将家庭关系按亲疏远近延展开来。如果说中日文化都处在相互依赖的文化类型范围内,那么相比较于日本家庭,我们还有问题没有解决,也就是在中国文化偏重父子结构之际,母亲所

---

① 许烺光:《家元:日本的真髓》,于嘉云译,台北:南天书局1990年版,第87页。

扮演的角色究竟是什么？应该说这样的角色表现和日本文化中的母子关系会有所不同，只是有何不同尚没有被社会学关注到，尤其在中国社会学研究惯常套用西方性别研究和个人社会化理论的前提下，这样的问题意识是不可能产生的。

为了研究中国母亲的家庭作用问题，我们最为缺乏的就是经验材料，至于那些看似汗牛充栋的母亲描写，虽然可以启迪社会科学，可社会科学所需要的研究资料并不能依赖于这些以抒发感情为主的描写。或许在中国老百姓中，如果让他们谈一谈自己成长中的母亲作用，他们都有话说，都会瞬间哽咽，但是这样的漫议如果没有好的研究计划，则无法体现其价值。由此，要想引出这样一个问题意识，在目前广泛的社会调查尚没有开展前，我们首先需要在质性研究意义上找到一个描写母亲角色的完整材料。就是在这样的背景下，当我们发现前任南京军区司令员朱文泉将军在组织家人编写其母亲的回忆录《叶珍》时，应该可以确认它是一份非常有研究价值的个案，可以作为我们讨论这一主题的起步，并在未来的研究道路上开启一种对中国文化意义上的母亲研究。

在此，我们先交代一下，为什么一份个人的家庭材料可以具有社会学研究的意义。有关个案研究如何体现社会基本特征的讨论,在社会学中一直存在争论。这其中争论的意义在于个案研究是否具有代表性。或许对许多读者而言,代表性和阅读中的共鸣是有关的,但社会学不能这么认为,因为研究者没有办法知道这个分散于读者内心的共鸣究竟有没有,难道一个社会学家可能通过一本书的销售量或者轰动来证明共鸣的存在吗?而在有的时候,轰动也不是共鸣的意思,也可能出于其他原因。因此,个案研究在社会学家看来,更多地是在考察一种尚未开展或无法采取问卷调查,无法量化的那些社会、文化及其相应的心理与行为等。个案研究的目的,不解决代表性问题,研究者只关注于一个具体的事件及其过程是如何发生的,其发生的基本方式和内在机制是什么,而并不想回答这样的个案在社会上有多少。通常,个案是否需要增加是由其饱和度来决定的,如果一个个案可以完整地展现出社会的某一方面,一个也行,如果无法完整展现,那么就增加到可以展现为止。可见个案有没有代表性并不重要,或者说那些能够解决代表性的研究方法,比如定量研究,即使完成了代表性要求,其本身仍提供不了一种社会生活的完整活动机制。所以个案研究任务通常用来展现一种社会生活的现实全貌,并为下一步的其他研究,包括定量研究提供假设,以便等待检验。

另外一个需要讨论的问题是个案研究如何可能提升普遍性的问题，其实这点同研究者自身的研究目的和研究层次有关，当然也涉及研究的抽象能力。比如，我们如何可能确定作者所提供的家庭个案究竟只是该家庭的生活样态，还是一种文化的基本样态。看起来这一点是在定量研究中回答的，其实并非如此，这是一个理论或者模式化的问题。以往，我们并不关心这个问题，是因为我们在分析中国个案时会用西方理论来解释，这无形中是在肯定西方理论是普遍存在的。但其实更大的可能不在于西方理论是普遍性的，而是被当成普遍性的，比如以目前西方女权主义或者性别研究泛滥于中国女性研究的理论解释，中国学者缺乏从根本上质疑这样的研究的视角。如果我们只是学会在这一视角上来研究中国人与中国家庭关系，那么我们就以为其理论理所当然是普遍的，而一旦我们看到了另一种视角，而该社会的女性建构的确从这样的视角中才能理解，那么原有的普遍性也就不攻自破了①。

就个案研究本身能否具有普遍性而言，一种可以检验普遍性的方式方法，也是来自许烺光的提示，即看一看我们在个案中所抽象出的结论与该整体文化的预设

---

① 详见罗莎莉:《儒学与女性》;高彦颐:《闺塾师:明末清初江南的才女文化》。

之间是否保持一致。通常情况是,如果我们在提升个案中的基本内容时能够和整体文化之间保持一致,则表明该个案具有理论上的普遍性意义;如果不一致,则表明一种偏离情况或者亚文化的出现,它构成了小传统与大传统之间的关系,也值得研究者关注,比如我曾对苏南江村倒插门现象的研究[1]。

三、个案中的几个重点

朱司令提供的这份母亲回忆录为何有社会学研究的价值呢?我们认为有两点值得注意,首先,如果朱司令不能从这样的家庭中走出来,一步步成为共和国将军,那么即使此书中的所有故事本身都存在,也无法有机会组织家庭成员来编写出版。这点看起来很特殊,其实无意中促成了这份普通母亲资料的诞生。换句话说,此书中所谈的事例很可能发生在千家万户那里,但发生就发生了,谁会有心去记录并收集成册呢?因此由于朱司令身份的缘故,最终形成了这样的相对完整的家庭和母亲资料。其次,朱司令的这份回忆录重点不是谈他的成长史,如果是这样,那么此种记述无论如何都会成为

---

[1] 翟学伟:《家族主义与工具理性:苏南农村的社会调查》,载翟学伟:《中国人行动的逻辑》,北京:生活·读书·新知三联书店 2017 年版,第 156—173 页。

研究将军成长早期的社会化研究资料,而不可能是一份研究母亲的资料。朱司令在这里发动家人所写的话题是对母亲的回忆,包括他自己也参与对母亲的回忆。由于母亲是此口述史的重点,那么虽然朱司令从这样的家庭中走出来很了不起,但这是另一个话题,而更重要的是应该聚焦于家庭成员所描述的母亲是什么样子的。这意味着,母亲在家庭和孩子们中的功效未必一定要培养出国家杰出的人才,我们也不假定如果母亲这样做,就可以培养杰出的儿子,而只是关心中国平凡母亲为何日复一日地在做她认为要做的事情。从这一点上讲,我们依然将其作为一个普通家庭,而非特殊家庭来进行研究。

  为了确保研究中所秉持的客观性,我们在研究前不准备设置意向性框架,因为任何先入为主的框架都会影响到我们在资料中只寻找我们想要的内容,而放弃我们不想要的内容。因此,此书所呈现的方式就是朱司令让其家庭成员按照自己的生活感受来进行记述,看起来这样的回忆有许多地方免不了重复,它们对于读者来说会希望删减和调整,但对于研究者来说却在说明其母亲特点的基本稳定性。由于事先研究假定没有了,最终朱司令本人把这些回忆归纳成六个主题:相夫教子、操家理务、崇耕尚读、传孝承德、爱国爱家、自强向上。

从这几项条目中，我们首先看到的不是叶珍身上的特点，而是中国平凡老母亲身上的大部分特点。显然，这是可以确认我们的个案研究同中国平凡母亲的普通认知保持了基本的一致性。

朱司令的母亲叫叶珍，生于二十世纪初，文盲，裹过小脚，生育过八个孩子。叶珍和过去的大多数妇女一样本没有名字，先随父姓，结婚后再随丈夫姓，以"氏"字结尾，故叫朱叶氏，叶珍是解放后她自己取的名。这一点足以表明中国传统女性的地位（我自己的奶奶也采用这样命名）。十九世纪中叶，朱氏一家一开始因洪水灾害离开家乡来到江苏响水县昌盛村（三合兴）。在一个安土重迁的乡土社会，一个外来户要想就地生根是需要有些才华的，或者说能够满足当地人的一些基本需要，开始之艰难可想而知。然到了朱司令父亲这一代情况有所改观。他做过小生意，但按照中国传统惯例，这不是生根的理由，因为生意人本身是需要流动的。从他的经历看，估计还是他能识些字并略通医术，这两个特征在任何村庄，尤其是在缺医少药且文盲较多的地区都是不可或缺的，所以其父算是一个能人。在传统社会，通常婚姻不是恋爱的结果，而是"父母之命媒妁之言"。叶珍走进朱家是媒人介绍的结果。从这些资料中，我们看到了一个中国传统家庭的构成方式，或者说也可以从女性的角度看到她即将占有的位置。我们以为这个位置的含义依照传统设计，她需要在三个层面上展开其家庭生活：对上是两个父辈男性，即公公（婆婆去世）和大伯（伯母走失），这点还隐含着一个家庭中没有女人不行，如果都是男人的话生活料理方面会陷入危机；中间是她丈夫，其基本生活方式是如何和他过好日子。其间的深意是在一个没有恋爱而步入结婚的时代，夫妻如何可能在情感培养、生活习惯、家务合作、养儿育女等方面达成默契；对下则是生育养育的问题，这是每一个中国家庭中的重中之重。可以说，一个中国妇女，如果在这三个方面都能做得好，那么整个家庭就会和睦兴旺，如果在哪一个方面做得不好，家庭内部就会纷争不断，甚至发生家道中落。从这一点上看，我们固然可以说中国家庭是父子结构，但这是从家长权威、父系意义上的传宗接代和维系家谱意义上说的，或者说一个家庭的主心骨或顶梁柱在父，但在家庭的里外操持，也就是很多执行和操作方面，则是母亲。下面我们浏览一下材料中对这三方面的描写。

其中着墨最少的部分是上对两个父辈的内容，也许是作为晚辈，一些过去的事情是母亲无意间谈起的，而非刻意访问过她，因此我们只能从叶珍女儿的《爸妈的爱》中得到零星情况，但足以说明了女性的重要地位：

二十世纪三十年代，我们家共有五口人，爷爷、奶奶、伯父、伯母，还有爸爸。伯父娶了个灌河北的姑娘，结婚不久，因生活琐事夫妻吵嘴，伯父还动手打了伯母，伯母一气之下回了娘家，再也没有回来。爷爷常年身体不好，田里的农活不能干，生活不能完全自理，奶奶一边干农活一边忙家务，还要精心照顾爷爷，时间久了积劳成疾，于三十年代末去世了。此时的朱家三个大男人，生活多有不便，急需有个女人来撑起这个家。那时的爸爸年方二十，虽然个子不高，但长得帅气，精明强干，样样农活拿得起放得下，同村姑娘与爸爸同龄的妈妈对爸爸早有爱慕之心，经媒人一撮合，二人很快结了婚。妈妈勤劳善良，对爷爷照顾有加，对伯父视同亲哥，与爸爸夫妻恩爱，原本的三个男人之家，有了妈妈的到来，这个家又充满欢乐，日子重新恢复温馨。

还是在这一篇中，夫妻之间的感情也是联系着长辈来谈的，甚至也提及了下一辈的降临：

1941年，妈妈初次怀孕，即将为人父母的爸爸妈妈心里特别高兴，心中憧憬着第三代人的出生将给这个家庭带来怎样的欢乐。但出于腼腆，只能把如此特大喜讯藏于心底,不敢跟爷爷和伯父透露。那个年代,年轻夫妇的爱情表达是很含蓄的,无论是言语还是行为,只能在心里在私下才能流露,否则将会被别人取笑。从那以后,爸爸对妈妈的爱又更深一层。没有别人在场的时候,爸爸会主动帮助妈妈做事,重活累活不让妈妈去干。吃饭的时候,会悄悄地对妈妈说:你现在不是一个人而是两个人,要多吃点。那个年代,爸爸能有这份关爱之心,妈妈已经很满足了。有一次,爸爸同姑父等人从陈港推盐到滨海去卖,回家时,饥肠辘辘的他舍不得买一丁点儿食品充饥,却到烧饼摊上买了一块烧饼,又去买了一只苹果揣在怀里,带回家留给妈妈吃。当时爷爷和伯父都在家,爸爸一直不好意思拿出来,直到晚上休息时,才从怀里掏出烧饼和苹果,小声地跟妈妈说:"给你买个烧饼和苹果。"这在今天看来,实在是微不足道,但在那个年代,爸爸的这份心意,让妈妈感动得落泪。据妈妈说当时吃着带有爸爸体温的烧饼觉得是世界上最好吃的东西,尤其是那只苹果更让妈妈铭记在心。那时的苏北农村,没有苹果树,也就从未见过苹果,刚刚怀孕的人,特别想吃酸的,那苹果甜甜的酸酸的,着实让妈妈解了嘴馋。妈妈八十高龄的时候,给我讲述这段故事时仍然表情激动。

另一篇涉及其伯父的是对其去世的内疚感(见《黑色1963》)。而有关夫妻之间的感情培养和磨合,则有很多描写。比如叶珍女婿在《望》中对他们夫妻感情的描写是:

> 1948年冬天,淮海战役期间,为了支援人民解放军打胜仗,她不顾十月怀胎的艰辛和即将分娩的特殊情况,毅然决定支持岳父参加民工队伍支前参战,她深知岳父要去的地方是炮火连天的战场,每一个参战军民都将接受生与死的考验。所以送走了岳父,她每天朝着队伍远去的方向遥望。那望中带着忐忑,饱含牵挂,企盼获悉平安和胜利的消息。如此心情直至岳父完成任务平安归来。
> 在响水农村生活的几十年中,岳母是出了名的家庭养猪能手,为了能卖个好价钱她常叫岳父到灌河北边的集镇去卖猪。每次出发时她总是左叮咛右嘱咐:"上船下船要小心,卖完早回家。"晌午时分早早烧好中饭在路边等候。等呀望呀!有时等到中过西(俚语。下午两三点钟),直到望见岳父回来的身影才赶紧回家盛饭上菜。

夫妻之间的感情在很多时候是遇到难事不互相埋怨,而是相互支持和鼓励。

二十世纪八十年代,有一次叶珍丈夫在去盐城的公交车上钱被小偷偷了,他心里十分懊恼、自责,回到家后,茶不思,晚不睡,《陷阱》中描写道:

> 回到小尖家中,情绪跟在盐城一样。还叮嘱文芳,要节约用钱,把伙食费用降下来。叫岳母买菜时少买荤菜,吃素为主。文芳心中纳闷,一个电话打到盐城,询问原因。岳母得知丢了这么多的钱,也感心疼。因为那年头,一百二十元相当于现在十多万元呢。但岳母见岳父如此自责,没有抱怨,没有责怪。而是用平和的语气劝慰说:"人非圣贤,哪能事事料到。这事不能怪你,只能怪那没良心的小偷。现在再懊悔,钱也回不来。不就是百十块钱吗?钱是人苦的,别跟自己过不去。"岳母的包容和劝慰,让岳父的心情宽解了许多。但他心想:这笔钱不是手中余钱,是计划派上用场的钱。盖房时,老家三间堂屋,连同厨房、猪圈、树木等总共才卖人家一千五百元。这回一下丢了这么多钱,这心里哪能说放下就放下呢。

关于母亲对于下一代的养育和教育则是整个材料的主要内容,我们在此就不再提示,读者从每一篇的字里行间,都能感受到叶珍对子女的关爱和教导。我们这里只通过《最后一次谈话》提及一下叶珍临终时的一番话:

那次妈妈讲得很多,细细想来大约有这么几个方面:一是我们家出了哥哥这么个大官不容易,他工作太忙,没有特殊事不要干扰他。二是让我把林凤当闺女待。她说:"我最不放心的是林凤,你就当她是你亲生的闺女,好好照顾她。"三是不放心文兵一家子。说:"文兵两人都下岗,两个孩子读书花钱多,你是做姐姐的,懂的事情多,凡事替他多把关。"第四是妈妈讲得最多,语气最深沉的是父亲的养老问题。她说:"你们几个都很孝顺,但各人有各人的工作,各家有各家的困难,照顾老人哪能面面俱到,你孩子少,又不在身边,你要多抽点时间照应你爸,让他过到一百岁。"同时,她还说,"有你们,有这个家,我知足了。"听着妈妈的叮嘱,我越听越不像平时的母女交心,越听越觉得像是给我交代遗嘱,我的眼泪夺眶而出,忙说:"妈妈,您别说这些,您会没事的,现在医疗条件这么好,哥哥会想办法把您治好的。"妈妈说:"生死祸福命注定,哪能事事如人愿。"

四、平凡母亲的功效

阅读《叶珍》中的各种生活故事,给人印象最深的就是叶珍是一位要强、能干且会持家的母亲。虽说这样的总结并不一定触及中国平凡母亲的功效,因为我们也可以从另一个侧面,比如贤惠、温顺、未必要强等方面来做概括,但这将表明社会学的研究不期待在母亲的性格方面寻求答案,尽管性格的确是一个重要因素。

回到社会学的研究框架中,我们认为中国人的家庭内部分工显然是存在的,只是不很严格。这点或许和农耕社会有关,也就是说在劳力不足的情况下,妇女一样下地干活,并担负其他家务及赡养老人和孩子的义务。日本学者在讨论母子关系时,列举出明确的家庭分工大都以都市的下层中层阶级为主,诸如商人、小商店主或工厂主、计程车司机或劳工、工匠等[1]。这就表明当男性的工作具有明显职业化倾向时,男主外也随之明显。所以,如果以中国夫妻家庭分工和日本相比较,我们的看法是日本更加制度化或者结构化,而中国则偏向观念

---

[1] 参见许烺光:《家元:日本的真髓》,第88页。

化。具体而言,在中国文化的观念中,男女工作是需要划分的。一种不在制度化中的男女分工是靠理念,包括伦理、习惯和舆论等维持的。比如费孝通就说他的家乡有一句谚语是"男做女工,一世无功"①。可见男女分工受观念的指使,可即使在家庭生活方面,男人也是既在家内又在家外劳作,而妇女即使从事家内事务,也可以通过在家庭内部沟通影响丈夫外部的社会参与(这点在中国传统政治上历来也有传统)。制度性的家庭分工相对刚性,分工十分明确,男人在外挣钱养家,一切家内事都由妻子料理,从而带来了日本女性婚后不但回归家庭,而且父亲的形象在孩子那里也是冷漠、疏远,甚至是缺失的,如果在这层意义上再加上父亲权威,就很容易出现专横、暴力等行为。而在这样的环境下,母亲不得不和孩子抱团,相互依存。这是日本文化意义上的母子关系。但在中国这边,夫妻在任何时候都共同承担着家里和家外事务,只是为了维护传统要求,形式上妻子一般不抛头露面②,所以很多事看起来是男人主导,但有不少意见是妻子出的。如果说由于革命年代和新中国的成立,妇女的社会和政治地位进一步提高,那么家庭分

---

① 费孝通:《生育制度》,载费孝通:《乡土中国》,上海:上海人民出版社2006年版,第291页。
② 高彦颐:《闺塾师:明末清初江南的才女文化》,第12页。

工会更加没有那么清楚。加拿大人类学家朱爱岚(Ellen R. Judd)在中国北方农村的田野工作中一再提醒海外中国研究中发现的"母亲中心家庭策略"①。她指出：

"……在家庭层面上存在着一个相应的模式，妇女一般在家庭中拥有实质性的权威，而且至少被默认为如此，正如'男主外，女主内'这一众所周知的表述所反映的。这一想象还再次表现为妇女会普遍而自发地谈到她自己管理家庭，并做出主要决策的事实。

……不管妇女在户内行使的真正权威是什么，这种权威通常具有实质性的内容，但公开地表述出来，则是不为人们所能接受的。"②

其实从这份材料的描绘中，我们也能看到叶珍日常中的很多事情原本在中国家庭中也应由男人承担的，但因丈夫是村干部，有很多公务在身，家庭上的很多男人工作她都一一承担下来了。而要想说清楚这一点，必须要触及母亲在家庭中的自我及爱的话题，这点未引起许多海外中国研究者的重视，我们下面还会讨论。需要留

---

① 朱爱岚:《中国北方村落的社会性别与权力》，第150页。
② 朱爱岚:《中国北方村落的社会性别与权力》，第176页。

意的是，虽然观念上的男女分工柔性很强，但这不意味着男女分工的淡化。在大多数情况下，女性自觉在家庭中承担了更多事务，比如女方负有做饭、洗衣、抚育孩子等家务；男方除了挣钱外，还负有拿主张、盖房、房屋及劳动工具修缮、家庭训导、带孩子玩耍等事务。这种观念上的分工带来的结果便是母亲成为家庭的操盘手，她需要在以下几个方面有所作为。为了说明这一点，我们先来看一些事例。

例如朱司令员在《三次挨打》中回忆起他小时候去别人家地里偷吃东西，回到家后发生了这样的事情。

两天后，厄运来了。薛家气呼呼来告状，爸爸听完后问我有没有这回事，我说"有"，但只去过一次。爸爸连连向人家赔礼，表示一定严加管教，所受损失照赔不误。薛家人走了，爸爸喝令我"跪下"，我知道做错，立即跪下甘愿挨打。爸爸举起柳条就来打我，我架起胳膊、缩着脖子，做好皮开肉绽的准备。

此时，妈妈过来了，说"吓吓就行了"。

爸：你不要管。

妈：我怎么能不管。

爸：你管我就打你。

妈:你打看看!

柳条呼呼两下子落到妈的背上,妈说:"你这个死老头子,怎么不讲理?儿子跪也跪了,打也打了,吃他的豌豆荚赔他就是了,还想怎么着?"妈妈一边说,一边拉起我的手,"走!到西屋去!"爸爸也未往下接。

夜深。妈妈不放心,过来摸着我的手。我把前后经过一说,觉得委屈,还连累了妈妈。

妈:"妈没事。乖儿,你爸打那是为你好。咱们种田人不容易,你把人家豌豆荚吃了、麦子踩了就会减产,灾荒年好比要人家的命,人家能不告状嘛!"

妈欲止又说:至于去一次、去多次没啥区别,只要去就是个错;别人找你去的,这也说不过去,做坏事别人叫你去你就去啊;你要想吃,告诉妈妈到自家地里摘一点不也行吗,人家以为偷吃他的、省自个的,损人利己影响多不好!

妈又举例:从小偷根针,长大偷头牛。东太庄魏小七从小就好偷东西,长大了抢银行逃到潮河北,后来给政府抓回来枪毙了,嘴馋、手馋都是诱惑,是万恶的根,你可要记住。

"懂了,我一定听妈妈的话。"

离开时,妈妈又强调:"做坏事绝不能有第一次。"

还有一次少年朱文泉因下大雨去其他同学家下棋,上午没有去上学。也显示出了母亲在缓解家庭冲突时的重要性:

下午放学到家,妈妈望着我说,上午你大姑来啦,我不解其意"噢"了一声。爸爸有了上次经验,先把门闩紧,再从墙上取下鞭子,把另一头折过来抓在手中,绷着脸吆喝:"你过来!"我不知所措,只好挪过去,突然鞭子从上空打下来,我把身子一歪没有打着,又是一鞭,我已躲到妈的后面,此时妈妈挡住不让再打,爸就把气撒到妈妈身上,"叭叭叭"抽了三鞭,我记得妈妈只穿一件单衣,而鞭子打得很重,嘴里还嘟囔着"我叫你护""我叫你护",我见妈妈挨打,心疼死了,就从妈妈身边挣脱跑到西屋大哭,爸爸见状也没进来。隔了好大一会,我舍不得妈妈就出来看看,只见妈妈独自坐在小凳上流泪,我扑通跪在面前,抱着妈妈痛哭,当晚怎么熬过去的我也记不清了。

隔日晚上,爸爸去开会。我试图看看妈妈的

背,妈妈不让看,但我已发现衣服上有一条血迹。我又一次跪到妈妈面前,刷地满脸泪水。

我问妈妈:"爸爸为什么喜欢打人"?

妈:不是你爸喜欢打人,你刚考上高小,怕你不专心,耽误自个前程,打也是为你好。"养不教,父之过。"他是尽父亲的责任。

妈停了一会说:他相信"棍棒底下出孝子,黄荆条下出好人"!

我不解,问:"黄荆条"是啥样子?

妈:就是树条子、柳条子。

我好奇,又问黄荆条下真能出好人吗?

妈:真不真,你爸相信。不过我不赞成动手就打,讲清楚就行了。古人说"一等人自成人,二等人说说教教就成人,三等人打死骂死不成人",这一等人恐怕不用打,三等人打也没有用,妈看孝子、好人不是打出来的,还在于孩子个人努力。

道理似乎懂了,但还是恨爸打妈妈太狠(那时不知道打人违法、是封建残余,只知道恨),怀疑"是不是大姑来说什么了"。

妈:你大姑没说什么,只提到前几天下雨在她家打了一会象棋。你爸一听火冒三丈,我跟你爸说小孩打打象棋、换换脑子也没什么,何必生那么大气,你爸更不高兴了,斗了几句嘴。

我把打象棋的经过给妈妈说了一遍,对妈妈说"都是我的错,以后再不会了"。

妈:你爸常说"一打一护到老不上路",他认为我护着你,孩子就不好管了。只要你以后改了,妈挨这两下子也值了。

"值了!"妈妈以皮肉之苦,唤起孩儿心灵的觉悟:儿,"值"吗?

朱司令员妹妹的回忆读书经历是这样的:

文泉大哥是长子,成绩一直非常好,自然是培养重点。到我们上学时,父母明显犯难了。赶上那个时代,谁也没办法。

我能够上学,还得感谢我当时的启蒙老师解学武。那时,全国都在搞扫盲运动,我在父母的同意下也走进了夜校课堂。解学武老师看我接受能力强,头脑好使,觉得是块料。一天解学武老师专程来到我们家,跟爸妈讲:文俊很机灵,应该上学,否则太可惜了。听了解老师的介绍,父亲没说什么,只是慢慢地从口袋里掏出旱烟袋,坐在一旁抽闷烟。他是在犯愁啊!父亲也有父亲的"小九九":孩子能念书,接受能力强是好事,可家里的农活谁做?自己是生产队长,队里的事要忙,整个家务就落在她妈一个人身上,她妈一个人哪能吃得消?不管怎么说,小二在家还能帮她妈做点事。文芳又小,一岁多,还能带带文芳。小大文泉在响中读书,文泉的学费就够全家忙乎的,更何况文俊是个女孩子。父亲心里很矛盾。据后来父亲回忆,当时是真不想让我读书的。在当时生存都面临问题的情况下,谈读书确实是件比较奢侈的事情,我能理解父亲的心思。

母亲权衡再三,对解老师说:"解老师,旧社会,我们祖上都不识字,一辈子连扁担长'一'字都不认识,外出就像睁眼瞎子。我不识字,我知道不识字的苦楚。不识字,到外面连厕所都找不到。你说能念就让她念吧。"又反过来劝父亲,"让她去吧,孩子都十岁了,再不上就晚了,家里的事我手脚快些就补上了,你放心做你的干部。儿子要读书、闺女也要读书。"得到父亲的认可,妈又抓住我的手说:"乖乖,你去,妈就忙一点。白天忙不了,就夜里忙。只要你有本事念,读到大学也让你念。"就这样,我带着父母的厚爱和期望顺利地跨进了学校的大门。

我上学了,妈妈自然更忙了。在我的记忆中,妈妈是起早贪黑不停地干活,实在忙不过来时,有时也会冲着我发火。为了能读书,同时能减轻妈妈的负担,我白天背着妹妹去上学,早晚使劲地帮妈妈干活,菜篮子从不离身。每天放学哪怕摸黑也要挖一篮猪菜回家,因为猪是我和哥学费的来源,是全家人过年一双新鞋的指望。就这样,我带着父母的期望,背负着学习和家务的双重压力,承受了三年困难时期带来的饥寒,艰难地读完了小学。读完小,我又准备考初中了。我考的是离家十多里地的南河中学。在家念书,有时还能帮家里做点家务,放学回来还能挑点菜什么的。这一上初中必须住校,家务没人帮着做了,还要交住校费,真是难上加难。这书还能不能念?父亲认为:读了完小,一般的字也能认识了,信也能写了,就行了。可我不甘心,我恳求道:让我去考吧,通过考试可以检验我五年书(一年级未读)究竟念得怎样,考上不念也行。母亲担心:如果不让她考,小二会恨我们一辈子的。父亲母亲最后取了个折中的意见:"让她考,考不上不会怨我们的。""考上呢?"父亲追问。母亲说:"考上就让她念,我们一辈子吃不识字的苦,我就是再累也不能再苦孩子了。"母亲很干脆。"你一个人能吃得消?"父亲担心母亲。母亲笑笑:"这么多年,不都这样过来的。"

从这几个生活片断中,我们看到中国母亲的家庭功效在于:

父亲作为家长的地位是明确的。父子关系导致此"轴"成为家庭生活的最核心内容,望子成龙也是家庭教化中夫妻观点相互一致的潜在动力。但在父子互动的框架中,由于父亲需要权威性的维持,从而导致父子关系经常处于紧张状态,于是母亲所充当的角色是调解与沟通,也就是说,母亲在家庭成员中具有枢纽作用,她要了解丈夫和儿子的双方意愿,在她那里经过酝酿,把导致冲突的方面排除掉,把双方一致的,或者可调和的地方作为沟通彼此的主要内容,从而让双方都满意。

在中国历史上,儒家意识形态及官方话语中有关母亲的话题是缺乏的。比如在"五教"之中还有"母慈"一教[①],而到了孔子的《论语》中,孝的对象主要是"父"或者"父母",而没有单独用过"母"。以至于以后儒家强调的"五伦"(君臣、父子、夫妇、兄弟、朋友),连接孝道伦理的也是君臣和父子(忠和孝),而没有母亲,五伦中提及女性的关系就只剩下了夫妇,其重心是讨论男女有别的。

---

① 指父义、母慈、兄友、弟恭、子孝。最早出现在《书·舜典》和《左传·文公十八年》。

531

所以自汉朝以降,国家在政治和文化理念上始终贯彻"三纲"(君为臣纲、子为父纲、妻为夫纲)及"三从四德"(指妇女未嫁从父、出嫁从夫、夫死从子;四德指妇德、妇言、妇容、妇功),进而延展出来的成果就是《列女传》。可是,一旦儒家原则具体到《列女传》的事迹,那么女性,尤其是母亲在家庭中的地位便得以彰显。而另一个具有影响力的本子是《二十四孝》。虽然孝在官方意识形态中也是一个由父权主导的父子关系话题,可实际上《二十四孝》中的母亲地位急剧上升。据统计,所有列出的二十四个孝顺故事中提到母亲的有十三例,提到父母两者的有五例。加起来共有十八例,占了所有故事的一大半。真正谈到父亲的故事,只有五例,其他一例。又比如,中国古人在论述"家训""家范"时,女性的话题越来越重要,尤其在中国人在表达对母亲的情感时远胜于父亲。中国绝大多数人人都熟知唐朝诗人孟郊的《游子吟》:

慈母手中线,游子身上衣。
临行密密缝,意恐迟迟归。
谁言寸草心,报得三春晖。

所以我们有理由认为,虽然中国文化中的父子结构被强调,而且也是事实,但在其运行中一旦失去了母亲的作用,该结构的成立不但会大打折扣,而且可能会停摆。或者说,真正贯彻和维持父子结构的人是母亲。建立这样的认识框架主要在于父子结构是一种社会科学研究的视角,以凸显中国社会重视血缘和等级关系,并伴随权威的形成等。但从本土文化所提供的思考框架来看,母亲加入该结构的必然性在于阴阳思维。汉代班昭在《女诫》中所谓:

> 夫妇之道,参配阴阳,通达神明,信天地之弘义,人伦之大节也。是以《礼》贵男女之际,《诗》著《关雎》之义。由斯言之,不可不重也。夫不贤,则无以御妇;妇不贤,则无以事夫。夫不御妇,则威仪废缺;妇不事夫,则义理堕阙。方斯二事,其用一也。

美国汉学家罗莎莉(Rosenlee Li-Hsiang Lisa)就此提出,中国传统社会中的夫妻关系是不能放入二元对立的框架中去解读的,即它们不属于西方女权主义意义上的男性与女性之对立。女性一词在中国的出现是"五四"新文化的产物,具有现代化启蒙的含义,而回到真实的中国社会中:

……一位中国女性向你描述正常女性应有的特质,几乎是不可能的,她会立刻将你询问的目标转换为妻子,母亲或儿媳等角色,如果你提示他理解错了,她又会告诉你一个好女儿所应有的特质,由此可见,西方作为中性关系术语的性别概念与中国作为普遍家庭、亲属关系术语的性别概念之间,存在着明显的文化鸿沟。由于中国本土的被调查者不断地将询问目标转换为具体的家庭、亲属角色,西方研究者希望获得对女性特质的规范描述屡屡失败,然而在中国,女性之所以称之为女性,只是因为她所担当的女儿,妻子和母亲的角色,而这些角色与女性特质之间并不存在着明显的区分。因而,对女性特质的描述必然与对女儿、妻子或母亲等家庭、亲属角色的描述掺杂在一起①。

　　所以回到阴阳关系中看,夫妻是互补的并体现出性别层级②。这点将表明,中国母亲角色的重要作用之一,就是避免父子处于无法沟通和调和的境地,当父子之间剑拔弩张之际,她将成为其冲突的缓冲地带。我们从这一层面来思考儒家为何要建立孝道,其本意就在于服从

---

① 罗莎莉:《儒学与女性》,第54页。
② 同①,第63—64页。

与尊重，但这并不是一个人一生下来就拥有的，而是教化出来的。中国民间有一句话，叫"棍棒之下出孝子"，意思是要培养孝子就是要以打为主，打到孩子听话为止。的确，打孩子的方式是传统中国父亲最常见的教育方式。但极端意义上的"打"危险性极大，气头上的父亲会真打，心疼儿子的父亲会假打，但依然是不得不打。所以母亲在丈夫发怒时如何保护孩子，有意识或有技巧地维护丈夫在孩子面前的权威性，是十分微妙的。从这里我们可以推导出中国人采用的最为普遍的家教形式是一个唱红脸和一个唱白脸[1]，尽管叶珍丈夫掌握的民间谚语是"一打一护到老不上路"[2]，但比较起如果父母同心一起打，或者父母同心一起溺爱来说，我们可以发现中国传统的家教方式所具有的中庸调和意味，而这点对家庭和睦至关重要。《颜氏家训》在"教子"篇中强调了这一点，而从现实意义上讲，它也始终维持着父亲的尊严和母亲的慈爱。

我们这里不妨将母亲的这些作用回到中国文化中的常用词上去，也就是何为"贤妻良母"？何为"贤内助"？可以说，母亲除了操持整个家务外，能够"摆平"家庭中上下左右的各种矛盾，维护父亲（父权）形象，保护

---

[1] 杨中芳：《中国人·中国心》，台北：远流出版公司，第116页。
[2] "不上路"是苏北方言，意思是没出息，不走正道。

孩子，让他们身体和心理得以健康成长，才配得上这个称号。而子女的做人方式也是在父母的言传身教中习得的，也就是说，父母的日常生活以及对于发生事件的处理方式，潜移默化地影响了孩子的为人处世，而不是今天出现的那么多有关育儿培训班和母职培训班，甚至需要所谓专家的指导。

我们现在需要回答的问题是，为何中国平凡母亲一定要走到这样一条道路上去？我们的答案是：所有这一切的实现都有赖母亲的"大爱"。大爱既非"兼爱"又不可狭隘地等同于夫妻爱情，而是一种含有亲情并延伸到人情意义上的爱。通常，母亲的大爱在于她在平衡家庭成员关系，缓解家庭矛盾时，无论发生何事都要以有意无意地牺牲"自我"以保全家人为前提。自我概念其实也是一个西方概念，表示一个人在意识上能够区分自己和他人，并因此而建立起独立和完整的自我。所以，在西方社会科学的框架中，有关人的讨论，先还原为个体，然后几乎都是关于自我与他人关系的讨论，大量的西方哲学研究则是自我问题的研究。这依然表现出一种二元对立的分析框架。但在中国这边，无论是阴阳思维还是儒家思想，都没有出现过对自我的强调。儒家思想的核心之一是"修己以安人"，看起来这一思想也重视自我问题，但儒家所讨论的自我是一个道德化的自我，这样的自我只能放在关系的框架中去理解。我在其他地方指出：

> 关系取向中的自我不能放在西方个体取向自我中的完整性上来理解的。也就是说，无论是精神分析理论中的本我与超我，还是符号互动论中的主观我与客观我，都是在自我的完整性内部来建立自我结构的，可是关系取向的自我不具备个体完整性。中国人的自我本身与他人之间放出了较大的一块分享的余地。儒学的重要方法便是"忠恕"，而推己及人的含义就是因为关系自我之间具有重叠、交流甚至替代的可能，才会出现将心比心的识人途径[①]。

从这里我们发现，在中国人的家庭生活中，如果人人都让渡出一部分自我，为他人着想，那么家庭的和谐就会产生，这点也是孝的核心含义，即一个孝子本身就是一个不为自己着想，而为父母着想之人；同理，父母所表现的"慈"，也是含辛茹苦地为着孩子。当然我们知道，现实中要想让家庭成员没有私心杂念也是不可能

---

① 翟学伟：《儒家式的自我及其实践：本土心理学的研究》，《南开学报（哲学社会科学版）》，2018年，第133页。

的,那么这时所有的无私诉求就指向了家庭的操盘手,也就是说,如果母亲在一些事情上也怀有私心,那么这个家庭的"公心"就消失了,取而代之的是"偏心",进而家庭生活就会频频爆发危机。可以说许多中国家庭母亲做得不够格,就是在这一点上出现了问题,导致家庭关系恶化。而叶珍在这点上堪称典范,她把所有的爱都给了家庭中的每一个人,唯独不考虑自己。她女儿回忆道:

> 您一生当中考虑子女多,考虑丈夫多,考虑乡邻多,考虑队里的事情多,唯独没有为自己考虑一丁点。即便是农闲时节,人家妇女晒晒太阳、玩玩纸牌、拉拉家常,您总是丢下耙子摸扫帚地忙个不停。您不一定精通"优选法",但您家里家外的事安排得特别周密,井井有条。白天干白天的活,晚上做晚上的事,从不让自己闲着,总是把自己的精力、体力发挥到极致。生活中您总是勤俭、克己,收获时节,孩子、丈夫吃白面,您自己吃黑面或是窝窝头;青黄不接时,锅底厚粥捞给孩子、丈夫吃,自己喝稀的;粮食紧缺时,孩子、丈夫喝稀粥,您是野菜充饥度荒年。

可见，中国人的自我观不是自己和他人的关系问题，而是小我和大我的关系以及孰轻孰重的问题。通常在中国语境中，小我指自己，有私的含义，大我指和自己有关的他人，有公的含义，如"自家人"或者"自己人"。那么自家人或自己人所涉及的范围有多大呢？这是不能确定的，也和一个人的道德境界有关，这个范围可以是一个家庭，一个家族，一个家乡，一个国家，甚至整个天下。在社会学框架中，自己和他人的关系无论如何讨论，都是两个独立的个体单位，属于异质性的关系讨论；而小我与大我的讨论则是嵌套的关系，属于同质性的关系讨论。在前者的关系讨论中，自我无论如何都是一个人自己的事情，也体现一个人的自由、自主和独立的程度。以这样的自我与他人交往，契约型关系将成为主导，这也因应了夫妻轴的含义；而在后者的关系中，大我是包含小我的，或者在中国父母的心中，每一个孩子的自我就是他们自我的一部分，和谐被理解成是每一个小我合成一个大我，每一个小我也要成全大我，为大我贡献小我的力量。可是现实的残酷性在于当处于同质性中的小我占据上风时，会牵动其他小我的出现，也是家庭成员纷争不已的开始；而当大我占据上风时，会牵动其他大我的出现，从而产生谦让和互敬互爱。所以母亲这个角色在中国家庭中是一个无私的角色，她往往成为大我的代表,每时每刻都要用大爱来对待每一个家庭成员,甚至是家外成员。

结论

最后,我们想回到比较宏观的层面来讨论什么样的家庭结构可以使母亲走入这样的生活位置,以及这样的母亲功效在中国社会中可持续吗?从常识上讲,我们固然有理由说,一个家庭过成什么样子和家教或家风有关,但从社会学角度看,母亲在家庭中扮演的角色和家庭类型是紧密相关的。通常意义上,社会学对家庭的分类有三种:核心家庭、主干家庭与扩大家庭。

核心家庭的含义是指由一对夫妇及未婚子女(无论有无血缘关系)所组成的家庭。通常也称"小家庭"。这里所提及的"未婚子女"是说核心家庭只维持一对夫妻关系,他们抚养的孩子长大(通常是十八岁)后,就从家庭中分离出来,过自己的生活。因此,母亲的主要作用就是生育子女并将其抚养到成年。主干家庭也叫"直系家庭",是指以父母为主干的一种家庭形式。具体形式是由父母(或父母一方)和一对已婚子女组成家庭;由父母(或父母一方)、一对已婚子女及子女的子女共同组成家庭;由父母(或父母一方)、一对已婚子女及其他家属(主要是子女的未婚兄弟姐妹)组成家庭。这样的家庭形式的最主要特征是其中至少有两对夫妻,并且出现婆媳关系。通常,主干家庭最容易和扩大家庭相混淆,我们区分的重点是看家庭继承方式。如果一个家庭仅留一个继承人,其余的另立门户①,那么这就具备了主干特征,也就是说一个家庭无论有多少孩子,都只将家产留给一个孩子。

所以比较核心家庭和主干家庭,我们能看出母亲角色的不同。在核心家庭中母亲无论给孩子多少关爱,孩子最终要离开家庭,并不存在赡养和报答老人的含义。用费孝通的观点来讲其构成是"接力模式"而非"反馈模式"②,而主干家庭,既然有两代以上的夫妻生活在一起,那么纵向意义上的母亲地位开始凸显,但由于其家庭结构上采取单子继承者,因此母亲所要维持的家庭成员关系在理想上是相夫教子,并伴随婆媳关系的紧张和家庭权力的争夺。这个时候我们再来看扩大家庭,它指由有共同血缘关系的父母和已婚子女,或已婚兄弟姐妹的多个核心家庭组成的家庭模式。扩大家庭中的核心家庭可能同居共财,也可能不同居共财,分居而聚于一处,但

---

① 翟学伟:《中国人在社会行为取向上的抉择》,载翟学伟:《中国人行动的逻辑》,第228—262页。
② 费孝通:《家庭结构变动中的老年赡养问题:再论中国家庭结构的变动》,《北京大学学报:哲学社会科学版》,1983年第3期;第6—15页。

即使分家,每一个孩子都能分得家庭财产中的一部分,即所谓诸子均分制。扩大家庭的基本特征是累世同堂,人丁兴旺,重视辈分等级。为此,这种大家庭的经济、家务、财产乃至青年男女的婚姻都由家长安排或控制;其居住规则通常是从夫居或父族同居,在强调传宗接代的前提下构成了家谱化的家族形式。

比较而言,核心家庭是西方社会最常见的家庭形式,主干家庭和扩大家庭是儒家文化圈的常有形式,但从典型意义上讲,日本社会通常采取主干家庭,中国社会采取扩大家庭。看起来,无论采用何种形式,母亲的作用在这两类家庭中都有连续性的影响力,但其实其功效是不同的。在主干家庭中,母亲最需要依赖的是继承权威和财产的那个儿子,这点至少在逻辑上让那些非继承人做好了离开家庭的准备,或者说,母亲也可以不必顾忌他们的感受。可是中国人的家庭方式接近于扩大家庭(因为扩大家庭是一个概念,不是说中国人的生活完全符合),因此相依为命、同甘共苦和家庭和谐贯穿于家族的整个生命历程。看起来建立父子关系的家庭结构是此家庭延续的基本保障,但作为一种生活运行,母亲的操劳可想而知,她的基本任务不但是生子,将其养大,而且需要确保她所有的孩子都能被照顾得到,并共享到她的爱。虽然,现代社会(包括传统社会),也采用分家的形式,而且每个已婚的孩子均拥有自己的生活,出现了形式上模仿西方社会的家庭,但母亲不会因此而放弃自己的关心,也就是说当她的哪个孩子生活上有困难时,通常的调解方式依然还是由母亲出面让生活好的孩子资助生活不好的孩子,而并不需要在意儿媳妇的意见。当然,既然母亲是有大爱的,她如果平日里也对各个儿媳爱护有加,就会使得这样的再分配机制成为可能。可见,扩大家庭可以在制度上消失,但依然在观念和行动上被中国人所接受,只有随着城市化和独生子女的到来,致使母亲的这一功效逐渐失去作用。

总之,我们从研究中发现,虽然母亲的研究最先可以从生物学意义上来讨论母性在遗传、本能或者哺育中的作用,但母亲的功效却是一个文化的话题,亦非简单的社会话题。看起来社会话题中的母亲功能大体相似,都承担着生育和哺育及抚养,但由于家庭结构和文化观念的差异,导致母亲之功效大为不同。比如我们阅读西蒙娜·德·波伏瓦的《第二性》,其中一章也讨论母亲,但在她眼中所看到的母亲重点就是堕胎、节育、分娩以及在孩子出生后她所面临的自我和孩子的冲突所形成的爱恨交加,最终重回自我[①]。相比较而言,中国文化所

---

① 西蒙娜·德·波伏瓦:《第二性》,郑克鲁译,上海:上海译文出版社2015年版。

赋予的母亲则是和善和慈祥的,由此本文最后回到中国文化的普遍性上,抽象出平凡母亲的理想型是:

(1) 在大家庭的概念上,每一个人最重要的义务和责任是对父母的义务和责任,它比其他任何的利益(包括利己)更重要。充分表达于外显的行为便是孝,孝是一个人报答父母生育和养育之恩的方式(前引)。这其中也已包含了传宗接代的基本生育要求。

(2) 将子女培养成人,尤其本着妻为夫荣,母为子贵的动机会导致母亲为丈夫和子女甘当人梯,也就是尽全力照顾家人生活,尽可能包揽日常家务劳动。

(3) 母亲的日常行为在于维持家庭中每一个成员的平衡关系,她的满足感不是独白的,而是融化其中,也就是从家人的幸福中感受到幸福的,即"大我"幸福是"小我"幸福的先决条件[①]。为此,她需要艺术性地处理着家中大大小小的事务,尤其需要成为父子、夫妻、孩子之间各种矛盾的缓冲地带,虽常受委屈,却总是用自己的大爱去安抚他们。

---

① 杨中芳:《中国人·中国心》,第100页。

（4）中国人的社会教化来自父母的言传身教和身体力行,她和其丈夫之间的性别差异构成了严父慈母的管教方式。从而导致母亲的形象偏重于慈爱方面。

（5）传统母亲因其文化程度不高,其持家和做人道理主要来自上辈的教诲或广为流传的民间古训、熟语和谚语及自己的生活实践,并将其再传给下一代。从很大程度上讲,她们没有受过正式教育,但不代表她没有过人的生活智慧。

（6）扩大家庭从理论上讲,如果每一人都尽量让渡自我,可以使家庭和睦,而当这一点在现实利益面前很难成立时,母亲将成为大公无私的最后防线,从而使家庭成员相信,从她那里是能讨回公道并感受到温暖的。

（7）孝道导致母亲对子女的影响力是终生的,不会因子女分家而有所减弱,她在大家庭的观念上始终成为一家之主。

（8）母亲在家庭中的付出必须建立于中国孝道文化内在的感恩机制,如果这一机制发生了问题,那么从形式上看,单向的家庭传递就出现了;从内容上看,母亲的操劳将无法获得晚年的子女照顾。所以报恩是母亲一代又一代无私付出的前提。

当中国社会随着现代化的步伐,从农村走向城市,从大家庭走向小家庭,从多子多福走向少生和不生,从生活道理走向书本知识时,母亲之功效都在发生重大改变,诸如家庭孝道式微;大我无处安放,夫妻为家务事争吵;人人以自我为中心,不愿迁就他人;在教育上严母、辣妈或虎妈出现[1];而教育的普及性导致人们更相信书本知识和专家建议;母亲也不再干涉小家庭生活,成为小家庭的保姆甚至直至晚年无人理睬、照顾,而在家庭结构中始终贯穿着自我实现与忠于母职的矛盾等,这些都将成为中国社会转型中社会学需要研究的新课题。

---

[1] 沈奕斐:《辣妈:个体化进程中母权与女权》,《南京社会科学》,2014年第2期。

附录二　祭母亲叶珍太夫人文

（朱文泉口述　赵楷撰文）

母亲生于清末民初之乱世，居灌淮平畴之荒乡，然心向朗日不苟晦月。身心俱美，志存高远。自入朱家为媳，即主理家政，勉力耕桑，外能助犁薅草，内则推磨炊厨，相夫教子，勤善爱惠，贤德感天。

父亲任生产队长凡三十年，一生精力，全付陇亩。母亲每日出勤，工分无十分以下者，也每为村乡劳模。然九口之家衣食给用，悉仗母亲一人操理裁煮，其劳辛可知。父母拼力劳作，食仅果腹，青黄不接，尚赖野菜充饥；衣仅蔽体，纵补丁遍体总清白无垢。母自处饥饿，尚常将口粮施于邻里更穷之人，其行感人泣下。母深明读书之理，谓育儿之道，首在识字，再穷也不辍儿辈文化。母尤明报国之道，谓家国之存，必用兵佑，二十世纪六十年代之初，战云流布，敌扰纷纭，母毅然送我参军，期我忠国而毋念孝慈。至我小妹文兰夭折，母虽痛彻肺腑而密不告我噩讯，怕扰我军务也。

　　母为贴补家用兼筹子女学费，常年豢养猪豚，而从不知鼎肉之味。偶于集市割两肉煮而饷我，且对儿曰："母不爱食，儿且食之，可长智也。"儿时与村童行走于上学路上，母遥望而呼曰："小大子，尔行路须在第一！"呜呼！慈母，我自幼而少，自青而壮，几十年来，入学入伍，勤学勤事，时时牢记母"走在第一"之勉，未敢半日懈怠。

　　今逢盛世，足食丰衣，儿欲煮肉奉母，母谓蔬果足矣；儿欲制锦敬母，母曰粗布旧衣穿着舒怀，余可济灾民。今国运昌明，家业丰盈，母却遽而长逝，生不能相养以共甘，殁不能扶母以尽哀，儿纵于母前跪哭恒时，也难表报母深恩于万一。愿母在此长息，仰而望山，俯而听泉。

儿　文泉携弟弟妹妹铭此
二〇〇四年三月二十六日

（赵楷：中国著名诗书画家，响水中学原教师）

后　记

2003年1月5日10时20分,敬爱的母亲离开我们与世长辞了。弟妹们哭成了泪人。因医务人员在场,我保持了应有的克制。回家以后,看到母亲的床、用过的物,我忍不住跪在床边、抚摸着被褥,放声痛哭了两个半小时。一则永远见不到母亲了,推着轮椅让母亲晒晒太阳、帮着母亲捏捏肩膀、说说儿时趣事尽尽孝心,这样幸福的时刻再也享受不到了。二则刚担任军区主要领导忙于军务,未能在母亲身边守候。去世的前一天晚上,我从上海回来直接到了病房,母亲见到我脸上露出笑容,并说:"乖贵,你刚回来,回去早点休息。"我询问了主管院长,等到医务人员忙完,又坐了一会,舍不得让母亲耗费力气,就劝母亲早点睡、养精神,而后回家了。谁料到翌日上午噩耗传来:"老人家走了!"我立即赶往医院,后悔没有得到母亲最后的教诲。三则感恩,往事如潮水般涌来,摘瓜花、买铁环、挖野菜、割草放牛、温馨的小瓦罐、苦而无奈的拐磨、玩河蚌、黑狗队、高利贷、走前列……没有母亲的执着和养育,哪有我的今天,哪有这个大家庭。恩泽洪荒,却报无时,哭断肝肠……

于是,我与弟妹商量,要写几篇文章纪念母亲。我先写了几篇短文,后来看了文俊的追忆《黑色的1963》,我几次大哭、嚎哭,一读就哭,因为我心疼母亲遭受那么大的痛苦。因此我改变主意,不是写几篇文章,而是写几万字文章。从2003年至2016年4月,写出第一稿35篇,凡4.3万字。我感到每篇文章都有价值,写在纸上的不是汉字而是自家的金豆。文俊带了一个好头,一人独写2万余字,真实感人。于是与弟妹再次商定,要不怕困难进一步挖掘父母留给我们的精神遗产,挖掘深蕴我们心中的宝藏;要动员子女"全部上阵""责任到人"。至2020年1月,写出第二稿72篇,计16.2万字。为了聚木成林,把母亲的形象比较完整地表现出来,最终写成现在的第三稿99篇,总共20.8万字。写母亲不可能不写到父亲。2018年2月4日下午5时28分父亲逝世后,进一步增强了我们的紧迫感、责任感,又增写了许多新的内容,借以反映整个家庭的全貌。

笔尖耘四海,蹄上满春风。写作的过程,是重沐父母恩泽的过程,弟妹们的许多文章都是流着眼泪写成的;也是串玉成链的过程,把零星的、分散的碎玉串起来变成一部书,必将对朱家子孙后代产生积极的影响,为他们创造灿烂和辉煌的明天,奠定坚实的思想基础;更是接受再教育的过程,父母朴素的话语蕴含哲理,平凡的细故彰显情怀,父母的付出是对子孙幸福的铺垫,忆其理,感其事,悟其源,持以恒,无论大家、小家必会幸福美满。

事非经过不知难。2003年至2012年我还在职,且在写作《岛屿战争论》,难以转换"战场",致第一稿时间拖得太长。从2016年初开始,我便抓紧推进,弟妹及晚辈也大多动起来了,但由于多种原因,他们未能精雕细刻,质量参差不齐。对他们的文章我作了初步修改,有的提出修改建议,同时鼓励还未"出征"的年轻人备鞍,促他们跃上马、战一回。这期间,我批评了多少人、多少次,也记不清了,在此顺致歉意!

从2020年6月开始,至2021年3月计10个月,我停笔《金戈铁马》,全力以赴编撰《叶珍》一书,虽然飞蚊飘眼、鸣蝉挂耳,肠胃也经常闹点别扭,但每日5小时笔耕不辍。对诸亲文章则再次精推细敲,有的润色,有的补充,有的部分改写或大部改写,直至满意为止,其中几篇还有文俊、林静代劳的汗水。

现在回过来想一想,写作《叶珍》意义何在呢?

一是报恩尽孝,心里安稳。我曾作《长相思·思母》词云:

水长流,泪长流,聚少离多多少愁。娘亲怜子游。

忆梳头,梦梳头,母到归时难挽留。隔空望断秋。

母亲一生怀孕13次,生8人,存4人。十月怀胎之苦,"儿奔生、母奔死"之险,母承失去儿女之痛、养育儿女之艰辛,谁能知晓?谁能报答?唯有她的子女。父母离世,能够报答的最具价值的方式,就是把他们的功德见诸文字、传承于后、彰显于世,我们这样做了,尽了这份孝心,心里也就感到舒坦、安稳。

二是讴歌母亲的伟大。天下父母都爱孩子,他们的爱心故事成千上万。天下的孩子都爱父母,他们的孝心佳话千重万叠。但写出来的,却是凤毛麟角。我家三代几十人、前后十八载(尤其是近五年),专写母恩百余篇。有关专家说,这还是"少之又少"。由此着眼,《叶珍》一书的主人公似可作为千千万万母亲的缩影。她的苦、她的伟大,就是千千万万母亲的苦,就是她们的伟大。我们讴歌叶珍的平凡和伟大,就是讴歌千千万万人母的平凡和伟大。当然,这并不意味着看轻父亲的责任和担当。

三是传示子孙,奉献社会。朱氏紫阳堂乃朱熹后代因明代"赶散"由苏州阊门北迁涟水高沟,已逾二十几代。由于洪水泛滥，十八世孙云理家产财物及各种典籍被冲刷一空，无奈东迁至双港东南三合兴（今南河昌盛村）定居，至今已逾六世。由《叶珍》一书，可观苏北农村百年之沧桑。吾母叶珍的风范，今后朱氏子孙应视为瑰宝而世代传承，亦可奉献当今社会作为家风家教之参考。

此书之成功，首先要感谢弟妹及晚辈的积极参与。文芳说：没想到我们的回忆变成了书，还要传给后代，愈想愈激动，要好好回忆好好写。文兵工作忙，但写作力度不减，标准不降。文俊左胳膊被车子撞成骨折，打了两块钢板八根钢钉，仍咬牙忍痛坚持执笔，数量多质量好，可谓勇冠三军、第一战将。余华、保付也一鼓作气，战绩颇佳。晚辈们工作忙、了解少，但能发挥各自优势，协力助推写作任务的圆满完成。

本书的编写和付梓，得到有关领导、挚友、资深专家的支持和帮助。南京大学翟学伟教授、南京师范大学罗戬教授、南京艺术学院姚红教授、画家刘九鸣等，积极为本书社科研究出谋划策。翟教授利用春节假日，撰写了洋洋两万余字的社科研究报告。著名画家李晨绘制六幅插图。江苏凤凰文艺出版社张在健社长、李黎主任四次参加研讨会议，精心筹划本书的出版发行事宜。南京师范大学文学院原院长何永康教授、当代文学大家阎连科先生，以及原南京军区装备部副部长徐红少将，拨冗为本书作序。省委宣传部规划办许益军主任、江苏宣和文旅集团周书董事长、我的秘书唐先胜诸位，对本书给予了多方面的关心和支持。于此，一并表示衷心感谢！

同时感谢舅姑姨家表兄弟妹，以及所有亲朋的大力支持，尤请书中未能提及的亲朋，给予谅察！

特别感谢桑梓父老乡亲对家父家母生前的支持、关爱和帮助。感谢至亲叶桂华在家母告别仪式上致词致哀，尤其感谢响水县委领导出席家父的告别仪式并致词和赠送挽联，对此我们全家没齿不忘！

本书恐有疏漏谬误之处，敬请家乡父老和广大读者不吝赐教，以便更正。

朱文泉
2021年3月于金陵